Nie zabijaj mnie, kochanie

DANKA

Nie zabijaj mnie, kochanie

BRAUN

prozami

Redakcja
Sylwia Klich / Pracownia Mole

Korekta
Estera Sendecka

Skład
Aleksandra Krzyżostaniak / Pracownia Mole

Projekt graficzny okładki
Ilona Gostyńska-Rymkiewicz

Druk i oprawa
Drukarnia Edit Sp. z o.o. Warszawa

ISBN 978-83-65223-15-9
Słupsk / Warszawa 2015

Wydawnictwo Prozami Sp. z o. o.
zamowienia@literaturainspiruje.pl
www.prozami.pl
www.literaturainspiruje.pl

Dedykuję tę książkę moim rodzicom,
Wiesławie i Mieczysławowi Kluczewskim

Ewa Kruczkowska z d. Wysocka – nauczycielka matematyki, dystrybutorka wyrobów z żeń-szenia
Marta Kruczkowska – nauczycielka biologii, córka Ewy
Maria Wcisło – nauczycielka języka rosyjskiego, przyjaciółka Ewy
Jacek Noga – dyrektor szkoły, w której pracowały Ewa i Marta, dystrybutor wyrobów z żeń-szenia
Mark Biegler – Austriak, dziennikarz piszący artykuł o Galicji za czasów Franciszka Józefa

Robert Orłowski – najprzystojniejszy neurochirurg w Polsce Południowej
Renata Orłowska – żona Roberta, królowa podkoszulków
Krzysiek Orłowski – syn Roberta i Renaty
Iza Orłowska – córka Roberta i Renaty
Pani Stasia i pan Józef Nowakowie – pracownicy Orłowskich

Dawni uczniowie Ewy Kruczkowskiej:
Andrzej Rogosz – poseł, eksnarzeczony Renaty
Danka – dystrybutorka wyrobów z żeń-szenia, żona Witka
Witek – bezrobotny, mąż Danki
Jurek Juraszewski – szef sieci handlowej, adorator Renaty
Artur Wąsowski – dyrektor polskiej filii Panaksu, kuzyn dyrektora Nogi

Zbyszek Nawara – tirowiec, ojciec niewidomej Emilki
Janusz Brzozowski – prawnik, przyjaciel Marioli
Mariola – dystrybutorka wyrobów z żeń-szenia,
    przyjaciółka Janusza
Bogdan – stolarz, mąż sprzedawczyni wyrobów z żeń-szenia

Komisarz Zbieg – policjant z Rzeszowa
Komisarz Pięta – policjant z Krakowa
Nikodem Wąs – detektyw wynajęty przez Roberta
Karolina – asystentka Jurka Juraszewskiego

Sonia Ginter – prezes Panaxu
Vick Jurgen vel Wiktor Szewczyk – austriacki biznesmen,
    przyjaciel Andrzeja Rogosza
Tina Jurgen – pasierbica Vicka Jurgena
Gretchen – macocha Marka Bieglera

Schyliłem się nad grobem i udawałem, że zapalam znicz. Nie znałem człowieka, który był tu pogrzebany, ale wybrałem to miejsce ze względu na położenie, ponieważ miałem tutaj dobry punkt obserwacyjny. Pochylony, rozglądałem się wokół. Widząc, że nie zwracam niczyjej uwagi, usiadłem na ławeczce i przyglądałem się odprawianemu pogrzebowi. Nie znał mnie nikt z żałobników, oprócz jednej osoby, ale ostrożności nigdy za wiele.

Na pogrzeb przybyło wyjątkowo dużo ludzi. Byli obecni chyba wszyscy nauczyciele, była też delegacja uczniów. Dwójka chłopaków ubranych w ciemne garnitury trzymała okazały wieniec. W szkole skrócono lekcje, żeby wszyscy mogli uczestniczyć w pochówku. Przecież najważniejsza postać dzisiejszej ceremonii uczyła tam do końca.

Przy trumnie stała córka zmarłej. Podobna do matki – wysoka i szczupła, miała długie, czarne włosy. Matka w młodości też była ładną kobietą, choć brzydko się zestarzała. Oglądałem niedawno jej stare zdjęcia. Na starość przytyła, posiwiała. Nawet nie farbowała sobie włosów! Nie lubiłem zaniedbanych kobiet. Do tego była taka poczciwa i szlachetna, a ja nigdy nie przepadałem za dobrymi ludźmi. Więcej zła wyrządza dobroć uzbrojona w głupotę, niż złość skrępowana przez rozum. Kto to powiedział? Chyba Kościuszko.

Dziewczynę obejmowała niewysoka kobieta w średnim wieku. Stały nieruchomo obok siebie, w milczeniu patrząc na trumnę.

Głos zabrał dyrektor szkoły, wygłaszając monotonne i pretensjonalne przemówienie o tym, jaką wspaniałą nauczycielką i jak wartościowym człowiekiem była zmarła i jaki to żal pozostawiła po sobie swoją śmiercią. Ble, ble, ble, banały, jakie można usłyszeć na każdym pogrzebie. Cóż, mnie też jest przykro, że musiała zginąć. Nie lubię zabijać, ale nie mogłem pozwolić sobie na ryzyko, za dużo było do stracenia. Ciągle miałem cichą nadzieję, że wystarczy tylko ta jedna śmierć...

Spojrzałem na dziewczynę. Gdyby i ona musiała zginąć, to byłaby naprawdę duża strata. Za młoda i za ładna, żeby umierać.

Rozdział 2

Marta weszła do mieszkania, zamknęła drzwi. Usiadła w fotelu wyścielanym rudą tapicerką. Rozejrzała się po pokoju – wstawiono już szybę w drzwiach balkonowych, posprzątano. Nie była tu od czterech dni, spała u pani Marii. Po stypie, mimo protestów kobiety, postanowiła jednak wrócić do swojego mieszkania. Jej wzrok padł na pusty fotel mamy. Zawsze w nim siadała...

– Teraz już nigdy tu nie usiądzie... – przeleciało Marcie przez myśl. Co ona teraz zrobi bez mamy. Jest sama, samiuteńka... Przestała bronić się przed rozpaczą. Łzy, tak długo zamknięte pod powiekami, trysnęły nagle wielką fontanną na policzki dziewczyny. Szloch wstrząsał całym jej ciałem. Pokój odpływał, tonął we łzach, a ona wraz z nim. Co teraz zrobi, jak da radę żyć dalej? Nie ma już nikogo... Dlaczego nie było jej przy matce? Dlaczego nie pozbyły się tego grata? Dlaczego padał deszcz, dlaczego było ślisko? Dlaczego?!

– Dlaczego mi ją, Boże, odebrałeś?! Do czego Ci była ona potrzebna?! Tylko ja jej potrzebowałam. Tylko ja! – wołała bezgłośnie Marta.

Do serca dziewczyny wdarła się złość i poczucie krzywdy. Wstała z fotela i z wściekłością ściągnęła krucyfiks, który wisiał nad drzwiami. Jakiś czas ze złością w oczach przyglądała się postaci do niego przybitej. Gniewnie zacisnęła usta, wytarła łzy wierzchem dłoni. Otworzyła drzwiczki szafki pod zlewem i wyrzuciła krzyż do kosza na śmieci. Nie bała się już Boga. Też chce umrzeć, więc niech i ją weźmie do siebie. Tam jest mama...

Odpłynęła w sen.

Obudziła się nad ranem w fotelu. Całą noc spała skulona w pozycji embrionalnej i teraz wszystko ją bolało. Wyprostowała nogi i ręce, po czym poszła do łazienki. Spojrzała na nowe płytki na ścianach. Niedawno zrobiły tu remont. Marta nie chciała nic zmieniać, stare były jeszcze całkiem dobre, ale mama się uparła. Wspomnienie o matce przywołało ból. Wwiercał się do jej serca, do jej mózgu. Tym razem nie tłumiła łez, pozwoliła im płynąć swobodnie.

Spojrzała w lustro. Opuchnięta twarz, czerwone oczy, plamy na policzkach. Oderwała kawałek papierowego ręcznika i wydmuchała nos. Przemyła twarz zimną wodą, potem wytarła ręcznikiem. Poszła do kuchni. Otworzyła lodówkę i wyjęła z niej butelkę wody mineralnej. Nie przelewając jej do szklanki, wypiła spory łyk. Puste opakowanie wrzuciła do kosza. Zauważyła krucyfiks. Wyjęła go i przetarła ściereczką.

– Przepraszam... – powiedziała cicho i pocałowała figurkę. Powiesiła krzyżyk na swoje miejsce.

*

Obudził ją dzwonek do drzwi. Z niechęcią otworzyła. W drzwiach stał Sebastian. Przystojny, wysportowany, ze świeżo wystaną w solarium opalenizną, nieśmiało uśmiechał się do niej.

– Czego chcesz? – zapytała opryskliwie. – Po co przyszedłeś? Powiedziałam ci już, że to koniec.

– Martuniu, martwiłem się o ciebie. Nie odbierasz telefonów – odparł.

– Mówiłam ci, żebyś nigdy się tak do mnie nie zwracał – powiedziała ze złością. Tylko rodzice mogli ją tak nazywać, nie on.

– Wpuść mnie, proszę.

– Nie mam ochoty na rozmowę z tobą.

– Musimy wyjaśnić to nieporozumienie. Kocham cię. Potrzebujesz teraz kogoś bliskiego.

– Kogoś bliskiego?! – prychnęła z ironią. – I ty uważasz się za kogoś takiego?!

– Ale ja ciebie kocham, z Dominiką już skończyłem. To był błąd.

– Z Dorotą też był błąd, z Igą również? – Spojrzała pogardliwie na chłopaka. – Wynoś się. Natychmiast. Precz! Nigdy już nie chcę cię widzieć na oczy. – Zatrzasnęła mu drzwi przed nosem.

– Marta, proszę. Kocham cię... – Słowa wciskały się przez szpary w drzwiach.

Nie otworzyła mu jednak. Weszła do swojego pokoju. Tylko tu mogła przebywać. W pozostałych pomieszczeniach ciągle widziała mamę.

Od pogrzebu minęło już kilka dni. Od tego czasu nie wychodziła z mieszkania. Zaszyta w czterech ścianach pokoju toczyła swą walkę z bólem i tęsknotą za matką. Codziennie była u niej pani Maria z zakupami i świeżym obiadem. Odwiedził ją również dyrektor szkoły, w której Marta i mama pracowały. Był bardzo miły. Mówił, że nie musi przychodzić do pracy i jeśli sobie tego życzy, to mogą wziąć kogoś na zastępstwo. Do końca roku szkolnego został tylko miesiąc. Marta zaprotestowała, powiedziała mu, że wróci niebawem do pracy. Uczyła biologii i nie mogła zawieść swoich uczniów. Przed końcem roku zawsze ktoś chce poprawić ocenę na świadectwo.

Znowu usłyszała dzwonek do drzwi. Spojrzała w oko judasza. Całe szczęście nie był to Sebastian, tylko pani Maria. Wpuściła ją.

– Dlaczego masz wyłączone telefony? I komórkę, i domowy? – zapytała kobieta.

– Nie chcę słuchać jałowych kondolencji. Nie mogę.

Pani Maria westchnęła głęboko i przytuliła dziewczynę do siebie. – Wiem jak ci ciężko. Mnie też. – Szybko zamrugała oczami. Nie mogła pozwolić sobie na łzy przy Marcie. – Przyniosłam ci moją „chińszczyznę". Zawsze ci smakowała. Jeszcze ciepła.

Dziewczyna wyjęła naczynie ze styropianowego opakowania i z wysiłkiem przełknęła kilka kęsów. Nie miała apetytu.

– Nie wyjdę, póki nie zjesz wszystkiego – z uśmiechem ostrzegła dziewczynę. – Jesteś bardzo chuda, musisz jeść.

Marta westchnęła i powoli przeżuwała potrawę.

Pani Maria była najlepszą przyjaciółką matki, a po śmierci ojca Marty najbliższą dla nich obu osobą. Dziadkowie od lat już nie żyli. Mama była jedynaczką, ojciec miał tylko brata, który wyjechał wraz z rodziną do Irlandii, ale rok temu zmarł. Ciotka i jej dwaj synowie nadal tam mieszkali. Marta nigdy nie była z nimi blisko, a po śmierci stryja kontakt całkiem się urwał. Nie przyjechali nawet na pogrzeb mamy. Marta nigdy ich nie lubiła. Pamiętała do dziś awanturę, jaką ciotka zrobiła swojemu mężowi, gdy wydało się, że przysyłał im po kryjomu pieniądze na leki dla taty. Cóż, ciotka mogła za nie kupić sobie nowe auto, a leki i tak nie pomogły...

Na myśl o ojcu dziewczyna całkiem straciła apetyt. Od jego śmierci minęło sześć lat, a nie było dnia, żeby o nim nie myślała. Był dobrym, ciepłym człowiekiem i najlepszym ojcem na świecie. A umarł w takich męczarniach...

– Martuniu, wyjaśniło się już z tymi włamaniami do piwnic? Nie wiesz, czy złapano złodziei?

– Dozorczyni mówiła, że policja podejrzewa osiedlowych chuliganów. Są pod obserwacją. Oprócz naszej piwnicy okradziono jeszcze cztery inne.

– Co wam ukradli?

– Nie wiem. Roweru i nart nie ruszyli, a na wekach mi nie zależy.

– Dziwni złodzieje – zamyśliła się pani Maria. – To po co się włamali, jeśli nie ukradli wartościowych rzeczy?

– Może im ktoś przeszkodził?

– Tak długo był spokój, nikt się nie włamywał, a teraz dwa rabunki prawie w tym samym czasie. I do mieszkania, i do piwnicy. Oprócz kamery i laptopa nic więcej nie ukradli?

– A co mieli kraść? Przecież nie miałyśmy nic cennego – z pewnym zniecierpliwieniem powiedziała Marta. – Zginął jeszcze wisiorek. Nefretete.

– Ale dlaczego nie wzięli reszty złota? – próbowała dociec Pani Maria.

– Było w innej szufladzie, a może nie podobały im się ruskie wyroby – bąknęła Marta. – Mam to gdzieś. Najbardziej zdenerwował mnie ten bałagan, ale sąsiadka posprzątała za mnie. – Po chwili dodała ze złością: – Pani Mario, miałam w tym dniu chyba ważniejsze problemy niż włamanie, nie sądzi pani? – w jej głosie pulsowała irytacja.

– Przepraszam cię. – Kobieta zrozumiała, że popełniła gafę. Chciała odciągnąć uwagę dziewczyny od matki, dlatego zaczęła mówić o piwnicach, a skończyło się na przypomnieniu tego feralnego dnia. Przecież włamanie do mieszkania miało miejsce wtedy, gdy wypadek samochodowy matki.

Maria przytuliła dziewczynę. – Wybacz mi, Martuniu – wyszeptała. W oczach zaświeciły łzy. – Straszna kretynka ze mnie.

– To ja przepraszam, pani Mario. Jestem trochę rozdrażniona, bo był tu Sebastian.

Obie skwapliwie wykorzystały zmianę tematu. Z dwojga złego lepiej było roztrząsać łajdactwa tego dupka niż rozmawiać o śmierci matki.

Kobieta zabawiła u Marty jeszcze godzinę. Już była w drzwiach, gdy sobie o czymś przypomniała.

– Martuniu, telefonował do mnie notariusz. Nie może się do ciebie dodzwonić. Powiedział, żebyś koniecznie zgłosiła się do niego. Jak najszybciej.

Marta zdziwiła się. Czyżby mama zostawiła testament? Przecież oprócz mieszkania nie miały żadnego majątku, a samochód, w którym zginęła, nawet przed wypadkiem nie był wiele wart.

Rozdział 3

Marta siedziała na krześle przed gabinetem ordynatora. Korytarzem przewijali się różni ludzie; pacjenci, ich bliscy, personel. Wygląd kliniki zaskoczył ją, nigdy nie była w tak eleganckim i nowoczesnym ośrodku medycznym. Rzeszowskie szpitale i przychodnie, nawet prywatne, nie umywały się do tej kliniki, podobne placówki widziała tylko w amerykańskich filmach, ale nigdy na żywo.

Obok niej przeszedł wysoki, przystojny lekarz. Obdarzył ją tym szczególnym spojrzeniem, jakim mężczyźni patrzą na ładną kobietę, i skierował się w stronę dyżurki lekarskiej. Chwilę później wyszedł z pokoju. Zaraz podskoczyły do niego dwie młode pielęgniarki. Słychać było strzępki ich rozmowy.

– Ale dlaczego nie będzie wieczoru kawalerskiego? Tak na to liczyłem... – z udawanym oburzeniem powiedział lekarz, uśmiechając się do dziewczyn. – Biedny ten twój narzeczony. Traci wolność, a ty mu odbierasz ostatnie przyjemne chwile.

– Jestem przeciwniczką wprowadzania na siłę do Polski amerykańskich zwyczajów – odparła pielęgniarka.

– Jakbym słyszał swoją żonę. Mnie też nie pozwoliła zorganizować takiej imprezki.

– Panie ordynatorze, pięć lat po ślubie cywilnym i po spłodzeniu dwójki dzieci to chyba już nie można było zaliczyć pana do kawalerów – zauważyła ze śmiechem jedna z pielęgniarek.

Marta zdziwiła się, słysząc słowa dziewczyny.

To on! Inaczej go sobie wyobrażała. Musiał przecież skończyć pięćdziesiąt lat, a nie wyglądał na tyle, na oko dałaby mu najwyżej czterdziestkę. Wysoki, z sylwetką sportowca i ciągle ciemnymi włosami, tylko na skroniach lekko przyprószonymi siwizną, był wzorcowym przykładem serialowego lekarza. Bardzo przypominał wyglądem George'a Clooney'a z *Ostrego dyżuru*.

Lekarz chwilę jeszcze rozmawiał z pielęgniarkami, po czym ruszył w stronę swojego gabinetu. Marta wstała z krzesła.

– Pani do mnie? – zapytał. – Zapraszam do gabinetu. – Puścił przodem dziewczynę i zamknął drzwi pokoju. Usiadł za biurkiem, ręką wskazując jej stołek, żeby również usiadła. – Słucham panią.

– Nazywam się Marta Kruczkowska. Jestem córką Ewy – powiedziała nieśmiało.

Widać było po jego minie, że nic mu to nie mówi. Nawet jej nie pamięta – pomyślała dziewczyna. Nagle poczuła się jak ostatnia idiotka. Co ona tu robi, co sobie myślała?! Na pewno przez jego życie przewinęły się setki kobiet. – Mama uczyła pana matematyki w liceum – dopowiedziała cicho.

– Ach, Ewa Wysocka! – zawołał. Na jego twarzy pojawił się uśmiech. – Przepraszam, ale w pierwszej chwili nie skojarzyłem. Wszyscy znaliśmy panieńskie nazwisko pani mamy. Robert Orłowski. – przedstawił się podając jej rękę. Na chwilę zamilkł i uważnie się jej przyjrzał. – A więc tak wygląda córka Ewy. Jest pani podobna do mamy. Co u niej słychać? Nie widzieliśmy się chyba trzydzieści lat!

– Dwadzieścia sześć.

– Faktycznie, chyba ma pani rację. – Zawiesił na niej spojrzenie.

Na pewno zastanawia się, co mama powiedziała mi na jego temat, pomyślała Marta.

– Co słychać u niej? Dalej uczy matematyki w szkole?

– Nie. Mama nie żyje – powiedziała z trudem. – Dwa tygodnie temu był jej pogrzeb.

– Ewa nie żyje?! Co się stało? – zapytał oszołomiony. – Przecież była tylko siedem lat ode mnie starsza... Rak? Wylew?

– Wypadek samochodowy.

– Tak mi przykro. Ewa nie żyje... – powiedział cicho, w zamyśleniu. – Gdybym wiedział, pojechałbym na pogrzeb.

Na jakiś czas w powietrzu zawisła cisza. Marta przyglądała się mężczyźnie. Po chwili zastanowienia otworzyła torebkę i wyjęła białą kopertę.

– Zostawiła dla pana list.

– List? Do mnie? – zdziwił się. Z pewnym wahaniem wziął od niej kopertę. Chwilę trzymał ją w ręce, jakby zastanawiał się, co zrobić. Rozerwał jednak kopertę i wyjął kartkę papieru. Zaczął czytać, a jego mimika z upływem czasu zmieniała się. Lewą dłonią pocierał czoło, jakby chciał wymazać z niego zmarszczkę zdziwienia, która pojawiła się tam niedawno. Skończył czytać, spojrzał na Martę.

– Czy pani czytała... czytałaś ten list? – zapytał.

– Ten nie. Inny. Mama również dla mnie zostawiła list u notariusza – odparła, nie spuszczając wzroku z jego twarzy.

– Hm, muszę się czegoś napić. Czegoś mocnego. Tobie też nalać? – spytał, wstając z krzesła.

– Nie, dziękuję.

Podszedł do regału i otworzył oszklone drzwiczki. Wyjął butelkę finlandii i napełnił szklankę do jednej trzeciej objętości. Dolał soku z czerwonego grejpfruta i wypił duszkiem. Zrobił sobie jeszcze jednego drinka. – Na pewno nie chcesz?

– Nie.

– Masz prawo jazdy?

Marta kiwnęła głową.

– To będziesz dzisiaj moim szoferem. Usiadł znowu przy biurku i ponownie zaczął czytać list.

Witaj, Robercie,

jeśli czytasz ten list, to znaczy, że już nie żyję. Jest to jego szósta wersja: co roku, w rocznicę śmierci mojego męża, uaktualniam go, stary zastępując nowym i ciągle mając nadzieję, że go nigdy nie przeczytasz. Ale jeśli to się stanie, na pewno przeżyjesz duży szok. Zawsze zastanawiałam się, jak wtedy zareagujesz... Prawdopodobnie na początek zrobisz sobie porządnego drinka...

Cóż, przejdę od razu do rzeczy. Po naszym krótkim romansie mam pamiątkę – Martę. Bardzo zależy mi na tym, żebyś mnie dobrze zrozumiał: nie szukam dla mojej córki ojca, ona już go miała. Szukam dla niej przyjaciela, opiekuna. Oprócz mnie Marta nie ma nikogo. Kiedy mnie zabraknie, zostanie sama. Potrzebuje kogoś, kto jej pomoże, gdy zaistnieje taka potrzeba, doradzi, w jakiś sposób zaopiekuje się nią... Marta to cenny skarb, cudowny prezent, jaki dostałam od życia. Gdy ją poznasz bliżej, przyznasz mi rację. Wiem, że to, jaka jest, w pewnym stopniu zawdzięcza również genom, które jej przekazałeś. Jestem Ci niewyobrażalnie wdzięczna, że przyczyniłeś się do pojawienia się jej w naszym życiu, moim i mojego męża. Potraktowałam Cię niezbyt uczciwie, robiąc z Ciebie, hm... niczego nieświadomego inseminatora – wybacz mi. Ja i Ty spotkaliśmy się, kiedy moje małżeństwo przechodziło kryzys. Bardzo pragnęłam dziecka, a nie mogłam zajść w ciążę. Myślałam, że jestem bezpłodna, dlatego nie zabezpieczałam się, gdy się kochaliśmy. Powiedziałam mężowi o naszym romansie i o ciąży. W pierwszej chwili chciałam sama wychowywać dziecko, ale mąż zaproponował, żebyśmy spróbowali naprawić nasz związek. Warunek był jeden: nasza córka miała nigdy nie dowiedzieć się, że to nie on jest jej biologicznym ojcem. I nie powiedziałam jej aż do teraz. Edward był wspaniałym ojcem dla Marty, bardzo ją kochał. Marta odwzajemniała tę miłość i ciągle jej go brakuje. Gdyby nie śmierć Edwarda, nigdy nie dowiedziałaby się o Tobie. Mojego męża zabił rak – odkąd odszedł panicznie się boję, że kiedyś moja Martunia zostanie sama. Dlatego postanowiłam napisać ten list...

*Zrozum mnie dobrze: Marta nie potrzebuje ojca, miała najlepszego
ojca na świecie. Nie potrzebuje również pieniędzy (uspokój więc swoją
żonę); ma mieszkanie, dobry zawód, potrafi sama się utrzymać. Ona
potrzebuje przyjaciela. Pamiętam, jak opiekowałeś się swoją babcią,
gdy złamała nogę. Słyszałam też o Twojej klinice w Krakowie, podobno robisz tam dużo dobrego. Wiem, że potrafisz być dobrym przyjacielem i opiekunem. Dlatego proszę Cię, zaopiekuj się moją córką, bądź
jej aniołem stróżem... Z góry dziękuję, bo wiem, że mi nie odmówisz.*

Ewa

*PS Pozdrowienia z czyśćca! Prawdopodobnie tam teraz się znajduję –
na piekło chyba byłam za dobra, na niebo zbyt grzeszna.*

Robert odłożył list i zaśmiał się lekko. Spojrzał na dziewczynę.

– Ale Ewa wycięła mi numer! – powiedział, kręcąc głową. Wypił
drinka. – Wybacz, ale przed spotkaniem z żoną muszę się napić
dla kurażu. Niewielu rzeczy i ludzi boję się na tym świecie. Należy
do nich nowotwór złośliwy, udar mózgu, strach, żeby Rydzyk nie
został papieżem... i moja żona. I niekoniecznie w tej kolejności. –
Podniósł się z krzesła. – Muszę sobie zrobić jeszcze jednego drinka.

Rozdział 4

Marta zajechała do okazałej rezydencji. Samo ogrodzenie kosztowało chyba około miliona. Zawsze lubiła jazdę samochodem... do dziś. Dzisiaj była to droga przez mękę! Nigdy nie jechała autem tak nafaszerowanym elektroniką, nie znała również zbyt dobrze tej części Krakowa, a jej towarzysz był w takim stanie, że nie można było uzyskać od niego zbyt wielu wskazówek. Dobrze, że sekretarka wcześniej podała jej jego adres domowy i że w samochodzie był GPS.

Wreszcie dotarła na miejsce. Kiedy dojeżdżali do posiadłości Orłowskiego, ten nieoczekiwanie się obudził, nawet otworzył pilotem bramę. Wjechała na dziedziniec wyłożony mozaiką z kostki granitowej. Otworzyła drzwi samochodu i pomogła Robertowi wyjść. On z trudem się wygramolił i chwiejąc się na nogach, oparł się jedną ręką o auto a drugą o Martę.

Nieoczekiwanie z domu wybiegła kobieta. Jej wiek trudno było określić, mogła mieć trzydzieści lat, ale mogła również być dobrze zakonserwowaną czterdziestką. Drobna, niewysoka, mimo klapków na wysokich obcasach była dużo niższa od Marty. Kasztanowo-mahoniowe włosy miała upięte w efektowny koński ogon, a na twarzy elegancki, świeży makijaż. Ubrana była w krótką dżinsową spódniczkę i niebiesko-granatową bluzkę z głębokim dekoltem. W uszach dyndały jej srebrne kolczyki w kształcie sopelków lodu. Wyglądała, jakby za chwilę miała iść na dyskotekę do studenckiego klubu! Pani Maria określiłaby ją dwoma słowami: wypacykowana pindzia.

– Robert, do cholery! Gdzie tak się urżnąłeś?! – zawołała, taksując wzrokiem Martę.

– Malutka, przepraszam, że się trochę upiłem. Ale muszę ci o czymś powiedzieć. Nie wiem, czy ci się to spodoba – wymamrotał.

Marta zauważyła, że kobieta zbladła. Spojrzała nerwowo na nią i zapytała drżącym głosem:

– Co, zrobiłeś dziecko tej dziewczynie?

– Hm, niezupełnie... Jak by to powiedzieć, Malutka... Ona jest tym dzieckiem – wydukał. Za chwilę szybko dodał: – To córka Ewy, tej nauczycielki matematyki. Ewa nie żyje, dwa tygodnie temu był pogrzeb. Malutka, musiałem ją tu przywieźć. Ona nie ma nikogo – mówiąc to, spojrzał błagalnie na żonę.

Tego było już za wiele dla Marty. Oswobodziła się z pijanych objęć Orłowskiego.

– To ja już pójdę. – Zwróciła się do kobiety: – Przywiozłam tylko męża, bo nie był w stanie prowadzić samochodu. Do widzenia. – Odwróciła się i zaczęła iść w stronę furtki.

Kobieta nagle jakby przebudziła się z letargu. Podskoczyła do niej i chwyciła za rękę.

– Poczekaj! Dokąd idziesz? Przepraszam cię za swoje zachowanie. Zacznijmy od nowa. Renata Orłowska jestem. Z kim mam przyjemność?

Marta dalej milczała, ale się zatrzymała. Kobieta uśmiechnęła się do niej przepraszająco.

– Faktycznie jesteś jego córką, masz oczy Orłowskich. Jak ci na imię? Dowiem się w końcu, czy nie?

– Marta. Marta Kruczkowska. I bardzo proszę nie mówić, że jestem córką pani męża. Jestem córką Ewy i Edwarda Kruczkowskich.

– Dobrze, postaram się zapamiętać – odparła Orłowska z uśmiechem. – A teraz zapraszam do domu. Zaraz będzie kolacja. Na pewno jesteś głodna.

– Nie, jadłam obiad w klinice. Przynieśli ze stołówki. Pani mąż zamówił.

Orłowski oderwał się od samochodu i też ruszył w stronę domu.

– Malutka, zajmij się Martą, a ja idę wziąć zimny prysznic. Najgorsze mam już za sobą. Muszę teraz szybko wytrzeźwieć. Zrób mi mocną kawę.

Marta weszła do domu. Był duży, elegancki, urządzony ze smakiem. Widać było, ile pieniędzy wyłożyli właściciele na urządzenie tego domu. Drogie meble, kuchnia robiona na zamówienie, w oknach misternie upięte zasłony i firanki. Otwarta przestrzeń – kuchnia przechodziła w jadalnię, a za niską ścianką widać było kominek i komplet mebli wypoczynkowych. Wszystko w ciepłych kolorach. Elegancko, ale przy tym bardzo przytulnie.

Przy dużym stole kuchennym siedział chłopak w wieku Marty i dziewczynka, na oko dwunastoletnia. Chłopak był uderzająco podobny do ojca, młodsza kopia Orłowskiego.

– Wszystko słyszeliśmy przez okno – oznajmiła dziewczynka. – Zawsze chciałam mieć siostrę, ale nie taką starą jak ty. – Wyciągnęła rękę na powitanie. – Jestem Iza.

Chłopak również wstał od stołu.

– Cześć. Na imię mam Krzysiek. – Uśmiechnął się do dziewczyny. – Miałem dziesięć lat, gdy dowiedziałem się o ojcu. Wcześniej myślałem, że mój ojciec nie żyje.

– Marta Kruczkowska – przedstawiła się. – Mój ojciec niestety faktycznie nie żyje.

Po chwili wrócił Orłowski. Przebrał się w szafirowy podkoszulek i niebieskie dżinsy. Mokre włosy sterczały mu na wszystkie strony. Marta musiała przyznać, że jest wyjątkowo przystojnym mężczyzną.

– Mama już wam powiedziała, kim jest Marta? – odezwał się całkiem trzeźwym głosem.

– Nie musiała. Słyszeliśmy przez otwarte okno – powiedział Krzysiek. – Tato, daj ogłoszenie w głównym wydaniu *Dziennika Telewizyjnego*, żeby zgłosiły się wszystkie kobiety, które w latach siedemdziesiątych i osiemdziesiątych zawarły z tobą bliższą znajomość. Może okaże się, że mamy tuzin rodzeństwa, może nawet jesteś dziadkiem?

– Już dwanaście lat temu proponowałam twojemu ojcu, żeby to zrobił – powiedziała Orłowska, uśmiechając się.

– Ta rezolutna pani, jak już się pewnie domyśliłaś, Marto, to moja żona. – znów głos zabrał Orłowski. – Ma mnóstwo wad i trzy zalety: po pierwsze, robi wspaniałe ruskie pierogi, o drugiej zalecie nie będę mówił przy dzieciach, a jeśli chodzi o trzecią zaletę, to zapomniałem, co to jest, ale mam zapisane w notatniku. Z zawodu moja żona jest szmaciarą... Handluje szmatami w swoich sklepach. Całe szczęście nowymi, nie używanymi. Ile to masz tych sklepów, Malutka?

– Pięć. To też zapisz w swoim notatniku. Zapomniałeś o mojej spółce komandytowej produkującej podkoszulki. Zauważyłam, że masz ostatnio słabą pamięć. Cóż, starość... Zapomniałeś też Marcie powiedzieć, że zanim poświęciłam swoje życie szmatom i ruskim pierogom, byłam księgową, miałam własne biuro rachunkowe... I nadal bym je miała, gdybyś po jedenastu latach znowu nie wylądował w moim życiu. Na marginesie: kiedy będziesz miał jakieś zapytania związane z podatkami, skieruj je pod inny adres, nie do mnie. Masz przecież od tego księgową.

– Ale ona nie jest taka bystra jak ty, Malutka.

– To ją wymień na inną. I radzę ci na spotkaniu rekrutacyjnym lepiej przyjrzeć się zawartości mózgu kandydatki, a nie nogom. – Odwróciła się w stronę dziewczyny: – Mój mąż ma bardzo czułe serduszko, nie ma sumienia zwolnić swojej księgowej, bo ma bardzo zgrabne nogi.

– I robi bardzo dobrą kawę – dopowiedział Orłowski.

– Kawę ci robi przecież sekretarka.

– Ale kawa pani Grażynki bardziej mi smakuje. – Robert zwrócił się do Marty: – Moją żonę, Ksantypę, już trochę poznałaś. Ta druga młoda niewiasta, to moja córka Iza, uczennica... Iza, w której to klasie teraz jesteś? Przypomnij mi.

– Tatuśku, przestań się wygłupiać. Przecież tylko ty chodzisz na zebrania szkolne.

– Chyba w czwartej. Szesnastego maja skończyła jedenaście lat. Głównym jej pożywieniem, oprócz pizzy i chipsów, są książki. To dwunożny mol książkowy! Pożera każde słowo drukowane. Muszę niektóre książki zamykać na klucz, żeby się do nich nie dorwała. Przeczytała *Wierną rzekę*, *Przedwiośnie* i *Annę Kareninę*. W przyszłości chce zostać dziennikarką... i pisarką. – Orłowski odsapnął na chwilę. – Ten oto młodzieniec to syn mój i obecnej tu żony, Ksantypy. Napomykam o tym, bo wielu niewtajemniczonych ludzi myśli, że to owoc mojego pierwszego małżeństwa. Z moją pierwszą świętej pamięci małżonką Betty nie miałem dzieci. Chcę tylko nadmienić, że on również zostanie niedługo lekarzem, ale musi zdać jeszcze kilka egzaminów. Acha, zapomniałbym: jego IQ wynosi 160. Wybacz, Marta, ale zawsze każdemu muszę się tym pochwalić. – Orłowski skończył pić drugą kawę. – No, nareszcie trochę lepiej się czuję. Teraz ty powiedz nam coś o sobie.

Marta nerwowo poruszyła się na krześle. Żeby trochę opanować skrępowanie, wypiła łyk wody mineralnej. Wszyscy patrzyli na nią.

– Cóż... nie jestem taka wyjątkowa jak tu zebrani. Nigdy nie badałam swojego IQ, ale chyba nie jest zbyt wysokie. Próbowałam dostać się na medycynę, ale się nie udało... Skończyłam biologię, uczę w liceum.

– Szkoda, że nie matematyki – zauważyła zawiedziona Iza. – Myślałam, że będziesz odrabiać za mnie zadania domowe z matmy, bo Krzysiek nie chce tego robić. Nie cierpię matematyki!

– Jeśli chcesz studiować medycynę, to mogę ci w tym pomóc. Mam wykłady na uczelni – zainteresował się Orłowski.

– Nie, dziękuję panu. Jestem zadowolona z pracy w szkole, lubię uczyć.

– Słuchaj, Marta, mam propozycję – trochę niepewnie powiedział Orłowski. – Mów mi Robert. I ty, i my, czujemy się w tej sytuacji trochę niezręcznie. Najlepiej będzie, jak będziemy mówić swoim znajomym, że jesteśmy kuzynami. Co ty na to?

*

Wszyscy przenieśli się z kuchni do części wypoczynkowej. Oprócz strefy rodzinnej był jeszcze duży elegancki salon przeznaczony dla gości, ale rzadko z niego korzystano. Marta, wtulona w poduchy wygodnego fotela, w milczeniu przysłuchiwała się rozmowie Orłowskich. Przekomarzali się, robili sobie małe złośliwości, ale widać było, że są ze sobą bardzo zżyci. Relacje między nimi były inne niż w jej rodzinie. Tu nie było wyraźnie zarysowanych granic między rodzicami a dziećmi. Ona nigdy nie zwróciłaby się do mamy czy ojca w sposób, jaki robiła to Iza. Między Krzyśkiem a Orłowskim stosunki były typowo koleżeńskie, tylko zwrot „tato" świadczył, że to syn i ojciec.

Patrząc na nich, porównywała ich do siebie. Byli bardzo podobni: obaj wysocy – około stu dziewięćdziesięciu centymetrów wzrostu, ciemne włosy, wyraziste rysy twarzy i duże, czarne oczy, głęboko osadzone pod gęstymi brwiami. Nie wyglądali jak syn i ojciec, raczej jak bracia, bliźniacy jednojajowi, z których jednego w młodości poddano hibernacji, a drugiemu pozwolono dojrzeć. Robert miał lekko posiwiałe skronie i troszkę zmarszczek mimicznych, czego Krzysiek się jeszcze nie dorobił.

Zastanawiała się, którego by wybrała, gdyby miała zdecydować się na jednego z nich. Chyba Roberta, pomimo upływu lat odbitego w jego rysach i mimice. Zawsze jej się podobali dojrzali mężczyźni, chociaż nigdy z żadnym takim nie spała – faceci, z którymi się spotykała, byli jej rówieśnikami. Nagle zarumieniła się – przecież to chore, zastanawia się, z kim wolałaby pójść do łóżka: ze swym przyrodnim bratem czy biologicznym ojcem.

– No, który z nas bardziej ci się podoba? – nagle usłyszała słowa Krzyśka. – Ja czy ojciec?

Marta jeszcze bardziej się zaczerwieniła.

– Widzę, że chyba ojciec. – Uśmiechnął się z nutką zazdrości. – Większość dziewczyn wolałaby ojca. Tylko moja dziewczyna bez wahania wybrałaby mnie.

Poczuła się niezręcznie. Dobrze, że w tym czasie z kuchni wrócił Robert, stawiając na blacie stolika paterę z owocami.

– Jedzcie witaminki, dzieci. – Spojrzał na Martę. – Wiesz co, Marta, zostań u nas do niedzieli.

– Nie mam ubrań na zmianę – bąknęła.

– Pojedziesz jutro z Renatą na zakupy. Sama słyszałaś, że ma pięć sklepów. Coś tam można wybrać godnego uwagi. Kup sobie kilka ładnych bluzek, kilka spódniczek. Dam ci moją kartę. Przecież w tych spodniach jest ci za gorąco. – Spojrzał krytycznie na jej czarne jeansy i czarny podkoszulek. – Tylko kup sobie coś sensownego, kolorowego. Jest przecież maj. Renata ci doradzi.

Wtedy w Marcie coś pękło. Głęboko skrywana irytacja i złość wypełzły na wierzch. Miała dość rodziny Orłowskich. Co oni sobie wyobrażają! Nie pozwoli sobą manipulować, zrobić z siebie drugiej wypacykowanej małej kobietki, wdzięczącej się do facetów jak jego żona. Ten ignorant zapomniał o jej żałobie! Poczuła się, jakby chciano ją brutalnie wyrwać z jej dotychczasowego życia i siłą wsadzić do ich akwarium.

Wstała gwałtownie, aż stolik zachwiał się niebezpiecznie.

– Żegnam! To był błąd, że tu przyjechałam – wyrzuciła z siebie słowa z wściekłością. – Wracam do domu. – Po tych słowach skierowała się ku drzwiom.

Orłowskich zamurowało. Jej wybuch złości był tak niespodziewany, tak gwałtowny, że poraził ich wszystkich. Nie zareagowali, tylko patrzyli w osłupieniu, jak wychodzi z pokoju. Pierwsza ocknęła się Renata. Szybko podeszła do dziewczyny.

– Gdzie idziesz? Jest już późno. Jeśli chcesz wracać do Rzeszowa, to poczekaj do jutra. Prześpisz się w pokoju gościnnym. Chodź, zaprowadzę cię tam, na pewno jesteś zmęczona.

*

Marta długo nie mogła zasnąć. Leżała, wsłuchując się w ciszę śpiącego domu. Łzy wyschły już na jej twarzy; czuła, jak słone ślady spinają jej skórę. Nie wiedziała, dlaczego tak zareagowała. Przecież starali się być mili. Wszyscy. Nawet żona Roberta.

Wcale nie chciała wracać do swojego domu. Może jej wybuch spowodowany był tym, że spodobali się jej Orłowscy? Że w jej mniemaniu był to akt zdrady wobec rodziców?

Po raz pierwszy nie tęskniłam za mamą – pomyślała ze zgrozą – przecież minęły tylko dwa tygodnie od jej pogrzebu. Wystarczyło spędzić jeden dzień z rodziną Orłowskich, a ona już zapomina o swoich korzeniach. O mamie, o tacie.

Przewracała się z boku na bok. Wreszcie przegrała bitwę z Morfeuszem i zasnęła.

Rano obudziło ją szczekanie psa. Do pokoju wdzierały się odgłosy budzącego się dnia. Szum spuszczanej wody w łazience, skoczna muzyka płynąca z radia i hałas przejeżdżających samochodów. Wyjrzała przez okno. Na podwórku ujrzała starszego mężczyznę i kobietę. To na pewno pan Józef – ogrodnik i jego żona – pani Stasia – przypomniała sobie. Nie zostali sobie jeszcze przedstawieni, ale wczoraj Krzysiek dużo jej o nich opowiadał. Byli związani z rodziną Orłowskich od wielu lat, pan Józef pracował jeszcze u ojca Roberta, w ich domu na Woli Justowskiej. Krzysiek i Iza traktowali ich jak dziadków.

Weszła do łazienki. Każda sypialnia w domu Orłowskich miała własną garderobę i łazienkę. Nie wzięła prysznica, co robiła zwykle rano, tylko nalała wody do wanny. Przedłużała moment zejścia na dół. I moment opuszczenia tego domu. Nie chciała wracać do Rzeszowa, do pustego mieszkania.

Ubrała się, uczesała włosy. Wszystko, była gotowa. Nie wymalowała się. Nigdy się nie malowała. Nie uznawała również wysokich obcasów, nie lubiła też sukienek ani spódnic. Chociaż wiedziała, że ma całkiem zgrabne nogi, zawsze chodziła w spodniach, przeważnie w dżinsach. Na wyjątkowe okazje miała w szafie elegancki damski garnitur. W spodniach było jej wygodnie, nie musiała depilować nóg, martwić się „oczkami" w rajstopach. Wolała ubrania praktyczne niż modne, drogie i szałowe ciuchy z najnowszych kolekcji topowych projektantów, o których marzyły nocami jej koleżanki. Nie miała ich wielu. Najbliższa jej licealna koleżanka wyszła za mąż i wyjechała z Rzeszowa. Podczas studiów, tutaj w Krakowie, zaprzyjaźniła się z dwoma dziewczynami. Razem wynajmowały mieszkanie przy ulicy Żelechowskiego. Mieszkały ze sobą pięć lat. Wolała wynajmować mieszkanie niż akademik, miała stamtąd blisko na uczelnię i... spokój. Nie pragnęła hałaśliwego życia w miasteczku studenckim, nie chodziła na dyskoteki ani na studenckie imprezy. Na weekendy wracała do Rzeszowa. Często jeździły z mamą na wycieczki rowerowe, wędrowały po górach. Wcześniej robili to w trójkę: ona, mama i tata...

Jej rozmyślania przerwało pukanie do drzwi. Weszła Renata. Bez słowa usiadła w fotelu wiklinowym.

– To był mój pokój, kiedy byłam w separacji z Robertem. Dwa razy. Łącznie pół roku. Często siadałam tu, w tym fotelu – powiedziała nieoczekiwanie. – Siedziałam, bujałam się i rozmyślałam, czasami sącząc coś alkoholowego ze szklanki.

Zamilkła na chwilę. Bez słowa patrzyła na dziewczynę. – Nie wyjeżdżaj. Zostań trochę z nami. Nie wiem, czym cię uraziliśmy

– odezwała się ponownie. – Ale Robertowi zależy na tym, żebyś tu została. Chce cię bliżej poznać. Całą noc dziś nie spał.

– Bardzo go kochasz? – cicho zapytała Marta.

– Tak.

– Jak to jest kochać mężczyznę?

– Nigdy nie byłaś zakochana?

– Nie. Miałam kilku chłopaków, ale na żadnym mi nie zależało. Zależało mi tylko na rodzicach. – Spuściła nisko głowę. – Przepraszam za swoje wczorajsze zachowanie.

Renata podeszła do dziewczyny, objęła ją i pogłaskała po włosach. – Zostań z nami. Proszę – szepnęła.

*

Marta nie wyjechała, została do niedzieli w Krakowie.

Było fajnie. Bardzo fajnie. Dawno nie było jej tak dobrze, jak w domu Orłowskich. W nocy, gdy leżała już w łóżku, odwiedzały ją wyrzuty sumienia. Czy to wypada, żeby tak się czuć dwa tygodnie po śmierci mamy? Przecież była w żałobie! Straciła najbliższą osobę!

Rano jednak wszystkie wątpliwości znikały, zjadała je wraz ze świeżymi bułeczkami kupionymi przez panią Stasię.

Lubiła towarzystwo Roberta i jego rodziny. Lubiła słuchać przekomarzania małżonków, trochę złośliwych komentarzy Krzyśka i zabawnych uwag Izy. Zauważyła, że Iza nie widzi świata bez tatusia, matka jest u niej na drugim planie. W oczach Krzyśka natomiast jego matka to chodzący ideał kobiety.

Marta była ciekawa, jak wygląda dziewczyna Krzyśka. Nie poznała jej, bo Wika wyjechała do Bostonu w ramach programu wymian studenckich Erasmus. Studiowała tam informatykę, i to nie byle gdzie, tylko na MIT-cie. Całymi godzinami Krzysiek gadał z nią przez Skype. W ciągu tych kilku dni Marta zaprzyjaźniła się z nim. Mieli dużo wspólnych tematów, zawsze gdzieś ją wyciągał i coś ciekawego pokazywał. Raz nawet poszła z nim na wykłady.

Polubiła też Renatę, która okazała się całkiem sympatyczną kobietą. Wzięła ją kiedyś ze sobą do pracy, żeby Marta mogła kupić bieliznę na zmianę i kilka ubrań. Jednak nie usłyszała z ust Orłowskiej żadnych wskazówek co do ubioru.

Ale najbardziej Marta lubiła towarzystwo Roberta. Kiedy był w pobliżu, wszystko wokół nabierało rumieńców, powietrze było bardziej przejrzyste, potrawy smaczniejsze a ludzie weselsi. Jego poczucie humoru, rubaszne dowcipy i uśmiech psotnego urwisa rozbrajał wszystkich.

Ze wstydem zauważyła, że jest zazdrosna o jego żonę. Widziała, jak Renata wabi swojego męża, jak uwodzi spojrzeniem, ruchami ciała. Jak prowokująco nachyla się nad stołem, kusząc go dekoltem, jak zakłada nogę na nogę, oblizując usta i patrząc mu powłóczyście w oczy.

Zachowanie Renaty na początku trochę ją śmieszyło, później jednak, widząc, że to działa na Roberta, zaczęło ją złościć. Zawsze o dziesiątej Robert nagle stawał się śpiący i znikał z żoną w ich sypialni. Za pierwszym razem była trochę zażenowana. Ich ostentacyjne wyjście i oczywisty powód zniknięcia sprawiły, że poczuła się naprawdę skrępowana. Zauważył to Krzysiek.

– Przyzwyczaisz się do ich zachowania – powiedział nieoczekiwanie, gdy zostali sami na dole. – Z drugiej strony to fajne, że po dwunastu latach małżeństwa zachowują się, jakby to był ich miesiąc miodowy. Chociaż oni również mieli swoje problemy. Nawet dwa razy byli w separacji.

– Dlaczego? – zaciekawiła się Marta.

– A jak myślisz? Kobiety.

– Przecież Robert sprawia wrażenie ciągle zakochanego w twojej mamie...

– No, bo ją kocha. Ale jest przystojnym facetem, który nadal podoba się młodym dziewczynom. – Krzysiek wtajemniczał ją

w ich sprawy rodzinne. – Jednak żadna z nich nie ma najmniej-
szych szans, ojciec bardzo kocha mamę. Nie potrafiłby żyć bez niej.

Marta nic nie odpowiedziała, ale na myśl, co robią w swojej
sypialni, poczuła ukłucie zazdrości. Dziwnej zazdrości. Z jednej
strony zazdrościła Renacie, że jej mąż ciągle ma ochotę z nią się
kochać, z drugiej strony była zła na Roberta, że zostawia Martę,
bo woli być w sypialni z żoną. Też chciałaby spotkać kogoś, kto
patrzyłby na nią jak Robert na swoją żonę... I również chciałaby
kogoś tak mocno pokochać jak Renata Roberta.

Rozdział 5

W niedzielę po obiedzie Marta wracała do Rzeszowa, bo w poniedziałek rano musiała być w szkole. Obiecała znowu przyjechać do Krakowa w piątek. Robert nie pozwolił jej jednak jechać pociągiem, postanowił sam zawieźć ją samochodem. Jadąc obok Roberta, Marta czuła się dziwnie szczęśliwa. Było jej lekko, radośnie, uśmiechała się w środku do siebie... do Roberta również.

– Chciałem pobyć trochę sam z tobą, dlatego nie wziąłem Izy, mimo że nalegała – zwrócił się z uśmiechem do Marty. – Przepraszam, że cię wtedy uraziłem. Rzeczywiście czasami mam wrażliwość czołgu. Renata ciągle mi zarzuca, że jestem gruboskórny jak nosorożec. Wiem, że jesteś w żałobie, ból po utracie mamy będzie ci towarzyszył do końca życia. Może kiedyś zelżeje i nie będzie taki dotkliwy jak teraz, ale nigdy nie minie. Wiem coś o tym, bo też straciłem kilka osób, które kochałem. Nie musisz manifestować swojego bólu czarnym ubiorem. Jak myślisz, czy teraz twoja mama chciałaby widzieć cię smutną czy uśmiechniętą? Uważasz, że pragnęłaby cię oglądać w czerni? Żałoba na zewnątrz potrzebna jest tylko tym, którzy chcą pokazać światu, że im smutno. W twoim przypadku to tak oczywiste, że tylko idiota może mieć jakieś wątpliwości.

Na chwilkę zamilkł. Marta w ciszy trawiła jego słowa. Przyznała mu trochę racji.

– Co ci o nas mówiła mama? Opowiadała coś o mnie? – zapytał.

– Po śmierci taty nagle zaczęła wspominać lata spędzone w Krakowie, swoją pierwszą pracę w liceum, swoich uczniów. Przedtem tego nie robiła. Najwięcej mówiła o jednym uczniu.... O tobie. Opowiadała o twoich szkolnych wygłupach, o twoim samochodzie i o tym, co tam wyprawiałeś z dziewczynami. O tym, jak założyłeś się z kolegami, że umówisz się z nią na kawę. – Marta uśmiechnęła się do Roberta. – O waszym romansie dowiedziałam się dopiero z listu, który mi zostawiła u notariusza.

– To się stało, gdy odrabiałem staż w szpitalu. Spotkałem ją na Floriańskiej. Była wtedy w separacji z twoim ojcem.

– Wiem. Pisała mi o tym.

– Zależało mi wtedy na niej... A mało było kobiet w moim życiu, na których mi naprawdę zależało. Oprócz mojej jednej i drugiej żony była tylko Jola, moja szkolna miłość... No i Ewa.

*

Podjechali pod blok Marty. Robert wszedł na chwilę do jej mieszkania, które znajdowało się na parterze w czteropiętrowym bloku wybudowanym w latach osiemdziesiątych. W czasie gdy Marta robiła kawę, Robert rozglądał się po wnętrzu. Urządzone było trochę inaczej niż typowe mieszkanie w „lokatorskich koszarach". Nie królowała tu tradycyjna meblościanka, umeblowanie składało się z eleganckiej komody, regałów zapełnionych mnóstwem książek i rudej kanapy z dwoma fotelami. Ściany ozdobione były akwarelkami oprawionymi w eleganckie ramki. Jednak pierwsze, co się rzucało w oczy, to kwiaty doniczkowe. W całym mieszkaniu było ich pełno. W jednym rogu pokoju gościnnego zrobiono bardzo efektowny kącik kwiatowy. Stało tu około dziesięciu donic tego samego koloru, ale różnej wielkości. Rośliny też były zróżnicowane – od wysokich, ponaddwumetrowych, do całkiem niskich, co tworzyło ciekawą kompozycję. Podświetlone od dołu reflektorkami musiały w nocy robić niesamowite wrażenie.

Robert wyszedł na balkon. Przed nim rosły gęste krzaki bzu i akacji, utrudniając słońcu dostęp do pokoju. Okna balkonowe skierowane były na południowy-zachód, mimo to w pokoju było ciemno. Cały balkon, a dokładniej mówiąc loggia, tonął w kwiatach. Widać było, że gospodyni je kochała. Różnokolorowe pelargonie, podwieszone pod sufitem, zwisały barwną kaskadą, a na murku, w plastikowych skrzynkach, dumnie prężyły się krakowiaki. Duszący zapach kwiatów dotarł do Roberta. Zakręciło mu się w nosie, kichnął parę razy. Zauważył w jednej ze skrzynek kilka połamanych łodyg, a na posadzce trochę rozsypanej ziemi.

Kiedy wchodził do pokoju, jego uwagę przyciągnął uchylony lufcik w oknie.

Na ławie przy fotelach czekała już na niego filiżanka kawy i kruche ciasteczka. Usiadł w fotelu. Do pokoju weszła Marta.

– Marta, zamykaj dokładnie wszystkie okna, gdy wychodzisz z domu. Zostawiłaś uchylony lufcik.

– Niemożliwe. Przed wyjściem dokładnie sprawdzałam wszystkie okna – zdziwiła się. – Po serii włamań, jakie miały miejsce ostatnio na osiedlu, zawsze o tym pamiętam. Może pani Maria wietrzyła mieszkanie i zapomniała potem zamknąć okno.

– Pelargonie są połamane.

– Prawdopodobnie jakiś kot był na naszym balkonie.

– Ale na posadzce jest rozsypana ziemia, a skrzynki są na swoich miejscach.

– Na pewno pani Maria je postawiła. Miała przychodzić i podlewać kwiatki – powiedziała Marta. – Po co złodziej miałby się po raz drugi włamywać, jeśli był już tu wcześniej.

– Miałaś włamanie? – zaniepokoił się Robert. – Nic nie wspominałaś.

– Zapomniałam. Oprócz laptopa mamy i kamery zniknął tylko złoty wisiorek z Nefretete. Do piwnicy też się włamano, ale nic nie zginęło, chyba ktoś mu przeszkodził. – Zajrzała do szuflady. – Złoto dalej jest tam, gdzie było. Nawet złodziej nie chce ruskich pierścionków!

Robert na wieść o włamaniach przystąpił do działania. Znalazł numer telefonu do firmy ochroniarskiej i wymógł na dyżurnym pracowniku przysłanie ekipy montażowej. Przedstawił ofertę nie do odrzucenia... I mimo że była to niedziela, w tym samym dniu założono alarm. Wyjątkowo ekspresowy montaż miał swą również wyjątkowo wysoką cenę. Rachunek zapłacił oczywiście Robert, robiąc przelew na konto firmy.

Przed odjazdem Roberta do Krakowa pojechali we dwójkę na cmentarz. Mieli problem z zakupem zniczy, bo późna pora wygoniła już sprzedawców sprzed cmentarza, dopiero w Żabce udało im się jakieś kupić.

Marta sprzątnęła z grobu zwiędnięte kwiatki i wypalone znicze. Ewa pochowana była we wspólnym grobie z mężem. Robert ze zdziwieniem zauważył, że na tablicy nagrobkowej były już częściowo wygrawerowane informacje o Ewie – nazwisko i data urodzenia. Brakowało tylko daty śmierci. Nawet umieszczono wspólne ślubne zdjęcie jej i męża. Biedna kobieta chciała wyręczyć swoją córkę nawet w tej kwestii.

Stojąc przy grobie, Robert myślami powędrował do swoich licealnych lat. Przed oczami miał twarz Ewy siedzącej za biurkiem, jak tłumaczy zadanie przy tablicy, jak rozdaje klasówki...

Rozdział 6

W czwartej klasie liceum Robert Orłowski przeżył swoją pierwszą miłość. Wybranką jego serca była Jola, nowa koleżanka z klasy, zmuszona do zmiany szkoły ze względu na pracę ojca, przeniesionego służbowo z Warszawy do Krakowa.

Miłość do Joli zrobiła cuda – Robert w krótkim czasie przemienił się ze szkolnego Casanovy w zakochanego Romeo. Jego metamorfoza nie za bardzo spodobała się kolegom z klasy.

– Zrobił się z ciebie straszny pantoflarz! Nie chodzisz z nami na imprezy. Non stop tylko Jola i Jola! Zrobiłeś się nudny. Przedtem, kiedy chodziłeś na randki z dziewczynami, zawsze coś ciekawego się działo. Teraz boisz się Jolki – podsumowano jego przemianę.

– Wcale Jolki się nie boję. Jak będę chciał, to umówię się nawet z matematyczką. I Jolce nic do tego – powiedział buńczucznie.

– Z matematyczką? Chciałbyś?! Myślisz, że ona by się z tobą umówiła? Ha, ha – zaśmiali się.

– Oczywiście! Jeśli chcecie, możemy się założyć – zaproponował.

– Załóżmy się, proszę bardzo. Jak umówisz się z matematyczką na randkę, to zrobimy, co tylko będziesz chciał. – Kolegom bardzo spodobała się jego propozycja.

– Czy ja wiem? O byle co nie będę się zakładał, nie opłaca się.

– Co, pękasz? Mowy nie ma, żeby ona z tobą się umówiła!

– Dobra. Jak pójdzie ze mną na kawę i do kina, to na Rynku Głównym złożycie mi hołd jak Prusak Zygmuntowi Staremu.

Pocałujecie mnie w rękę, klęcząc, złożycie mi pokłon i ślubowanie poddaństwa.

– Zgoda. Ale jak ci się nie uda, będziesz do czasu matury odwoził nas codziennie do domu i nosił nasze teczki. Będziesz nam też codziennie użyczał samochodu na dwie godziny.

Do zakładu przystąpili Jurek, Zbyszek, Witek i Bogdan. Założyli się przy świadkach.

Kilka dni wcześniej Robert brał udział w olimpiadzie matematycznej na szczeblu wojewódzkim i udało mu się zdobyć trzecie miejsce. Po lekcjach poszedł do pracowni matematycznej. Nauczycielką matematyki była młoda dziewczyna, która niedawno skończyła studia. Miała dwadzieścia sześć lat, superfigurę, piękne czarne włosy i równie piękne czarne oczy. Była najmłodszą i najładniejszą nauczycielką w szkole. Uczyła w liceum drugi rok. Od czasu, kiedy pojawiła się w szkolnych murach, stała się treścią snów erotycznych wszystkich chłopaków.

– Dzień dobry, pani profesor. Przyszedłem po zapłatę, jak Mefisto do Twardowskiego – odezwał się do nauczycielki.

– O czym ty mówisz, Robert? – zdziwiła się matematyczka.

– Jak to, o czym, pani profesor? Obiecała mi pani, że jak zdobędę wysoką lokatę na olimpiadzie, to umówi się pani ze mną na randkę – przypomniał nauczycielce. – Ludzie honoru dotrzymują składanych obietnic.

– Ale ty masz pamięć, Orłowski! Powiedz mi lepiej, jak będzie wyglądała ta randka z tobą. Mam też przejechać się twoim samochodem? – zaśmiała się.

– Pani profesor, najpierw kawa w kawiarni, potem kino, a potem... do widzenia... Chyba że będzie pani chciała, żebym panią odwiózł samochodem do domu, to zrobię to. Jeśli pójdziemy do kina Wolność, wtedy problem z głowy. Odwozić nie trzeba, bo to blisko pani domu.

– Dobrze. Jestem kobietą honoru i dotrzymam danego słowa. Idziemy do kina Wolność.

Umówili się na spotkanie w najbliższą sobotę.

Joli powiedział, że mają gości w domu i jego obecność jest konieczna. Ona nie nalegała, żeby ją zapraszał, bo bała się jego matki, jak dłużnik komornika.

Do żadnej randki tak długo się nie przygotowywał, jak do tego spotkania. Pytanie zasadnicze – w co się ubrać? Myślał dotychczas, że to dylemat wyłącznie kobiet. Jak pójdzie w tym, w czym chodzi do szkoły (marynarki sztruksowe, jeansy), to może być to odebrane jako wyraz lekceważenia. Jak pójdzie w garniturze i pod krawatem – to będzie zbyt elegancko. W końcu zdecydował się na czarny golf, czarne spodnie z kantką i jasnopopielatą tweedową marynarkę ojca. Marynarka miała troszeczkę przykrótkie rękawy (był pięć centymetrów wyższy od ojca) i była nieco za obszerna (ojciec był od niego tęższy). Wystrojony przyjrzał się sobie w lustrze. No, no, całkiem nieźle – podsumował. Wyglądał jak student ostatniego roku tuż przed egzaminem (jeśli wyrozumiały egzaminator toleruje golf). Na marynarkę założył popielaty trencz. Tak wystrojony wszedł do kawiarenki. Nauczycielka już siedziała przy stoliku.

– Chyba się nie spóźniłem, pani profesor?

– Nie, to ja przyszłam za wcześnie – uspokoiła go.

Ona, w przeciwieństwie do Roberta, za wszelką cenę chciała wyglądać jak najbardziej aseksualnie – jak na prawdziwą belferkę przystało. Włosy spięte w koczek i zero makijażu! Ubrała się w szarobury kostium, na nogi założyła mokasyny na płaskim obcasie. Nie widział, żeby kiedyś chodziła w takim paskudztwie. Musiała je pożyczyć, na przykład od Rosjanki – pomyślał. Mimo swych usilnych zabiegów i tak wyglądała ślicznie.

Zdjął trencz i usiadł przy stoliku. Podeszła młoda kelnerka, uśmiechając się do niego promiennie. Zamówił dwie kawy i dwa kawałki tortu. Kątem oka widział swoich kumpli stojących za oknem.

– No, Robert, zaprosiłeś mnie na randkę, więc zabawiaj mnie rozmową! – usłyszał.

– Ślicznie pani wygląda, pani profesor. Od kogo pożyczyła pani buty? – mówiąc to, uśmiechnął się zuchwale.

– To moje. Wyciągnęłam je z piwnicy – też się uśmiechnęła.

– To w niczym nie przeszkodziło, nadal wygląda pani bardzo ładnie.

– Czy zawsze zaczynasz od komplementów? To jest ten twój sposób na dziewczyny?

– Do każdej dziewczyny stosuję inną metodę, każdą traktuję indywidualnie. – Znów się uśmiechnął. – Jeśli chodzi o nauczycielki, to mój pierwszy raz. Proszę więc o wyrozumiałość, nie mam jeszcze doświadczenia z tego typu kobietami. Muszę się nauczyć, bo następna będzie pani dyrektor.

Oboje się roześmiali. Znów w oknie ujrzał głowę Jurka.

– Czy to nie twoi koledzy? – zapytała.

– Pani profesor, muszę się do czegoś brzydkiego przyznać. Założyłem się z nimi, że się z panią umówię. Śmiali się ze mnie, że jestem pantoflarzem. – Po czym opowiedział jej o Joli.

Początkowo była trochę zszokowana, ale po chwili wybuchnęła śmiechem.

– Powiedz mi, dlaczego ja?

– Jak to dlaczego! Jest pani od roku obiektem westchnień wszystkich chłopaków w naszej szkole! Pani profesor, widzę, że ma pani poczucie humoru, w związku z tym mam jeszcze jedną prośbę. – Nieśmiało zapytał: – Czy w kinie mógłbym panią objąć? To znaczy pani fotel.

– No wiesz, Robert! – ale widząc jego minę, dodała: – No dobrze, fotel możesz objąć.

Oboje się roześmiali. Potem rozmowa płynęła już gładko. Opowiadał jej anegdotki z życia swojej rodziny, od czasu do czasu wtrącając jakiś dowcip.

– Od kiedy wiesz, że twoja przyszłość to medycyna?

– Od przedszkola. W żłobku chciałem być najpierw policjantem, później szpiegiem, jeszcze później pilotem, konduktorem, murarzem, cukiernikiem, generałem, przedszkolanką, kosmonautą, fryzjerem, lodziarzem i księdzem. Kolejność chronologiczna może być niezachowana, ale od przedszkola wybór zawodu miałem już sprecyzowany. Przez chwilę zastanawiałem się, czy nie byłoby lepiej zostać emerytem – nie trzeba wtedy wcześnie wstawać. Ale to było tylko wtedy, gdy mnie mama rano budziła.

– Nad specjalizacją już się zastanawiałeś? Kardiolog jak ojciec?

– Chirurg, dokładnie neurochirurg.

Czas leciał im bardzo szybko. W pewnym momencie, chcąc wziąć serwetkę, niechcący dotknął jej ręki. Poczuł jakiś dziwny prąd przelatujący miedzy ich dłońmi. Odruchowo oboje szybko cofnęli ręce. Na chwilę zapadła cisza. Ich oczy się spotkały. Czuł, że coś dziwnego dzieje się między nimi. Żeby pokonać zakłopotanie, zaczął opowiadać jakiś dowcip.

Zbliżała się godzina seansu. Nie chciało się im iść na film... ale plan trzeba było wykonać. Wstali i poszli do kina. Film był nieciekawy. Od czasu do czasu spoglądali na siebie. Jego ręka spoczywała na oparciu fotela Ewy (tak miała na imię).

Film nareszcie się skończył. Wyszli z kina. Odprowadził Ewę do domu. Szli bardzo powoli. Mówiła mu o zbliżającym się terminie jej ślubu. Zamiast „pani profesor" zwracał się do niej teraz „pani Ewo"... Czasami wymknęło mu się samo „Ewo". Dotarli pod jej klatkę.

– Nigdy nie miałem tak wspaniałej randki jak z panią. Dziękuję bardzo, pani profesor. Jest pani fantastyczną nauczycielką i... kobietą – powiedział, patrząc jej głęboko w oczy. Widział, że Ewa się rumieni. Jej zakłopotanie spowodowane było nie tyle jego słowami, co spojrzeniem. Na pożegnanie podała mu rękę. Dłuższą chwilę trzymał ją w swojej, potem pocałował (dłoń, oczywiście).

Wrócił do domu. W łóżku długo nie mógł zasnąć. Przed oczami ciągle miał twarz swojej nauczycielki.

W poniedziałek i podczas kolejnych dni nic nadzwyczajnego się nie wydarzyło. Na lekcjach matematyki Ewa traktowała go tak, jak przed sobotnim spotkaniem. On znów całe popołudnia spędzał z Jolą. Zmienił się jednak stosunek jego kolegów do niego – patrzyli teraz na niego z dużym szacunkiem. Poderwać nauczycielkę i to tak ładną, to nie lada wyczyn! W ich oczach był niekwestionowanym królem podrywaczy! Przyszedł czas odebrać nagrodę za wygrany zakład. Miało to się odbyć w sobotę o szesnastej na Rynku. Cała ich klasa stawiła się punktualnie (z wyjątkiem Joli – o niczym nie wiedziała), przyszło również dużo chłopaków z innych klas. W pamiętnym miejscu, gdzie przed wiekami Albrecht Hohenzollern składał hołd Zygmuntowi Staremu, teraz jemu składano hołd. Na tę okazję przygotował specjalne ślubowanie, wzorując się na pruskiej przysiędze. Chłopaki, każdy z osobna, podchodzili do niego, klękali na jedno kolano, całowali w rękę i czytali słowa przygotowanego przez niego tekstu. Cała banda pękała ze śmiechu.

Wieść o hołdzie szybko rozniosła się po całej szkole. Wszyscy opowiadali sobie o sobotnim wydarzeniu. We wtorek na lekcji matematyki zauważył dziwną zmianę w zachowaniu Ewy. Była wyjątkowo poważna, nie uśmiechnęła się do nikogo, nie reagowała na żartobliwe docinki jego i innych klasowych dowcipnisiów. Traktowała go jak powietrze. Pod koniec lekcji zarządziła kartkówkę. Nigdy tak się nie zachowywała! Po lekcji podszedł do biurka.

– Pani profesor, co się dzieje?

– Nie wiesz, Orłowski? Dużo mnie twój zakład kosztował! Od września nie będę już uczyć w tej szkole. – Oschły ton wskazywał, że to jego wina.

– Dlaczego?

– Nauczycielce nie wolno sypiać z uczniami! A ty wszystkim to sugerujesz.

Zmroził go jej chłód.

– Ja nic nikomu nie sugerowałem! Bardzo mi przykro, że pani profesor ma problemy z mojej winy. Naprawdę! – Nigdy nie czuł się tak głupio, jak wtedy.

– Cóż, ponoszę konsekwencje nierozważnego spoufalania się z uczniem. Będę miała nauczkę na przyszłość. – Sarkazm w jej głosie był dla niego niczym policzek.

Wyszła z klasy z wysoko podniesioną głową. Nie wiedział, co ma zrobić, żeby naprawić szkodę, jaką wyrządził. Naprawdę nic nie sugerował, nie powiedział ani jednego słówka, które mogłoby zabrzmieć dwuznacznie. Wtedy po raz pierwszy przekonał się o niszczycielskiej sile plotki.

Nie wiedząc, co zrobić, poszedł do dyrektorki. Ona spojrzała na ucznia zimno.

– Czego sobie życzysz, Orłowski?

– Pani dyrektor, nie wiem, od czego zacząć. Znów palnąłem głupstwo, nie zdając sobie sprawy z tego, że ktoś przeze mnie będzie miał przykrości. Opowiedział wszystko dyrektorce: o olimpiadzie, o Joli i o tym głupim zakładzie.

– Pani dyrektor! Jest pani mądrą kobietą. Czy wierzy pani w to, że piękna, inteligentna, dwudziestosześcioletnia nauczycielka zaryzykuje swą karierę, wdając się w romans z uczniem? Może i jestem atrakcyjny dla nastolatek, ale na pewno nie dla pani Ewy Wysockiej. Ona ma przecież narzeczonego, którego wkrótce poślubi. Pani Ewa ma poczucie humoru i dlatego zgodziła się brać w tym udział, a ja z kolei nie posądzałem moich kolegów o tak wybujałą wyobraźnię! Nie chciałem nikomu wyrządzić krzywdy, a na pewno nie pani Wysockiej. My wszyscy bardzo ją lubimy. Moi koledzy, jak wszyscy inni chłopcy w tym wieku, widzą w niej nie tylko nauczycielkę, ale też piękną kobietę, dlatego wymyślono takie bzdury. Pani dyrektor, proszę mnie ukarać, a nie panią Wysocką. To ja jestem winny, nie ona – przekonywał dyrektorkę.

Dyrektorka przyglądała mu się uważnie. Nie odzywała się, tylko słuchała. W końcu westchnęła głośno.

– Robert! Robert! Uwielbiasz pakować siebie i innych w kłopoty! Dobrze. Porozmawiam z panią Wysocką, ale nie wiem, czy będzie chciała po tym wszystkim tutaj zostać.

Ewa Wysocka, przekonana przez dyrektorkę, zdecydowała się zostać w liceum. Z Robertem jednak nigdy więcej nie rozmawiała o czymś innym niż logarytmy. Tak było do matury. Siedem lat później sytuacja się zmieniła.

Był początek maja, piękna pogoda. Szedł Floriańską. Przed sobą ujrzał znajomą sylwetkę. Długie, zgrabne damskie nogi w obcisłych dżinsach przyciągnęły jego uwagę. Dogonił ją.

– Dzień dobry, pani profesor! – zawołał matematyczce tuż nad uchem.

Przystanęła zaskoczona i spojrzała w górę.

– Ooo! Robert Orłowski! Witam. Co u ciebie słychać? Jesteś już lekarzem czy jeszcze nie? – Ucieszyła się na jego widok.

– Kończę staż, a więc prawie lekarz. Jak miło panią widzieć! – Uśmiechnął się do niej szeroko. – Ma pani trochę czasu na wypicie kawy z dawnym uczniem?

– Dobrze. Chodźmy na kawę – powiedziała z pewnym wahaniem.

Poszli do Jamy Michalika. Siedząc przy kawiarnianym stoliku, przyglądał się jej uważnie. Minęło siedem lat, a ona nic się nie zmieniła.

– Bardzo zmężniałeś. Ale zrobił się z ciebie przystojniak!

– Ty za to nic się nie zmieniłaś. – Bezceremonialnie przeszedł na ty.

– Masz dwadzieścia sześć lat, tyle co ja wtedy, gdy cię uczyłam... Ale ja nadal mam siedem lat więcej od ciebie. – Nie zaprotestowała przeciwko jego wymuszonemu bruderszaftowi.

– Wiem, że umiesz liczyć. Co z twoim mężem? Ciągle tworzycie szczęśliwe stadło?

– Właśnie się z nim rozwodzę. A ty, ożeniłeś się?

– Nie, nie ożeniłem się. Dlaczego się rozwodzicie?

– Po prostu nie wyszło. – Wzruszyła ramionami. – Mnóstwo ludzi się rozwodzi.

Widział, że Ewa nie chce na ten temat rozmawiać. Podsunął jej drugą lampkę koniaku.

– To też dla ciebie. Samochód wymusza abstynencję.

– Masz ciągle ten sam samochód?

– Żartujesz?! Kupiłem sobie nowy. Tamten dużo palił, sama wiesz, jak ciężko jest teraz z benzyną. Muszę ciągle kombinować, żeby mieć ją w baku. Mercedesa dałem panu Józefowi, naszemu ogrodnikowi. On jeździ nim tylko w niedzielę do kościoła.

– Ojciec ci kupił auto? Wrócił już ze Stanów?

– Dalej tam siedzi, robi karierę w Seattle. Na samochód sam zarobiłem. Jeździłem do ojca w każde wakacje. Pracowałem w szpitalu jako sanitariusz – powiedział.

– Puszczali cię do Stanów tak często?

– Ojciec ma odpowiednie znajomości. Ale i tak dodatkowo potrzebowali kaucji w postaci babci, matki ojca. Musiała przyjeżdżać do Polski na czas mojego pobytu w Stanach. W tym roku nie jadę tam, bo muszę odrabiać staż w Polsce.

Siedzieli i gadali. Kelnerka donosiła lampki koniaków dla Ewy, a dla niego cały repertuar deserów.

– Czy moja wychowawczyni dalej uczy? Kto jest teraz dyrektorem?

– Dyrektorka ta sama, twoja dawna wychowawczyni nadal u nas pracuje. Nie podziękowałam ci jeszcze za interwencję u dyrektorki w mojej sprawie... więc teraz dziękuję – dodała z ironią.

– Ja naprawdę nic nikomu nie sugerowałem. To była tylko bujna wyobraźnia kilku szczeniaków. – Spojrzał jej przeciągle w oczy. Widział, że poruszony temat domniemanego seksu z nim trochę ją wytrącił z równowagi.

Po dwóch godzinach wyszli z kawiarni. Na ulicach świeciły już latarnie.

– Jak późno się już zrobiło! – Język trochę się jej plątał. Koniaczki zrobiły swoje.

– Podwiozę cię – zaproponował.

– Nie ma takiej potrzeby, dam sobie radę – wzbraniała się.

– Lepiej, żeby cię nie widziano w tym stanie, pani profesor.

To ją przekonało. Dotarli na parking, wsiedli do samochodu. Widział, że drży, gdy się nad nią pochylił.

– Chciałem to zrobić już siedem lat temu – mówiąc to, dotknął wargami jej ust. Nie zaprotestowała, zaczęli się całować. Pocałunki stawały się coraz bardziej gorące. Nagle przestał i włączył silnik samochodu.

– Gdzie jedziesz? – spytała, widząc, że jedzie w innym kierunku.

– Do mnie.

– Nie wiem, czy to dobry pomysł – powiedziała cicho.

– Wtedy byłem twoim uczniem, teraz już nie jestem.

– Pamiętaj, że ja ciągle jestem starsza od ciebie o siedem lat.

– Miałem starsze od ciebie kobiety, jeśli cię to w jakiś sposób uspokoi.

Nic nie powiedziała. Dojechali do domu. Mieszkał sam, rodzice byli w Stanach.

Ewa została u niego na noc. Rano zawiózł ją prosto do pracy.

Byli ze sobą trzy miesiące. Od czasów Joli była to pierwsza kobieta, z którą chciał być dłużej. Spotykali się tak często, jak tylko mu pozwalał na to czas. Lubił jej towarzystwo. Była inteligentną, oczytaną kobietą, można było z nią porozmawiać na wiele tematów, niekoniecznie związanych z problematyką logarytmów czy trygonometrii. Najbardziej podobało mu się u niej to, że zawsze miała własne zdanie na każdy temat. Nie operowała frazesami, nie bała się trudnych pytań ani trudnych odpowiedzi. Miała przy tym duże poczucie humoru. Często spotykali się z jego znajomymi, chodzili razem do kina, nawet dwa razy nawet udało się jej wyciągnąć go do teatru.

Różnica wieku nie była jeszcze widoczna – jego znajomi, nie znający jej wcześniej, myśleli, że Ewa i Robert są rówieśnikami. Spodobała się jego babci Ani, która kilka razy wpadła na nią, przynosząc mu obiad. Nie wtajemniczał babci w szczegóły z życia Ewy. Babcia wkrótce przestała go odwiedzać, bo złamała nogę.

W drugiej połowie lipca pojechali z Ewą pożeglować po Jeziorze Solińskim. Byli tam tylko we dwoje. Spędzili wspaniałe dwa tygodnie, wrócili opaleni i wypoczęci.

Kilka dni później przyszła do niego trochę zdenerwowana.

– Jutro wyjeżdżam z Krakowa. Wracam do męża. Znalazł dobrą pracę w Rzeszowie – powiedziała niespodziewanie.

– Jak to? Dlaczego? – Poczuł nagły ucisk w żołądku.

– Wiadomo było od początku, że ten romans musi się kiedyś skończyć. Siedem lat to duża różnica wieku. Nie jestem kobietą dla ciebie, oboje o tym wiemy. Wczoraj był u mnie mój mąż. Postanowiliśmy spróbować jeszcze raz. Nie mówiłam ci o tym, ale główną przyczyną rozpadu naszego małżeństwa było to, że nie mieliśmy dziecka. Nie mogłam zajść w ciążę. Ja chodziłam po lekarzach, on nie. Teraz obiecał mi, że odwiedzi klinikę... – Po chwili szepnęła: – Nie mogę być z tobą. Zaczyna mi coraz bardziej na tobie zależeć... Wiesz, że mam rację. Tak będzie najlepiej.

Nic nie odpowiedział, tylko patrzył na nią. Czy ją kochał? Czy chciałby z nią spędzić resztę życia, być z nią na zawsze? Chyba nie. Rzeczywiście, tak będzie lepiej dla nich obojga.

To był ostatni raz, kiedy widział Ewę.

Rozdział 7

Zatrzymałem samochód niedaleko bloku Kruczkowskiej. Ze schowka wyjąłem lornetkę. W mieszkaniu paliło się światło. To oznaczało, że była w domu. Nareszcie wróciła.

Wystarczyło, że zabrakło mnie tylko na tydzień i już pojawiły się problemy. Jak ci durnie mogli nie wiedzieć, co się działo z dziewczyną przez kilka dni?! I do tego wszystkiego, zamiast wykorzystać sytuację i przeszukać mieszkanie, nie zrobili nic. Podobno próbowali, ale ktoś ich spłoszył – debilne wytłumaczenie! Na myśl o tym prychnąłem z lekceważeniem.

Gdzież ona mogła być przez tyle dni?! Przecież nie miała krewnych, oprócz tych w Irlandii, ale wątpliwe było, żeby tam pojechała, tym bardziej, że ani ciotka, ani kuzyni nie byli nawet na pogrzebie jej matki.

Siedząc w aucie, uświadomiłem sobie, że pojawił się poważny kłopot: jak teraz przeszukać mieszkanie? Po śmierci matki dziewczyna prawie w ogóle nie wychodziła z domu, najwyżej na cmentarz. Nie było więc szansy wejść do mieszkania, a teraz po założeniu alarmu było to wręcz niemożliwe!

Z rozmyślań wyrwało mnie pojawienie się na balkonie młodej Kruczkowskiej. Dziewczyna, ubrana w szafirowy szlafroczek, podlewała kwiatki wodą z konewki.

Ładna, pomyślałem, nawet bardzo ładna, chociaż nie zależało jej wcale na tym, żeby ładnie wyglądać. Nie eksponowała swojej urody – zawsze ubrana w czerń, bez makijażu, w butach na płaskiej podeszwie nie rzucała się w oczy. Trzeba było się dobrze przyjrzeć, żeby dostrzec jej klasyczne rysy twarzy i zgrabną sylwetkę ukrytą pod spodniami.

Postanowiłem, że od dziś będę miał ją stale na oku, muszę wiedzieć o każdym jej ruchu – prawdopodobnie będzie mi potrzebna, bez niej nie znajdę swej zguby. Parszywe życie – westchnąłem głośno. Nie chciałem jej krzywdzić, ale w ostateczności, gdy nie będzie innego wyjścia, będę zmuszony zabić też ją. Tak jak jej matkę.

Rozdział 8

Marta z niepokojem weszła na dziedziniec szkoły. Był to jej pierwszy dzień w pracy od śmierci mamy. Czuła się trochę zagubiona, jeszcze nie całkiem gotowa zmierzyć się ze swoimi obowiązkami. Szła korytarzem, odpowiadając uczniom na słowa powitania. „Dzień dobry". Może i dobry, ale nie dla niej. Fatalnie spała w nocy, męczyły ją koszmary.

Weszła do pokoju nauczycielskiego. Wszyscy umilkli na jej widok. Widziała współczujące miny koleżanek i kolegów, widziała też ich skrępowanie. Nie wiedzieli, jak mają się zachować. Normalnie, do cholery, normalnie! Dobrze, że podeszła do niej pani Maria.

– I jak było w Krakowie, Martuniu? – zapytała.

– Fajnie. Opowiem wszystko, jak przyjdę do pani dziś wieczorem.

– Dobrze. Coś źle się czuję, ale może mi przejdzie za kilka godzin.

Nie rozmawiały dłużej, bo zadzwonił dzwonek.

Pierwsza lekcja jakoś minęła, następne również. W każdej klasie zajęcia wyglądały podobnie. Gdy tylko wchodziła do sali, otaczała ją grupka uczniów – tych, którym groziła ocena niedostateczna i prymusów chcących poprawić i tak już dobrą ocenę.

Wśród uczniów czuła się lepiej niż w pokoju nauczycielskim. Dzieciaki zapomniały już o pogrzebie, miały ważniejszą sprawę na głowie: jak poprawić ocenę na świadectwie.

Na dużej przerwie dyrektor poprosił ją do swego gabinetu. Był nauczycielem chemii. Lubiła go, nigdy nie miała z nim żadnych konfliktów. Był wyrozumiałym i sprawiedliwym przełożonym. Mama też miała o nim dobre zdanie, a znała go lepiej niż Marta, bo wspólnie dorabiali sobie na boku, rozprowadzając w sprzedaży bezpośredniej produkty z żeń-szenia. Często jeździła i robiła w domach różne prezentacje, tworząc sieć klientów. Marty nie pociągało tego typu zajęcie, mama jednak była szczęśliwa, że mogła zarobić trochę dodatkowych pieniędzy. Podobno to zajęcie było bardziej dochodowe niż dawanie korepetycji uczniom. Mama, mimo że była już na emeryturze, musiała ciągle coś robić. Nadal pracowała na pół etatu w szkole, dawała korepetycje uczniom i jeszcze rozprowadzała żeń-szeń. Mówiła, że dopóki nie ma wnucząt do bawienia, musi zarobić na dobry samochód dla Marty. Miały do dyspozycji tylko jedno auto, osiemnastoletniego mercedesa.

Na myśl o samochodzie dziewczyna głośno westchnęła. Gdyby nie ten gruchot, mama nadal by żyła.

Wyłączyła się, nie słuchała, co mówi do niej dyrektor. Dopiero jego chrząknięcie przywróciło ją do rzeczywistości.

– Przepraszam, panie dyrektorze, ale się zamyśliłam. O co mnie pan pytał?

– Czy policja zwróciła już pani samochód? Bo mogłaby pani wziąć z kasy szkolnej bezprocentową pożyczkę na jego naprawę.

– Panie dyrektorze, to auto nadaje się do kasacji. Gdyby nawet było mniej uszkodzone, to i tak bym nim nie jeździła.

– Rzeczywiście, nie pomyślałem. Ma pani rację. Ale może go pani jeszcze dobrze sprzedać. Czy już oddano pani samochód?

– Nie. Muszą najpierw zrobić ekspertyzę. To formalność, ale zawsze tak robią.

– Gdyby nie miała pani gdzie trzymać auta, to może u mnie na podwórku?

Marta zdziwiła się, słysząc słowa dyrektora.

– Ależ ja nie mam zamiaru trzymać tego złomu, chcę się go pozbyć!

– Słyszałem, że ten samochód wcale nie jest do kasacji, można by poszukać jakiegoś dobrego mechanika, który by go naprawił i potem mogłaby go pani sprzedać. Moje podwórko jest do pani dyspozycji.

Martę zniecierpliwiło gadanie dyrektora. Cóż on ciągle wraca do tego podwórka! Chcąc, żeby dał jej w końcu spokój, powiedziała: – Mam gdzie trzymać samochód! Mamy przecież działkę. Jest tam dużo miejsca na różne rupiecie.

– Nie wiedziałem, że panie miały działkę budowlaną. Budowałyście dom? – zdziwił się. – Mama się nie chwaliła.

– To działka rekreacyjna, nie budowlana. Stoi tam mały domek letniskowy zrobiony z dwóch kontenerów budowlanych. Mama lubiła grzebać w ziemi.

Zachowanie dyrektora trochę zdziwiło Martę. Na wieść o działce zareagował tak, jakby odkrył wśród pracowników dwie zakamuflowane spadkobierczynie Rockefellerów. Przyjrzała się uważnie dyrektorowi. Dziwnie wyglądał. Był nieogolony, chyba niewyspany, miał podkrążone oczy i ziemistą cerę.

Dzwonek na lekcję przerwał wizytę u dyrektora. Ucieszyła się, że może wyjść z gabinetu. Dzisiaj jej szef zachowywał się wyjątkowo dziwnie.

*

Marta odetchnęła głęboko, na dziś koniec pracy. Wzięła swoje rzeczy z pokoju nauczycielskiego i wyszła ze szkoły. Uff, już jeden dzień ma prawie za sobą, jeszcze tylko cztery dni i pojedzie do Krakowa. Nie cierpiała teraz i swojego miasta, i swojego mieszkania. Nie miała ochoty na powrót do domu. Zje coś po drodze, pójdzie na cmentarz a potem do pani Marii. Musi w nocy zażyć tabletki na sen, może w jej apteczce znajdzie jakieś środki nasenne.

Minęła budkę z kebabem. Kupiła drobiowy, średnio pikantny. Usiadła na ławeczce i zjadła go z apetytem.

Zadzwonił telefon. Spojrzała na wyświetlacz – Robert. Musiała zdać mu relację z minionego dnia w szkole. Wysłuchała jego najnowszego dowcipu, narzekań na Renatę i na upał w Krakowie. Potem słuchawkę odebrała mu Renata i zaczęła narzekać na niego. W tle słychać było jego oburzenie i protesty, że to nieprawda, co mówi żona. Słuchając ich przekomarzań, zatęskniła za domem Orłowskich. Zapragnęła być tam znowu. Siedzieć z nimi na tarasie, jeść frykasy przyrządzone przez panią Stasię i słuchać dowcipów Roberta. Po kilkunastu minutach musiała przerwać rozmowę, bo akurat nadjeżdżał jej autobus. Wsiadła do niego i pojechała na cmentarz. Kiedy dojechała na miejsce, ołowiana kotara przysłoniła niebo. Wszystko wskazywało na to, że za chwilę będzie padać. Ale cóż może zrobić jej letni deszcz, przecież nie jest z cukru, nie rozpuści się. Na straganie kupiła znicze i wiązankę świeżych kwiatów. Dotarła do grobu.

Od dnia pogrzebu często tu przychodziła, przeważnie wcześnie rano, żeby nie natknąć się na żadnego sąsiada, bo nie miała ochoty na współczujące pogaduszki. Siadała na ławeczkę i... siedziała. Potrafiła tak siedzieć nawet kilka godzin. Dobrze się tu czuła. Blisko rodziców.

Zapaliła znicze, nalała świeżej wody do wazonu i włożyła kwiaty. Postanowiła kupić jutro kilka pelargonii w doniczkach. Mama uwielbiała pelargonie. Wyjęła z torby kartkówki, które dzisiaj zrobiła uczniom i zaczęła je oceniać.

– Przepraszam, czy ma pani zapałki albo zapalniczkę? – usłyszała nad sobą.

Wzdrygnęła się, nie słyszała zbliżających się kroków. Zadarła głowę do góry. Ujrzała wysokiego mężczyznę około trzydziestki.

Uśmiechnął się do niej.

– Przepraszam, że panią wystraszyłem, ale nie mam czym zapalić zniczy – powiedział. Miał dziwny, twardy akcent, mimo że mówił dobrze po polsku.

Wyjęła z torebki pudełko zapałek i mu podała. Mężczyzna odszedł. Zauważyła, że zatrzymał się kilka grobów dalej. Zapalił znicze i po chwili przyszedł z powrotem do niej, żeby oddać zapałki. Podziękował i wrócił do swoich zapalonych zniczy.

Marta kątem oka obserwowała nieznajomego. Przystojny. Nie tak przystojny jak obaj Orłowscy, ale przystojny. Typ silnego faceta. Wysportowany, muskularny, ale nie w ten nadmuchany sterydami sposób, jak wyglądają niektórzy bywalcy siłowni. Ubrany był również sportowo: jasnoniebieskie jeansy i niebieski T-shirt z nadrukiem. Miał jasne, gęste włosy, średniej długości, takie w sam raz – nie lubiła ani wygolonych mięśniaków, ani długowłosych lowelasów. Wcześniej zauważyła, że ma duże brązowe oczy w ciemnej oprawie. Modny, dwudniowy zarost również miał ciemny. Jasne włosy nie pasowały do jego reszty owłosienia. Chyba ich nie farbuje? Był ładnie opalony. Świeża górska opalenizna kontrastowała z jasnym podkoszulkiem. Europejska wersja Brada Pitta, podsumowała nieznajomego.

Młody mężczyzna jeszcze chwilę siedział na ławeczce, potem wstał i odszedł. Marta westchnęła głośno. Czy kiedyś zainteresuje się nią jakiś fajny facet? Na przykład taki jak ten? W czasie studiów spotykała się z kilkoma chłopakami, ale żaden z nich nie został z nią na dłużej. Ona również nie wywarła na żadnym z nich tak silnego wrażenia, żeby chcieli pojedynkować się o nią. Sebastian, z którym ostatnio chodziła, zdradzał ją z innymi dziewczynami, jej koleżankami, i to wcale nie ładniejszymi od niej.

Otworzyła torebkę i wyjęła z niej małe lusterko. Popatrzyła na swoją twarz. Miała regularne rysy, ładnie zarysowane kości policzkowe, duże usta i duże oczy. Nie była brzydka. Miała również bardzo ładne włosy, wiedziała, że podobają się chłopakom. Gęste, proste, prawie czarne, długie za ramiona. Przeważnie nosiła je rozpuszczone, wiązała je tylko wtedy, gdy było bardzo gorąco. Tak, włosy były jej największą ozdobą. I chyba oczy.

Była ładna, ale chłopcy nie szaleli za nią, przegrywała z dziewczynami brzydszymi od niej. Woleli dziewczyny bardziej kobiece, jak to mówił Sebastian. Wymalowane, w spódniczkach i butach na wysokich obcasach. Takie jak Renata Orłowska.

Pierwsza, duża kropla deszczu, która spadła na jej nos, przywróciła ją na ziemię. Spojrzała na niebo. Za chwilę będzie ulewa, przeleciało jej przez głowę. Szybko wrzuciła lusterko do torebki, wzięła z kolan kartkówki i schowała do plastikowej teczki. Wstała i ruszyła biegiem w stronę przystanku. Deszcz złapał ją w połowie drogi i zanim dobiegła do wiaty, była już cała mokra. Spojrzała na rozkład jazdy, dopiero za dwadzieścia minut nadjedzie autobus. Zrezygnowana usiadła na ławeczce.

W tym momencie przy przystanku zatrzymało się grafitowe Audi A8 na austriackich numerach. W uchylonych drzwiach auta ujrzała uśmiechniętą twarz nieznajomego z cmentarza.

– Proszę wsiadać, podwiozę panią – powiedział mężczyzna. Widząc jej wahanie, dodał: – Proszę się nie bać, nie jestem cmentarnym zboczeńcem.

Po krótkim namyśle Marta wsiadła do samochodu.

– Ale się rozlało! – powiedział z miną spod znaku eureka. – Jest pani cała mokra!

– Przepraszam, że zamoczyłam panu samochód – powiedziała ze skruchą.

Mężczyzna roześmiał się.

– Czy zawsze jest pani taka przewrażliwiona? Nie wiedziałem, jak zagaić rozmowę.

– Ma pan dziwny akcent, pan chyba nie mieszka na stałe w Polsce? – zapytała. Po chwili w myślach zganiła samą siebie. Nie było to zbyt inteligentne z jej strony, przecież on jeździ autem na austriackich rejestracjach. – Ja również chcę podtrzymać rozmowę – dodała z uśmiechem.

Mężczyzna znowu się roześmiał.

– Mieszkam w Wiedniu. Moja mama była Polką. Często przyjeżdżałem do dziadków na wakacje. Mieszkali tutaj na Podkarpaciu.

– Przyjechał pan do nich w odwiedziny?

– Niezupełnie. Dziadkowie dawno już nie żyją. – Przerwał na chwilę. – Może da się pani zaprosić na obiad? Nie mam tu nikogo znajomego. Nie znam też miasta, nie wiem, gdzie można zjeść coś smacznego.

Marta zawahała się.

– Dobrze, zaryzykuję. Może mnie pan nie zabije nożem i widelcem.

– W restauracjach może czyhać wiele niebezpieczeństw, nie tylko nóż i widelec, ale na przykład salmonella. To gdzie mnie pani zawiezie, żeby nas nie otruto? Na marginesie: lubię wszystkie kuchnie świata, jestem mało wybredny... jeśli chodzi o jedzenie. Tylko proszę mnie poprowadzić, bo nie znam Rzeszowa.

Marta wybrała restaurację śródziemnomorską niedaleko centrum. Weszli do środka. Mężczyzna rozglądał się z zainteresowaniem po wnętrzu.

– Zamiast propagować potrawy regionalne, to serwuje mi pani kuchnię śródziemnomorską? Gdzie tu lokalny patriotyzm? – droczył się z uśmiechem na twarzy.

Kiedy się uśmiechał, śmiały się również jego oczy. Przystojny. Bardzo przystojny. Marta zarumieniła się lekko.

– Przecież to ja zostałam zaproszona. Wybrałam restaurację według swojego gustu. Przepraszam, że nie lubię bigosu ani schabowego z kapustą – też się uśmiechnęła.

Przestało już padać, usiedli więc przy stoliku w ogródku restauracji. Zamówili na początek małże w białym winie (dla niego) i zupę bazyliową (dla niej). I wino.

– Czy nie uważa pani, że najwyższy czas, żebyśmy poznali swoje imiona? Mam na imię Mark.

– Marta.

– Pani Marta... A może być sama Marta?

Mark coraz bardziej podobał się Marcie. Dobrze jej się z nim rozmawiało. Początkowe skrępowanie już minęło, pomogło jej w tym wino, które piła kieliszek za kieliszkiem, podczas gdy Mark musiał zadowolić się wodą mineralną. Później zamówili lasagne. Była wyśmienita. Właśnie kończyli przeżuwać ostatnie kęsy potrawy, gdy zadzwoniła komórka Marty. Spojrzała na wyświetlacz – pani Maria. Całkiem o niej zapomniała. Odebrała telefon i chwilę rozmawiały. Przeprosiła kobietę, że jej nie odwiedzi. Schowała komórkę.

– Przepraszam cię, ale musiałam odebrać telefon od pani Marii, przyjaciółki mojej mamy.

– To ta kobieta, która stała koło ciebie na pogrzebie?

– Skąd wiesz? – zdziwiła się.

Spojrzała na mężczyznę. Widziała, że z trudem ukrywa zmieszanie. Nalał sobie do szklanki wodę i wypił kilka łyków.

– Byłem wtedy na cmentarzu. Trochę wcześniej był pogrzeb mojej ciotki. Właśnie wracałem, kiedy zobaczyłem wasz kondukt. Było mnóstwo ludzi, nigdy nie widziałem takiego pogrzebu. Jestem przyzwyczajony do garstki osób nad grobem, a tutaj był tłum. Stanąłem i przysłuchiwałem się. To był pogrzeb twojej mamy?

– Tak. Zginęła w wypadku samochodowym. Była nauczycielką, tak jak ja... Dlatego tylu ludzi było na pogrzebie. Dzieciaki, z dwojga złego, wolały iść na cmentarz niż mieć lekcje. – Zamilkła na chwilkę. – Dziwny zbieg okoliczności, że spotkaliśmy się dziś na cmentarzu – dodała po chwili zastanowienia.

– Czasami przypadek wpływa na całe nasze życie – powiedział filozoficznie. – Akurat przyszedłem postawić znicz na grobie ciotki, bo niedługo wyjeżdżam. Dobrze się złożyło, że i ty tam byłaś... Inaczej nie mógłbym zapalić zniczy. – Uśmiechnął się. – Chyba często przychodzisz na cmentarz? Po śmierci mojego ojca ja też całymi godzinami siedziałem przy jego grobie.

– Twój ojciec też nie żyje?

– I ojciec, i mama. Ale nie mówmy o takich przykrych sprawach jak śmierć. Mówisz, że jesteś nauczycielką? Czego uczysz?

– Biologii, w liceum. A ty co robisz?

– Ja? Teraz czy w ogóle?

– Teraz i w ogóle.

– Jestem dziennikarzem, czasami piszę scenariusze filmowe, ostatnio przymierzam się do powieści.

– O czym ta powieść? Chyba nie romans?

– Nie wyglądam na kogoś, kto zna się na miłości? – Zaśmiał się. – Rzeczywiście nie potrafiłbym napisać romansu. Piszę powieść kryminalną.

– Ile będzie trupów, ilu ludzi uśmiercisz? Zabijesz w swojej książce też jakąś młodą kobietę? – zapytała z uśmiechem.

– Nie lubię zabijać. Tym bardziej młodych kobiet. Ale książka to dalsza perspektywa, teraz piszę artykuł o czasach Franciszka Józefa i jego polskiej kochance, Annie Nahowskiej.

– Mając tak wspaniałą żonę jak Sissi, jeszcze zachciało mu się kochanek?!

– Może Sissi nie była tak wspaniała, jak ją przedstawiła Romy Schneider? Nasz poczciwy Franz Joseph miał podobno dwie przyjaciółki – aktorkę Katarzynę Schratt, z którą lubił pić kawę i jeść rogaliki, i Annę Nahowską, z którą uwielbiał podróżować żelazną koleją. Właśnie badam, co się stało z tą ostatnią. Wiadomo że

Sissi przebił pilnikiem jakiś zwariowany anarchista, Katarzyna, aktorka, zmarła w podeszłym wieku wiele lat po Franciszku, a co się stało z Anną, żoną kolejarza, nie wiadomo.

– I co odkryłeś?

– Że Polki są najładniejszymi kobietami w Europie. Przede wszystkim Polki z Galicji – powiedział, uśmiechając się uwodzicielsko i patrząc jej głęboko w oczy.

Marta znowu się zarumieniła. Żeby przełknąć zawstydzenie, popiła je czerwonym winem.

– Śliczna jesteś, jak się rumienisz. Najbardziej do twarzy z rumieńcem jest brunetkom – dalej ją czarował.

Wcale nie musiał dalej tego robić – Marta już dawno była nim oczarowana! Miłe słówka i komplementy plus wino w sporej ilości zrobiły swoje.

*

Wyszli z restauracji i skierowali się na parking, gdzie stało audi Marka.

– Dokąd mam cię zawieźć? Musisz mnie pilotować.

Przyjechali pod blok Marty. Mark zgasił samochód i spojrzał na dziewczynę.

– Dziękuję za wspaniały obiad i jeszcze lepsze towarzystwo – powiedział.

Trochę zawiedziona Marta dalej siedziała w samochodzie. To koniec? Już więcej go nie zobaczy?

– Może wstąpisz na chwilę do mnie? – zapytała z zażenowaniem.

– Już późno, może jutro.

Jednak chce się jeszcze spotkać – trochę się uspokoiła. Nadal jednak nie miała ochoty wracać do swojego mieszkania.

– Wejdź, proszę... Nie lubię teraz przebywać sama w domu. Tak tam pusto... – wyszeptała.

Mark spojrzał na nią uważnie. Zastanawia się, czy go nie zgwałcę – przeleciało Marcie przez myśl.

– Dobrze, wejdę na chwilkę.

Weszli do mieszkania. Mężczyzna rozglądał się uważnie po wnętrzu.

– Ładnie tu, przytulnie.

– No, powiedzmy, że to prawda. Mam nadzieję, że nie jesteś głodny, bo w mojej lodówce jest tylko światło. Ale mogę zrobić ci coś do picia. Na przykład pyszną wodę mineralną. Albo wino. Została jeszcze butelka w barku. – Widząc jego spojrzenie, szybko dodała: – Z reguły nie piję alkoholu, tylko dzisiaj, wyjątkowo. Po śmierci mamy... nie piłam nic.

– Z przyjemnością napiję się tej wspaniałej wody mineraln...

Nie dokończył, bo w tym momencie zawył alarm. Oboje się wystraszyli, w pierwszej chwili Marta nie wiedziała co się dzieje.

– Wyłącz to! – krzyknął Mark.

Wtedy dopiero dziewczyna przypomniała sobie o alarmie. Szybko wystukała cyfry i zadzwoniła do centrali, żeby uspokoić ochroniarzy.

– Całkiem zapomniałam o tym alarmie. Dopiero wczoraj Robert mi go założył – tłumaczyła się.

– Kto to jest Robert? Twój chłopak?

– Nie. Mój... kuzyn. Nie mam chłopaka. Dowiedział się o włamaniu i zarządził założenie alarmu.

– Miałaś tu włamanie? Dawno?

– Trzy tygodnie temu. W dniu śmierci mamy. Chodź do kuchni, dam ci wreszcie tej mineralnej.

Weszli do kuchni. Z szafki wyjęła dużą butelkę Muszynianki i napełniła szklankę wodą. Dodała kostki lodu.

– Mogę również zrobić kawę albo herbatę. Chcesz?

Nie chciał.

Przeszli do salonu, usiedli w fotelach. Mężczyzna rozglądał się po pokoju. Wziął do ręki stojące na stoliku zdjęcie.

– To twoja mama? – zapytał.

– Tak – cicho odpowiedziała.

– Ładna była z niej kobieta.

– Nie kłam. Ładna była, ale dawno temu.

– Ale miała bardzo sympatyczną twarz. I ładny wisiorek – dodał, uśmiechając się lekko. – Nigdy nie widziałem takiej Nefretete. Bardzo oryginalna ta zawieszka. Onyks i złoto.

– Teraz nie ma już ani mamy, ani wisiorka. – Głośno westchnęła. – Włamywacze go ukradli. Mieli dobry gust, ruskie pierścionki zostawili, ale Nefretete wzięli, nie pogardzili nią.

– Co jeszcze ukradli?

– Kamerę i laptopa mamy. Mój był ze mną na zielonej szkole.

Mark sączył swoją wodę a Marta czerwone wino. Gadali, żartowali i wygłupiali się. Na nowo wrócił przerwany alarmem miły nastrój. O dziesiątej Marta poszła do kuchni zrobić sobie i gościowi herbatę. Stała przy blacie kuchennym, słuchając bulgotu wody w czajniku. Na myśl, że za chwilę znowu zostanie sama, nieproszone łzy ponownie wepchały się pod powieki. Ciałem wstrząsnęły drgawki płaczu. Wzdrygnęła się, gdy poczuła rękę na swoich ramionach. Mark przytulił ją. Delikatnie głaskał po włosach. Zadarła głowę do góry.

– Pocałuj mnie, proszę – szepnęła cichutko.

*

W nocy obudziła się. Zobaczyła sylwetkę Marka w drzwiach dużego pokoju.

– Drzwi do łazienki są na lewo – powiedziała.

– Nie chciałem włączać światła, żeby cię nie obudzić – odpowiedział po chwili.

Słyszała, jak spuszcza wodę, potem jak bierze prysznic. Za chwilę wrócił do łóżka. Teraz ona poszła do łazienki. Zrobiła to samo co on.

Cicho położyła się obok. Ochronny pancerz z rauszu skruszył się, wino przestało już działać. Czuła się okropnie. Zaciągnęła obcego faceta do łóżka, a on biedny musiał przespać się z nią z litości. Wolałaby, żeby rano już go nie było, żeby już nigdy nie musiała go widzieć. To wszystko przez Orłowskich! Przez nich zatęskniła za mężczyzną... Za miłością. Przecież wcale nie pragnęła seksu, chciała tylko czuć kogoś przy sobie... Nie być sama w tym pustym mieszkaniu... Po całym wieczorze został tylko niesmak i poczucie wstydu.

– Nie możesz spać? – usłyszała.

– Nie mogę zasnąć. Tak mi wstyd... Ja naprawdę nie mam zwyczaju ciągnąć nowo poznanego faceta do łóżka. Tak w ogóle to nie miałam dużo mężczyzn... Ty byłeś czwarty...

– Prowadzisz łóżkową statystykę? Dlaczego się tłumaczysz?

– Nie wiem, dlaczego... To chyba przez wino do tego doszło, naprawdę nie jestem typem nimfomanki. Wiem, że zrobiłeś to z litości. Przepraszam, ale...

– Co powiedziałaś? Z litości? – autentycznie się zdziwił.

– Zrobiło ci się mnie żal, bo płakałam...

Roześmiał się.

– Zapamiętaj sobie jedno, żaden facet nie będzie się kochał z dziewczyną z litości. To po prostu niemożliwe.

Widziała w świetle latarni jego uśmiech, gdy pochylony nad nią patrzył na jej twarz. Nachylił się jeszcze bardziej i zaczął muskać wargami jej policzki. Odgarnął z czoła kosmyk włosów, łagodnie się uśmiechnął. Potem pocałował ją delikatnie w usta. Poczuła dotyk jego języka, jego zębów. Po chwili uśpione zmysły obudziły się ponownie. Ręce, usta były wszędzie. Wędrowały, odkrywały, pieściły... Miłosne jęki zagłuszały się nawzajem, krew wrzała, serca szalały. Wszedł w nią, wilgotną, rozpaloną. Wypełnił ją sobą. Objęła go mocno nogami i dostosowała się do jego rytmu, by razem poszybować ku spełnieniu.

Teraz było inaczej niż przedtem. Teraz było cudownie.

Rozdział 9

Marta wyjęła z zamrażarki kilka kromek chleba i rozmroziła je w mikrofalówce. Zrobiła jajecznicę z siedmiu jajek, zalała wrzątkiem saszetki herbaty.

Wszystko w niej się radowało, nawet kac nie był tak dotkliwy, jak się obawiała. Z przyjemnością mieszała na patelni jajka, posypując pieprzem i solą. Tylko to miała w lodówce. Tak się chyba czuła Renata, robiąc rano śniadanie swojemu mężowi. Acha, przecież Robert w tygodniu nie je w domu śniadania, bo przed zabiegami nie potrafi nic przełknąć – myślała Marta, przygotowując posiłek.

Marta już teraz wie, jak to jest być zakochaną. Wspaniale!

W drzwiach kuchni stanął gotowy do wyjścia Mark. Bez słowa usiadł przy kuchennym stoliku. Dalej nic nie mówiąc, obserwował jej czynności. Jajecznica była już gotowa. Marta wyłożyła ją na dwa talerzyki, większą porcję podsuwając Markowi.

– Nie mam masła. Przepraszam, ale to wszystko czym dysponuje dziś moja lodówka. Później zrobię zakupy – powiedziała, uśmiechając się niepewnie.

Poczucie bliskości zniknęło. Czuła, że Mark jest trochę skrępowany. Nie patrzył na nią, tylko cały czas rozglądał się po kuchni. Bardziej interesują go szafki kuchenne niż ja – pomyślała z rozczarowaniem.

– Za chwilę muszę wyjść. Do szkoły mam kawałek drogi – powiedziała, żeby zapełnić ciszę między nimi.

– Przecież cię odwiozę. Spotkamy się wieczorem? Znajdziesz dla mnie trochę czasu, gdy ocenisz już swoje klasówki?

O cholera! Zapomniała dokończyć sprawdzanie klasówek.

– Tak, ale muszę wcześniej odwiedzić panią Marię i zrobić jej zakupy. Dzwoniła przed chwilą, że się rozchorowała.

Zjedli śniadanie i wyszli z domu. Mark zawiózł ją do szkoły. Czas szybko minął. Mało przebywała w pokoju nauczycielskim, przerwy spędzała w pracowni biologicznej, sprawdzając klasówki. Jeszcze tylko przez przyszły tydzień będzie chodzić do pracy. Postanowiła, że po konferencji klasyfikacyjnej weźmie zwolnienie lekarskie.

Mark podjechał pod szkołę o umówionej godzinie. Pojechali do centrum handlowego zrobić zakupy. Cudownie było chodzić w dwójkę między regałami i wrzucać do koszyka wybrane produkty. Znowu wróciło wrażenie zażyłości. Śmiali się, żartowali, skrępowanie minęło. Do pierwszej ich małej sprzeczki doszło przy kasie – Mark koniecznie chciał zapłacić rachunek. Doszło do kompromisu, zapłacili po połowie.

Później pojechali do pani Marii.

– Poczekam tu na ciebie. Ale powiedz mi który to numer, żebym wiedział, gdzie mam cię ewentualnie szukać, jak wsiąkniesz tam na dłużej.

– Dziewiętnastka. Postaram się szybko wrócić. Jakby co, to dzwoń.

Marta zabawiła u swej starszej przyjaciółki trochę dłużej niż planowała. Musiała rozpakować zakupy, odgrzać obiad, nakarmić kota, bo pani Maria leżała w łóżku. Miała wysoka temperaturę, ale do lekarza nie poszła.

– To zwykła grypa żołądkowa – powiedziała. – Wystawiłam już wszystkie oceny, mogę więc kilka dni pochorować.

Dziewczyna musiała zdać jej relację z wizyty w Krakowie. Pani Maria, jak się okazało, wiedziała o romansie swojej zmarłej przyjaciółki. Była jej powierniczką. Kobieta chciała wszystkiego się dowiedzieć o Robercie i jego rodzinie.

– Twoja mama kochała Edwarda, ale Roberta również. Ten romans był czymś, co chciałaby przeżyć każda kobieta. Był namiętny, gorący, trochę szalony i trwał tyle, ile trzeba. Wiadomo było od początku, że ta znajomość ma krótki termin przydatności do spożycia. Twoja mama nigdy nie planowała związać się z nim na dłużej, to były takie piękne trzy miesiące urlopu od prawdziwego, codziennego życia. Przeżyła coś wspaniałego – coś, co zostało w niej zawsze. Ewa była mądrą kobietą, wiedziała, kiedy musi odejść, żeby nie zepsuć wspomnień. Mogłaby to jeszcze ciągnąć, ale i tak po jakimś czasie by się rozstali i zostałby tylko ból, wzajemne pretensje i niesmak, a tak udało się jej ocalić wspomnienia. Chciała, żeby Robert zapamiętał ją młodą, piękną a nie taką, jak wyglądała ostatnio. Prawdę mówiąc trochę się zdziwiłam, gdy mi powiedziała dzień przed śmiercią, że wybiera się do Krakowa. Po powrocie z Jasła wpadła do mnie tylko na chwilkę. Była jakaś dziwna... Zamyślona, rozkojarzona. Powiedziała mi, że coś ważnego ostatnio się wydarzyło, ale że na razie nie może mi nic więcej powiedzieć i że musi jechać do Krakowa, by spotkać się z Robertem. Myślałam, że w twojej sprawie, ale teraz mam wątpliwości.

– Robert nic nie mówił, że z nią rozmawiał.

Marta chwilkę jeszcze była w mieszkaniu. Wychodząc, obiecała pani Marii, że wieczorem pojedzie na działkę, podlać warzywa i kwiaty, które z mamą uprawiały. Maria również uwielbiała sadzić, plewić i patrzeć, jak rośnie to, co posadziła.

*

Marta siedziała na leżaku na działce i rozkoszowała się pięknem lata. Mark zajął się grillem. Wiatr oczyścił niebo z chmur. Słońce zalało ogród złotym blaskiem. Zamknęła oczy. Ciepłe promienie muskały jej policzki a ona poszybowała we wspomnieniach do chwil spędzonych tu z rodzicami. Drzwi pamięci otworzyły się ze zgrzytem, zaraz jednak przepędziła smutek, który zawsze towarzyszył myślom, że już ich nie ma przy niej, i wpuściła radość i dumę z faktu, że jej rodzice byli wspaniałymi ludźmi. Oczami wyobraźni widziała wśród grządek mamę z ojcem plewiących chwasty. Nie potrafili siedzieć bezczynnie, zawsze mieli coś do roboty, natomiast ona przeważnie opalała się i czytała książki. Po śmierci taty pani Maria przejęła pałeczkę, bo również złapała działkowego bakcyla.

Westchnęła głośno. Przełknęła tęsknotę za rodzicami, myślami wróciła do Marka.

Postanowili, zamiast tradycyjnego obiadu, zjeść mięso i białe kiełbaski upieczone na ruszcie. Zawieźli zakupy do mieszania Marty, wsadzili je do lodówki. Do koszyka piknikowego włożyli tylko to, co było potrzebne na grilla, resztę produktów dokupili po drodze i pojechali na działkę.

Dziewczyna uśmiechnęła się na wspomnienie miny Marka, kiedy ujrzał ich letnią rezydencję. Czegoś takiego nie widział nigdy! Dwa kontenery budowlane połączone ze sobą drzwiami tworzyły dwuizbowe pomieszczenie. Jedna izba służyła za kuchnię i pokój wypoczynkowy, druga za sypialnię. Domek na działce umeblowany był starymi, nikomu niepotrzebnymi meblami darowanymi przez znajomych. Nie wiadomo, kto komu robił przysługę, czy darczyńca, czy obdarowany. Przed wejściem zrobiono obszerną zadaszoną werandę, gdzie stał duży stół i dwie ławy. Ową „rezydencję" stworzył ojciec kilka lat wcześniej, nim dopadła go choroba. Spędzali tu prawie całe lato, bo nie zawsze było ich stać na wczasy. Ojciec również był nauczycielem, uczył WF-u. Pensje nauczycielskie dopiero od niedawna są w miarę przyzwoite, przedtem były wręcz głodowe, dlatego mogli sobie pozwolić tylko na taki domek. Wszystko zrobili tutaj sami, poczynając od dachu przykrytego papą, kończąc na małym szambie.

Warunki może nie były jak w pięciogwiazdkowych hotelach, ale było światło, woda, mieli nawet małą kuchenkę gazową na propan-butan. Prysznic był zainstalowany w dobudowanej szopie, a obok stało turystyczne WC.

Coś długo Mark robi tę sałatkę, pomyślała dziewczyna. Wstała z leżaka i weszła do domku. Mark, zamiast kroić pomidory, przeszukiwał szafki.

– Czego szukasz? – zapytała.

Mężczyzna wzdrygnął się.

– Ale mnie przestraszyłaś! Skradasz się jak duch Białej Damy w ruinach zamczyska – powiedział. – Szukam przyrządu do krojenia cebuli.

– Jedynym przyrządem, jaki tu znajdziesz, to nóż i deska. Nie jesteś w kuchni hotelu Marriott, tylko w altance ubogich, polskich nauczycieli. Daj nóż, ja pokroję cebulę.

Po chwili sałatka była gotowa, mięso również zdążyło się już upiec. Z apetytem zjedli późny obiad (albo wczesną kolację), popijając piwem (ona) i wodą mineralną (on).

– Masz tu jeszcze jedno piwo. Wypij do dna, będziesz łatwiejsza – zażartował.

– Nie wiem, czy mogę być jeszcze łatwiejsza, niż byłam wczoraj – odparła. – Chyba tylko wtedy, gdybym cię uwiodła w toalecie restauracji, między zupą bazyliową a lasagne.

– A szkoda, że tego nie zrobiłaś, tylko czekałaś tyle godzin – odparł, uśmiechając się łobuzersko. – Za to teraz możesz to naprawić, zanim upiecze się druga porcja kiełbasek.

Wstał z krzesła, wziął ją na ręce i zaniósł do prowizorycznej sypialni.

Do mieszkania Marty dotarli około dziesiątej. Wspólnie wzięli kąpiel w wannie, a potem powtórzyli to, co wcześniej robili w altance.

Zmęczeni zasnęli przed północą.

Marta, zasypiając przy boku Marka, poczuła, jak szczęście cichutko wślizguje się pod jej skórę i wypełnia ciało.

*

Obudziła się nad ranem. Spojrzała na budzik stojący przy jej łóżku – była 4:30. Marka nie było przy niej. Wstała, zarzuciła szlafrok i boso wyszła z pokoju. W łazience nie paliło się światło. Zauważyła uchylone drzwi do sypialni mamy. Otworzyła drzwi. Mark stał przy otwartej szafie, pochylony szukał czegoś na półce.

– Złoto jest schowane w drugim pokoju, w szufladzie komody. Pieniędzy nie trzymam w domu – powiedziała głosem jak zza grobu.

Mark nadal stał nieruchomo przy szafie, dopiero po chwili się odwrócił.

– Myślisz, że chcę cię okraść? – powiedział beznamiętnie. Nic nie można było wyczytać z jego twarzy.

– To dlaczego grzebiesz w szafie mojej mamy? Nie wiem, jak w Austrii, ale w Polsce takich rzeczy się nie robi.

– Szukałem prześcieradła, za gorąco mi było pod kołdrą, a muszę być czymś przykryty. Nie chciałem cię budzić – odparł patrząc jej prosto w oczy.

– Wyjdź z mojego mieszkania. Natychmiast – powiedziała spokojnie.

– Marta, naprawdę bierzesz mnie za złodzieja?

– Wyjdź!

Chciał jeszcze coś powiedzieć, ale widząc minę dziewczyny, zrezygnował. Minął ją w drzwiach, poszedł do jej sypialni i szybko się ubrał. Będąc już w przedpokoju, odwrócił się do niej.

– To nie jest tak, jak myślisz – powiedział cicho i wyszedł.

Marta zamknęła za nim drzwi. Łzy trysnęły jej z oczu na podobieństwo wiosennej ulewy. Rzuciła się na łóżko.

Nie zasnęła już, leżała i płakała.

Boże, jaka ja jestem głupia. Tato, mamusiu, przepraszam Was. Robię wszystko inaczej, niż mnie uczyliście. Wsiadam do samochodu obcego faceta, kilka godzin później zapraszam go nie tylko do mieszkania, ale i do swego łóżka. Zakochuję się jak piętnastoletnia kretynka, nie znając nawet jego nazwiska. Nie wiem nawet, kim on jest. Złodziejem? Oszustem?

Dlaczego to robię? Jestem przecież dorosłą kobietą! Nauczycielką, do cholery! Gdyby to zrobiła jakaś moja uczennica, byłabym oburzona jej infantylną naiwnością i głupotą.

To chyba dlatego, że jestem tak bardzo samotna... Tak bardzo mi was brakuje... Dlaczego mnie zostawiliście? Dlaczego?!

*

O siódmej zadzwonił telefon. Robert.

– Wstawaj, śpiochu, marsz do pracy! – zawołał wesoło.

Zaraz jednak wyczuł, że coś jest nie tak. Długo musiała się tłumaczyć i usprawiedliwiać niepokojem o panią Marię. W końcu chyba uwierzył, że wszystko w porządku.

– Masz się nie zbliżać za bardzo do chorej, żebyś się nie zaraziła. Musisz się stawić w Krakowie w piątek po południu, zdrowa i uśmiechnięta – zakomunikował na koniec.

Lekcje w szkole szybko minęły. Pani Maria dalej źle się czuła, zabroniła jednak Marcie przyjść do siebie. Stwierdziła, że zakupy ma zrobione i nie ma sensu narażać dziewczyny na złapanie jakiegoś wirusa. Wystarczy, jak Marta przyjdzie do niej w piątek, przed wyjazdem do Krakowa.

Dziewczyna przystała na to z niechęcią. Co ja będę robić sama cały dzień, chyba pójdę na cmentarz – postanowiła.

Wyszła z budynku szkoły wraz z dwoma innymi nauczycielkami. Kobiety rozmawiały o zbliżającej się klasyfikacji, ale Marta nie brała udziału w rozmowie, myślami była gdzie indziej. Nagle usłyszała swoje imię. Odwróciła się. Przed bramą, oparty o samochód, stał Mark.

– Muszę z tobą porozmawiać – powiedział, ignorując jej koleżanki. – Poczekaj.

Dziewczyna jednak się nie zatrzymała, szła dalej.

– Nie dałaś mi szansy dziś rano, tylko wyrzuciłaś mnie z mieszkania, ale teraz nie ustąpię – zawołał do jej pleców i ruszył za nią.

Policzki Marty oblał rumieniec. Cholera, cała szkoła będzie miała o czym gadać. Szybko pożegnała się z nauczycielkami i podeszła do Marka.

– Ciszej – syknęła. – Nie musisz mnie kompromitować w miejscu pracy.

– Muszę, inaczej byś poszła z nimi – odparł, lekko się uśmiechając. – Lepiej przeprowadźmy tę rozmowę w samochodzie, bo widzę tu więcej twoich koleżanek – powiedział, patrząc na stadko kobiet zbliżających się w ich stronę.

Marta zrezygnowana wsiadła do samochodu. Obok na siedzeniu leżały tulipany.

– To dla ciebie. Jeszcze nie dostałaś ode mnie kwiatów – rzekł, wręczając jej bukiet. – Przepraszam. Faktycznie miałaś prawo być oburzona moim zachowaniem. Czy ja wyglądam na złodzieja? Myślisz, że zarabiam na życie, okradając samotne nauczycielki? Biorąc pod uwagę swoje potrzeby, musiałbym się bardzo napracować i wykonywać co najmniej kilkanaście włamań dziennie, a stosując takie metody jak uwodzenie, to nie zarobiłbym nawet na mak do bułek, jak to mówiła moja babcia.

Marta przetrawiła jego słowa. Hm, miał rację, jego auto jest więcej warte niż jej mieszkanie.

– Nic o tobie nie wiem. Zachowujesz się dziwnie, cały czas szperasz w moich rzeczach, nawet w domku na działce przeszukiwałeś szafki. To co mam o tobie myśleć?

– Chciałem pokroić cebulę. Faktycznie, gdzie jak gdzie, ale w twojej altance jest mnóstwo cennych rzeczy do kradzieży! – prychnął z ironią. – Gdybym gustował w takich przedmiotach, wolałbym wybrać się na wysypisko śmieci. Przepraszam, jeśli cię obraziłem.

– Masz rację, obraziłeś mnie. – Chciała wyjść z samochodu, ale złapał ją za rękę.

– Przepraszam, to było niegrzecznie z mojej strony. Naprawdę nie jestem złodziejem... tylko dziennikarzem. Nasz zawód ma to do siebie, że jesteśmy ciekawscy z natury. To moja legitymacja dziennikarska – powiedział, wyjmując z portfela jakiś dokument.

Marta wzięła do ręki twardy kawałek plastiku i dokładnie mu się przyglądała.

– Nie znam niemieckiego. To może być karta wstępu do siłowni – zauważyła sceptycznie. – Ale teraz chociaż wiem, jak się nazywasz. Mark Biegler. Rano jeszcze tego nie wiedziałam.

– Jedźmy na obiad, a potem do mojego hotelu. Mam tam dowody potwierdzające moją tożsamość – powiedział z uśmiechem.

Nie zjedli obiadu w restauracji, zadowolili się kebabem. Potem pojechali do Grand Hotelu, w którym zatrzymał się Mark. Wynajął tutaj apartament z wydzieloną sferą dzienną i sypialnianą, było tu nawet miejsce na biuro. Marta, widząc luksusowe wnętrze, poczuła się trochę nieswojo.

– Nie zdążyłem całkiem posprzątać, poupychałem tylko z grubsza swoje rzeczy – tłumaczył się, wpychając podkoszulek do szafy.

– W tym hotelu nie ma sprzątaczek?

– Są, ale ja również tak jak i ty nie lubię, gdy ktoś plądruje moje rzeczy. – Uśmiechnął się, przyciągając Martę do siebie. – Ale ty możesz. Tobie pozwolę, w formie rewanżu, przeszukać szafę.

Zamiast poznawać zawartość szafy, zapoznała się bliżej z łóżkiem hotelowym. Było bardzo wygodne. Wanna w łazience również była wygodna, wystarczyło w niej miejsca dla dwojga.

Później w szlafrokach kąpielowych przeszli do biura. Na blacie biurka stał laptop. Mark zalogował się. Otworzył jakąś stronę.

– To mój artykuł. Przeczytaj, jeśli chcesz. Przyjrzyj się też dokładnie laptopowi. Taki ukradziono twojej mamie? Mam też kamerę, ją też obejrzyj, żeby nie było żadnych wątpliwości.

Marta poczuła się głupio. Faktycznie jej podejrzenia były idiotyczne. Sam jego sprzęt był wart chyba więcej niż nowy średniej klasy samochód! W uchylonej szufladzie zauważyła lornetkę.

– Po co ci potrzebna lornetka? – zdziwiła się.

– A po co mi potrzebny aparat fotograficzny czy laptop? To są moje narzędzia pracy. Mówiłem ci, że my, dziennikarze, jesteśmy ciekawscy z natury.

W hotelu byli do dziesiątej, jednak Marta chciała wrócić na noc do swojego mieszkania. Mark zapytał nieśmiało, czy również może jej towarzyszyć i tej nocy.

– Wolisz moją starą kanapę niż to wygodne łóżko? Dziwię ci się, że mając tak wspaniały apartament, wybierasz moje mieszkanie.

– Bo ty tam jesteś, *Mein Schatz*.

– Co to znaczy po polsku?

– Mój skarb – powiedział, przytulając ją do siebie. – Dawno temu, gdy byłem u dziadków, oglądałem waszą starą komedię *Skarb*. Był to ulubiony film mojego dziadka. Oglądałaś go?

– Oczywiście. – Poczuła się trochę zażenowana, ale również szczęśliwa. Nie wiedziała, co powiedzieć. – Od kiedy wynajmujesz ten apartament? Musiał kosztować cię majątek... Ile kosztuje tu doba?

– Nie wiem – skłamał. – Płaci firma. Wezmę jednak jakieś prześcieradło, żebym nie musiał znowu grzebać ci w szafach.

*

W czwartek po pracy Mark znowu czekał na Martę pod szkołą. Dziewczyna zarządziła wycieczkę na cmentarz.

– Jutro jadę do Krakowa, nie będę miała czasu tu wstąpić – powiedziała, zapalając znicze.

– Wyjeżdżasz na długo?

– Wrócę w poniedziałek. Jadę do... kuzyna i jego rodziny.

– Ja też muszę wyjechać.

– Tak? – zapytała cicho. Przełknęła głośno ślinę. – Już tu nie wrócisz?

Zadając mu pytanie, odwróciła od niego wzrok. Nie chciała, żeby zauważył w nich smutek... i żal. Wiedziała, że ich znajomość musi się kiedyś skończyć, przecież przyjechał tu tylko na krótko, jego dom jest daleko stąd. Wyjazd do Krakowa już jej nie cieszył. Gdyby ją poprosił, żeby została, nie wyjechałaby, tylko spędziłaby z nim weekend.

– Chyba też wrócę w poniedziałek – powiedział, obserwując ją. – Nie dokończyłem artykułu.

Odetchnęła głęboko – jeszcze go zobaczy.

– Chodźmy teraz na grób twojej ciotki, jej też trzeba zapalić znicze – zaproponowała.

– Po co? – zmieszał się nagle. – Ciotka nie była dla mnie aż tak bliską osobą, żebym miał potrzebę chodzić tam często. Oprócz tego trochę mi się spieszy, muszę jeszcze zadzwonić na lotnisko. Jeśli chcesz, to odwiozę cię teraz do domu. Później przyjadę do ciebie.

– Do Wiednia lecisz samolotem, nie jedziesz autem?

– Za daleko.

Rozdział 10

W piątek Marta wyszła ze szkoły po siódmej lekcji. Również i teraz towarzyszyły jej te same koleżanki co dwa dni wcześniej. Były bardzo ciekawe, kim jest młody mężczyzna, który odwozi ją do pracy, a później po nią przyjeżdża. Dzisiaj było podobnie, razem przyjechali pod szkołę i tutaj się pożegnali. Mark miał wstąpić tylko na chwilkę do hotelu i zaraz jechać na lotnisko. Rano znów był jakiś dziwny. Zachowywał się z rezerwą, jakby specjalnie chciał ochłodzić ich relacje, jakby byli tylko dwójką znajomych... Znajomych, którzy lubią spędzać ze sobą miłe chwile, ale bez żadnych zobowiązań.

– Marta, tutaj jestem. – Zdziwiona usłyszała głos Roberta.

Zupełnie się go nie spodziewała. Rano uprzedził ją telefonicznie, że przyjedzie po nią do Rzeszowa, bo będzie coś załatwiał w okolicy. Oczywiście nie uwierzyła w to, wiedziała, że przyjedzie po nią specjalnie, żeby nie musiała jechać pociągiem, ale nie mogła mu wybić z głowy tego pomysłu. Nie przypuszczała jednak, że będzie czekał na nią pod szkołą.

– No, no, Marta, ale masz ostatnio powodzenie! – powiedziała jedna z jej koleżanek. – Rano blondyn na austriackich blachach, a w południe brunet na krakowskich rejestracjach. I na dodatek jeden przystojniejszy od drugiego!

– To mój kuzyn z Krakowa.

– Nigdy nie słyszałyśmy o żadnym twoim kuzynie. Masz kuzyna i nie był na pogrzebie twojej mamy? – zauważyła sceptycznie druga nauczycielka. – Odkąd to się ich nazywa kuzynami? – zaśmiała się.

– To naprawdę kuzyn. Cześć, do wtorku – pożegnała się.

Podeszła do Roberta. Stał oparty o swojego lexusa i uśmiechał się do niej. Kiedy podeszła, objął ją i pocałował w policzek.

– Ale stęskniłem się za tobą! – powiedział.

– Ciszej, wezmą mnie za twoją kochankę – strofowała go szeptem. Ucieszyła się jednak i jego słowami, i buziakiem.

Robert roześmiał się. Wsiedli do samochodu.

– Widzę, że ciągle przejmujesz się tym, co inni powiedzą na twój temat. Renata już przestała się tym przejmować. Ileż ja to nie miałem kochanek w ciągu ostatnich kilku lat! Wystarczyło, że pokazałem się w restauracji z jakąś kobietą i już dowiadywałem się, że to moja kochanka! I zawsze jakaś życzliwa dusza informowała o tym moją żonę.

– Przyznaj się, ile było tych kochanek? Nie mów, że jesteś taki święty. Dobrze pamiętam spojrzenie, jakim mnie obdarzyłeś w klinice, nie wiedząc, kim jestem.

Robert lekko się uśmiechnął. Biedna Renata – pomyślała – ten jego uśmiech jest naprawdę bardzo niebezpieczny.

– Pozory mylą – powiedział.

– Wiem o waszych separacjach.

– Kto ci powiedział? Renata? Krzysiek?

– Powiedz prawdę, ile miałeś romansów? Nie pisnę nikomu.

Na chwilę zapadła cisza. Robert zamyślił się.

– Tuwim kiedyś powiedział, że wierność to silne swędzenie z zakazem podrapania się. Ja, niestety, raz się podrapałem. To było dawno temu w Bostonie. Byliśmy pięć lat po ślubie. Co miesiąc latałem na parę dni do kliniki mojego teścia, żeby wykonać kilka zabiegów. Tak było w umowie. Wiesz, jak to jest, gdy nie ma kota... myszy harcują. Renata przyjechała niespodzianie do Bostonu i... wydało się.

– Kochałeś tę kobietę?

– Angelę? Ależ skąd! Ale ten romans wiele nas nauczył. I mnie, i Renatę. Paradoksalnie pomógł naszemu małżeństwu. Wzmocnił je, dodał kolorytu. Oboje wyciągnęliśmy wnioski z błędów, jakie popełniliśmy, i nigdy więcej już to się nie powtórzyło.

– Ale była przecież druga separacja? Przyczyną była chyba również kobieta?

– Nie do końca. Było to dużo bardziej skomplikowane. – Widać było, że nie chce o tym rozmawiać. – Dojeżdżamy do centrum handlowego, zróbmy wreszcie te zakupy dla twojej opiekunki i wracajmy do Krakowa. Wszyscy czekają tam na nas.

Z trudem znaleźli miejsce na parkingu, po czym ruszyli w stronę marketu. Napełnili cały kosz produktami, których potrzebowała pani Maria, począwszy od proszku do prania, a skończywszy na karmie dla kota. Przy kasie pojawił problem, kto ma zapłacić. Robert wyjął swoją kartę, Marta swoją.

– To zakupy dla pani Marii, zwróci mi potem pieniądze – oznajmiła dziewczyna.

– Dobrze, nie ma sprawy – powiedział, podsuwając swoją kartę kasjerce. – Jestem facetem starej daty, zawsze płacę za kobietę, która jest w moim towarzystwie – powiedział, uśmiechając się do kasjerki. Dziewczyna spąsowiała.

Podjechali pod blok. Robert nie chciał zostać w samochodzie, postanowił iść razem z Martą do mieszkania kobiety. Zadzwonili. Chwilę później drzwi otworzyły się i stanęła w nich pani Maria.

– Pani Mario, to Robert. Chciał panią poznać.

– Miło mi. Maria Wcisło.

Robert, nic nie mówiąc, ujął dłoń kobiety. Po chwili drugą ręką chwycił jej nadgarstek, później uszczypnął ją w przedramię i uważnie popatrzył w oczy.

– Proszę pokazać język – to były pierwsze słowa, które powiedział do Marii. – Język nieobłożony. Nie ma pani temperatury, tętno w normie. Jest pani tylko trochę odwodniona. Proszę więcej pić. Była pani u endokrynologa? Ma pani powiększoną tarczy-cę. – Uśmiechnął się szeroko. – Robert Orłowski, miło mi panią poznać. – Po czym zwrócił się do Marty: – Twoja przyjaciółka jest już prawie zdrowa, możesz więc spokojnie jechać do Krakowa.

Trochę zdziwiona kobieta zaprosiła ich do pokoju.

– Marta po powrocie z Krakowa powiedziała, że jest pan niesa-mowity. Hm, faktycznie. Czy zawsze zaczyna pan nową znajomość od oglądania cudzego języka, doktorze? – zapytała z uśmiechem.

Robert roześmiał się. Marta zwróciła się przyjaciółki:

– Pani Mario, gdyby miała pani trzydzieści lat mniej, praw-dopodobnie dokładniej by panią zbadał i na pewno kazałby się pani rozebrać... chociaż do pasa.

– Ale to-to złośliwe! Za karę idź do apteki i wykup receptę. Pani Maria szybciej dojdzie do siebie, gdy będzie zażywać, to co jej teraz przepiszę. Weź auto.

Z kieszeni wyjął bloczek recept i wypełnił jedną kartkę.

– Apteka jest tuż za rogiem, nie potrzebuję auta.

Marta wyszła, Robert i Maria zostali sami.

– Czy napije się pan kawy albo herbaty, doktorze? – zapytała kobieta.

– Mam ochotę na kawę. Poproszę.

Kiedy gospodyni robiła kawę, Robert rzucił okiem na wnę-trze. Przy dłuższej ścianie stał segment, naprzeciw niego ka-napa z dwoma fotelami i ława – standard lat osiemdziesiątych. Pomimo mało oryginalnego umeblowania było tu schludnie i dosyć przytulnie dzięki poduszkom, bibelotom i kolekcji zdjęć na ścianie.

Przestał rozglądać się po pokoju, bo nieoczekiwanie na kolana wskoczył mu kot. Robert z uśmiechem go pogłaskał. Tymczasem Maria wniosła tacę a na niej trzy kawy i kruche ciasteczka.

– Coś podobnego, Filuś siedzi u pana na kolanach! Nigdy tego nie robi, nie lubi obcych.

– Zwierzęta mnie lubią. W domu mamy kilka kotów i psów. Moja córka trzyma w garażu cały zwierzyniec.

Pili kawę, zagryzając ciasteczkami. Prowadzili banalną rozmowę o pogodzie i o tarczycy gospodyni, która wymaga leczenia. W pewnym momencie Robert zmienił temat.

– Chciałbym porozmawiać o przyszłości Marty. Uważam, że powinna wyjechać z Rzeszowa. Tutaj wszystko będzie jej się kojarzyć z matką. Wiem coś o tym. Po śmierci mojej pierwszej żony bardzo źle się czułem w naszym domu, musiałem się z niego wyprowadzić. Dziewczyna na pewno przeżywa traumę, przebywając sama w pustym mieszkaniu. – Przerwał na chwilę. – Ewa prawdopodobnie przyznałaby mi rację. Marta mogłaby na razie zamieszkać z nami, w międzyczasie kupilibyśmy jej jakieś mieszkanie niedaleko naszego domu. Znalazłem już dla niej pracę, też w liceum... Wiem, jak bardzo jest przywiązana do pani, dlatego zanim jej to zaproponuję, chciałbym uzyskać pani aprobatę, bo Marta na pewno będzie miała pewne opory, przede wszystkim ze względu na panią...

Na chwilę zapadła cisza. Kobieta w milczeniu podniosła do ust filiżankę z kawą. Wypiła łyk i odstawiła.

– Ma pan rację, powinna stąd wyjechać... Będzie mi jej bardzo brakować... Ale dla niej lepiej będzie, gdy zmieni otoczenie. Rzeczywiście Kraków jest dla niej najlepszy – powiedziała cicho.

Tymczasem Marta wróciła z apteki. Usiadła w fotelu.

Kobieta powtórzyła propozycję Roberta. Widać było, że dziewczyna ma dylemat, chciałaby mieszkać w Krakowie, ale z drugiej strony miała też wątpliwości, głównie ze względu na panią Marię. W końcu wyraziła zgodę na przeprowadzkę.

– Wiesz, Robert, że mama w dniu śmierci jechała do Krakowa, żeby się z tobą spotkać? – oznajmiła Marta.

– Nic mi o tym nie wiadomo, nie dzwoniła do mnie – zdziwił się. – Chyba że sekretarka ją ze mną umówiła. Czasami się zdarza, że pacjentom coś wypada w ostatniej chwili i nie przychodzą na wizytę. Może chciała porozmawiać o tobie?

– Wątpię. Ewa była u mnie dzień przed wypadkiem – wtrąciła się w rozmowę Wcisłowa. – Powiedziała, że ostatnio coś się ważnego wydarzyło i musi jechać do Krakowa, żeby z panem porozmawiać. Nie wyglądało na to, że ma to być rozmowa o Marcie – stwierdziła. – Cóż, Ewa od kilku lat chorowała na niedoczynność tarczycy, przytyła... Miała kompleksy na tym punkcie... Chciała, żeby pamiętał ją pan taką, jaka była w młodości: szczupłą i ładną... Tak mi zawsze mówiła. Dlatego nie jeździła na spotkania klasowe. Mimo zaproszenia nie pojechała nawet na trzydziestolecie waszej matury. Dlatego musiała mieć coś bardzo ważnego, jeśli zdecydowała się na spotkanie z panem.

– Marto, a co tobie powiedziała mama? – zapytał Robert.

– Nie widziałam się z nią od piątku, byłam z klasą na zielonej szkole. Miałam wrócić w czwartek. Mama też wyjechała w piątek do Jasła, wróciła w niedzielę wieczorem.

– Po co była w Jaśle?

– Mieli spotkanie żeńszeniowe.

– Co?

– Mama rozprowadzała w sprzedaży bezpośredniej wyroby z żeń-szenia. Firma organizowała dla najlepszych sprzedawców imprezę. Miało być spotkanie biznesowe połączone z festynem i tańcami. Dla najlepszych menadżerów przygotowano nagrody. Za wszystko płaciła firma. Mama bardzo się cieszyła na ten wyjazd.

– Nie słyszałem o sprzedaży bezpośredniej wyrobów z żeń-szenia. Słyszałem o aloesie, o kosmetykach, ale nie o żeń-szeniu – zdziwił się Robert.

– Bo sieć dopiero się tworzy. Mama chciała w to wciągnąć i mnie, i panią Marię, ale się nie dałyśmy. Jednak mama była zadowolona. W Rzeszowie ona i dyrektor naszej szkoły byli najlepszymi sprzedawcami, to oni tworzyli sieć. Mama całkiem nieźle na tym zarabiała... Składała pieniądze, żeby mi kupić dobry samochód.

– Dziwne to wszystko. Zapytam swoją sekretarkę, czy Ewa była umówiona na wizytę.

Robert zadzwonił do kliniki. Sekretarka była jeszcze w biurze. Sprawdziła w kalendarzu, rzeczywiście w tym dniu Ewa Kruczkowska była umówiona na konsultacje. Sekretarka zapamiętała ją, bo nie przyjechała na wizytę, ani nie zrezygnowała telefonicznie, mimo że rano nalegała na spotkanie z panem ordynatorem. Tak długo prosiła, że sekretarka zrobiła jej przysługę i zapisała na wizytę bez kolejki.

Robert odłożył telefon. Zamyślił się.

– Nie wiem, co o tym myśleć. Chyba się nigdy nie dowiemy, po co chciała się ze mną spotkać. – Westchnął i spojrzał na zegarek. – Marta, musimy się zbierać, już późno. Moja żona specjalnie dla ciebie zrobiła na kolację faszerowaną kaczkę.

*

Jechali już ponad godzinę. Słoneczny poranek nie dotrzymał swej obietnicy, po południu pajęczyna z chmur zasłoniła słońce. Godzinę później całe niebo przybrało szarą barwę, a w powietrzu zawisła mżawka.

Jak zwykle trasa Kraków–Rzeszów była zakorkowana. Kiedy wreszcie zrobią tę autostradę – pomyślała Marta. Droga jednak wcale jej się nie dłużyła, jechała przecież z Robertem, a z nim nie sposób się nudzić.

– Robert, opowiedz mi, jak doszło do waszej drugiej separacji. Rozbudziłeś moją ciekawość. Oprócz tego chciałabym wiedzieć o was jak najwięcej. Jak było z tą separacją? Nie wierzę, żeby przyczyną nie była kobieta.

Mężczyzna spojrzał na nią i westchnął.

– Cóż, dziewczyna również odegrała w tym wszystkim pewną rolę, ale nie był to romans, tylko jednorazowy incydent z bardzo dotkliwymi konsekwencjami dla całej naszej rodziny. O mało co nie doszło do rozwodu. Kosztowało mnie to dużo zdrowia i pieniędzy. Przez pół roku chodziłem do terapeuty. – Na chwilę przerwał. – Przyczynił się do tego mój dawny kolega z lat szkolnych, Wiktor Szewczyk. W liceum miałem dziewczynę o imieniu Jola. Szewczykowi również się podobała. Kiedyś na imprezie wykorzystał sytuację: upił Jolę, zaciągnął do swojego mieszkania, upozował ją nieprzytomną i zrobił jej serię zdjęć. Ojciec Joli był prokuratorem i wsadził go do więzienia za handel narkotykami. Przez prawie trzydzieści lat nic nie słyszałem o Wiktorze. Podobno ożenił się w Austrii z bogatą wdową po magnacie hotelowym. Adoptował jej dzieci, przybrał jej nazwisko i stał się bogatym Austriakiem. Kiedy ponownie stanął na mej drodze, był już Vickiem Jurgenem. Skumał się z byłym narzeczonym Renaty, Andrzejem Rogoszem. Obaj mnie nienawidzili – Wiktor za Jolę, a Andrzej za Renatę, bo mu ją odbiłem. Z Andrzejem chodziłem do liceum, nawet się kumplowaliśmy. – Robert zamilkł na chwilę i włączył wycieraczki. – Andrzej i Wiktor spotkali się kilka lat temu i zapałali do siebie ogromną sympatią. Vick pomógł mu się dostać do sejmu i uczynił nawet wspólnikiem niektórych interesów. Obiecał oddać koledze jeszcze jedną przysługę: zniszczyć moje małżeństwo. Podsunął mi pewną ślicznotkę. Dziewczyna była lekarką, moją byłą pracownicą. Przez cały rok, kiedy pracowała u mnie, nie dałem się jej uwieść, ale Wiktor zorganizował nam wspólną podróż z Warszawy. Nieświadomy niczego, zatrzymałem się na obiad w jednym z jego moteli. Zepsuli mi auto, żebym musiał zostać na noc w motelu i... dałem się Ance wykorzystać. Jeden, jedyny raz... Po dwóch miesiącach, w dniu swoich imienin, Renata dostała od Wiktora prezent w postaci pliku zdjęć z tej feralnej nocy... Anka natomiast chciała odegrać się na mnie i w międzyczasie uwiodła Krzyśka. Była jego pierwszą dziewczyną... Miał wtedy siedemnaście lat, ona – dwadzieścia sześć. Chłopak całkiem stracił dla niej głowę... Można powiedzieć, że imieniny Renaty obfitowały w sensacyjne wydarzenia. Renata rzuciła mi zdjęcia w twarz i pojechała do mieszkania mojego innego szkolnego kolegi – Jurka, spędzić tam noc. Cóż, Jurek też za mną nie przepadał, w młodości odbiłem mu Mariolę, koleżankę z klasy. Kiedyś pracował z Renatą, smalił do niej cholewki, ale go nie chciała. – Przerwał na chwilę i westchnął. – Żeby otworzyć oczy Krzyśkowi, pokazałem mu zdjęcia. Godzinę później Krzysiek nałykał się tabletek nasennych... To był najgorszy dzień mojego życia... Następne nie były dużo lepsze. Ten koszmar trwał trzy miesiące. Bezsilnie patrzyłem, jak rozpada się moja rodzina... Tamtej feralnej nocy, kiedy zobaczyłem moją żonę całującą się pod naszym domem z innym facetem, wstąpił we mnie demon... Na drugi dzień, w czasie mojej wyprowadzki z domu, straciłem przytomność... Wylądowałem w szpitalu. Całe szczęście nie był to zawał... Ale to moje omdlenie uratowało naszą rodzinę. Wybaczyliśmy sobie nawzajem...

Robert skończył mówić. Zamyślił się.

– O tym, że za wszystkim stał Wiktor, dowiedziałem się kilka miesięcy później, gdy przypadkowo wpadliśmy z Renatą na niego na przyjęciu u naszego wspólnego znajomego. Wtedy to zobaczyłem go po raz pierwszy po prawie trzydziestu latach... Nic mu wtedy nie zrobiłem, tylko moja żona chlusnęła mu w twarz kieliszkiem czerwonego wina. Nie mam wrogów, nie czuję nienawiści do nikogo... oprócz jednej osoby. Moim jedynym wrogiem jest Vick Jurgen – powiedział, zaciskając mocno ręce na kierownicy. – Kiedyś dopadnę tego łajdaka.

Marta, widząc minę Roberta, sprowadziła rozmowę na inne tory.

– Terapia małżeńska okazała się skuteczna, jesteście wspaniałym małżeństwem. Chciałabym, żeby kiedyś moje małżeństwo wyglądało tak jak wasze. Mieliście dobrego terapeutę – stwierdziła.

– To nie była terapia małżeńska, sam spotykałem się z psychiatrą.

– Jak to? Dlaczego?

– Wtedy, w tamtą noc, pobiłem i zgwałciłem moją żonę.

Rozdział 11

Marta i Robert wysiedli z samochodu, weszli do domu. Dziewczynę powitano bardzo serdecznie. Renata ją uściskała i wycałowała, Krzysiek podał jej rękę i uśmiechnął się ciepło. Natomiast Iza powiedziała tylko „cześć" i z powrotem wsadziła nos do książki; bardziej od Marty interesowało ją dorosłe życie Ani z Zielonego Wzgórza.

Kolację postanowili zjeść na zewnątrz, bo w Krakowie nie padało, a wieczór był wyjątkowo przyjemny. Weranda skąpana była w pomarańczowym blasku zachodzącego słońca. Oprócz dużego stołu i ratanowych foteli wstawiono tu również huśtawkę ogrodową. Dwupoziomowy taras, częściowo zadaszony, tonął w roślinności. Wszędzie stały albo zwisały jakieś kwiaty. Kolorowe bratki i aksamitki rozpychały się w donicach, wypełniając powietrze swoim wonnym aromatem. Pyszniły się feerią kolorów, lekko drżąc od powiewu wiatru, który od czasu do czasu wślizgiwał się tu nieproszony. Wejścia do domu strzegły dwa drzewka uformowane w kształcie kul, symetrycznie rozstawione po obu stronach drzwi tarasowych. Z tarasem sąsiadował ogród zimowy i basen, do którego schodziło się po kilku klinkierowych schodkach.

Renata postawiła na stole półmiski z sałatkami i wędliną. W kuchni w brytfannie wylegiwała się kaczka faszerowana jarzynami według przepisu wyszukanego w internecie i czekała, żeby i ją podano na stół.

– Dosyć dobra ta kaczka, ale ja i tak wolę twoje pierogi ruskie – podsumował potrawę Robert. – Jestem tradycjonalistą kulinarnym, eksperymenty lubię, ale w alkowie.

Renata groźnie zmarszczyła brwi, wzrokiem wskazując na Izę. Małżonek zrobił zawstydzoną minę, zaraz jednak dalej kontynuował pierogowy temat.

– Taka kaczka jest równie pracochłonna jak pierogi. Czy nie lepiej zrobić coś, co smakuje wszystkim? Akurat pierogi to jedna z niewielu pozycji w twoim jadłospisie, która ci dobrze wychodzi. To przez nie straciłem wolność. Tylko dlatego, żeby móc je skosztować chociaż raz w roku, jeszcze się nie rozwiodłem.

Zjedli kolację. Renata posprzątała ze stołu, włożyła naczynia do zmywarki, a Robert dbał o to, żeby było wesoło. Opowiadał szpitalne anegdotki i najświeższe kawały. Dorośli sączyli piwo, siedząc w fotelach ratanowych, a Iza, zanurzona w poduchach na huśtawce, śledziła życie małżeńskie Ani i Gilberta.

– Marta, jutro wszyscy idziemy na grilla – oznajmił Robert. – Firma Jurka organizuje imprezę dla pracowników. Ty też jesteś zaproszona... i Krzysiek, i Iza. Nie mogłem się wymigać, Jurek strasznie nalegał. Poznasz moich licealnych kolegów, tych o których ci dzisiaj opowiadałem w aucie. Tylko Andrzeja nie będzie. I Wiktora.

– Czy to jest ten Jurek, o którym mówiłeś? – trochę zdziwiła się Marta.

– Tak. Ten, co mi przyprawił rogi.

– No wiesz, Robert! Co za bzdury naopowiadałeś dziewczynie?! – oburzyła się Renata. – Dobrze o tym wiesz, że tamtą noc spędziłam u Jurka, a nie z Jurkiem! – zawołała, nie przejmując się obecnością Izy.

– Dajcie już spokój, do cholery – w rozmowę wkroczył Krzysiek. – Czy to ja mam uczyć was taktu i dobrych manier?

Renata westchnęła głośno i zaczęła opowiadać o znajomych, którzy będą na jutrzejszym przyjęciu.

O dziesiątej Orłowska zostawiła wszystkich i poszła na górę. Robert dopiero jakiś czas później poszedł w ślady żony. Otworzył drzwi ich sypialni. W pomieszczeniu panował półmrok. Świece jarzące się w szklanych świecznikach dawały przyćmione światło, w powietrzu unosił się ich aromatyczny zapach. Z radioodtwarzacza cichutko płynęła nastrojowa muzyka.

No tak, dzisiaj przecież piątek, dzień małżeńskiego seksu, przypomniał sobie. Ona nigdy nie odpuści – bezgłośnie westchnął. Zawsze w piątek i w sobotę obowiązkowo się kochali. W tygodniu różnie bywało, ale weekendowe noce musiały być spędzone pod okiem Erosa. To był pomysł Roberta i raczej rzadko odstępował od tego zwyczaju, ale dziś czuł się wyjątkowo zmęczony, kilka godzin jazdy autem zrobiło swoje.

W drzwiach balkonowych stanęła ponętna blondynka z fryzurą wzorowaną na lata trzydzieste ubiegłego wieku. Światło świec rysowało niewyraźne kontury jej sylwetki. Ubrana była w przeźroczysty, srebrno grafitowy peniuar... i sznur pereł. Nie miała na sobie bielizny, jedynie czarny, koronkowy pas, który podtrzymywał cieniutkie pończochy w kolorze grafitu. Również dziesięciocentymetrowe szpilki były dobrane kolorystycznie do całości. Dziś była przedwojennym wampem, ale bywała również „Żyletą", nieśmiałą pokojówką i czarnowłosą Kleopatrą. Często przebierała się w ich sypialni, żeby urozmaicić nocne *tête-à-tête*. Podeszła do Roberta i cicho zamruczała:

– Nareszcie jesteś.

– Malutka, jestem dziś trochę zmęczony.

– Dobrze, kochanie. Ale chyba wykąpiesz się przed snem? Przygotowałam ci kąpiel.

Orłowski spojrzał na żonę. W tej peruce wyglądała jak przedwojenna gwiazda filmowa. Przysunęła się jeszcze bliżej. Zmysłowo owiała go mgiełka jej perfum. Bez słowa protestu pozwolił się zaprowadzić do łazienki. Tutaj również paliły się świece. Żona powoli uwalniała go z ubrania, ściągając stopniowo elementy jego garderoby. Kiedy wszedł do wanny, woda była jeszcze ciepła.

– Skosztuj szampana... zrelaksuj się – szepnęła, podając mu kieliszek. – Ja cię umyję.

Wzięła gąbkę do ręki, namydliła ją i zaczęła delikatnie myć męża. Robert zamknął oczy. Już nie był zmęczony. Zwinne palce żony pobudzały jego mięśnie, wywołując przyjemnie drżenie i obiecując wkrótce rozkoszne doznania. Dotyk jej dłoni, zapach jej perfum, gdy nachylała się nad nim, drażniły podniecająco jego zmysły – już prawie dochodził do granicy spełnienia. Przerwała na chwilę, by ponownie napełnić kieliszek szampanem. Chwilę później znowu namydliła gąbkę i dalej kontynuowała swe zabiegi. Po kilkunastu minutach tych erotycznych ablucji wyszedł z wanny. Teraz Renata zaczęła osuszać jego ciało miękkim ręcznikiem frotte, pieszcząc go przy tym delikatnie. Wędrowała dłońmi i ustami po opalonej skórze, wsysała się w niego, smakowała go językiem i kąsała leciutko zębami. Osuszonego już i bardzo podnieconego wzięła za rękę i poprowadziła do łóżka. Robert położył się, a żona uklękła przy łóżku. Wargami leciutko muskała jego twarz, dłońmi gładziła włosy, mrucząc przy tym miłosne słowa. Po chwili energicznie wstała i normalnym już głosem powiedziała:

– A teraz śpij, jesteś przecież zmęczony, ja idę czytać książkę. Dobranoc.

Robert gwałtownie otworzył oczy i złapał ją za rękę.

– Coo?! Wracaj mi tu natychmiast, mała diablico! – zawołał i pociągnął ją na siebie.

– Przecież jesteś zmęczony, kochanie – szepnęła.

– Od piętnastu minut już nie. Przy tobie nie można być zmęczonym, działasz jak hegar z kawy i Red Bulla razem wziętych. Czuję się tak, jakbym zjadł na kolację kilogram viagry – zamruczał, ściągając z niej peniuar.

Robert obudził się w nocy. Dotknął ręką miejsce, gdzie powinna leżeć Renata – było puste. Otworzył oczy, popatrzył na budzik stojący na szafce nocnej: było pięć po drugiej. W kącie pokoju zza parawanu wymykała się świetlista poświata.

– Malutka, co tam robisz? Daj mi się wyspać, wracaj do łóżka. Dobrze wiesz, że nie mogę spać, kiedy nie czuję cię przy sobie. Jak chcesz czytać, zapal kinkiet nad łóżkiem, on mi nie przeszkadza – oznajmił.

– Nie mogłam zasnąć.

– No tak, zło nigdy nie śpi – mruknął pod nosem, żeby nie usłyszała żona.

– Co powiedziałeś? Nie dosłyszałam.

– Nic takiego, Malutka. Chodź do łóżka.

– Zło nigdy nie uśnie obok dobroci. Śpij sobie sam.

– Malutka, przecież żartowałem. Wracaj do mnie.

Renata wstała z fotela, zgasiła lampę. Odłożyła książkę na blat szafki i położyła się obok męża. Robert przytulił się do niej. Po chwili znowu się odezwał:

– Wiesz Malutka, ona jest taka krucha... taka delikatna... Ewa i jej mąż w ogóle nie przygotowali jej do życia. Przed wszystkim ją chronili, nakryli szklanym kloszem, żeby czasami nie dotknęło jej zło tego świata. Najniebezpieczniejszą rzeczą, jaką pozwolili jej robić, było obcinanie paznokci. Zawsze była połączona z nimi pępowiną. Ona nie ma żadnych przyjaciół, koleżanek w swoim wieku. Jedyną jej przyjaciółką jest ta starsza kobieta, Maria. Nie chodziła na dyskoteki, ani na studenckie imprezy. Wiesz, że nigdy nie brała udziału w Juwenaliach?! Wcale nie zdziwiłbym się, gdyby była jeszcze dziewicą. Ta dziewczyna ma dwadzieścia pięć lat, a wydaje mi się, że nasza Iza jest bardziej samodzielna i dojrzalsza od niej.

– À propos Izy, to bardzo wrażliwe dziecko, uważaj na nią – powiedziała Renata. – Ona jest zazdrosna o Martę.

– Coo?! Dlaczego?

87

– Czuje się odsunięta przez ciebie na drugi plan. To może rzutować na jej relacje z Martą. Chyba nie chcesz, żeby ją znienawidziła? – Naprawdę? – Na chwilę zamilkł. Przytulił jeszcze mocniej żonę do siebie. – Dziękuję ci za to, że tak ładnie przyjęłaś Martę... Wiesz, Malutka, czasami zastanawiam się, czym sobie zasłużyłem, że mam tak wspaniałą i mądrą żonę – szepnął.

– Cóż, muszę być mądrą, bo nie jestem wystarczająco ładna, żeby być głupią. – Uśmiechnęła się lekko. – Kochanie, uwielbiam, jak masujesz moje ego, ale teraz pomasuj mi jeszcze plecy – powiedziała, kładąc się na brzuchu.

*

Renata wstała najpóźniej z domowników. Zeszła na dół do kuchni i ujrzała wszystkich zgromadzonych przy stole. Iza siedziała na kolanach Roberta. Wijąc się i śmiejąc, próbowała uwolnić się z jego rąk, piszcząc przy tym niemiłosiernie. Koło nich kręcił się pies i poszczekiwał od czasu do czasu trochę zdezorientowany.

– Co to za krzyki? – zapytała Renata. – Iza, ciszej. Samanta myśli, że ci się dzieje jakaś krzywda.

– Mamo, tatuś mnie łaskocze! – zawołała. Córka, w przeciwieństwie do matki, nie lubiła łaskotek.

– Zmuszam ją torturami, żeby nie jechała do Żurady. – Robert puścił wreszcie córkę. – Przed chwilą dzwoniła szanowna teściowa z informacją, że dzisiaj jest tam festyn. Nasza córka woli bawić się z wiejskimi parobkami niż iść na grilla z własnym ojcem.

– Tatku, ale ja co roku jestem tam na każdym festynie. Przyjedziecie po mnie jutro. Dobrze, tatusiu?

– OK. Ale teraz za karę pojedziesz ze mną po lody na Starowiślną. Weź ze spiżarki duży termos. – Po czym zwrócił się do Marty: – Takich lodów, jakie ci zaserwujemy, nie jadłaś nigdy w życiu. Najlepsze w całym Krakowie. Mam nadzieję, że nie będzie o tej godzinie kilometrowej kolejki tak jak zwykle.

Robert i Iza pojechali. Krzysiek poszedł do sklepu, w kuchni zostały tylko Marta i Renata. Dziewczyna obserwowała żonę Roberta jedzącą przygotowane przez niego kanapki. Zdziwiła się, gdy zauważyła, że mimo założonego szlafroka, miała już zrobiony makijaż.

– Czy ty nie zmywasz na noc makijażu? – zapytała Marta.

– Zmywam, ale pierwszą rzeczą, którą robię rano, to otworzenie kosmetyczki i nałożenie nowej tapety – odparła Renata. – Cóż, nie każdy miał takie szczęście co ty. Ja nie dostałam w prezencie od matki natury filmowej urody jak Orłowscy. Ty bez makijażu jesteś ładna, a ja muszę trochę popracować nad swoją urodą. Kiedyś nie zawsze to robiłam i... pojawiła się Angela.

– Mam prośbę. Czy mogłabyś nauczyć mnie makijażu? Nigdy się nie malowałam.

Renata rzuciła dziewczynie uważne spojrzenie. Marta zarumieniła się lekko.

– Poznałaś ostatnio jakiegoś chłopaka?

– No, tak jakby – bąknęła. – I może pojechałybyśmy do twojego butiku? Kupiłabym sobie jakieś nowe ciuchy. Robert mówił, że mama nie chciałaby, żebym ubierała się na czarno – zaczęła się tłumaczyć.

– Dobrze, ale powiedz mi, co to za chłopak.

– Nie wiem, czy można nazwać go chłopakiem, bo ma trzydzieści dwa lata. Mieszka w Wiedniu, jego ojciec był Austriakiem a mama Polką. Jest dziennikarzem. Ale nie wiem, czy coś z tego będzie.

– Hm, wiesz, lepiej nie wspominaj o nim na razie Robertowi.

Po trzech godzinach, gdy Robert z Izą wrócili z lodami, zastali Martę całkiem odmienioną.

– Wow! Odstawiłaś się jak szczur na otwarcie kanału! – zawołała Iza. – Fajnie wyglądasz. Ładnie ci z wymalowanymi oczami.

Marta rzeczywiście wyglądała prześlicznie. Podkreślone kredką oczy, lekko wymalowane usta i uwydatnione różem kości policzkowe, przeobraziły ładną kiedyś dziewczynę w prawdziwą piękność. Krótka, dżinsowa spódniczka i czerwona obcisła bluzka odkryły jej szczelnie dotąd ukrywane wdzięki. Dziewczyna spojrzała nieśmiało na Roberta.

– Robert, a co ty powiesz? Jak wyglądam? – zapytała.

– Wolałem cię taką jak przedtem – powiedział. – Wcale nie musiałaś się malować. I bez tego byłaś ładna.

– Właśnie, przedtem była ładna, ale teraz jest bardzo ładna – wtrąciła Renata. – Albo inaczej: przedtem byłaś bardzo ładna, a teraz jesteś piękna. Nie słuchaj go, jest zwyczajnie zazdrosny.

– Przestań gadać głupstwa. Na malowanie ma jeszcze dużo czasu. Wolę naturalną urodę.

Renata prychnęła.

– Ty zakłamany dwulicowcu! Ty parszywy hipokryto! Odkąd to podobają ci się Sierotki Marysie?! – zawołała oburzona.

W tym momencie wszedł Krzysiek.

– Ooo! – zagwizdał. – Kto by przypuszczał, że jest z ciebie taka laska! Wyglądasz ekstra! Gdyby nie wspólne geny, to moja dziewczyna miałaby duży problem.

– Zawsze uważałam, że najlepszymi przyjaciółmi kobiety są szminka, puder i tusz – powiedziała Renata. – Zobacz w internecie, jak wyglądają gwiazdy bez makijażu, trudno je rozpoznać.

*

Przed osiemnastą Orłowscy byli już gotowi wyruszyć na piknik. Marta siedziała na tarasie i czekała, aż Krzysiek wróci z Żurady. Oboje nie mieli ochoty iść na grilla, woleli pójść na dyskotekę. Z tej okazji Marta wystroiła się w nowo zakupioną sukienkę. W czerwonej kreacji z czarnymi dodatkami wyglądała wyjątkowo sexy. Po raz pierwszy w życiu założyła na nogi dziesięciocentymetrowe szpilki. Pół dnia uczyła się w nich chodzić.

Robert patrzył z pochmurną miną na nowe wcielenie Marty.

– Uważaj na siebie na tej dyskotece. Już mówiłem Krzyśkowi, żeby cię dobrze pilnował – burknął. – Na pewno będziesz miała tłum adoratorów.

– Nie martw się, da sobie radę – wtrąciła jego żona, która właśnie weszła na taras.

Na widok Renaty dziewczyna zrobiła zdziwioną minę. Kobieta ubrana była niezbyt „grillowo". Zamiast spodni założyła krótką spódniczkę z białego dżinsu. Granatowa bluzka z białymi aplikacjami wyszczuplała talię i eksponowała jej zgrabny biust. Na nogach miała klapki na wysokich koturnach. W uszach i na ręce brzęczały srebrne koła.

– Nie ubrałaś na grilla spodni, tylko spódniczkę? Ani butów na płaskiej podeszwie? – spytała zaskoczona Marta.

– Moja żona, nawet wybierając się na Mount Everest, wrzuciłaby do plecaka szpilki i suknię wieczorową – zauważył złośliwie Robert.

– Ale nie idziemy na Mount Everest, tylko na zabawę w plenerze. Będą tam tańce... i faceci, którym się podobam – odparła Renata. – Cóż, Bozia poskąpiła mi wzrostu, nawet w tych butach sięgam Robertowi do pasa, muszę się więc jakoś ratować, żeby mnie nie przydeptał – powiedziała do Marty.

Po chwili nadjechał Krzysiek i zamówiona taksówka, do której wsiedli Orłowscy i pojechali na grilla.

Rozdział 12

Renata i Robert weszli do ogrodu na tyłach restauracji. Na murawie stały duże drewniane stoły i wygodne ławy, wokół których zgromadzili się już biesiadnicy. Miała to być impreza o charakterze festynu, organizowana z myślą o pracownikach i ich rodzinach. Było tu ponad stu ludzi. Na zbitym z desek podium prezentowała swe wokalne umiejętności ładna, efektownie ubrana solistka. Towarzyszył jej tylko perkusista i klawiszowiec ze swym instrumentalnym kombajnem. Mimo ubogiego składu zespołu, muzyka w ich wykonaniu brzmiała całkiem nieźle.

Do Orłowskich podszedł gospodarz imprezy, dyrektor krakowskiego oddziału koncernu handlowego, Jerzy Juraszewski

– Nareszcie przyszliście, wszyscy na was czekają. Renatko, patrzeć na ciebie to prawdziwa uczta dla oczu – przywitał gości, całując Renatę w policzek a Robertowi podając rękę.

Poprowadził ich do stojącej trochę na boku altanki. Przy stole siedziało kilkanaście osób, wszyscy w średnim wieku.

– Sami swoi. Jesteśmy tu we własnym gronie – powiedział.

– Oprócz mnie – odezwała się ładna, młoda kobieta, wdzięcznie się uśmiechając.

– Rzeczywiście, chyba nie znacie mojej asystentki, Karoliny. Nie tylko robi superkawę, ale również poprawia wszystkie moje błędy. I to nie tylko ortograficzne.

Po zapoznaniu się z Karoliną, Orłowscy wymienili uściski i buziaki z resztą towarzystwa. Oczywiście nie obyło się bez komplementów i zachwytów nad młodym wyglądem nowo przybyłych. Małżonkowie byli już do tego przyzwyczajeni; było standardem, że rówieśnicy Roberta po dłuższym niewidzeniu się, ciągle się dziwili, że ktoś w ich wieku może tak młodo wyglądać. Faktycznie, Orłowski na tle swych licealnych kumpli wyglądał, jakby był z innej bajki. Wszyscy panowie, oprócz gospodarza, mieli już nieźle wyhodowane brzuszki i wykarczowane przez wiek polanki na głowach. Nawet Janusz Brzozowski, wzięty adwokat, kiedyś przystojniak, ostatnio nieco skapcaniał. Owszem, przybyło mu pieniędzy, ale również zmarszczek i kilogramów, ubyło za to dużo włosów. Tylko Jurek miał ciągle tyle samo włosów co trzydzieści lat temu, chociaż zmieniły już kolor i na ciemnym blondzie zrobił się srebrny balejaż. Panie natomiast dzięki firmom Garnier i L'Oreal nie pozwoliły naturze przefarbować się na srebrno, ich fryzury nadal były rude, kasztanowe lub blond. Mimo nadprogramowych, nieplanowanych kilogramów prezentowały się lepiej niż ich panowie.

– Renata, siadaj obok mnie. Witek, posuń się – powiedziała pulchna kobieta o imieniu Danka. – Zaklepałam sobie wyłączność na ciebie.

– Jaką wyłączność, Danusiu? – zapytała ze śmiechem Renata.

– Tylko ja mam prawo suszyć ci głowę o żeń-szeń i zrobić z ciebie swoją klientkę.

– Dalej nie rozumiem.

– Rozprowadzam wyroby z żeń-szenia. Nasza firma ma rewelacyjne produkty. Maseczka żeńszeniowa robi cuda. Jak ją potrzymasz przez pół godziny na twarzy, to na drugi dzień nie będą ci chcieli w kiosku sprzedać papierosów bez okazania dowodu osobistego. Wszyscy tu zgromadzeni, albo prawie wszyscy, stali się oddanymi sługami tego fenomenu przyrody.

– Tak samo twierdzą ci, co rozprowadzają wyroby z aloesu. Moja koleżanka kilka lat temu też się w to bawiła, ale zrezygnowała. Mówiła, że to zaczęło przypominać sektę. O niczym innym nie było rozmowy, tylko o aloesie. Każdemu napotkanemu znajomemu musiała napomknąć o tych wspaniałych produktach i ich cudownym działaniu. Zaczynała już obawiać się o swoje zdrowie psychiczne, nie wspominając o zepsutych relacjach towarzyskich.

– Puszczę mimo uszu to, co teraz powiedziałaś – odpowiedziała z uśmiechem Danka. – Dlatego właśnie nie nachodziłam cię w twoim domu ani w sklepach, tylko czekałam na tę okazję. Zobacz, jakie wspaniałości oferuje nasza firma, przez przypadek znalazły się w mojej torebce – powiedziała, wyjmując z dużej torby kilkanaście kartoników. – I proszę nie porównywać żeń-szenia z czymś tak plebejskim jak aloes. To tak jakbyś porównała zwykłego „sikacza" do Dom Pérignon. Aloes jest dla plebsu, a żeń-szeń to król wśród wszystkich bogactw flory, to korzeń życia.

– Danusiu, mam lepszy korzeń życia, z resztą twój mąż również – powiedział ze śmiechem Jurek. – Daj już spokój z tym żeń-szeniem. O niczym innym dzisiaj tu się nie mówi, tylko o tej chińskiej pietruszce i o tym, co potrafi cudownego zdziałać z człowiekiem.

– Przepraszam, tylko nie pietruszka i nie chińska. Nasze produkty są robione z najlepszego gatunku żeń-szenia. Żeń-szenia koreańskiego! – udawała oburzenie Danuta.

– Nie wiedziałem, że teraz taka moda na ten wschodnioazjatycki specyfik. Mam pacjentkę z Rzeszowa, która również to rozprowadza – nieoczekiwanie zainteresował się Robert. – Jak się ta wasza firma nazywa?

– Panax. To firma austriacka, ale zakłady produkcyjne mamy na Słowacji i u nas na Podkarpaciu – do rozmowy włączył się jeden z mężczyzn.

– Artek, ty też się tym zajmujesz?

– Nie tylko on, my wszyscy – odpowiedziała Danka. – Artek nas w to wciągnął. On jest dyrektorem generalnym oddziałów w Polsce.

– Przepraszam, ale ja nie mam z tym nic wspólnego – zaprotestował Jurek.

– Nie wiedziałem, Artek, że zmieniłeś pracę! – powiedział Robert. – Od dawna tam pracujesz?

– Od kilku miesięcy. Sieć dopiero się tworzy. Działamy na terenie Polski, Słowacji i Ukrainy. Naprawdę warto się w to zaangażować, dużo lepsze produkty i dużo lepsze warunki finansowe dla sprzedawców niż w innych firmach tego typu – reklamował swoje przedsiębiorstwo Artek, który przez swoją tuszę raczej wyglądał na Artura, niż na Artka. – Namówiłem do współpracy Danusię, żonę Bogdana i Mariolę. Tylko Zbyszka ani jego żony nie udało mi się dokooptować.

– Słyszę, że o mnie mowa – powiedział postawny mężczyzna o szpakowatych włosach, orlim nosie i sowich oczach.

Stanął przy wejściu do altanki, trzymając za rękę dziewczynkę w wieku zbliżonym do Izy. Dziewczynka była drobną blondynką o ładnej buzi. Jedną ręką trzymała ojca, a w drugiej białą laskę. Miała założone ciemne okulary.

Robert i Renata trochę zdziwili się widokiem mężczyzny, nie przypuszczali, że go tu spotkają. Zbyszek Nawara również chodził z Robertem do liceum. Po powrocie Roberta do Polski, dwanaście lat temu, na nowo zaczęli się spotykać. Zbyszek rok po ślubie Orłowskich powtórnie się ożenił. Żona urodziła mu córkę. Z poprzedniego małżeństwa nie miał dzieci. Dwa lata temu córeczka Zbyszka straciła wzrok w wyniku wypadku samochodowego. Robert z rodziną był wtedy na rancho w Górach Skalistych. Zostali tam całkiem odcięci od świata, bo ich telefony komórkowe nie miały zasięgu. Dopiero dwa tygodnie później, gdy polecieli do Las Vegas, Robert dowiedział się, że Zbyszek chciał, żeby jego kolega przerwał urlop i wrócił do Krakowa. Miał nadzieję, że Orłowski, jeden z najlepszych neurochirurgów w Polsce, pomoże jego córce. Liczył na cud – oczom Emilki nikt nie mógł jednak pomóc. W wyniku obrażeń zostały uszkodzone oba nerwy wzrokowe. Robert konsultował się z Bożeną, koleżanką okulistką, która badała dziewczynkę. Konsylium lekarskie orzekło nieodwracalne zniszczenie nerwów wzrokowych. Wszyscy jednym głosem stwierdzili, że nie było żadnych szans, żeby dziewczynka widziała. Mimo że Robert nie mógł pomóc, Zbyszek miał pretensje do niego, że wrócił do Polski dopiero dwa tygodnie później. Całkowicie zerwał z nim kontakty towarzyskie. Obraził się również na krakowską służbę zdrowia, na konsultacje lekarskie jeździł z córką do Warszawy. Dzisiaj spotkali się po raz pierwszy od dwóch lat.

– Jesteście sami? Gdzie macie córkę? Myślałem, że przyjdziecie całą rodziną – zawołał Zbyszek, nie okazując żadnej wrogości. – Obiecałem Emilce, że będzie miała dziś koleżankę do towarzystwa.

– Iza pojechała na festyn do teściów a Krzysiek poszedł na dyskotekę z moją kuzynką, która do nas przyjechała w odwiedziny – odpowiedział Robert. – Dobrze cię widzieć, Zbyszek. Co porabiasz? Słyszałem, że podobno nie udało się sekcie żeńszeniowej wciągnąć cię w swoje szeregi.

– Nie mam czasu się w to bawić. Non stop jestem na delegacji, tylko weekendy mam wolne, ale wtedy wolę być z Emilką. Teresa też nie ma czasu.

– Właśnie, gdzie twoja żona, Zbyszku? – zapytała Renata.

– Pojechała na imieniny siostry.

Mężczyzna usiadł z córką przy stole, nalał Pepsi do szklanki i podał dziewczynce. Emilka wypiła napój i delikatnie odłożyła szklankę na stół, potem znowu chwyciła ojca za rękę.

– Zbyszek, gdzie teraz pracujesz? Tam, gdzie przedtem? – zapytał Robert

– Nie. Pracuję w firmie przewozowej, jeżdżę tirem. Nie narzekam; dobrze płacą, zawsze w weekendy jestem w domu. Pięć dni w tygodniu mnie nie ma, ale to bez znaczenia, bo i tak Emilka jest wtedy w internacie.

Robert w milczeniu obserwował dziewczynkę.

– Emilko, może przyjedziesz kiedyś z tatą do nas do domu? – powiedział. – Nasza córka, Iza, jest tylko rok starsza od ciebie, pobawicie się razem.

– Tatusiu, pojedziemy?

– Jeśli nas zapraszają i jak tego chcesz, Kwiatuszku, to oczywiście, że pojedziemy.

Kelnerka przyniosła gościom pana dyrektora upieczone kiełbaski i mięso. Pałaszowano grillowe przysmaki, starając się nie zwracać uwagi na dziewczynkę, żeby Zbyszek nie czuł się skrępowany. Rozmawiano o wszystkim, ale temat żeń-szenia ciągle powracał jak bumerang. Danka co chwilę wygłaszała peany na cześć produktów żeńszeniowych – wszystko było wspaniałe i wszystko rewelacyjnie działało. Szampon powodował, że włosy stawały się gęste i błyszczące, maseczka wygładzała skórę, krem likwidował zmarszczki i tak dalej... Panowie również potwierdzali opinie swych żon. Nawet Janusz, który od pewnego czasu był parą z Mariolą, przyłączył się do gremium miłośników żeń-szenia.

– Robert, nigdy nie zgadniesz, kogo niedawno widzieliśmy w Jaśle – oznajmiła Danka. – Naszą panią profesor od matematyki, Ewę Wysocką. Teraz nazywa się Kruczkowska.

Renata zdziwiona spojrzała na męża i już miała zamiar coś powiedzieć, ale widząc, że on daje jej znaki, nie skomentowała tego.

– Nie poznałbyś jej, tak bardzo się zmieniła – oświadczył Bogdan. – Wygląda, jakby była twoją matką. Przepraszam, twoja matka wygląda jak jej córka.

– Bogdan, nie przesadzaj, po prostu przytyła. A jak według ciebie ty wyglądasz? Masz już zaawansowaną „lustrzycę". Swojego ptaszka od dawna możesz oglądać tylko przy pomocy lustra, twoje czoło za chwilę dosięgnie karku, a krytykujesz innych – oburzyła się Danusia. – Biedna kobieta choruje na niedoczynność tarczycy, lekarze nie mogą sobie z tym poradzić. Skarżyła się, że próbowała różnych diet, głodziła się miesiącami, chodziła na siłownię i nic nie pomagało, w końcu dała sobie spokój. – Przerwała na chwilę i głośno westchnęła. – Nie każdy może mieć taką figurę jak Renata.

– Byliście w Jaśle? – zapytał Robert. – A cóż tam robiliście?

– Nasza firma zorganizowała nam imprezę, taką jak ta dzisiejsza, tylko dużo bardziej wystawną.

– No wiesz, Danusiu?! – oburzył się Jurek. – O brak dobrych manier nigdy ciebie nie posądzałem, co innego twój mąż i nasz kolega Bogdan, oni zrobili magisterium z gaf i towarzyskich potknięć.

– Mówię prawdę. Nasza firma dba o swoich dobrych pracowników bardziej niż wasza. Zafundowała nam dwudniowy festyn, nocleg w superhotelu i świetne jedzenie. Były tańce, kabaret, prezenty. Prawda Zbyszek?

– Ty też tam byłeś? Przecież nie należysz to tej żeńszeniowej kliki? – zdziwił się Robert.

– Byłem tam w niedzielę z żoną i Emilką. Zaprosił nas Artek. Ale nie nocowaliśmy.

– Wszyscy byli, oprócz Jurka. Pan mecenas również był – poinformowała Danka. – Był nawet nasz kolega, pan poseł.

– Co? Andrzej też tam był? – spytał Robert.

– Tak. W niedzielę. Niedługo, ale był. Zaraz potem musiał wracać do Warszawy. Nie rozumiem, co ty Robert chcesz od niego, przecież to ty odbiłeś mu narzeczoną – zauważyła Danka.

– Cóż, nie lubię tych wszystkich odmóżdżonych polityków – burknął. – Po co on tam przyjechał?

– Jak to po co? Przecież to podnosi rangę imprezy, gdy poseł bierze w niej udział! – zawołał Artur.

– To trzeba było zaprosić jakąś celebrytkę o ładnych nogach, a nie podstarzałego lowelasa. Dalej farbuje sobie włosy? A jak tam jego przeszczep na głowie? Nie lepszy byłby tupecik? I z jednym, i z drugim śmiesznie się wygląda, a mógłby zaoszczędzić trochę pieniędzy, bo tupecik jest tańszy – bąknął Robert. – Cóż, nie każdy umie godnie wyłysieć.

– Nie bądź złośliwy, Robert. Dobrze ci mówić, bo masz ciągle bujną czuprynę, jak trzydzieści lat temu – bronił kolegę Artur. – Jeśli chodzi o pieniądze, to Andrzej teraz nie może narzekać na ich brak, diety poselskie są całkiem niezłe.

– No tak, ja też kupiłem mu kilka włosów. Uważam, że każdy urzędnik państwowy, poseł i senator powinien nosić koszulkę z napisem: „Jestem na utrzymaniu podatników". Ja również utrzymuję paru darmozjadów w sejmie, płacąc co miesiąc horrendalne podatki – zauważył ironicznie Robert. – Oprócz tego, mając takiego kumpla jak Wiktor vel Vick Jurgen, Andrzejowi krzywda finansowa szybko się nie stanie, chyba że w końcu Temida odzyska wzrok i wsadzi obu do pierdla. Wtedy wreszcie zakiełkuje na ziemi polskiej namiastka sprawiedliwości. – Dopiero po chwili zorientował się, że palnął gafę, mówiąc o Temidzie.

Zbyszek jednak uśmiechnął się i powiedział:

– Doczekanie sprawiedliwości w Polsce jest mniej realne niż to, że ja zostanę milionerem, a moja żona Miss Polski.

– Nie wiem, co Wiktor kombinuje, ale Andrzej jest w porządku – odezwał się Artur. – Nie zadziera nosa, pomaga znajomym... Zadzwoniłem, żeby przyjechał do Jasła... I przyjechał, mimo że musiał wieczorem lecieć do Toronto.

– Może ty mi powiesz, Danusiu, co słychać u twojego kuzyna Wiktora? Kogo znowu ostatnio wykiwał? Komu podłożył świnię? – zapytał Robert.

– Nie mamy z nim kontaktu od lat. Odwiedził nas siedem lat temu, jak zaczął robić interesy w Polsce. Potem przyjechał do nas ze swoją pasierbicą. Spodobał się nam jego stosunek do niej, traktował ją jak własną córkę, zresztą ona nazywała go tatą. Doceniał to, że nauczył dzieci mówić po polsku. Ta jego pasierbica bardzo dobrze zna polski, podobno w ich domu wszyscy mówili w naszym języku. Kiedy byli u nas, dziewczyna miała siedemnaście lat, więc teraz będzie miała dwadzieścia cztery. Więcej nie widzieliśmy ani jej, ani Wiktora. Od tego czasu nie dał znaku życia. A obiecał naszej córce załatwić pracę w Wiedniu i dać jej mieszkanie – mruknęła.

– No to macie wielkie szczęście, że nic z tego nie wyszło. Powinniście się cieszyć z tego powodu. Powierzyć mu córkę, to tak jakby dać wilkowi owce do pilnowania.

– Muszę przyznać, Robert, że poznałeś się na nim pierwszy. Myślałam, że się zmienił. Skąd wiesz, że Andrzej prowadzi z nim interesy? Kiedy ostatnio w Jaśle go o to zapytałem, to zaprzeczył.

– Danusiu, jakaś ty naiwna! Jak myślisz, w jaki sposób Andrzej został posłem? Uważasz, że znalazł się w sejmie bez niczyjej pomocy? On, ta oferma życiowa? Zresztą sam Wiktor kiedyś mi to powiedział.

– Robert, czy możemy zmienić temat? – zapytała Renata. – Danusiu, gdzie jedziecie na urlop?

– Po sprawdzeniu naszego konta stwierdziliśmy, że nie jesteśmy zmęczeni i zostajemy w Krakowie.

– Uwaga, uwaga – nagle Artur przerwał rozmowy przy stole. – Muszę teraz coś ogłosić, bo potem alkohol może ukraść wam pamięć. Zapraszam wszystkich tu zebranych na ślub i wesele mojej córki. Impreza odbędzie się za dwa tygodnie w sobotę. Wyślę wam zaproszenie pocztą. Wybaczcie młodym, że nie odwiedzą was osobiście w domu, ale nie mam sumienia zawracać im głowy takimi duperelami. Wiadomo, że przyjdziecie do mnie, a nie do nich. Nigdy nie robiłem wystawnych przyjęć, bo nie miałem na to ani środków finansowych, ani miejsca. Całe moje mieszkanie zmieściłoby się w kuchni doktora Orłowskiego. Przyjęcie weselne odbędzie się w restauracji U Centusia nad Wisłą niedaleko mostu Powstańców Śląskich, a ślub w kościele w Nowym Bieżanowie. Przyjdziecie?

– Oczywiście, że przyjdziemy. Ale teraz dość gadania! Idziemy tańczyć. Robert, mogę poprosić twoją żonę do tańca? – zapytał Jurek.

Wszyscy dostosowali się do zaleceń gospodarza i poszli tańczyć. Nawet Zbyszek poprowadził córeczkę na parkiet.

Robert zatańczył z Karoliną, asystentką Jurka.

Rozdział 13

Krzysiek i Marta wyszli wyjątkowo wcześnie z dyskoteki. Źle się czuli w tym morzu falujących, tańczących głów, hałaśliwym jazgocie mechanicznej muzyki i panującej tam duchocie. Woleli spacer. Była piękna czerwcowa noc. Ciepłe powietrze otulało gołe ramiona Marty niczym bawełniany sweterek. Chociaż było tuż przed północą, miasto nie poszło jeszcze spać, Floriańska i Rynek dalej tętniły życiem. Tłumy przechodniów przewalały się jak w południe. Marta i Krzysiek szli wolno ulicami nocnego Krakowa, rozmawiając ze sobą na różne tematy. Stwierdziła ze zdziwieniem, że z nikim jej się tak dobrze nie rozmawiało jak właśnie z Krzyśkiem. Mogła mu wszystko powiedzieć, wiedząc, że ją zrozumie. Odkryła, że dużo ich łączy. Oboje trochę wyalienowani ze swojego środowiska, inni niż reszta rówieśników, teraz znaleźli ze sobą wspólny język. Krzysiek opowiadał jej o swojej dziewczynie, ona również wspomniała mu o Marku.

– To coś poważnego? – zapytał Krzysiek. – Zależy ci na nim?

– Chyba tak – odpowiedziała z wahaniem. Po chwili sprostowała: – Nie chyba, ale na pewno – mówiąc to, głośno westchnęła. – Ale nie wiem, czy jemu zależy na mnie. Czasami wydaje mi się, że tak, ale po chwili robi się oschły, obcy... Dziwnie patrzy wtedy na mnie, jakby zastanawiał się, co ze mną zrobić... Potrafi być bardzo czuły i delikatny, a kilka godzin później zachowuje się, jakby nic nas nie łączyło. Wydaje mi się, że specjalnie buduje wokół siebie mur, obwarowuje się, jakby nie chciał się zaangażować... A potem nie-oczekiwanie znowu jego oczy mówią, że nie jestem mu obojętna. Patrzy wtedy na mnie jakoś tak smutno... Jakby mu było żal... Nie mówię o współczuciu czy litości z powodu śmierci mojej mamy... Wydaje mi się, że nie jest mu żal mnie, ale nas... Jakby nasz związek nie mógł mieć żadnej przyszłości. – Znowu westchnęła.

– Co wiesz o nim?

– Wiem, że jest dziennikarzem, wiem, że ma pieniądze, że jest Austriakiem i... że jest dobry w łóżku. – Sama zdziwiła się, że powiedziała to na głos. – Mówię ci o sprawach, o których w życiu nie powiedziałabym nikomu... Podobno przyjaciel to ktoś, przy kim można głośno myśleć. Chyba jesteś moim przyjacielem, Krzy-siu. – Uśmiechnęła się do chłopaka. Po chwili znowu wróciła do tematu Marka: – On jest pierwszym facetem, przy którym mia-łam orgazm. Miałam wcześniej kilku chłopaków, ale z żadnym z nich nie było mi dobrze w łóżku.

– Zapamiętaj, Marta: nie ma oziębłych kobiet, są tylko faceci, którzy nie potrafią ich odpowiednio rozgrzać – Odwzajemnił jej uśmiech.

Na chwilę zamilkli. Marta odgarnęła włosy do tyłu i głęboko odetchnęła.

– Nie wiem, jak zareaguje, gdy mu powiem o przeprowadzce do Krakowa. Nie wiem, czy w ogóle go jeszcze zobaczę... Może we wtorek już go nie będzie w Rzeszowie.

– Będzie. A kiedy cię ujrzy w tej sukience, którą masz teraz na sobie, to padnie u twych stóp porażony miłością.

– Na pewno. – Roześmiała się sceptycznie.

– Ale radzę ci, Marta, lepiej nie wspominaj o nim ojcu.

– Dlaczego?

– Bo ojciec zniszczy tę znajomość. Nie da mu żadnych szans. Szkoda mi faceta. Sam fakt, że jest Austriakiem, przekreśla go na starcie. Ojciec nie cierpi Austriaków.

– Nie martw się, dam sobie radę z twoim ojcem. Nie zrezygnuję tak łatwo z miłości, tylko dlatego, że mi Robert zabroni.

Krzysiek roześmiał się głośno.

– Nie znasz ojca. Nawet się nie zorientujesz, kiedy wybije ci miłość z głowy i sama rzucisz tego biedaka. Tak ci go obrzydzi, że nie będziesz mogła patrzeć na niego... Ojciec jest zazdrosny jak cholera, już cię traktuje jak małą córeczkę. Iza za kilka lat też będzie miała przechlapane, bo nikt nie będzie godny jego małej księżniczki.

– Ale przecież bardzo ciepło mówi o twojej dziewczynie. Nawet już buduje wam dom. A przecież widzę, że w jego oczach jesteś ósmym cudem świata! Wręcz pręży się z dumy, gdy mówi o tobie. Idąc twoim tokiem rozumowania, to również żadna dziewczyna nie powinna być ciebie godna. A przecież ją zaakceptował.

Krzysiek znowu się roześmiał. Marta stwierdziła, że jego śmiech jest bardzo urokliwy i jeszcze bardziej upodabnia go do ojca.

– Zaakceptował ją, bo sam ją dla mnie wybrał! Potrafił spowodować, że się w niej autentycznie zakochałem. A zrobił to tylko dlatego, bo mu się moja poprzednia dziewczyna nie podobała. – Przyciągnął Martę do siebie i lekko pocałował w policzek. – Radzę ci, Marta, po bratersku: jeśli ci zależy na tym facecie, to nie wspominaj o nim mojemu ojcu.

Trzy godziny później siedzieli na tarasie w domu i rozmawiali, sącząc swoje drinki. Nie chciało się im jeszcze spać. Około drugiej usłyszeli odgłos nadjeżdżającej taksówki. Renata i Robert wysiedli z samochodu i ruszyli w stronę domu, mówiąc coś do siebie podniesionym głosem. Do kuchni wszedł Robert, zamaszyście otworzył drzwi lodówki i wyjął z niej piwo. Otworzył butelkę i wypił spory łyk. Na jego twarzy ujrzeli grymas wściekłości. Po chwili za mężem, na bosaka, przydreptała Renata. Bez butów sięgała mu zaledwie do ramion.

– Dlaczego się kłócicie? Co się stało? – zapytał Krzysiek.

– Nic się nie stało. Tylko twoja matka przez pół wieczoru siedziała na kolanach tego skąpego padalca i łapała go za „małego" – warknął Robert. Faktycznie był zły. Marta nigdy dotąd nie widziała go w takim stanie, przeważnie był uśmiechnięty, dowcipny, czasami złośliwy, od czasu do czasu poważny, ale nigdy nie był tak wzburzony jak teraz.

– Wypraszam sobie, to podłe insynuacje – powiedziała spokojnie Renata. – Za nic go nie łapałam. Owszem, na chwilkę usiadłam na kolanach Jurka, bo nie było wolnego miejsca, ponieważ dosiedli się jego znajomi. Ja, jako najlżejsza, miałam do wyboru kilka par kolan, wszystkie jednak były żonate, dlatego wybrałam kolana Jurka, bo mają większą nośność niż kolana Danusi. – Na chwilę zamilkła. Potem dorzuciła: – Gdybyś był przy stole, a nie włóczył się po krzakach z jego asystentką, to usiadłabym na twoich kolanach.

– Oszalałaś?! Jakich krzakach?! Poszedłem tylko do baru czegoś się napić.

– Z uwieszoną na sobie Karolinką?! Tak jakby nie było niczego do picia na stole?

– Chciałem napić się czegoś zimnego! Ten ćwok specjalnie przyprowadził tę smarkulę, żeby się mógł zająć tobą. Specjalnie to ukartował!

– Tato, daj spokój – uspokajał ojca Krzysiek.

– Cicho bądź, nie wtrącaj się – warknął na syna. Zwrócił się do żony: – Ośmieszyłaś mnie! Wyszedłem na kretyna!

– Idę spać. Tobie też to radzę, bo rano jedziemy po Izę do Żurady – powiedziała spokojnie Renata i wyszła z kuchni.

Ruszył za nią Robert, ciągle mówiąc do niej podniesionym tonem. Chwilę później Krzysiek i Marta również poszli w ich ślady.

*

Marta obudziła się przed dziesiątą. Umyła się, ubrała i pierwszy raz zaczęła robić sama makijaż. Dwa razy zmyła go i dopiero trzecia próba w miarę ją zadowoliła. Przyglądając się sobie w lustrze, stwierdziła ze zdziwieniem, że wystarczy tylko trochę tuszu, pudru i szminki i twarz robi się bardziej wyrazista. Musiała przyznać, że nawet delikatny makijaż bardzo zmienia wygląd kobiety, dodając jej urody.

Z pewnym wahaniem zeszła na dół. Obawiała się, w jakim nastroju będzie Robert. Jeśli będzie dalej zły na swoją żonę, czy nie odbije się to na niej samej? Wczoraj krzyknął na Krzyśka bez żadnego konkretnego powodu. Może dzisiaj jej obecność będzie przeszkadzać Orłowskim, może będzie dla nich intruzem?

Trochę podenerwowana zeszła do kuchni. To, co zobaczyła, całkiem ją zaskoczyło. Na krześle siedział Robert, a na jego kolanach Renata. Namiętnie się całowali. Spod jedwabnego szlafroczka wystawała w całej swej okazałości opalona noga Renaty, po której błądziła dłoń Roberta. Jeszcze chwila i przeleci ją na stole – pomyślała w duchu Marta. Chrząknęła głośno.

Renata poderwała się z kolan męża i lekko się zarumieniła.

– Już wstałaś? – zapytała retorycznie Martę. – My już zjedliśmy śniadanie. Zaraz ci zrobię świeżą herbatę.

– Idę obudzić Krzyśka – oznajmił wcale niezmieszany Robert. – Zaraz po śniadaniu jedziemy po Izę, a potem zrobimy sobie wycieczkę do Ojcowa i Pieskowej Skały. Załóż wygodne buty, bo będziemy wspinać się na ruiny ojcowskiego zamku. Później porozmawiamy sobie o żeń-szeniu. Ciągle nie mogę nadziwić się, jaki świat jest mały.

*

Wycieczka była udana. Wracając z podolkuskiej Żurady, obrali trasę nie przez Jerzmanowice, tylko przez Ojców. Droga była bardzo malownicza, wiła się jak serpentyna wśród zielonych pagórków nakrapianych białymi wapieniami. Przejeżdżali przez Sułoszową, najdłuższą polską ulicówkę, ciągnącą się aż dziewięć kilometrów. Tuż za nią zaczynała się Pieskowa Skała. Marta po raz pierwszy zobaczyła na żywo Maczugę Herkulesa. Kiedy przejeżdżali tuż obok dwudziestopięciometrowej skalnej rzeźby, którą stworzyła natura, dziewczyna nie mogła pohamować się przed wydaniem okrzyku zachwytu. Musieli zatrzymać się na chwilę, żeby mogła się jej lepiej przyjrzeć.

Odwiedzili zamek w Pieskowej Skale, wypili kawę na tarasie kawiarni, później pojechali do Ojcowa. Tutaj wybrali się na mały spacer do ruin zamku. Będąc na szczycie góry, podziwiali okoliczne widoki.

Późnym wieczorem wrócili do Krakowa.

Marta, leżąc w łóżku, długo nie mogła zasnąć. Rozmyślała o rodzinie Orłowskich. Ciągle ją zaskakiwali swoim zachowaniem. Nie była przyzwyczajona do tego, żeby rówieśnicy jej rodziców zachowywali się jak para dwudziestolatków. Orłowscy mimo swoich lat mieli mentalność młodych ludzi. Czasami wydawało jej się, że najbardziej dojrzały z nich wszystkich był Krzysiek! Rodzice Marty nigdy przy niej nie mówili o seksie, nie całowali się, ani nie obejmowali. Nie krzyczeli na siebie, nie obrzucali epitetami... Ale i nie patrzyli na siebie tak zachłannie jak Orłowscy. Robert i Renata byli już dwanaście lat po ślubie, a wydawało się, że to ich miesiąc miodowy. Zauważyła, że wszyscy z Orłowskich, nawet Krzysiek, lubią się dotykać, przytulać, całować... W jej rodzinie było inaczej – rodzice byli parą dobrych przyjaciół, zawsze okazywali sobie wzajemnie szacunek i oddanie, ale nigdy nie pokazywali czułości przy Marcie. Nie była pewna, czy przed chorobą ojca uprawiali seks, bo spali osobno. Nawet ją, Martę, rzadko przytulali i całowali, mimo że była dla nich najważniejszą osobą na świecie.

Marta nie wiedziała, co o tym sądzić. Zastanawiała się, jaki model małżeństwa najbardziej by jej odpowiadał – czy partnerski, pełen wzajemnego szacunku i przyjaźni, czy oparty na namiętności – bardziej zwariowany, mniej stabilny, ale również mniej nudny... Bo w rodzinie Orłowskich nie było miejsca na nudę.

Rozdział 14

Wyłączyłem silnik samochodu. Spojrzałem na zegar na desce rozdzielczej, zbliżała się dwudziesta druga. Uff, nie spóźniłem się, odetchnąłem z ulgą. Boss lubił punktualność. Z mroku wynurzyła się wysoka postać. Człowiek, z którym się dziś umówiłem, wsiadł do samochodu. Podał mi rękę. Wymieniliśmy grzecznościowe uwagi na temat pogody i nadchodzących wakacji. Dla patrzącego z boku przypominaliśmy zachowaniem dobrych znajomych, którzy nie widzieli się jakiś czas i spotkali przypadkowo. Po chwili nasza rozmowa zeszła na właściwe tory.

– Znaleźliście już zgubę? Nasi przyjaciele się niecierpliwią – zapytał Boss.

– Jeszcze nie znaleźliśmy. W mieszkaniu i w piwnicy chyba tego nie ma, na działce również – odparłem. Nie chciałem zbytnio wtajemniczać Bossa w nasze problemy.

– Może dziewczyna będzie wiedziała, gdzie matka mogła to schować?

– Na razie zostawmy dziewczynę w spokoju. Mam ją na oku. Przyciśniemy ją w ostateczności. Musielibyśmy ją później wyeliminować, a jest za młoda i za ładna, żeby umierać.

– A ty jesteś za bardzo sentymentalny. W tym wypadku jednak zgadzam się z tobą, nie ma sensu uciekać się do tak drastycznych środków. Ja też nie lubię zabijać ładnych kobiet. Ale pamiętaj, że oni nie lubią partaczy. Musicie się bardziej postarać.

Rozdział 15

Marta stała przed lustrem i przyglądała się swemu odbiciu. Czekała na taksówkę. Umówiła się z Markiem w restauracji w centrum miasta. Chciała, żeby ją ujrzał w czerwonej sukience a trochę głupio byłoby, gdyby przyjmowała go w swoim mieszkaniu, będąc tak wystrojoną. Do Rzeszowa odwiózł ją tym razem nie Robert, tylko Krzysiek. Wróciła w poniedziałek po południu, bo w tym dniu nie było lekcji w szkole. Wszyscy pojechali na wycieczkę oglądać Karpacką Troję, nowo otwarty skansen w Trzcinicy niedaleko Jasła. Marta już tam była w ubiegłym roku razem z mamą, dlatego wolała zostać dłużej w Krakowie. Postanowiła w niedalekiej przyszłości wyciągnąć do skansenu Marka... Jeśli go jeszcze kiedyś zobaczy...

Podświadomie obawiała się, że to koniec ich znajomości. W piątek rano, gdy ją odwoził do szkoły, miała wrażenie, że Mark nie wróci już do Rzeszowa. Im więcej o tym myślała, tym bardziej była pewna, że już do niej nie zadzwoni.

Mark jednak zadzwonił akurat wtedy, gdy była na zakupach z Krzyśkiem. Chciał od razu przyjechać do jej mieszkania, ale Marta odłożyła randkę na wieczór. Miała ochotę jeszcze trochę pobyć z Krzyśkiem – pokazać mu Rzeszów, zaprosić do mieszkania. Chłopak zdał już wszystkie egzaminy i za kilkanaście dni wylatywał do Bostonu, do swojej dziewczyny, z którą planował zwiedzać Stany.

Ku swemu niezadowoleniu, zakupy robiła również jej koleżanka z pracy. Nie podeszła do niej, udała że jej nie widzi, ale i tak była pewna, że jutro w szkole nie obejdzie się bez złośliwych komentarzy, a tematem dnia będzie: „trzeci facet przy boku młodej Kruczkowskiej!".

*

Nadjechała taksówka, Marta włączyła alarm i zamknęła drzwi mieszkania. Na klatce schodowej natknęła się na sąsiadkę, która z oburzeniem popatrzyła na jej czerwoną sukienkę. Wzrok kobiety pełen niemego wyrzutu był zapowiedzią przyszłych plotek. A niech sobie plotkują stare dewoty – pomyślała Marta, mówiąc grzecznie „Dzień dobry". Już i tak na pewno huczy na jej temat w bloku jak w ulu. Kto to widział, jeszcze matka nie ostygła w grobie, a ta już puszcza się z facetami! – jakby słyszała słowa zgorszonej sąsiadki.

Weszła do restauracji. Z daleka zobaczyła Marka Bieglera. Z przyjemnością zauważyła, że wszyscy mężczyźni w lokalu i ją zauważyli. Czuła ich wzrok odprowadzający ją do stolika. Nigdy wcześniej jej wejście nie zrobiło na facetach takiego wrażenia jak dziś. Żegnajcie spodnie i adidasy, wasz czas skończył się nieodwracalnie – uśmiechnęła się w myśli do siebie. Uśmiechnęła się również do Marka.

Na jej widok Austriak wstał, omiótł ją wzrokiem, odwzajemnił uśmiech i powiedział „witaj"... I nic więcej! Nie usłyszała żadnego komplementu, że ładnie wygląda, tak jakby nie zauważył żadnej zmiany w jej wyglądzie!

Dobry humor Marty zgasł jak spalona żarówka.

– Jak minął weekend? – zapytał.

– Dobrze – odpowiedziała przygaszona.

Może on, tak jak Robert, lubi naturalną urodę? – pomyślała. Ale czy rzeczywiście Orłowski jest zwolennikiem kobiet, które z kosmetyków preferują tylko wodę i mydło? Patrząc na jego żonę, można w to wątpić. Jedynie co Renata ma naturalnego w sobie, to sposób bycia – nie owija w bawełnę, tylko zawsze mówi prosto z mostu.

– Jak było w Krakowie? Co robiłaś?

– Oglądałam Maczugę Herkulesa.

– Gdzie? Na Wawelu?

Marta spojrzała na Marka zdziwiona. Początkowo myślała, że żartuje, ale jego mina nie wskazywała na to. – Naprawdę nie wiesz, co to jest Maczuga Herkulesa? Piszesz artykuły o byłej Galicji i tego nie wiesz? Przecież jesteś pół-krwi Polakiem? – powiedziała, będąc trochę zła za jego reakcję na jej nowy image... Albo raczej za brak reakcji.

– Przepraszam cię bardzo, może i jestem, jak ty to powiedziałaś, pół-krwi Polakiem, ale czuję się w stu procentach Austriakiem. Urodziłem się w Austrii, całe życie tam mieszkałem, z Polską wiążą mnie tylko mgliste wspomnienia dziadków i metryka matki – powiedział ozięble. – A co ty wiesz, moja mała erudytko, na temat Austrii? Z czym kojarzy ci się Wiedeń? Chyba tylko z sernikiem wiedeńskim i jajkami po wiedeńsku? No może jeszcze Jan III Sobieski i walce Straussa coś ci mówią... Acha, zapomniałem, że słyszałaś o Franciszku Józefie i Sissi.

Marta zaczerwieniła się ze wstydu. Łzy napłynęły jej do oczu, z trudem zatrzymała je, żeby nie popłynęły dalej.

– Przepraszam – zreflektował się Mark. – Poniosło mnie. Nie lubię, jak ktoś dostrzega, że nie jestem doskonały. – Uśmiechnął się do Marty. – Nie wiem, co to jest Maczuga Herkulesa, ale za to wiem, co to jest Karpacka Troja, a mogę się założyć, że dziewięćdziesiąt procent Polaków tego nie wie. Napisałem artykuł o tym skansenie i nawet mi go wydrukowali w kilku austriackich periodykach.

Do stolika podeszła kelnerka, zamówili wybrane potrawy. Marta dalej się nie odzywała, tylko w milczeniu oglądała swoje pomalowane na czerwono paznokcie.

Mark chwycił jej dłonie. Podniosła na niego oczy.

– Błagam, nie patrz na mnie tym swoim wzrokiem zranionej sarny. – Pocałował jej dłoń. – Przepraszam. Czy długo jeszcze będziesz się na mnie dąsać? Może pójdziemy gdzieś potańczyć?

– Dziś jest poniedziałek, wątpię, czy gdziekolwiek grają.

– Zaraz się dowiemy – powiedział, wyjmując telefon.

Zjedli kolację i pojechali do innego lokalu, w którym był dancing. GPS w samochodzie Marka pomógł im tam dojechać. Usiedli w boksie odgrodzonym drewnianą kratką, po której wił się sztuczny bluszcz. W restauracji oprócz nich i personelu było jeszcze pięć osób: dwóch mężczyzn i trzy kobiety. Zespól muzyczny nie zrażał się jednak skromną frekwencją i grał jak dla pełnej sali. Mark poprosił Martę do tańca. Ciepło jego dotyku paliło ją przez materiał sukienki. Zapragnęła znaleźć się w swoim pokoju, w swoim łóżku... oczywiście z nim. Tymczasem tańczyli. Byli jedyną parą na parkiecie.

– Dobrze, że jest tu mało ludzi – powiedział, uśmiechając się lekko. – Oprócz męskiego personelu tylko dwóch facetów będzie cię rozbierać oczami... Nie to, co w tamtej restauracji.

– Czy ubrałam się nieodpowiednio? – zapytała trochę zaniepokojona.

Mark nie odpowiedział, tylko uważnie jej się przyglądał.

Niepokój nie opuścił Marty. Czuła się fatalnie, chciała jak najszybciej wrócić do domu i rozebrać się z tej sukienki.

W pewnym momencie zadzwoniła komórka Marka. Marta widziała pewne zmieszanie na jego twarzy, gdy popatrzył na wyświetlacz. Przeprosił Martę, wstał i odszedł porozmawiać na osobności. Dziewczyna poczuła niepokój. Szybko jednak znowu pojawił się przy stoliku i jak gdyby nigdy nic wrócił do przerwanej rozmowy.

– Dzwoniła twoja przyjaciółka? – zapytała z drżącym sercem.

Nie odpowiadał od razu, tylko patrzył na dziewczynę. Później lekko się uśmiechnął.

– Tak. To moja przyjaciółka, Gretchen. Mieszkam u niej. – Na chwilę zawiesił głos. – Bardzo ją lubię. Szkoda tylko, że ma ponad osiemdziesiąt lat. To pierwsza żona mojego ojca – dodał.

Marta odetchnęła głęboko. Z radością poderwała się ze stołka, gdy poprosił ją do tańca. Przytuliła się mocno do niego.

Godzinę później wyszli z lokalu. Mark podjechał pod blok Marty. Wyłączył silnik, spojrzał na dziewczynę.

– Zaprosisz mnie dzisiaj do siebie? Wczoraj bardzo źle mi się spało samemu w hotelu.

– Myślałam, że dopiero dziś wróciłeś z Wiednia.

– Nie, wczoraj wieczorem. Musiałem coś załatwić. I co, wpuścisz mnie do swojego mieszkania?

– Pewnie. Ja też nie lubię ostatnio sama spać.

– Tylko pamiętaj o alarmie.

Weszli do mieszkania, Marta wyłączyła alarm. Pierwsze, co chciała zrobić, to zdjąć sukienkę. Już miała iść do łazienki, ale wcześniej musiała usłyszeć opinię z ust Marka.

– Mark, powiedz mi prawdę, czy w tej sukience wyglądałam bardzo wyzywająco? Czy ty wolisz Sierotki Marysie?

– Co takiego?

– Czy wolisz skromne dziewczyny, naturalne, bez makijażu?

Na jej słowa Mark parsknął śmiechem.

– Marta, chodź ze mną – zaprowadził ją do łazienki. – Czy ty przeglądałaś się w lustrze? Spójrz na siebie. Jesteś chyba jedną z najładniejszych dziewczyn w Europie i masz jeszcze jakieś wątpliwości co do swej urody?!

– Bo zachowywałeś się tak, jakbym ci się dzisiaj nie podobała.

– Słuchaj, głuptasie. Przedtem byłaś nieoszlifowanym diamentem, teraz zrobił się z ciebie brylant czystej wody.

Przytulił ją i pocałował. Mocno, długo i namiętnie.

Było cudownie, ale najbardziej cudowne było jedno zdanie, które wyszeptał: *„Mein Schatz,* jak ja strasznie tęskniłem za tobą".

Dwie godziny później leżeli w łóżku Marty przytuleni do siebie. Po wspólnej kąpieli w niezbyt wygodnej wannie i po powtórnych miłosnych uniesieniach przyszedł czas na chwilę odpoczynku. Marta gładziła jego muskularne ramiona, a on jej włosy. Mimo późnej pory i perspektywy rannej pobudki nie spali jeszcze, nie mogli zasnąć. Uwielbiała tak leżeć obok niego, przyglądać mu się, wsłuchiwać się w jego regularny oddech.

– Mark, czy mogę zadać ci jedno pytanie?

– Pytaj – odparł, nagle trochę spięty.

W pierwszej chwili chciała dowiedzieć się czegoś więcej o kobiecie, z którą mieszkał, ale widząc jego reakcję, zrezygnowała.

– Czy ty farbujesz sobie włosy?

Mężczyzna parsknął śmiechem.

– Dlaczego tak uważasz?

– Bo włosy na głowie masz dużo jaśniejsze od innych włosów. – Uśmiechnęła się. – Powiedz prawdę, zrozumiem. Jestem zwolenniczką równouprawnienia.

– Ale ja jestem konserwatystą, zwolennikiem naturalnej męskiej urody – odparł z uśmiechem. – Nie farbuję sobie włosów, to robota słońca, nie fryzjerki, zimą mi ciemnieją.

– Wiesz, zawsze mnie intrygował ten tatuaż na twoim ramieniu. Co to jest?

– Tatuażyście nie wyszło dzieło, dlatego kazałem umieścić napis. Przeczytaj.

– Nemezis? – zdziwiła się Marta. – Bogini zemsty?

– I sprawiedliwości. W jednej ręce powinna trzymać gałązkę jabłoni, w drugiej koło. Mitologia mówi, że powinna też być przepasana biczem. Cóż, ten, co mi robił tatuaż, nie był zbyt utalentowany.

– Ja też chciałam zrobić sobie mały tatuaż, ale rodzice nie pozwolili.

– I bardzo dobrze. Jestem wrogiem tatuaży. Zrobiłem go pod wpływem impulsu, kiedy chodziłem do średniej szkoły i teraz z przyjemnością bym go usunął.

– Na kim chciałeś się zemścić? Na niesprawiedliwym nauczycielu od matematyki czy na dziewczynie, która cię rzuciła?

– Mnie dziewczyny nie rzucają. Z matematyką też nie miałem nigdy kłopotów. – Zamyślił się. – Naczytałem się książek o zemście, takich jak *Hrabia Monte Christo* i po dziecinnemu obiecałem sobie sam dochodzić sprawiedliwości. Ale wyrosłem ze szczenięcych lat. Tatuaż to była głupia manifestacja głupiego szczeniaka.

– Nie powiesz mi, na kim chciałeś się zemścić?

– Może kiedyś. – Uśmiechnął się do Marty. – Nie opowiadałaś, jak było u kuzyna?

– Fantastycznie. – Na chwilę umilkła. – W piątek wyjeżdżam do nich na stałe. Przeprowadzam się do Krakowa.

Mark leżał, nic nie mówiąc. Obserwowała go w milczeniu, jej serce jednak wykonywało niedozwolone akrobacje. Bała się, co odpowie. W Rzeszowie trzymała go praca, czy Kraków również go czymś zainteresuje?

– Z Wiednia jest bliżej do Krakowa niż do Rzeszowa – odpowiedział po chwili.

Marta odetchnęła z ulgą. Wyrzuciła z siebie resztki niepokoju. Poczuła jak szczęście otula ją w ciemności niczym ciepła kołderka.

Rozdział 16

Kończyła się pierwsza lekcja. Marta siedziała za biurkiem w pracowni biologicznej i obserwowała uczniów. Pilnie oglądali preparaty pod mikroskopem, co chwila szturchając się między sobą, ona natomiast wróciła myślami do dzisiejszego poranka i do Marka.

Zaspali, zapomniała nastawić budzik w komórce. Szybko umyła się i lekko pomalowała. Po raz pierwszy nie założyła do szkoły czerni, tylko jasną spódniczkę i brązową bluzkę z kremowymi aplikacjami. Całość wyglądała elegancko, trochę konserwatywnie jak na nauczycielkę przystało, ale również bardzo kobieco. Kiedy weszła do kuchni, w oczach Marka dostrzegła uznanie. Po raz pierwszy to on przygotował dla nich śniadanie, dotychczas robiła je Marta. I po raz pierwszy przytulił ją do siebie bez żadnych seksualnych podtekstów. Przedtem przytulał ją tylko w łóżku...

Dzwonek przerwał jej rozmyślania. Nie miała ochoty odwiedzać w czasie przerwy pokoju nauczycielskiego. Może nie chciała widzieć zgorszonego spojrzenia koleżanek w związku z jej nowym wizerunkiem? Opuściła ją odwaga, bo jednak trudno jest nie liczyć się z opinią innych ludzi. Miała nadzieję, że pani Maria obroni ją przed atakiem złośliwych komentarzy.

Usłyszała ciche pukanie do drzwi. Zobaczyła w nich wicedyrektorkę. Kobieta niepewnie podeszła do jej biurka.

– Nie ma dzisiaj w pracy dyrektora. Dzwoniła jego żona, że nie będzie go kilka dni, bo przewrócił się wczoraj na budowie i cały jest pokiereszowany. – Przerwała na chwilę. – Przed chwilą odebrałam telefon ze szpitala wojewódzkiego. Pani Maria Wcisło miała w niedzielę wieczorem wypadek. Podobno jest w ciężkim stanie – powiedziała cicho. – Wiem, że panie przyjaźniły się... to znaczy przyjaźnią się – szybko się poprawiła.

Marta zbladła. Ręce zaczęły jej się trząść ze zdenerwowania.

– Tylko nie to – jęknęła. – Panie Boże, dlaczego mi to robisz?! – zawołała i wybuchła płaczem.

– Pani Marto, proszę się uspokoić. Jeszcze nic nie jest przesądzone. Lekarz powiedział, że jest duża szansa, że pani Maria wyjdzie z tego – łagodnie uspokajała ją dyrektorka. – Wiem, że dużo ostatnio pani przeszła, ale proszę wziąć się w garść. Na pewno wszystko będzie dobrze. Jeśli chce pani jechać do szpitala, to przyślę jakieś zastępstwo.

Marta zaczerpnęła głęboko powietrza, otarła dłonią łzy.

– Nie, na razie nie trzeba, ale zadzwonię do mojego kuzyna, on jest lekarzem. Mieszka w Krakowie, ale może potrafi pomóc.

Wyjęła telefon i zadzwoniła do Roberta.

Trzy godziny później Robert podjechał pod bramę szkoły. Zabrał Martę i razem pojechali do szpitala.

Nie wpuszczono ich na OIOM. Marta siedziała na ławeczce, Robert w tym czasie rozmawiał z ordynatorem oddziału. Do dziewczyny podeszła pielęgniarka.

– Pani jest córką? – zapytała.

– Nie. Pani Wcisło jest moją ciocią – odpowiedziała Marta po chwili wahania. – To znaczy traktuję ją jak ciocię.

– Pani Maria uczyła mnie rosyjskiego w liceum. Bardzo porządna kobieta. Właśnie ją i moja wychowawczynię, panią Kruczkowską, najmilej wspominam ze szkoły.

– Nazywam się Marta Kruczkowska... Ewa to moja mama – odparła.

– Słyszałam o jej śmierci. Nie mogłam przyjść na pogrzeb, bo miałam dyżur. Była fantastyczną nauczycielką i wspaniałym pedagogiem. Bardzo pani współczuję. Kilka lat temu straciła pani ojca, teraz mamę. Życie potrafi być okrutne. – Westchnęła głośno.

– Czy pani wie coś więcej o wypadku? Ostatni raz rozmawiałam z panią Marią przedwczoraj wieczorem. Mówiła, że się wybiera na spacer. Zawsze przed snem lubiła trochę pospacerować, bo lepiej jej się później spało. Ale przeważnie spacerowała niedaleko swojego bloku.

– I to się stało prawie pod jej domem. Kierowca powiedział, że wtargnęła na jezdnię. Było ciemno, ulica była nieoświetlona, dlatego jej nie widział. – Pielęgniarka zamilkła. Po chwili z pewnym wahaniem powiedziała: – Nie wiem, czy powinnam to mówić, ale jak byłam przy niej w nocy, pani Maria na moment odzyskała przytomność i powiedziała, że ktoś ją popchnął. Ale kierowca nie widział nikogo oprócz niej... Zaprzecza.

– Zgłosiła to pani na policji?

– Mówiłam policjantowi, który tu przyjechał, i ordynatorowi, ale oni uważają, że majaczyła. Dopiero kiedy odzyska przytomność i to potwierdzi, będzie można coś z tym zrobić. Na razie zabronili mi tego rozpowiadać.

Po chwili wrócił Robert z ordynatorem. Lekarz przedstawił się Marcie, podając jej rękę. Był wyjątkowo uprzejmy.

– Zrobiliśmy wszystko, co było w naszej mocy. Najbliższe godziny pokażą, co będzie dalej. Udało się nam opanować krwotok wewnętrzny, pojawił się jednak problem neurologiczny, ale tym zajmie się w swoim czasie pani kuzyn. Jak tylko stan pacjentki na to pozwoli, to przetransportujemy ją do Krakowa. Klinika doktora Orłowskiego jest najlepszą placówką neurologiczną w południowej Polsce.

Ordynator jeszcze chwilę rozmawiał z Robertem, po czym elegancko się pożegnał.

*

Wyszli ze szpitala. Orłowski zarządził obiad, bo przez cały dzień nie miał nic w ustach. Podjechali pod najbliższą restaurację. W czasie, gdy Robert odwiedził toaletę, Marta napisała SMS do Marka. Opisała sytuację i przesunęła spotkanie na późny wieczór. Wyłączyła telefon. Pomna rad Krzyśka, nie chciała, żeby doszło do spotkania obu mężczyzn.

Nie miała ochoty jeść przyniesionych przez kelnerkę potraw. Straciła apetyt, bo ciągle myślami była z ranną przyjaciółką. Powtórzyła Robertowi rozmowę z pielęgniarką. On również uważał, że na razie jest za wcześnie, żeby wszczynać alarm, trzeba poczekać, aż kobieta odzyska przytomność.

Nagle Marta przypomniała sobie o kocie zamkniętym w mieszkaniu – biedne zwierzę nie jadło nic od prawie dwóch dni.

Podjechali pod blok Wcisłowej. Dziewczyna wyjęła z torebki klucze i otworzyła drzwi.

– Filuś. Kici, kici – zawołała. – Gdzie jesteś, kotku?

Przeszukali całe mieszkanie, ale kota nigdzie nie było. Marta zaniepokoiła się. Za chwilę Robert zauważył, że jest otwarte małe okno przy drzwiach balkonowych. Wyszli na balkon.

– Pani Maria nigdy by nie zostawiła w ten sposób otwartego okna. Kiedy wychodziła z mieszkania, zawsze uchylała okno tak, żeby Filuś nie mógł wyjść na balkon. Tutaj ktoś był!

– Sam nie wiem. Mieszkanie po włamaniu wygląda inaczej, żaden złodziej nie zostawia takiego porządku – zauważył Robert. Zamilkł, bo w krzakach pod balkonem dostrzegł kota, który leżał nieruchomo.

Robert wyszedł z mieszkania. Po chwili wrócił z martwym zwierzęciem w rękach. Na ten widok Marta zaniosła się płaczem.

– Ktoś mu skręcił kark. Chyba masz rację, ktoś tu był. Dzwonię po policję – powiedział.

– Dlaczego to zrobili?! To tylko mały kotek! – dziewczyna płakała rozdzierająco. – Co ja powiem pani Marii, ona go tak kochała!

– Mały kotek, ale podobno nie lubił obcych. Tak mi mówiła pani Maria. Może przeszkadzał złodziejowi, może głośno miauczał?

Pół godziny później przyjechało dwóch policjantów. Nie za bardzo przejęli się kotem. Nie uważali również, że to było włamanie. Okazali więcej zainteresowania, gdy się okazało, że w nocy włamano się do kilku piwnic, między innymi również do piwnicy pani Marii.

Wzięto odciski z drzwi balkonowych i z okna, ale bez przekonania, bo według nich nic nie wskazywało na włamanie.

Robert i Marta zostali sami.

– Mogłeś powtórzyć, co mówiła pielęgniarka.

– Z nimi nie było sensu o tym rozmawiać. Zadzwonię do znajomego komisarza. Krakowska policja na pewno jest w kontakcie z rzeszowską – powiedział Robert. – Coś mi tu śmierdzi. Te włamania nie dają mi spokoju. Do waszego mieszkania też się włamano w dniu wypadku Ewy. – Potem powiedział jakby do siebie: – Ale to bez sensu. Który złodziej najpierw zabija ofiarę, żeby potem okradać jej mieszkanie... Tym bardziej mieszkanie nauczycielki.

*

Robert zadzwonił do komisarza Pięty. Chwilę później odezwała się komórka dziewczyny. Dzwoniono z komisariatu policji w sprawie wypadku jej matki. Kazano przyjechać Marcie po rzeczy zmarłej. Zaproponowano jej również, żeby przywiozła ze sobą kuzyna.

Powitał ich policjant w średnim wieku o trochę penitencjarnym nazwisku: Zbieg. Pan komisarz przyjął ich bardzo grzecznie, nawet zaproponował kawę, ale nie skorzystali z jego gościnności.

Po kurtuazyjnym wstępie dotyczącym osoby komisarza Pięty, jak się okazało dobrego znajomego rzeszowskiego policjanta, i po kilku słowach zachwytu nad kliniką Orłowskiego, komisarz Zbieg wreszcie przystąpił do sedna sprawy.

– To rzeczy pani mamy. Torebka, portfel, zegarek, złoty pierścionek. – Spojrzał niepewnie na dziewczynę. – Tu są jej ubrania... Trochę pokrwawione.

– Proszę je wyrzucić – odpowiedziała cicho.

– Dobrze. Proszę sprawdzić, czy to wszystko, czy może czegoś brakuje.

Dziewczyna z wahaniem oglądała poszczególne przedmioty.

– Nie ma telefonu komórkowego. Brakuje też jej notesu. I kluczy. Ale to nieważne, bo wymieniłam zamki po włamaniu.

Komisarz spojrzał zdziwiony na Martę.

– Tylko to było w torebce. Chyba, że brakujące przedmioty wypadły i leżą gdzieś w aucie. Jeszcze nie jest gotowa ekspertyza samochodu, dopiero w przyszłym tygodniu będzie protokół. Na pewno pani matka miała te rzeczy w torebce?

– Na pewno. Kto dzisiaj nie ma komórki?! Mama nigdzie się nie ruszała bez telefonu i swojego notatnika.

– Hm, dziwne – bąknął policjant.

– Jest również dużo innych dziwnych rzeczy związanych z jej śmiercią – wtrącił Robert. – Czy nigdy policja nie brała pod uwagę, że to niekoniecznie musiał być wypadek?

– Nie rozumiem, o czym pan mówi, doktorze.

– Po pierwsze: włamanie do mieszkania w dniu śmierci Ewy, potem do piwnicy. To samo spotkało jej najbliższą koleżankę, panią Wcisło. Druga sprawa: Ewa w dniu wypadku jechała do Krakowa, żeby się ze mną zobaczyć, mimo że przez dwadzieścia sześć lat nie utrzymywaliśmy ze sobą żadnych kontaktów. Dlaczego akurat teraz chciała się ze mną spotkać?

– Może źle się czuła i chciała się przebadać?

– Robiliście sekcję zwłok, czy znaleźliście oznaki jakiejś choroby? Z tego co wiem, to oprócz tarczycy, nie miała żadnych innych dolegliwości. Mówiła do swojej koleżanki, pani Wcisło, że wydarzyło się coś ważnego i musi mi o tym powiedzieć. – Na chwilę przerwał. – Intuicja mi mówi, że to ma związek z jej pobytem w Jaśle i rozprowadzaniem produktów z żeń-szenia. Ostatnio dowiedziałem się, że spotkała tam kilku swoich dawnych uczniów, moich licealnych kolegów. Według mnie właśnie dlatego chciała się ze mną spotkać. Coś się musiało tam wydarzyć. Może zobaczyła albo usłyszała coś, czego nie powinna... Jej firma organizowała w Jaśle imprezę dla pracowników. Byli tam różni ludzie... Na przykład jej były uczeń, obecnie poseł, Andrzej Rogosz... Może dowiedziała się czegoś kompromitującego jego osobę? Poseł Rogosz przyjaźni się z Vickiem Jurgenem, który kiedyś nazywał się Wiktor Szewczyk i miał kryminalną przeszłość. Może Ewa Kruczkowska usłyszała coś, czego nie powinna się była dowiedzieć.

Policjant w milczeniu przyglądał się Robertowi. Dopiero po pewnej chwili się odezwał:

– I dlatego poseł Rogosz zabił panią Kruczkowską a potem włamał się do jej mieszkania i piwnicy? Następnie, po miesiącu, zemścił się na jej koleżance?

– Panie komisarzu, wiem, że to brzmi trochę niewiarygodnie, ale ja tylko sugeruję, żeby państwo bliżej przyjrzeli się tym wypadkom. Pani Wcisło powiedziała do pielęgniarki, że ktoś ją popchnął. Do tego to włamanie w nocy! Czy to nie dziwny zbieg okoliczności?

– Po pierwsze: nie wiadomo, czy w ogóle było włamanie. Kot prawdopodobnie zwyczajnie uciekł, a potem jakiś chuligan go zabił. Jeśli chodzi o piwnice, to włamano się również do innych, nie tylko do piwnicy pani Wcisło.

– Według mnie śmierć Ewy musi mieć coś wspólnego ze spotkaniem w Jaśle. Może dowiedziała się o jakiś machlojkach związanych z żeń-szeniem?

– Cóż pan chce od tego żeń-szenia?! – zapytał z oburzeniem policjant. – Moja żona również rozprowadza produkty żeńszeniowe. W ten sposób dorabia sobie mnóstwo kobiet. Czy ona też ma coś wspólnego ze śmiercią pani Kruczkowskiej? Naoglądał się pan za dużo kryminałów, doktorze. Polska to nie Ameryka, tu nie morduje się nauczycielek, tu nauczycielki nie rozprowadzają narkotyków ani nie przemycają brylantów – podsumował kpiąco. – Proszę dać sobie spokój, doktorze, proszę nie bawić się w detektywa, ma pan dużo lepszy fach w ręku.

Jak niepyszni opuścili komisariat. Robert zawiózł Martę do domu. Chwilę zatrzymał się jeszcze u niej, by wypić kawę. Gdy wyszedł z jej mieszkania, było już całkiem ciemno.

Rozdział 17

Od godziny siedziałem w samochodzie i przez lornetkę obserwowałem mieszkanie dziewczyny. Zaparkowałem dosyć daleko od jej bloku, ale dzięki nowoczesnemu sprzętowi widziałem wszystko, jakbym stał tuż pod oknem.

Wiedziałem o każdym jej kroku – co robiła w Rzeszowie i co robi w Krakowie. Musiałem to wiedzieć, bo dziewczyna może być nam potrzebna. Na razie jednak spróbuję obyć się bez niej. Szkoda mi jej, nie chciałbym jej skrzywdzić, zrobię to tylko w ostateczności.

Kuzyn, kuzynka – bzdura. Od początku domyślałem się, że to jego córka, ale gdy ich zobaczyłem, jak szli obok siebie, domysły przemieniły się w pewność – była do niego podobna. Ciekawy byłem, co powiedzieli policji.

Ten niedzielny incydent z nauczycielką to był błąd, nic to nie dało, tylko wzbudziło podejrzenie. Ciągle miałem cichą nadzieję, że policja nie połączy obu tych wypadków. Kruczkowska musiała zginąć, ale jej koleżanka nie była dla nas groźna. Można było wymyślić coś innego, żeby przeszukać jej mieszkanie, a nie wpychać ją pod samochód.

Westchnąłem głośno. Trudno, nie ma co płakać nad rozlanym mlekiem... I tak było w nim dużo wody.

Kiedy zobaczyłem „kuzyna" wychodzącego z klatki bloku, odłożyłem lornetkę i włączyłem silnik samochodu.

Rozdział 18

Marta usłyszała dzwonek u drzwi. To chyba wraca Robert – przeleciało jej przez myśl. Spojrzała w oko judasza – Mark! Ucieszyła się. Otworzyła drzwi i wpuściła gościa.

– Byłem niedaleko, postanowiłem wpaść, chociaż jeszcze nie dzwoniłaś – usprawiedliwiał się. – Powiedz, co się stało?

Marta z płaczem przytuliła się do Marka. Opowiedziała mu wszystko: o wypadku, o włamaniu, o kotku... i o reakcji policji.

– Biedny Filuś, pani Maria była bardzo przywiązana do niego, na pewno ciężko przeżyje jego śmierć. – Marta w ogóle nie brała pod uwagę możliwości, że kobieta może umrzeć.

Siedzieli na kanapie przytuleni do siebie. Mężczyzna cicho uspokajał dziewczynę. Jakiś czas później zapytał:

– Widziałem wysokiego mężczyznę koło czterdziestki, jak wychodził z twojej klatki i wsiadał do grafitowego lexusa z krakowską rejestracją, czy to nie był twój kuzyn? – zapytał.

– On nie ma czterdziestu lat, tylko pięćdziesiąt dwa. I wcale nie jest moim kuzynem – odparła z nosem w koszuli Marka. – On jest moim... biologicznym ojcem – wydukała z trudem.

Pierwszy raz tak wyraziła się o Robercie. Nazwanie go ojcem było niewłaściwym określeniem w stosunku do niego. Po pierwsze dlatego, że według jej odczucia, zdradzała w ten sposób pamięć człowieka, który był dla niej prawdziwym ojcem. Po drugie,

Robert nie pasował jej do wizerunku ojca – bardziej adekwatna była nazwa kuzyn lub starszy brat.

Mark w milczeniu wysłuchał historii romansu Ewy Kruczkowskiej. Dziewczyna rozgadała się – drugim tematem był Robert i jego rodzina.

*

W czwartek Mark nie przyjechał pod szkołę po Martę, tylko umówił się z nią wieczorem na działce. Musiał załatwić coś ważnego poza Rzeszowem, a ona, po wizycie w szpitalu i na cmentarzu, chciała zrobić małe porządki w ogrodzie. Wykonywanie prostych czynności pozwalało jej oderwać się na chwilę od zamartwiania się o panią Marię. Lekarze mówili, że najgorsze już minęło, ale nadal nie było pewności, czy kobieta wróci do pełni zdrowia – wszystko okaże się po zabiegu neurochirurgicznym.

Z cmentarza było niedaleko na działkę, niecałe trzy przystanki autobusowe. Postanowiła nie czekać na autobus, tylko pokonać odległość pieszo. Pogoda była jakby stworzona do spacerów. Słońce bawiło się w chowanego, co chwilę kryjąc się za białymi chmurkami. Dobrze, że żar nie lał się z nieba, inaczej trudno byłoby plewić grządki. Nie lubiła tego zajęcia, wręcz nienawidziła. Dotychczas plewieniem zajmowali się rodzice, a potem pani Maria.

Doszła do bramy ich działki. Cała posiadłość ukryta była za żywopłotem szczelnie okalającym metalową siatkę. Takie zielone ogrodzenie, przycinane regularnie, było ładniejsze od drogiego kamiennego muru sąsiadów. W tym roku nie miał kto przycinać krzewów, dlatego niesforne gałązki wymykały się z równej linii zieleni.

Ze zdziwieniem zauważyła, że furtka jest lekko uchylona. Nie zamykali jej na kłódkę, tylko na zasuwkę niewidoczną na zewnątrz. Wcześniej nigdy się tu nie włamywano, nie było po co, a pani Maria zawsze zapominała dorobić sobie klucz do kłódki.

Marta w pierwszej chwili pomyślała, że Mark już przyjechał i czeka na nią w ogrodzie, ale na podjeździe nie było samochodu. W oczy rzuciła się jej przewrócona donica, która zawsze stała obok ogrodowej ławki. Dziewczyna odłożyła torebkę na stolik i nachyliła się, żeby podnieść roślinę. Kątem oka zauważyła na werandzie jakiś cień. Z tego miejsca w ogrodzie weranda była widoczna tylko częściowo.

– Mark, to ty? – zawołała, okrążając domek.

Weszła po schodkach prowadzących na ganek. Ze zdziwieniem zobaczyła, że nie ma kłódki na skoblu. Pchnęła drzwi, były otwarte. Weszła do środka. W pomieszczeniu paliło się światło, rozpraszając mrok zaserwowany przez zamknięte okiennice. W części sypialnianej również świeciła się lampa. Trochę podenerwowana skierowała się ku drugiej izbie. Nagle usłyszała trzask zamykanych drzwi. Szybko podbiegła do wejścia, chcąc wyjść na zewnątrz. Bezskutecznie jednak szarpała klamkę, bo drzwi były zamknięte.

W pierwszej chwili wpadła w panikę. Jestem uwięziona, jeśli podpalą domek to zginę! – przeleciało jej przez głowę. Zaraz jednak zaczęła myśleć racjonalnie. Po co potrzebna złodziejowi jej śmierć? Dla zatarcia śladów włamania? Bzdura. A może miało to jakiś związek z żeń-szeniem? Ale z jakiego powodu włamywacz miałby ją zabijać?! Każdy morderca musi mieć jakiś konkretny motyw, dużo mniejszy wyrok jest za samo włamanie niż za włamanie z użyciem siły. Chyba że jest psychopatą, albo sadystą? Hm, zboczony włamywacz? To mało prawdopodobne – próbowała przekonać samą siebie. Trochę się uspokoiła.

Rozejrzała się po domku. Bałagan był zrobiony tylko w sypialni, złodziej chyba dopiero zaczynał swoje poszukiwania. Pomieszczenie przypominało pralnię chemiczną, w której doszło do eksplozji. Kipisz był tu niewyobrażalny: łóżko rozbebeszone, ubrania z szafy i komody rzucone na podłogę.

Jednak nie wzięła się za porządkowanie pokoju, chciała szybko stąd się wydostać. Droga wyjścia prowadziła jedynie przez okno, ale wszystkie okna były zabezpieczone okiennicami zamkniętymi na kłódkę. A kłódka była umocowana na zewnątrz. Cóż, musi zadzwonić po pomoc. Zaraz jednak przypomniała sobie, że telefon był w torebce, a ta została na stoliku w ogrodzie. Dopiero teraz naprawdę się zdenerwowała. Na siebie i swoją głupotę. Złodziej na pewno zainteresuje się torebką – był tam portfel z pieniędzmi, karty płatnicze i dokumenty. I klucze do mieszkania! Ale ma przecież założony alarm – szybko się pocieszyła.

Usiadła w fotelu i zaczęła analizować swoją sytuację. Nie wyjdzie ani przez drzwi, ani przez okno. Wołać o pomoc sąsiadów też było bez sensu, bo przyjeżdżali na działkę przeważnie w weekendy. Zostało jej jedynie czekać na Marka.

Włączyła telewizor.

Ale nie było tego złego, co by nie wyszło na dobre: nie musiała plewić grządek! Podeszła do lodówki i zrobiła sobie drinka, żeby się uspokoić. Za chwilę następnego. Po godzinie opróżniła połowę butelki. Jednak wcale się nie uspokoiła. Wypite drinki zamieniły się w wściekłość, bąbelki gniewu buzowały w niej jak woda w czajniku. Nie będzie siedzieć bezczynnie i czekać, aż ktoś wybawi ją z kłopotu. Mowy nie ma!

Energicznie odstawiła szklankę na blat stołu i zaczęła rozglądać się za odpowiednim narzędziem. Wzrok jej padł na wiszącą na haczyku deskę do krojenia. W mózgu coś zaiskrzyło – tasak! Podbiegła do szafek kuchennych i z szuflady wyjęła tłuczek do mięsa z końcówką z jednej strony zakończoną ostrzem.

– Chwała ci, mamo, że byłaś dobrą gospodynią – zawołała. Otworzyła okno. Dobrze, że otwierało się do środka, dzięki temu nie będzie zmuszona płacić szklarzowi, zostanie klientką jedynie stolarza. Z całej siły zamachnęła się tasakiem, wymierzając okiennicom cios godny Janosika. Za każdym uderzeniem wzrastała w niej furia i gniew: na złodzieja, na sprawcę wypadku pani Marii i... na mordercę mamy. To ich zamaskowane twarze miała przed oczami, uderzając w okiennice. Żądza zniszczenia wyładowywana na drewnianym przeciwniku wreszcie pozwoliła jej trochę się uspokoić. Przez dziurę w deskach zauważyła Marka. Wcześniej nie usłyszała nadjeżdżającego samochodu, widać zagłuszył go hałas rąbania.

– Mark! Otwórz drzwi! – zawołała.

– Marta, co ty wyprawiasz? Dlaczego niszczysz okiennice? – usłyszała głos Marka.

– Nie zadawaj kretyńskich pytań. Zamknięto mnie.

– Kto cię zamknął?

– Złodziej. Otwórz szybko drzwi.

– Nic ci nie jest? Nic ci nie zrobił? – zapytał zaniepokojony, kiedy już wyjął patyk ze skobla. – Dziwnie wyglądasz. Czy ty piłaś?

– Zrobiłam sobie drinka, żeby się uspokoić.

– Chyba kilka drinków. Czuję ten spokój w twoim oddechu... I widzę go w okiennicach. Hm, ładnie się z nimi rozprawiłaś. Nie wiedziałem, że masz tyle siły. – Zdziwiony rozglądał się po domku. – Ktoś tu nieźle nabałaganił. Trzeba wezwać policję.

Wyjął telefon, żeby zadzwonić. Wtedy Marta przypomniała sobie o torebce.

– Najgorzej, że mi ukradli torebkę – poskarżyła się trochę bełkotliwie.

– Ukradli najwyżej jej zawartość, bo widziałem ją na ławce przed altaną.

Marta zerwała się i pobiegła do ogrodu. Torebka leżała na ławce. Dziwne – wydawało jej się, że zostawiła ją na stoliku, ale może było to tylko złudzenie. Niecierpliwie zajrzała do środka. Odetchnęła głęboko – nic nie zginęło.

– Dziwny ten złodziej – lub złodzieje – skoro nie połasił się na moją torebkę. Dzięki ci, Boże! – zawołała.

Chwilę później do ogrodu weszła sąsiadka z domku obok.

– Pani Marto, to do pani też się włamano? Przed chwilą dzwoniła do mnie Walaszkowa, że mieli wczoraj włamanie. Chyba muszę założyć w domku alarm.

Sąsiadka, widząc zniszczone okiennice, obiecała w imieniu swojego męża, który był złotą rączką, szybko je naprawić.

Kobieta jeszcze z pięć minut narzekała na dzisiejsze czasy i dzisiejszych złodziei, wreszcie sobie poszła.

Marta wbrew radom Marka nie wezwała policji. Uważała, że nic by to nie dało. I tak by nie złapano włamywaczy, a oni tylko mieliby zepsuty wieczór. Oprócz tego nie chciała, żeby policjanci widzieli ją na rauszu. Co by sobie o niej pomyśleli! Jest przecież nauczycielką, musi dbać o swoją reputację. Nauczycielka plus alkohol – nie jest to dobra kombinacja.

Mark już dłużej nie nalegał.

Na działce nie byli zbyt długo. Mark posprzątał bałagan, później upiekł kiełbaski i mięso na grillu – Marta w tym czasie trzeźwiała.

Gdy tylko zaczęło robić się ciemno, wrócili do mieszkania Marty. Dziewczyna musiała spakować najbardziej potrzebne rzeczy, wyjeżdżała przecież na dłużej niż tylko na weekend. Planowała jeszcze przyjechać do Rzeszowa za tydzień, na zakończenie roku szkolnego, ale większość ubrań postanowiła wziąć jutro.

Mark w weekend musiał być w Wiedniu. Tym razem nie leciał samolotem, tylko jechał autem, on również nie przewidywał powrotu do Rzeszowa. Swój artykuł postanowił skończyć w Krakowie.

*

W piątek, tak jak tydzień wcześniej, Robert znowu przyjechał po Martę. Wszedł do budynku szkoły, gdy dziewczyna wychodziła z pracowni biologicznej.

Przemyślawszy wczorajsze wydarzenia na działce, postanowiła nie mówić o niczym Robertowi. Musiałaby przyznać się, że uwolnił ją Mark, a nie chciała, żeby „kuzyn" dowiedział się o jego istnieniu.

Robert przywitał się z nią, całując ją w policzek.

– Złożyłaś już wypowiedzenie? – zapytał, obejmując ją ramieniem.

– Właśnie idę z podaniem do dyrektora. Nie było go cały tydzień, bo przewrócił się u siebie na budowie i pokaleczył. Ale dziś jest już w pracy – powiedziała Marta, trochę zażenowana wylewnym powitaniem.

– No to idę z tobą. On też rozprowadzał żeń-szeń, tak jak twoja mama?

– Tak. Ale przestań mnie ściskać, bo znów będą krążyć plotki na mój temat.

– Dużo myślałem o tym wypadku i coraz bardziej jestem przekonany, że to było morderstwo.

Musieli przerwać rozmowę, bo doszli do gabinetu dyrektora. Weszli do pokoju.

Dyrektor siedział za biurkiem. Obie ręce miał owinięte bandażami, na twarzy również przyklejone były plastry. Wyglądał na obolałego i zmęczonego. Oczy miał podkrążone, twarz opuchniętą.

Marta przedstawiła mu Roberta jako kuzyna i wręczając podanie, wyjaśniła powód swojego przyjścia. Oczywiście dyrektor wyraził żal, że szkoła traci tak dobrą nauczycielkę jak Marta. Chwilę rozmawiali o wszystkim i o niczym.

– Cóż to się stało panu, dyrektorze? Czy podrapał pana kot? – nieoczekiwanie odezwał się Robert, uśmiechając się do mężczyzny.

Mężczyzna zbladł. Głośno przełknął ślinę.

– Nie, potknąłem się na budowie i wpadłem na druty i ścinki blachy – tłumaczył się drżącym głosem. – Przyznam się panu do czegoś brzydkiego, pan też jest mężczyzną, więc mnie pan zrozumie: ekipa murarska opijała gotowy dach, a ja z nimi... I to są tego efekty – mówiąc, wykrzywił usta w wymuszonym uśmiechu.

– Wiem coś na ten temat, również budowałem dom. Dach robili mi górale z Rabki i też musiałem im postawić kilka butelek wódki. – Robert dalej prowadził rozmowę w tonie lekkiej towarzyskiej pogawędki.

Kiedy wyszli z gabinetu, Orłowski cicho mruknął do Marty:

– No to już wiemy, kto był w mieszkaniu twojej pani Marii.

– Nie, to niemożliwe – szepnęła. – Nie wierzę, żeby dyrektor był zdolny do czegoś takiego.

– Cii. Dokończymy rozmowę w samochodzie.

Wyszli ze szkoły i wsiedli do lexusa. Robert, wyjeżdżając ze szkolnego parkingu, zauważył w oknie postać dyrektora, który stał nieruchomo i ich obserwował.

– Uważasz, że zabił moją mamę i usiłował zabić panią Marię?! Nigdy w to nie uwierzę! On lubił moją mamę! Przyjaźnili się!

Robert milczał.

– Naprawdę uważasz, że mógłby to zrobić? – cicho zapytała.

– Wątpię, czy mógłby zabić Ewę. Jest za miękki. Ma problem z alkoholem, widać po nim, że dużo pije. Alkoholicy raczej nie zabijają... Najwyżej swoją wątrobę.

– Ale on przedtem nigdy nie pił! – Zamilkła. Po chwili powiedziała z przerażeniem w głosie: – Dopiero od niedawna tak wygląda... Od śmierci mamy.

– Według mnie jest pionkiem, wykonuje tylko rozkazy.

– Ale po co powiedziałeś mu o kocie?! Teraz wzbudziłeś jego niepokój.

– I właśnie o to mi chodziło.

– Może naprawdę się przewrócił?

– Widziałaś, jak zbladł? Przyjrzałem się śladom na szyi. Ktoś go podrapał, jestem tego pewny. Chyba, że zrobiła to w łóżku swoimi tipsami jakaś namiętna kocica. – Spojrzał na Martę i powiedział stanowczo: – To on był w mieszkaniu pani Marii.

– Jedźmy na policję.

– I co powiemy komisarzowi „Uciekinierowi"? Że teraz po-
dejrzewamy o morderstwo nie posła, tylko dyrektora? Jego żona
też rozprowadza żeń-szeń. Na pewno go zna. Prawdopodobnie
zna go również komisarz – stwierdził Robert. – Na razie nie ma
sensu iść na policję. Wyśmieją nas. Ale musimy bliżej przyjrzeć
się firmie Panax. W sobotę zaproszę swoją szkolną koleżankę do
domu pod pretekstem żeńszeniowych zakupów.

Rozdział 19

W sobotę rano Robert pojechał do kliniki przeprowadzić zabieg usunięcia krwiaka z głowy pani Marii. W weekendy robiono operacje tylko w wyjątkowych sytuacjach.

Marta z niepokojem czekała na korytarzu, aż Robert wyjdzie z bloku operacyjnego. Wyszedł godzinę później. Objął dziewczynę i uśmiechnął się do niej.

– Wszystko w porządku z twoją panią Marią. Teraz przez jakiś czas będzie jeszcze w śpiączce farmakologicznej, ale tak się robi przy obrażeniach mózgu. – Odsunął się od dziewczyny. – No, możemy już jechać do domu, tylko się przebiorę.

Po powrocie zjedli obiad i całą rodziną odpoczywali na tarasie, rozkoszując się czerwcowym słońcem. Leniwie patrzyli, jak przenikające przez liście bluszczu promienie rysują plamy na murze domu. Pieszczotliwie nadstawili twarze do słońca, oczekując jego pocałunków.

Tylko Robert ze zniecierpliwieniem czekał na gości.

Danka i Witek przyjechali do nich dopiero po osiemnastej. Przywieźli ze sobą dużą torbę pełną wyrobów z żeń-szenia.

Posadzono gości przy stole na tarasie. Słońce, niedawno uśmiechnięte, schowało się za chmurami, zaczęto nawet obawiać się deszczu.

Renata robiła kawę, a Robert zabawiał Danusię i Witka rozmową.

Pozostałych domowników nie było już w domu. Krzysiek i Marta planowali iść na kolację a później do kina. Natomiast Iza poszła na urodziny do koleżanki i miała tam nocować. Robert specjalnie tak zaaranżował wieczór, żeby nikt mu nie przeszkadzał w wyciąganiu z Danki, żeńszeniowych tajemnic. W „pociąganiu za język" miała mu pomóc Renata. Na samym wstępie wygłosiła kwiecisty pean na cześć maseczki i kremu z żeń-szenia zakupionych u Danusi... Chociaż i jeden, i drugi specyfik leżał nadal nieotwarty w szufladzie komody w ich łazience. W końcu zniecierpliwiony Robert przerwał żonie.

– Ja nie miałem przyjemności wklepywać w siebie żeń-szenia, ale za to opiłem się żeńszeniówką – powiedział. – Mój kolega kilka lat temu produkował nalewkę z korzeniem żeń-szenia w środku. Była bardzo dobra, zdobyła nawet złoty medal na targach żywności. Nie wiem, dlaczego przestano ją produkować.

Otworzył następne butelki piwa i przelał do kufli.

– Do tej nalewki sprowadzano żeń-szeń również z Korei Północnej – kontynuował. – Nie było połączenia lotniczego z Koreą i kolega musiał odbierać przesyłkę w Anglii. Później załatwił przekierowanie ładunku do Gdańska.

– My kupujemy żeń-szeń od firmy pakistańskiej, która ma wyłączność na ten gatunek żeń-szenia.

– Kumpel mówił, że korzenie żeń-szenia były zanurzone w spirytusie i przechowywane w specjalnych konwiach.

– My sprowadzamy go w postaci sproszkowanej lub suszu – powiedziała Danka.

– Co to za firma ten Panax? Kto jest właścicielem?

– To spółka. Wiem, że prezesem i największym udziałowcem jest kobieta, Austriaczka Sonia Ginter. Nie widziałam jej nigdy, ale Artek spotkał się z nią parę razy i był nią zachwycony. Podobno piękna, około trzydziestki i trochę mówi po polsku.

– No to widzę, że Arturowi wreszcie się udało. Być dyrektorem takiej firmy to duży awans. Jak on dostał się do tego Panaxu?

– Mówił, że pracę załatwił mu kuzyn. Na pewno dużym plusem dla niego było to, że zna perfekcyjnie język niemiecki, przecież pracował przez kilka lat w Niemczech. Jego bezpośrednim przełożonym jest młody Polak, po trzydziestce, to z nim się kontaktuje w Wiedniu, a nie z panią prezes.

– Słyszałam, że wasz zakład produkcyjny znajduje się na Podkarpaciu?

– Tak, w gminie Strzyżów. Tam robimy kosmetyki, a na Słowacji herbatki, nalewki i pastylki. – Danka z przyjemnością rozprawiała o swojej firmie. – Widzę, że ciebie, Robert, też zaczyna interesować żeń-szeń?

– Moja małżonka już wpadła w żeńszeniowe sidła, ciągle mówi o tym cudzie natury, to co się dziwisz, że i ja powoli ulegam tej fascynacji. Sprzedaj mi herbatkę i pastylki... Zresztą, niech stracę; daj mi po jednej sztuce każdego produktu z asortymentu. Zobaczymy, jak działają te cuda.

Danka, cała uszczęśliwiona, wyjęła ze swojej torby kilkanaście pudełek i pudełeczek... I skasowała gospodarza na pięćset pięćdziesiąt złotych. Robert westchnął ciężko, wyciągnął portfel i odliczył żądaną sumę.

– Szkoda, że zapomnieliście o mnie i mojej żonie, kiedy wybieraliście się do Jasła – powiedział z wyrzutem.

– Nie przypuszczałam, że chcielibyście tam jechać – bąknęła trochę zmieszana. – Oprócz tego miał być tam Andrzej i Zbyszek.

– Zbyszkowi chyba przeszła już złość na mnie, ostatnio na grillu u Jurka zachowywał się całkiem normalnie. – Robert przerwał na chwilę. – Ja naprawdę nie byłem w stanie pomóc jego córce. Może powinienem był przyjechać... Ale tylko po to, żeby poklepać go po plecach i powiedzieć mu: „Chłopie, przykro mi. Musisz się jakoś trzymać". – Westchnął głośno. – Faktycznie, gdy się patrzy na to dziecko, to człowiekowi serce się kraje... Domyślam się, co Zbyszek czuje... Wcale mu się nie dziwię, że miał do mnie pretensje. W takich sytuacjach nie myśli się racjonalnie.

Wszyscy na chwilę zamilkli. Każdemu przed oczami stanęła twarz dziewczynki w ciemnych okularach z białą laseczką w dłoni.

– Zauważyłam, że Zbyszek bardzo się zmienił – powiedziała Renata. – Zrobił się z niego całkiem inny człowiek. Nigdy nie posądzałabym go o to, że będzie takim dobrym ojcem. Nie ten sam facet co dwanaście lat temu, kiedy go poznałam.

– Tak, Zbyszek bardzo się zmienił. Nie widzi świata poza Emilką – dodała Danka. – Wszystko robi z myślą o córce. Nie opuszcza jej ani na chwilę. Kiedy jest w Krakowie, wszędzie ją ze sobą zabiera, nawet przyjechał z nią do Jasła. Mała w dni powszednie mieszka w internacie, ale Teresa chodzi do niej zaraz po pracy. Emilka musi tam mieszkać, żeby mogła nauczyć się żyć samodzielnie. – Danka zamilkła na chwilę. – Zbyszkowi bardzo pomógł Andrzej. Załatwił mu miejsce w Instytucie Matki i Dziecka, skontaktował go z jakimś szwajcarskim lekarzem światowej sławy, no i załatwił mu pracę w dobrej firmie. Przecież u nas w Polsce wszystko trzeba załatwiać! – dodała ze złością. – Mów, co chcesz, Robert, ale Andrzej to porządny facet. Już drugą kadencję jest posłem i wcale nie poprzewracało mu się w głowie.

Robert nie odpowiedział, tylko zajął się grillem.

Rozdział 20

Przysunąłem lornetkę do oczu. Widziałem ich jak na dłoni. Szkoda tylko, że nie słyszałem, o czym mówili; będę musiał w najbliższym czasie założyć podsłuch. Muszę przyznać, że Boss nigdy nie oszczędzał na nowinkach technologicznych, mieliśmy aparaturę najnowszej generacji jak James Bond. Niejeden wywiad pozazdrościłby nam sprzętu. Polski wywiad – na pewno!

Siedzieli w czwórkę na tarasie i pili piwo, nie mając pojęcia, że są obserwowani. Patrzyłem na ich roześmiane twarze i zadowolone miny. Nie widziałem dzisiaj ani chłopaka, ani Marty, nie dostrzegłem też nigdzie dziewczynki, zawsze gdzieś czytała książkę. Kiedyś przyjrzałem się małej dokładnie. Za parę lat wyrośnie na piękną dziewczynę, taką jak jej przyrodnia siostra. Ta mała jest taka radosna, wesoła, pełna optymizmu. Biedna, myśli, że świat stoi przed nią otworem. Ja też kiedyś taki byłem, ale teraz wiem, co to za otwór. Dawno już zrozumiałem, że ludzie dzielą się na tych, którzy zjadają, i tych, którzy są zjadani. Stwierdziłem, że lepiej zjadać niż być zjedzonym.

Nagle usłyszałem z tyłu jakieś szmery. Wstrzymałem oddech. Odłożyłem lornetkę, wziąłem noktowizor i skierowałem w stronę, skąd dochodziły odgłosy. Dostrzegłem parę nastolatków migdalących się pod osłoną ciemności. Dziewczyna leżała na kurtce chłopaka, prawie całkiem naga. Chłopak całował jej piersi. Cóż, seks na łonie natury ma swój urok, pomimo ryzyka, że mrówki mogą wejść do tyłka. Tych dwoje dzieciuchów uprawiało seks w lasku prawdopodobnie dlatego, że nie mieli innej możliwości – byli za młodzi i za biedni nawet na stary samochód. Odsunąłem od oczu noktowizor, nie byłem typem podglądacza dostającego wzwodu na widok pieprzącej się parki. Niech sobie używają, póki są młodzi.

Bezszelestnie ruszyłem w stronę auta, włączyłem silnik i odjechałem. Kątem oka dostrzegłem, że na dźwięk samochodu dziewczyna i chłopak poderwali się podenerwowani. Niechcący spłoszyłem współczesnego Romea i jego Julię. Sorry – powiedziałem do siebie, uśmiechając się pod nosem.

Rozdział 21

W poniedziałek rano Marta dostała SMS-a od Marka. Był już w Krakowie. Umówili się w McDonaldzie na Floriańskiej w południe.

Przed randką chciała zobaczyć się z panią Marią, bo dzisiaj pacjentka miała być wybudzona, dlatego rano razem z Robertem pojechała do kliniki.

Na widok dziewczyny kobieta próbowała się uśmiechnąć, była jednak nadal jeszcze bardzo słaba. Marcie pozwolono tylko chwilkę być przy niej, zamieniły ze sobą zaledwie kilka słów. Kobieta potwierdziła, że ktoś ją popchnął, gdy szła chodnikiem. Nie widziała twarzy tego osobnika, ale zauważyła, że był ubrany w czarną bluzę z założonym na głowę kapturem.

Po wyjściu z kliniki Marta poszła na przystanek autobusowy. Żeby dojechać na Floriańską musiała jeszcze przesiąść się na tramwaj.

Mimo że nie było dwunastej, Mark już czekał na nią przy jednym ze stolików. Na jej widok podniósł się, objął ją i mocno przytulił. Po raz pierwszy po weekendowej przerwie powitał ją wylewnie, przedtem nigdy nie okazywał radości w tak ostentacyjny sposób jak teraz. Serce Marty mocno zapikało z radości. Nie zaprotestowała nawet, gdy na oczach wszystkich zaczął ją całować.

Kupili lody z polewą czekoladową i wyszli z lokalu.

Pojechali do biura nieruchomości oglądać mieszkania do wynajęcia. Wraz z pośredniczką odwiedzili kilka lokali, w końcu zdecydowali się na nieduży dwupokojowy apartament. Mieszkanie było już urządzone, ponieważ tylko takie brali pod uwagę. Gdy tylko Mark wypełnił formalności i zapłacił trzymiesięczną kaucję, wręczono mu klucze. Mieszkanie wydawało się Marcie drogie, ale Mark nie miał takich obiekcji.

Po wyjściu od pośredniczki udali się do centrum handlowego kupić pościel, ręczniki i inne osobiste drobiazgi. Mieszkanie było elegancko urządzone, ale Marta chciała dołożyć trochę kwiatków doniczkowych, parę bibelotów, żeby w pomieszczeniach było bardziej przytulnie.

Po zakupach i po „ochrzceniu" łóżka w sypialni poszli na obiad do restauracji orientalnej, ponieważ Marta lubiła kuchnię chińską.

Czekając na zamówione potrawy, dziewczyna zdawała Markowi relację z ostatnich wydarzeń.

– Robert uważa, że śmierć mamy to nie był wypadek. Panią Marię też ktoś usiłował zabić. Według niego to ma związek z żeń-szeniem. Wszystko wskazuje na to, że zamieszany jest w to dyrektor naszej szkoły. – Po kolei opowiedziała mu, czego dowiedziała się od Roberta po jego sobotnim spotkaniu ze szkolnymi znajomymi Mark w milczeniu słuchał Marty.

– Ich zakład produkcyjny mieści się w gminie Strzyżów, tam gdzie mieszkali twoi dziadkowie.

– Tak? – zapytał. – Przedtem nie było tam żadnego zakładu produkującego wyroby z żeń-szenia.

– Bo zakład działa od niedawna. Może mówi ci coś nazwa Panax albo nazwisko Sonia Ginter?

– Nie. Dlaczego pytasz?

– Bo to firma austriacka, siedzibę ma w Wiedniu.

Mark roześmiał się i pokręcił głową:

– Wybacz, ale Wiedeń ma ponad milion siedemset tysięcy mieszkańców, nie znam wszystkich ludzi w tym mieście.

– Ale nie wszystkie firmy austriackie działają na terenie Podkarpacia. Sprawdziłbyś, co to za firma i co to za kobieta ta Sonia Ginter?

– Dobrze, *mein Schatz*. Dla ciebie wszystko.

*

Po powrocie do domu Orłowskich czekała na Martę miła niespodzianka.

– Gdzie byłaś tak długo? – zapytał Robert.

– Spotkałam koleżankę z roku i zaprosiła mnie do siebie.

– Chodź, mamy dla ciebie prezent – mówiąc to, Robert wziął ją za rękę i zaprowadził do jednego z czterech garaży, jakie mieli Orłowscy. Za nimi poszli Renata i Krzysiek.

W garażu ujrzała nowiutkiego czerwonego golfa przewiązanego złotą wstążką z wielką kokardą na dachu. Na masce leżały kluczyki, a za wycieraczkę włożona była kartka papieru. Przeczytała jej treść: „Marto, od dzisiaj jestem twój. Proszę, dbaj o mnie i nie zapominaj o wymianach oleju".

– Renata ma sentyment do golfów, golf to był jej pomysł. Jeśli masz jakieś pretensje, to wyślij je pod jej adres – powiedział Robert z uśmiechem.

– Robert, ja nie mogę przyjąć tak drogiego prezentu! – zaprotestowała. – Naprawdę, nie mogę.

– Przestań gadać głupstwa – wtrąciła się Renata. – Czy zdajesz sobie sprawę, ile on zaoszczędził na alimentach? Golfy mało palą i są wygodne w mieście. Wybrałam czerwony kolor, bo w czerwonym ci do twarzy. Ja miałam już trzy golfy, teraz zarzynam czwartego.

– Rzeczywiście, zarzyna! Wyobraź sobie Marta, że dzisiaj moja żona przyjechała z pracy do domu na zaciągniętym ręcznym hamulcu. Nie wiem, jak udało jej się to zrobić.

– Zamyśliłam się, myślami byłam w Jaśle – odparła Orłowska. – Nie rozumiem, dlaczego ktoś chciał zabić tę panią Marię, przecież ona nie miała nic wspólnego z żeń-szeniem.

– Ale dzień przed śmiercią była u niej Ewa. Może morderca myślał, że coś jej powiedziała... albo coś zostawiła. – Robert zamyślił się. – Stąd te włamania. Zdecydowanie szuka czegoś, co znalazło się w rękach twojej mamy – powiedział do dziewczyny.

– Robert, on albo oni wiedzą na pewno, że jechała do ciebie, przecież wzięli jej telefon. – Renata spojrzała z niepokojem na męża. – Tobie też może grozić niebezpieczeństwo.

– Wątpię. Jechała, ale nie dojechała. Morderca wie, że nie zdążyła się ze mną skontaktować. Zatrzymał przecież jej telefon komórkowy, jest tam rejestr rozmów. – Znowu zwrócił się do dziewczyny: – Marto, kiedy mama z tobą ostatnio rozmawiała?

– W niedzielę rano. Później rozładowała mi się komórka, a nie wzięłam ze sobą ładowarki. Gdy naładowałam komórkę, przyszło kilka komunikatów o jej próbach skontaktowania się ze mną... – Dziewczynie stanęły łzy w oczach. – Dowiedziałam się o tym dopiero w poniedziałek wieczorem, już po jej śmierci.

Marta rozpłakała się. Robert przytulił ją do siebie.

– Cicho, Martuniu – szepnął. – Nie płacz, to nic ci nie da. Obiecuję, że złapiemy tego skurwysyna, który to zrobił. – Zamyślił się. – Ale dobrze, że nie rozmawiałaś z mamą, dzięki temu jesteś bardziej bezpieczna... Chociaż nie do końca. Morderca szuka czegoś, co trafiło do Ewy. Co to może być...? Może coś, co kompromituje Panax albo... jakąś osobę? – Robert spojrzał na żonę. – Taką osobą może być na przykład pan poseł.

– Robert, przestań! – oburzyła się Renata. – Zostaw Andrzeja w spokoju. Dobrze wiesz, że on nie byłby zdolny do czegoś takiego.

– Malutka, ludzie się zmieniają. Dla pieniędzy i dla władzy potrafią zrobić najgorsze rzeczy. Nawet zabić.

– Nie wierzę. Nie Andrzej. Znam go zbyt dobrze.

– Dlaczego Ewa chciała się spotkać właśnie ze mną? Zastanówmy się nad tym. – Robert spojrzał na żonę. – Wydaje mi się, że chciała mi coś powiedzieć o kimś, kogo ja również znałem. To musi być ktoś z naszej szkoły.

– Ale to nie musi być koniecznie Andrzej!

– To kto? Danka? Witek? Zbyszek? Bogdan? Kto według ciebie byłby zdolny to zrobić...? Najwięcej do stracenia ma Andrzej.

– Uważam, Marta, że nie powinnaś wychodzić sama z domu – do rozmowy włączył się Krzysiek. – Nadal grozi ci niebezpieczeństwo. Morderca chce odzyskać coś, co znalazło się w posiadaniu twojej mamy, i może myśli, że ty będziesz wiedziała, gdzie ona mogła to coś ukryć.

– Faktycznie, Krzysiek ma rację, musisz być ostrożna. – Robert spojrzał z niepokojem na dziewczynę. – Dobrze, że mieszkasz z nami, że wyprowadziłaś się z Rzeszowa.

*

Po rozmowie w garażu, Krzysiek koniecznie chciał poznać Marka.

Marta zgodziła się zaaranżować spotkanie. Przypomniała sobie o wcześniejszych podejrzeniach dotyczących Marka, ale nie powiedziała o nich Krzyśkowi. To było zaraz na początku, gdy się poznali, teraz była w stu procentach przekonana, że Mark nie mógłby zrobić jej żadnej krzywdy... Widziała to w jego oczach i w jego spojrzeniu... Jemu zależało na niej, bo ją kochał...

Do spotkania miało dojść w centrum handlowym Bonarka. W tym celu wyciągnęła Marka na obiad do restauracji, która mieściła się na pierwszym piętrze galerii, tuż obok kina. Punktualnie o piętnastej piętnaście Krzysiek „przypadkowo" wpadł na nich, kiedy wchodzili do restauracji.

– Krzysiek?! – zawołała „zdziwiona" dziewczyna. – Co ty tu robisz?

– Jak to co robię? Zakupy przed wyjazdem do Bostonu! Kupiłem prezent dla Wiki – powiedział, pokazując reklamówkę. – Właśnie patrzyłem, co dziś grają w kinie. Hm, to tak wygląda ta twoja koleżanka ze studiów? – Uśmiechnął się lekko i spojrzał na szorty Marka. – Widzę, że nie depiluje nóg.

– Poznaj, Krzysiu, mojego znajomego – udawała zmieszaną. – Mark, to jest jeden z panów Orłowskich. Ten młodszy. Mówiłam ci o nich.

Po dokonanej prezentacji weszli we trójkę do lokalu.

Czekając na kelnerkę, prowadzili niewinną rozmowę: o upałach, o Bostonie, o Franciszku Józefie i jego kochankach, o Wiedniu i sławnych wiedeńczykach i o ciężkiej pracy dziennikarzy.

Zjedli zamówione potrawy, wymienili swoje uwagi na temat kuchni azjatyckiej i tego, co kto lubi jeść. Na pozór było miło i sympatycznie.

Kiedy Marta wyszła do toalety, zostali sami. Na chwilę zapadła cisza. Mark leniwie rozglądał się po sali, a Krzysiek bawił się serwetką. W pewnym momencie Austriak utkwił oczy w twarzy Krzyśka, uśmiechnął się lekko i z pewną nutką ironii zapytał:

– No i jak wypadłem? Zdałem egzamin, czy nie?

– Jeszcze nie wiem – odpowiedział mu Krzysiek, wcale niezmieszany pytaniem. On również się uśmiechnął. – Wiem na pewno, że jesteś Austriakiem, prawdopodobnie mieszkasz w Wiedniu, możliwe, że jesteś dziennikarzem... ale ciągle nie wiem, co o tobie sądzić.

– Nie zapytasz, czy mam poważne zamiary wobec Marty? – Mark dalej ironicznie się uśmiechał.

– To mnie nie interesuje... – Krzysiek spojrzał twardo na mężczyznę. – Ale zapamiętaj sobie dobrze: jeśli ją skrzywdzisz, to ja i mój ojciec znajdziemy cię. Nigdzie się przed nami nie ukryjesz. Nawet w Wiedniu.

Na słowa Krzyśka Mark parsknął śmiechem.

– Widzę, że oglądasz filmy klasy „B", albo czytasz harlequiny. Ten tekst jest żywcem wyjęty z tego typu literatury. – Przez chwilę nic nie mówił, tylko ironicznie spoglądał na Krzyśka. – O jakiej krzywdzie, chłopcze, mówimy? Chcesz wiedzieć, czy pohańbiłem Martę, odbierając jej dziewictwo? I czy teraz się z nią ożenię?

– Zapamiętaj, co ci powiedziałem. Ja nie mam wytatuowanej Nemezis na ramieniu, ale mam dobrą pamięć. Bardzo dobrą.

– I IQ 160. Mnie też Marta dużo o tobie opowiadała. Tylko ze względu na nią wciąż jestem grzeczny w stosunku do ciebie.

W tym momencie wróciła Marta. Spojrzała z pewnym niepokojem na Marka i Krzyśka, po chwili jednak się uspokoiła – obaj miło uśmiechali się do siebie.

Po powrocie do domu Orłowskich popędziła prosto do pokoju Krzyśka. Krzysiek siedział przed komputerem i rozmawiał z Wiką na Skype. Gdy zobaczył dziewczynę, przerwał rozmowę.

– Masz pozdrowienia od Wiki – powiedział.

– Krzysiu, co o nim sądzisz? – zapytała, nie reagując na jego słowa.

Krzysiek w milczeniu patrzył na dziewczynę. Dopiero po jakiejś chwili się odezwał:

– Jest niebezpieczny.

– Jak to niebezpieczny?

– Nie wygląda mi na mordercę, ale jest niebezpieczny... dla kobiet. Prawdopodobnie w swoim życiu złamał już niejednej dziewczynie serce.

– Dlaczego tak uważasz?

– To od razu widać. Ten sam typ co ojciec. Radzę ci, nie przedstawiaj go ojcu, on od razu go znienawidzi. – Patrząc na nią, kręcił głową. – Jeżeli nie zmądrzejesz i nie rzucisz go, będziesz miała ciężkie życie...

*

W środę było nadal bardzo upalnie. Żar lał się z nieba na zmęczonych już upałem krakowian. Marta i Mark postanowili jechać do

Kryspinowa, dużego kąpieliska niedaleko Krakowa. O dziesiątej rano dziewczyna zajechała pod jego mieszkanie. Akurat wyszedł z wanny świeżo wykąpany, z jeszcze mokrymi włosami. Na widok dziewczyny westchnął głośno, wziął ją na ręce i zaniósł do sypialni mówiąc:

– Dlaczego ty tak ładnie wyglądasz?! Jesteś za ładna! Przez ciebie pojedziemy nad wodę godzinę później. Zamiast się opalać, muszę ulżyć swojej chuci – powiedział i całując ją, zaczął ściągać z niej ubranie.

Faktycznie dopiero godzinę później wyszli z mieszkania. Wsiedli do auta Marty, obładowani plażowym ekwipunkiem. Tym razem to ona miała być kierowcą, bo ciągle nie mogła nacieszyć się swoim golfem. Nigdy nie miała własnego samochodu, zawsze dzieliła go albo z obojgiem rodziców, albo z mamą. Przewrażliwiona matka pozwalała prowadzić jej samochód tylko wtedy, gdy siedziała obok niej, rzadko mogła bez niej jeździć. Tak bardzo martwiła się o mnie, a sama zginęła w wypadku samochodowym, pomyślała ze smutkiem dziewczyna.

– Dlaczego czerwony? – zapytał Mark. – Wygląda jak skrzynka pocztowa.

– Bo mi do twarzy w czerwonym... Tak stwierdziła Renata.

Mark roześmiał się. Siedząc obok Marty, po raz pierwszy na siedzeniu pasażera, patrzył na jej profil. Dziewczyna ze względu na upał, spięła włosy na czubku głowy we frymuśny kok. W tym uczesaniu było jej wyjątkowo ładnie. Dziś ubrana była w czerwoną bluzeczkę i krótkie dżinsowe spodenki. Pomimo, że jechali na plażę, oczy lekko podkreśliła brązową kredką, usta musnęła szminką. Wyglądała prześlicznie!

– Rzeczywiście ma rację, ładnie ci w kolorze czerwonym – powiedział. – W tym uczesaniu widać jaką masz śliczną gęsią szyję.

– Coo? – Dziewczyna wybuchnęła śmiechem. – Przepraszam, czy to miał być komplement?

– Tak. Miało to zabrzmieć poetycko.

– Nie gęsią, tylko łabędzią szyję – sprostowała z uśmiechem. – Gęsia szyja ma raczej negatywne skojarzenia. Dosyć dobrze mówisz po polsku, znasz nawet idiomy.

– Przez rok mieszkałem u dziadków, chodziłem nawet do polskiej szkoły. Mama też ciągle mówiła do mnie po polsku. Kiedy przyjechała do Austrii, słabo znała niemiecki, potem mówiła perfekcyjnie, ale najlepiej rozmawiało jej się po polsku.

– Jak poznała twojego ojca?

Przez chwilę milczał, jakby zastanawiał się, co odpowiedzieć.

– Sprzątała w jego domu... Była studentką i przyjechała na czas wakacji zarobić trochę pieniędzy. Ojciec był dużo starszy od niej. Bogaty... i żonaty. Ale gdy dowiedział się o ciąży mamy, rozwiódł się i ją poślubił. – Przerwał i zamyślił się na chwilę. – Jedziesz jutro do Rzeszowa? Może pojadę z tobą? Też muszę tam wpaść na chwilę.

– Jedzie ze mną Robert. Dzwonili dziś z rzeszowskiego komisariatu, że samochód jest do odbioru. Kazałam go odstawić do znajomego mechanika. Robert chce przyjrzeć się autu – odparła Marta, będąca ciągle pod wrażeniem słów Marka. – Może znajdziemy coś, co pomoże wyjaśnić zagadkę śmierci mamy.

– Myślisz, że wy coś znajdziecie, jeśli policja nic nie znalazła?

– Zobaczymy.

Dojechali do Kryspinowa. Na parkingu było tyle samochodów, że z trudem znalazła miejsce.

Rozdział 22

Marta i Robert wyjechali do Rzeszowa dopiero po kolacji. Pojechali nowo zakupionym samochodem, który oczywiście prowadziła jego właścicielka. Przed wyjazdem Renata wręczyła im koszyk piknikowy zapełniony produktami na śniadanie. Rano o dziesiątej było zakończenie roku szkolnego, dlatego Marta musiała być obecna w pracy. Był to jej ostatni dzień w szkole. Chciała pożegnać się z nauczycielami i z uczniami, spędziła przecież tu spory kawałek swojego życia, najpierw jako uczennica, później jako nauczycielka.

Na miejscu byli przed dwudziestą drugą.

Robert rozsiadł się w fotelu, a Marta poszła zaparzyć zieloną herbatę. Niebawem wróciła do pokoju z parującą filiżanką. Robert pogardził naparem z zielonych liści, wolał napój z szyszek chmielu. Z kosza piknikowego wyjął butelkę piwa, drugą polecił dziewczynie wstawić do lodówki. Godzinę przegadali, pijąc swoje napoje.

W czasie gdy Orłowski brał prysznic, dziewczyna przygotowywała mu łóżko do spania. Piętnaście minut później Robert wyszedł z łazienki. Spojrzał badawczo na Martę.

– Marta, czy ty masz jakiegoś faceta? Znalazłem przybory do golenia.

– Nie – skłamała, lekko się przy tym rumieniąc. – Już nie.

Orłowski przyglądał jej się chwilę.

– Ale miałaś już faceta? Nie jesteś dziewicą?

– Robert, to trochę krępujące pytanie.

– Co w nim krępującego? Chcę wiedzieć, czy uprawiałaś już seks i czy muszę przeprowadzić z tobą rozmowę uświadamiającą. W jaki sposób rozmnażają się rośliny i zwierzęta, to chyba nauczyli cię na studiach, ale nie wiem, czy program obejmował, jak to robią ludzie. No jesteś dziewicą czy nie?

– Robert, ja mam dwadzieścia pięć lat!

– Renata miała tyle samo, jak traciła ze mną dziewictwo.

– Ale to było prawie dwadzieścia pięć lat temu! Teraz są inne czasy. Oczywiście, że miałam partnerów.

– Dwadzieścia trzy lata temu, nie dwadzieścia pięć... I chcę ci powiedzieć, że dzisiejsze czasy wcale nie różnią się pod tym względem od tamtych... – Patrzył na nią uważnie. – Może to i lepiej, żebyś poznała trochę mężczyzn, zanim się zwiążesz z kimś na stałe. Ale nie musisz się spieszyć. Po wakacjach rozejrzę się wśród młodych lekarzy, może znajdę ci kogoś sensownego.

– Coo?! Chcesz mi szukać faceta do łóżka?!

– No, wiesz, jeśli masz moje geny, to na pewno lubisz seks... Widząc jej minę, wybuchnął śmiechem.

– Żartowałem. Ale jak będziesz chciała, to mogę cię poznać z kimś interesującym. Mam dobre oko do ludzi, zapytaj Krzyśka. Wika jest super dziewczyną, gdybym nie miał Renaty i miał trochę mniej lat, od razu bym się nią zajął.

– Ciekawe, co by było, gdyby Krzysiek to słyszał i co by na to powiedział?

– Słyszał... i Wika też. Mówi, że nie dałaby mi się poderwać, ale ja uważam zgoła inaczej. – W jego oczach czaił się uśmiech. – Chodźmy spać, bo gadam coraz większe bzdury.

*

Obudzili się o ósmej, zjedli śniadanie przygotowane przez Roberta i pojechali do szkoły. Robert również chciał brać udział w uroczystości zakończenia roku szkolnego, przede wszystkim ze względu na dyrektora. Chciał zobaczyć reakcję mężczyzny, gdy go ujrzy Roberta.

Dojeżdżali do budynku szkoły, kiedy zadzwoniła komórka Marty. Dzwonił mechanik z zakładu samochodowego, z informacją, że w nocy ktoś włamał się do zakładu i plądrował w jej aucie.

– Cholera, powinniśmy wczoraj obejrzeć tego wraka! – zawołał Robert. – Nie przypuszczałem, że tam też się włamią.

Marta nie chciała, żeby Robert wchodził z nią do pokoju nauczycielskiego, bo bała się, że któraś z koleżanek mogłaby coś chlapnąć na temat Marka, dlatego czekał w auli, aż rozpocznie się akademia.

Kiedy do auli wkroczyło ciało pedagogiczne z dyrektorem na czele, wychylił się tak, żeby dyrektor go zauważył. Reakcja mężczyzny zaskoczyła Roberta. Cały zbladł, zaczął się jąkać i po chwili poprosił wicedyrektorkę, żeby zamiast niego kontynuowała uroczystość.

*

Dwie godziny później jechali do komisariatu odebrać ekspertyzę samochodu. W drodze rozmawiali na temat dziwnego zachowania dyrektora.

– Prawdopodobnie to on włamał się do auta.

– Ale skąd wiedział, do którego zakładu mechanicznego go zawiozą? – dziwiła się Marta.

– Nie pamiętasz, że żona „Uciekiniera" też handluje żeń-szeniem?

– Nie mów, że i ona jest w to zamieszana!

– Tego nie mówię. Prawdopodobnie Zbieg wygadał się przed nią, a ona przed dyrektorem... Albo obserwowano komendę. Nie ma sensu nic mówić komisarzowi o dyrektorze. Wyśmieje mnie. Najpierw oskarżałem posła, teraz dyrektora, z którym on prawdopodobnie pije wódkę. Rzeszowska policja na razie nic nam nie pomoże, musimy zdobyć bardziej wiarygodne dowody, żeby potraktowano nas poważnie.

Podjechali pod komisariat. Komisarz Zbieg przywitał ich wylewnie, pocałował Martę w rękę, prawił komplementy. Po kilku minutach kurtuazyjnej rozmowy wręczył protokół z oględzin samochodu.

– To przewody hamulcowe. Pękły ze starości – zakomunikował.

Robert, jeśli dotychczas miał jakieś wątpliwości co do okoliczności śmierci Ewy, to teraz pozbył się ich wszystkich – wiedział na sto procent, że Ewę ktoś zabił.

– Komisarzu, moja pierwsza żona też zginęła przez przewody hamulcowe... I nie był to wypadek. Zabito ją.

– Doktorze, pan znowu startuje ze swoją śpiewką! – Komisarz westchnął głośno i pokręcił głową. – Mówiłem panu, że Polska to nie Ameryka. Cóż, Polacy jeżdżą takimi gruchotami, że czasami ich auta zamieniają się w trumny, tak jak w tym wypadku. Samochód miał osiemnaście lat...

Marta nie skomentowała słów policjanta, ale krew aż wrzała w niej ze złości. Mama zawsze dbała o auto, zawsze robiła przeglądy! Samochód był stary, ale w bardzo dobrym stanie – tak mówił każdy mechanik.

Później pojechali do warsztatu samochodowego. Przywitał ich mężczyzna w średnim wieku. Odłożył śrubokręt, wytarł ręce w spodnie i uprzejmie przywitał się z nowoprzybyłymi.

– Pani Marto, nie wiem, co powiedzieć. Strasznie mi głupio, nigdy bym nie przypuszczał, że ktoś będzie chciał się włamać do takiego rozbitka. Pani mercedes stał tu na placu jak inne auta, przecież nikt nigdy mi się tutaj nie włamał przez całe dwadzieścia lat! Nie mieli za bardzo co ukraść, ale radio ukradli. Zwrócę pani pieniądze, albo odkupię podobne.

– Ależ nie ma o czym mówić, nie chcę żadnego radia. To auto chcę sprzedać na złom, proszę się tym zająć, panie Władku.

– Ale można by jeszcze coś z nim zrobić, nie jest wcale w takim złym stanie, tylko lewa strona jest do roboty. Mercedes to zawsze mercedes!

– Panie Władku, kuzyn kupił mi nowego golfa, proszę sprzedać mercedesa na części. Ale chciałabym jeszcze zerknąć do środka.

Razem z Robertem weszli do samochodu. Zajrzeli do każdego schowka, pod siedzenia, do bagażnika, pod maskę... ale nic nie znaleźli. Zrezygnowani wsiedli do golfa i już mieli odjeżdżać, gdy nagle Marta klepnęła się w czoło i zawołała:

– Ale ze mnie kretynka, zapomniałam o skrytce taty!

Wyszła z auta i podbiegła do wraka. Otworzyła drzwi samochodu, weszła do środka i po chwili wróciła z wyrazem zdziwienia na twarzy.

– Zobacz, co znalazłam – powiedziała, wręczając Robertowi małą saszetkę z białym proszkiem.

Oszołomiony Robert oglądał paczuszkę z każdej strony. Rozerwał woreczek i wziął szczyptę proszku na palec. Dokładnie obejrzał i powąchał.

– O cholera! Heroina! Miałem z nią do czynienia w Bostonie. Znałem paru narkomanów, kiedy pracowałem w szpitalu przy kościele św. Patryka. W co się wpakowała ta twoja matka?! Jedziemy do ciebie, musimy się zastanowić, co mamy dalej robić.

*

– Nigdy nie uwierzę, że moja mama miała coś wspólnego z narkotykami! – zawołała wzburzona Marta.

Robert siedział w fotelu i milczał, od czasu do czasu pociągając z butelki łyk piwa.

– Długo nie widziałem Ewy, ale też uważam, że to niemożliwe, żeby była dilerem narkotyków. To heroina krystaliczna, za droga jak na nasz rynek. To idzie dalej. Prawdopodobnie narkotyki dostały się w jej ręce przez przypadek. Chciała mi o tym powiedzieć, ale nie zdążyła. Wiedziała, że ktoś z naszych wspólnych znajomych jest w to zamieszany... I ten ktoś ją zabił. Ten ktoś był w Jaśle. – Robert zmarszczył brwi. – Może powinniśmy iść na policję? Narkotyki to nie handel papierosami bez akcyzy, to poważna sprawa. I do tego *white snow*! Jeden kilogram tego świństwa kosztuje około trzydziestu dwóch tysięcy euro! Nie słyszałem, żeby w Polsce tym handlowano, bo jest za droga na polską kieszeń. Z tego co wiem, to Sofia jest centrum dystrybucji hery na Europę. Może pogadam w Krakowie z moim znajomym policjantem?

– Myślisz, że nie dotrze to do Rzeszowa? Chcesz, żeby zrobili z mojej mamy dilerkę narkotykową?! Mowy nie ma! Dopóki nie udowodnimy, że mama nie miała z tym nic wspólnego, to nie dopuszczę, żeby szargano jej dobre imię. – Dziewczyna błagalnie spojrzała na Roberta. – Robert, proszę cię, pomóż mi oczyścić mamę z podejrzeń. Dobrze wiesz, co złego może zrobić plotka. Rzeszów nie jest dużym miastem, wystarczy, że ktoś wymieni słowo: narkotyki i nazwisko mojej matki, to przyklei się to do niej, jak psie gówno do buta. Ona nie ma jak się obronić przed oszczerstwami, ja muszę to zrobić za nią.

– Dobrze. Wyjaśnimy, co się za tym kryje. Wytropimy zabójcę. W poniedziałek wynajmę prywatnego detektywa, żeby pomógł nam w rozwikłaniu zagadki jej śmierci. – Zamyślił się. – Teraz już wiadomo, dlaczego były te włamania... Szukali narkotyków. Do rąk Ewy nie trafiła jedna saszetka, tylko dużo więcej. Oni chcą to odzyskać. Ewa musiała gdzieś schować te narkotyki. Ze sobą wzięła tylko jedną saszetkę, żeby mnie przekonać, że nie wyssała sobie tego z palca. Marta, musimy przeszukać mieszkanie.

Szukali dwie godziny i nic nie znaleźli. Zajrzeli do każdego zakamarka, potem zeszli do piwnicy. To samo zrobili w mieszkaniu i piwnicy pani Marii. Odwiedzili nawet domek na działce. Nigdzie jednak nie natknęli się na narkotyki.

Rozdział 23

Marta siedziała w pokoju dziennym i czekała, aż Orłowscy wyjdą z domu. Byli zaproszeni na ślub i wesele córki licealnego kolegi Roberta, obecnie dyrektora polskiego oddziału firmy Panax. Robert dużo sobie obiecywał po dzisiejszym wieczorze, miał zamiar wyciągnąć od swoich kolegów jak najwięcej informacji na temat działalności firmy i jej pracowników. Według niego to Panax krył się za tym wszystkim.

Do pokoju weszła Renata wystrojona w efektowną szafirową sukienkę.

– Fajna ta kiecka – pochwalił swoją żonę Robert. – Załóż do niej brylantową kolię, którą ci kupiłem. W ciągu dziesięciu lat miałaś ją na sobie najwyżej kilka razy.

– Nie. Nie założę jej, bo mam trochę taktu. Mam szpanować brylantami przed twoimi kolegami, kiedy oni mają problemy z zapłaceniem czynszu za mieszkanie?! Jak myślisz, dlaczego Danusia rzadko się z nami spotyka? Uważasz, że to przyjemność patrzeć na bogactwo swoich kolegów z klasy, kiedy straciło się pracę? Nie wiem, czy wiesz, ale Witek został zwolniony z zakładu, w którym pracował ponad dwadzieścia lat. – Renata spojrzała wrogo na męża. – Mów, co chcesz, o komunie, ale wtedy o wiele więcej ludzi było szczęśliwych niż teraz. Była stabilizacja... Może i w biedzie, ale stabilizacja, a dzisiaj każdy drży, żeby mieć pracę. Powiedz mi, co ma robić pięćdziesięcioletni bezrobotny? Kto go zatrudni, kiedy nawet dla młodych nie ma pracy? Politycy obiecywali nam najpierw drugą Japonię, potem drugą Irlandię, a my nadal żyjemy w drugiej Rzeczypospolitej, tej przedwojennej. Może twoim dziadkom podobała się tamta przedwojenna Polska, ale moim nie za bardzo. – Renata odsapnęła trochę. – Sam widzisz, jakie są teraz dysproporcje finansowe między ludźmi. Nie każdy potrafi być zaradny i przebojowy... I nie każdy urodził się w czepku, tak jak ty. Właśnie do to tej mniej uprzywilejowanej grupy należy twój kolega Witek.

– Ale się rozgadałaś! Co cię ugryzło? Ćwiczysz orędzie pierwszomajowe? My idziemy na wesele, a nie na wiec propagandowy świętej pamięci PZPR – podsumował żonę Robert. – Skąd mogłem wiedzieć, że Witek stracił pracę, nic mi nie mówili. Zresztą pretensje miej nie do mnie, ale do polityków... Ja nie jestem posłem na sejm Rzeczypospolitej Polskiej, jak twój eksnarzeczony, pan Andrzej Rogosz.

– Mówiłam ci, żebyś odczepił się od Andrzeja.

Chwilę jeszcze się sprzeczali, wreszcie wyszli.

Brylanty zostały w domu.

Marta szybko zaczęła ubierać się na spotkanie z Markiem. Nie widziała go całe dwa dni, ani w czwartek, ani w piątek, bo Mark musiał wyjechać z Krakowa. Dzisiejszą noc Marta planowała spędzić w jego mieszkaniu. Powiedziała Robertowi, że jej koleżanka ze studiów organizuje grilla i że zostanie u niej na noc. Robert uwierzył w tę bajeczkę.

Trzy razy się przebierała, bo nie mogła się zdecydować, co na siebie włożyć. Przejrzała się w lustrze – z trudem rozpoznawała w nim dziewczynę sprzed kilku tygodni. Zmieniła się. Ciekawe, co by na to powiedziała mama. Zasmuciła się na wspomnienie o matce. W otoczeniu Orłowskich nie myślała o niej, dopiero w nocy, kiedy leżała sama w łóżku... Często przepłakiwała pół nocy, zanim zasnęła.

Wyszła, zamknęła drzwi wejściowe na klucz. Nikogo nie było w domu, Krzysiek rano poleciał do Bostonu, a Iza była na obozie harcerskim.

Wsiadła do swojego samochodu i pojechała do Marka.

Mark akurat objadał się pizzą, którą przed chwilą przywiózł mu dostawca.

– Pomożesz mi w jej zjedzeniu? Jest całkiem dobra, z salami i pieczarkami – zapytał, podsuwając jej kawałek pizzy.

– Nie mam ochoty, przed chwilą jadłam obiad.

– Cóż, zjem sam. Może później pójdziemy gdzieś na kolację?

– Zobaczymy.

– A może wybierzemy się na tańce? Twoi Orłowscy balują, to może my też się zabawimy? Znasz jakąś fajną dyskotekę albo knajpkę z dancingiem?

– Nie, nie znam.

– Ale od czego jest internet! Zaraz poszukam. A to wesele w jakiej jest restauracji?

– U Centusia.

– Gdzie to jest, gdzieś w centrum?

– Niecałkiem, ale niedaleko od centrum, lokal znajduje się tuż nad Wisłą.

W tym momencie zabrzęczał telefon Marka. Spojrzał na wyświetlacz.

– To z Wiednia. Idź do sypialni, zaraz do ciebie przyjdę.

Marta wyszła z pokoju. Słyszała, jak Mark rozmawia z kimś po niemiecku. Nie rozumiała ani słowa. Postanowiła od września zapisać się na kurs języka niemieckiego. Angielski znała bardzo dobrze, drugim językiem, jakiego uczyła się w szkole, był rosyjski, ale powinna poznać również mowę ojczystą człowieka, którego kochała.

Siadając na łóżku, odgarnęła włosy do tyłu i niechcący ręką zahaczyła o kolczyk. Usłyszała metaliczny dźwięk spadającego na podłogę przedmiotu. Schyliła się, żeby go podnieść, ale kolczyk wpadł pod łóżko. Uklękła i wsadziła rękę w kilkucentymetrową szparę. Palcami natrafiła na jakiś dosyć duży, płaski przedmiot. Wyjęła go spod łóżka. Był to rewolwer. Wzięła go do ręki, oglądając z każdej strony, nie mniej zdziwiona niż Pigmej na widok śniegu. Do pokoju wszedł Mark. Ujrzała na jego twarzy zaskoczenie.

– Mark, po co jest ci potrzebny rewolwer? – zapytała zdumiona.

– To nie rewolwer tylko pistolet. Dokładnie mówiąc: to, co masz w ręce, ma udawać pistolet. To atrapa, straszak. Gdzie go znalazłaś? Szukałem go od pewnego czasu.

– Był pod łóżkiem. Po co ci to?

– Dostałem go od Gretchen. Kupiła go, żebym odstraszał nim potencjalnych chuliganów.

– Wygląda jak prawdziwy.

– Bo tak ma wyglądać. Prawdziwy Glock ma większy otwór wylotowy.

– Jeszcze większy od tego?

– Daj mi go, schowam go, żeby mi się znowu nie zgubił.

Wziął od dziewczyny broń, schował do szuflady biurka i wklepał cyfry kodu.

– Mam złą wiadomość: nici z naszych tanecznych planów i z naszej wspólnej nocy. Muszę jutro rano być w Wiedniu.

– Dlaczego? Tak się cieszyłam na tę noc – powiedziała rozczarowana.

– Ja też się cieszyłem, ale wzywają mnie szefowie. Trudno, nic na to nie poradzę. – Westchnął głośno. – Nie psujmy sobie humoru, przed nami kilka wspólnych godzin, musimy wykorzystać je jak najlepiej. Mam pomysł: do godziny dwudziestej drugiej nie wychodzimy z łóżka.

Rozdział 24

Robert i Renata spóźnili się na ślub, ceremonia rozpoczęła się już jakiś czas temu. Usiedli w ostatniej ławce. Robert rozglądał się po wnętrzu kościoła. Był agnostykiem. Nie lubił nowoczesnych kościołów, ale w tym spodobał mu się ołtarz.

– Wiesz, dlaczego ślub bierze się przed ołtarzem? – zapytał szeptem żonę.

– Dlaczego?

– Bo od początków ludzkości składano tam ofiary z ludzi.

– Cicho – syknęła.

Zawsze nudził się w kościele, teraz też. Nie słuchał kazania księdza, tylko obserwował zebranych gości. Dwie ławki dalej zauważył eksnarzeczonego swojej żony. Zmarszczył brwi, nie spodziewał się go tutaj spotkać.

Mężczyzna chyba wyczuł jego wzrok, bo się odwrócił. Ich spojrzenia się skrzyżowały. Andrzej Rogosz lekko skinął głową. Robert również.

Orłowski odwrócił wzrok od mężczyzny, zainteresował się kazaniem – z dwojga złego wolał patrzeć na księdza z dobrze wyhodowanym brzuchem, charakterystycznym dla tej profesji, niż na pana posła.

Nagle zdziwiony zobaczył dyrektora szkoły, siedzącego obok Artura. Jego widok zaskoczył go jeszcze bardziej niż obecność Andrzeja. Cóż on tu robi – pomyślał – co tu jest grane?

Kiedy skończyła się msza i orszak weselny wyszedł z kościoła, Robert, zamiast ustawić się w kolejce z życzeniami dla państwa młodych, skierował się w stronę ojca panny młodej. Dyrektor na widok Roberta zbladł, widać i on nie spodziewał się tego spotkania.

– O! Pan dyrektor. Jaki świat jest mały! – zawołał Robert.

– Robert, znasz mojego kuzyna? – zdziwił się Artur.

– Tak. W liceum pana dyrektora pracowała do niedawna moja kuzynka. Nie mówiłeś, Artur, że masz rodzinę w Rzeszowie.

– Nie przypuszczałem, że akurat to cię zainteresuje – odparł Artur. – Przepraszam, ale muszę zająć się innymi gośćmi.

Odszedł. Mężczyźni zostali sami.

– Widzę, że już się pan pozbył bandaży. Zadrapania prawie zniknęły.

– Tak, ściągnąłem opatrunek – bąknął dyrektor, unikając jego wzroku.

– Mam dla pana dobrą wiadomość, dyrektorze – odezwał się Robert. – Pani Wcisło odzyskała przytomność. Zabieg się udał, nie powinno być żadnych powikłań – ciągnął, bacznie obserwując mężczyznę.

Dyrektor głośno przełknął ślinę.

– Cieszę się – powiedział słabym głosem.

Robert nie spuszczał oczu z mężczyzny. Na czole dyrektora pojawiły się kropelki potu. Wyjął z kieszeni chusteczkę higieniczną i zaczął wycierać czoło.

– Pani Wcisło odzyskała przytomność i... pamięć. Mówi bardzo dziwne rzeczy. Według niej, ktoś ją specjalnie popchnął pod samochód. Podobno widziała sprawcę. – Zawiesił głos, jednak po chwili zastanowienia dodał: – Ale go nie rozpoznała, bo miał kaptur na głowie i było ciemno. Szkoda.

Robert zauważył, że mężczyzna odetchnął z ulgą, mimo że bardzo starał się nie pokazywać po sobie żadnych emocji. Orłowski początkowo miał zamiar poznęcać się jeszcze trochę nad nim, ale doszedł do wniosku, że to może być niebezpieczne dla Wcisłowej.

Po chwili podeszła do nich Renata.

– Malutka, poznaj dyrektora szkoły, w której pracowała nasza Marta. Okazało się, że jest kuzynem Artura.

– To dopiero niespodzianka – odparła, podając rękę mężczyźnie.

Dopiero teraz poznał personalia dyrektora: Jacek Noga.

– Robert, musimy złożyć życzenia Młodym. Przepraszamy pana, potem będzie okazja porozmawiać.

*

Goście zjedli już weselny obiad. Teraz zaczęto wznosić toasty na cześć państwa młodych. Oczywiście wódka była gorzka, więc oblubieńcy musieli osłodzić ją pocałunkiem.

Orkiestra zagrała i rozpoczęły się tańce.

Nad Renatą nachylił się jakiś mężczyzna.

– Czy mogę prosić cię do tańca? – usłyszała głos Andrzeja.

Zaskoczył ją trochę; myślała, że nie podejdzie do nich. Spojrzała na Roberta.

– Mogę zatańczyć z Andrzejem? – zapytała.

– Czy o wszystko musisz pytać swojego męża? – zapytał ironicznie Rogosz.

Renata wstała i poszła z Andrzejem na parkiet.

– Ślicznie wyglądasz. Nic się nie zmieniłaś.

– A ty się zmieniłeś. Wyglądasz lepiej niż wyglądałeś. – Znowu się uśmiechnęła do mężczyzny. – Widać Warszawa ci służy.

– Cóż, muszę dbać o swój wygląd, wyborcy zwracają na to uwagę.

– Nigdy bym ciebie nie posądzała o polityczne ciągoty.

– Widzisz, jakie niespodzianki płata los?

– Co słychać u twojej narzeczonej? Dalej jesteście razem? Mówię o tej dziewczynie, z którą widziałam cię parę lat temu.

– To już dawno nieaktualne. Nie mam zamiaru znowu się żenić, ty mnie z tego skutecznie wyleczyłaś.

Ich oczy się spotkały. Renata wytrzymała spojrzenie mężczyzny.

– Ciągle masz do mnie żal? – zapytała cicho. – Czy ten epizod ze zdjęciami miał być zemstą na mnie?

– Nie miałem o tym pojęcia, Wiktor to zaaranżował. Powiedział mi o tym, jak już wysłał ci zdjęcia. Ale nie ukrywam, że to dało mi pewną satysfakcję... Zawsze wiedziałem, jaki jest Robert. Wiadomo było, że będzie cię zdradzał.

– Zastawiono na niego zasadzkę.

– Kiedy pieprzył w Bostonie tę lekarkę, też tłumaczył się zasadzką? – Roześmiał się ironicznie.

– Skąd o tym wiesz? – zdziwiła się. – Jurek ci powiedział?

Mężczyzna wzruszył ramionami. Chwilę tańczyli w milczeniu.

– Będzie cię dalej zdradzał, aż w końcu kiedyś zostawi cię dla jakiejś smarkuli, rówieśniczki waszej córki.

– Nienawidzisz mnie – szepnęła Renata.

– Nie, Renatko, nienawidzę twojego męża – odrzekł spokojnie, bez żadnych emocji.

Sposób, w jaki to powiedział, spowodował, że Renata poczuła dreszcze. Spojrzała smutno na mężczyznę.

– Zmieniłeś się nie tylko zewnętrznie... Szkoda, przedtem bardziej mi się podobałeś – powiedziała i odeszła, zostawiając go samego na środku parkietu.

Wróciła do Roberta. Przybliżyła się do męża i szepnęła mu do ucha:

– Miałeś rację, ludzie się zmieniają. Myliłam się co do Andrzeja. On mógł to zrobić, chyba jest do tego zdolny.

Robert nie zdążył odpowiedzieć, bo podeszli do nich Zbyszek i Jurek ze swoją asystentką.

– Robert, możemy wymienić się na chwilkę paniami? – zapytał Jurek. – Zabieram twoją do tańca, zostawiając swoją w zastaw.

Chodź, Renatko, zatańczymy. – Nie czekając na odpowiedź Roberta, wziął Orłowską za rękę i pociągnął na parkiet.

Zaczęli tańczyć.

– Dlaczego powiedziałeś Andrzejowi o romansie Roberta?

– O którym romansie? Ma znowu kogoś? – zapytał niewinnie. Dopiero po chwili się uśmiechnął. – Nie wiem, czy to ja mu powiedziałem, czy ktoś inny, przecież wszyscy o tym wiedzą... Chyba rozmowa z Andrzejem nie należała do przyjemnych, skoro go porzuciłaś na parkiecie? Obserwowałem was.

– Andrzej bardzo się zmienił. I ta zmiana wcale mi się nie podoba – powiedziała Renata z odrobiną goryczy.

– Widzę, że nie był miły. – Spojrzał wnikliwie na Renatę. – Renatko, ale sama musisz przyznać, że Andrzej ma podstawy mieć żal do ciebie i do Roberta.

– To było dwanaście lat temu!

– Ale widać dużo dla niego znaczyłaś... Chyba bardzo dużo. On cię kochał... Uważa, że Robert zrujnował mu życie. O tobie nigdy nie mówi źle, tylko o Robercie. Prawdę mówiąc, wcale mu się nie dziwię. Ośmieszyliście go w oczach znajomych. Kupił obrączki, zaprosił kolegów na ślub... A dzień później ktoś, kogo uważał za przyjaciela, przeleciał mu narzeczoną.

– Jurek, mam ochotę dać ci w twarz – powiedziała podenerwowana. – Nie spoliczkuję cię, ale tańczyć z tobą nie mam ochoty.

Renata przestała tańczyć. Jurek przytrzymał ją.

– O co się obrażasz? Czy tak nie było? Renatko, spójrz prawdzie w oczy, przecież wiesz, że cię lubię. Ale tak to widzi Andrzej. Nie obrażaj się na mnie... No, już się nie bocz. Zostawmy Andrzeja w spokoju. – Uśmiechnął się do kobiety. – Powiedz mi lepiej, jak twój mąż zniósł to, gdy dwa tygodnie temu siedziałaś mi na kolanach? Jego oczy ciskały takie błyskawice, że obawiałem się, że zrobi się spięcie i wszystkie żarówki pogasną. Nie pobił cię po drodze?

– Robert nie jest damskim bokserem... ale zrobił mi awanturę.

– Wiesz, Renatko, cholernie żałuję, że nie wykorzystałem sytuacji i pięć lata temu nie skorzystałem z twojej propozycji... To marzenie prawie każdego faceta, którego znam: przyprawić rogi doktorowi Orłowskiemu! – powiedział ze śmiechem.

– Dlaczego wy go tak nie lubicie?

– Ależ skąd! Nie mamy nic do niego! Naprawdę... Ale pomarzyć można...

*

Robert objął asystentkę Jurka, zaczęli tańczyć. Dziewczyna okazała się dobrą tancerką. Pozwoliła mu się prowadzić, dostosowując swój krok do jego kroku. Wyglądała bardzo ładnie, ubrana była w elegancką, obcisłą kobaltową sukienkę nad kolano, z efektownym dekoltem karo. Na szyję założyła oryginalny medalion z czarnego onyksu z wtopioną w niego główką Nefretete.

Uśmiechnął się do dziewczyny, a ona lekko się zarumieniła. Miał ochotę dalej z nią tańczyć, ale orkiestra przestała grać.

Zeszli z parkietu. Robert usiadł przy stole koło Zbyszka, a Karolina poszła do toalety. Wreszcie mógł porozmawiać z kolegą o imprezie w Jaśle.

– Gdzie twoja żona? – zagaił rozmowę.

– Została z Emilką. Ja też nie będę tu długo, wpadłem tylko na chwilę.

– Napijesz się ze mną? Który to twój kieliszek? – zapytał Robert.

– Nie piję.

– Od kiedy? – zdziwił się Robert.

– Od dnia wypadku Emilki. Ale ty się napij. Poczekaj, naleję ci. Zbyszek wziął butelkę do ręki i wlał wódkę do kieliszka Roberta.

– Nalej też panience Jurka.

– To nie jego dziewczyna, to naprawdę tylko jego asystentka. Jego aktualna pani mieszka w Wiedniu – poinformował Zbyszek kolegę.

– Związał się z Austriaczką? – spytał zaskoczony Robert.

– Nie wiem, czy ona jest Austriaczką, ale wiem, że tam mieszka. Chyba Jurkowi na niej zależy, bo często jeździ do Wiednia.

Robert popatrzył na kolegę tańczącego z jego żoną. Chwilę ich obserwował, jak się z czegoś śmieją. Odwrócił od nich wzrok i spojrzał na zataczającego się dyrektora Nogę. Mężczyzna, mimo wczesnej pory, był już nieźle wstawiony. Artur coś mówił do niego, a ten wyrywał mu się, wymachując rękami.

– Wkrótce ktoś zaliczy tu zgon. Ten kuzyn Artka jest już mocno pijany, a przecież to dopiero początek wesela – zauważył Robert. – Znasz go?

– Nie. Tylko chwilę rozmawiałem z nim w Jaśle.

– Co to za facet? Wydaje mi się dziwny. To on wciągnął Artka do Panaxu? Dlaczego sam nie został dyrektorem, tylko bawi się w sprzedaż bezpośrednią? To dobre dla kobiet. Ja bym nie mógł tak nagabywać ludzi, jak to się robi w tego typu działalności.

– Nie wiem. Prawdę mówiąc, to nie znam tych układów, nigdy nie miałem do czynienia ze sprzedażą bezpośrednią. Pojechałem do Jasła, bo wyciągnął mnie Artek.

– Dużo kobiet dorabia sobie w ten sposób. Zauważyłem, chodząc na zebrania szkolne, że taka sprzedaż jest bardzo popularna wśród nauczycielek. Nawet Ewa Kruczkowska tym się zajmowała. Rozmawiałeś z nią w Jaśle? Faktycznie tak bardzo się zmieniła?

– Nie wiem. Nie widziałem jej. Byłem z Emilką na huśtawkach.

– Zbyszek, ja naprawdę nie byłem w stanie pomóc Emilce. Nie mogłem nic zrobić. – Robert poruszył wreszcie drażliwy temat. – Gdybym nawet wrócił wcześniej ze Stanów, to nic by to nie dało – dalej się tłumaczył. – Do którego lekarza chodzisz z córką?

– Nie znasz go – uciął krótko Zbyszek. – Nie chcę o tym rozmawiać. Proszę, nie wracajmy do tego tematu.

Robert nic nie powiedział, w milczeniu przechylił kieliszek z wódką. Spojrzał na resztę swoich szkolnych kolegów siedzących przy drugim stole obok Andrzeja. Widać pan poseł był honorowym gościem na weselu, pomyślał z odrobiną zazdrości. Wszyscy jego koledzy skupili się wokół Rogosza: Artek, Bogdan, Janusz Brzozowski, nawet Danusia z Witkiem.

*

Robert wszedł do toalety. Przy pisuarze stał Artek i jego kuzyn.

– Wszystko przez ten pierdolony żeń–szeń – usłyszał bełkotliwe słowa dyrektora, któremu nasączony alkoholem mózg nie pozwalał mówić płynnie.

– Uspokój się, weź się w garść. Nie rób mi wstydu – powiedział Artek.

Na widok Orłowskiego przerwali rozmowę. Noga jakby się skurczył. Wszedł do kabiny.

– I jak się bawicie? – zapytał gospodarz przyjęcia. – Wszystko OK?

– Oczywiście. Wesele ekstra. Nie przypuszczałem, Artek, że masz taką ładną córkę.

– A co, miałem się nią chwalić przed tobą, żebyś mi ją zbałamucił? – zażartował Artur.

Robert nie zdążył odpowiedzieć, bo do toalety wszedł Andrzej. Mężczyzna nie zareagował na widok Roberta, jakby ten był powietrzem, tylko zwrócił się do Artura:

– Artur, muszę was opuścić, jutro mam lot do Brukseli.

Robert wyszedł z toalety. Nie wrócił jednak na salę, chciał się trochę przewietrzyć. Noc była wyjątkowo ciepła, na zewnątrz było dużo bardziej przyjemnie niż w środku, bo na sali pomimo klimatyzacji panował zaduch. Wielu weselników poszło w jego ślady i spacerowało wzdłuż Wisły.

Kiedy wyszedł na korytarz, zauważył Andrzeja rozmawiającego z Nogą. Za moment podszedł do nich Artur. Robert minął ich, rzucając w stronę Artura kilka zdawkowych słów. Czuł na sobie spojrzenia mężczyzn, wiedział, że o nim rozmawiają.

Wszedł na salę. Stół przy którym siedział, powiększył się – kelnerzy dołączyli drugi. Zauważył swoich szkolnych kolegów.

– Co, teraz przestałem już być trędowaty? – zapytał z ironią. – Trochę się pospieszyliście z przemeblowaniem, pan poseł jeszcze nie opuścił murów tego budynku.

– Ale się z nami pożegnał – odpowiedziała Danka. – Robert, nie obrażaj się, jakbyś miał trzynaście lat. Z Andrzejem widzimy się rzadziej niż z tobą, a trochę niezręcznie by było, gdybyście siedzieli obok siebie. On cię nie cierpi. Postaw się w jego sytuacji, jak ty byś się czuł na jego miejscu?

– Możemy zostawić temat Andrzeja w spokoju? – odezwała się Renata. – Panowie, proszę napełnić kieliszki, najwyższy czas się napić.

Atmosfera trochę się rozluźniła, już nie było tego napięcia, jak przedtem. Po chwil dołączył do nich Artek z żoną. Jego kuzyn nie dosiadł się jednak do nich, tylko przy innym stole klapnął na krzesło z gracją pijanego hipopotama, o mało co nie spadając przy tym ze stołka. Robert widział, że był już bardzo pijany... Pan Noga ledwo trzymał się na nogach.

Przed dwunastą towarzystwo opuścił Zbyszek.

Przy stole było coraz głośniej. Alkohol lał się strumieniami, kelnerki co chwilę przynosiły nowe potrawy – było tak, jak na każdym polskim weselu.

Robert poprosił do tańca Dankę.

– Danusiu, miałaś rację, żeń-szeń działa cuda. Podrzuć mi kiedyś herbatę i nalewkę, bo już mi się skończyły.

– A nie mówiłam?! Gdzie mam ci to przywieźć? Do domu czy do kliniki?

– Wpadnijcie do nas w sobotę – zaprosił koleżankę. – Nie wiedziałem, że Artur ma rodzinę w Rzeszowie. To ten kuzyn załatwił mu pracę?

– Wątpię, to raczej Artek wciągnął go do Panaxu. Dlaczego miałby komuś odstępować lepszą fuchę, przecież lepiej być dyrektorem niż sprzedawcą. – Spojrzała w stronę Nogi. – Ale się facet ululał! Wyobraź sobie, że przedtem płakał przy stole. Plótł jakieś bzdury. Współczuję jego żonie.

– Płakał? Dlaczego?

– Gadał, że żeń-szeń zniszczył mu życie. Nie słyszałam dokładnie, bo siedział daleko ode mnie.

– A gdy byliście w Jaśle też się upił?

– Ależ skąd. Trochę z nim rozmawiałam, bo to znajomy pani Ewy. Razem się trzymali. Oboje pracują w tej samej szkole.

Robert nie wyprowadził koleżanki z błędu, nie powiedział, że Ewa Kruczkowska nie żyje. Intuicja mu mówiła, że oprócz dyrektora, był jeszcze ktoś w tym towarzystwie, kto wiedział o jej śmierci... Robert zaczął zastanawiać się, kto jest tą osobą. Noga nikogo o tym nie poinformował, a przecież wiedział, że ją znali. To było następnym dowodem, że był zamieszany w jej śmierć. Nie powiedział nawet swojemu kuzynowi... Albo Artur tylko udawał, że nic nie wie o śmierci Ewy... Może jest bardziej przebiegły, niż jego kuzyn?

– Długo rozmawiałyście z Ewą? Co u niej słychać? – zapytał.

– W sobotę na balu razem siedzieliśmy przy stole, ale w niedzielę tylko chwilę rozmawialiśmy. Nie była do końca, musiała szybko wracać do Rzeszowa... Kilka lat temu umarł jej mąż. Mieszka razem z córką, też nauczycielką.

Nagle w głowie Roberta zaświtało niespodziewane przypuszczenie.

– Słyszałem Danusiu, że w Jaśle widziano Wiktora? Dlaczego mówiłaś, że go nie było? – zapytał.

– Wiedziałam! To jednak był Wiktor! Witek mówił, że to nie on, bo to niemożliwe, żeby ktoś się tak zmienił w ciągu siedmiu lat, ale ja go poznałam po sylwetce i chodzie.

– Tak bardzo się zmienił?

– Tak. Wyłysiał, zapuścił brodę i nosi okulary. Nie ten sam przystojniacha, co kiedyś... No, ale lata robią swoje... Wystarczy spojrzeć na Janusza Brzozowskiego. Tak dobrze się trzymał, taki był przystojny, a sam widzisz, jak teraz zdziadział. On mówi, że to wina Marioli, bo go utuczyła, żeby nie podobał się innym kobietom.

– Długo są ze sobą?

– Kilka miesięcy. Kiedyś Artur obwieścił nam, że Mariola też będzie sprzedawać żeń-szeń i wtedy wyszło, że Janusz i Mariola są parą.

Znowu pojawia się żeń-szeń – przeleciało przez myśl Roberta.

– Co robi teraz Mariola? Chyba nie utrzymuje się tylko ze sprzedaży żeń-szenia?

– Dostaje alimenty od byłego męża i uczy angielskiego w szkole językowej – odparła Danka. – Ty się nie śmiej z żeń-szenia, naprawdę można na nim nieźle zarobić. Gdybym nie miała tego zajęcia, to nie wiem, jakbyśmy sobie dali finansowo radę.

– Słyszałem od Renaty, że Witek stracił pracę... On chyba skończył wydział elektryczny na Politechnice?

– Cały problem w tym, że nie skończył. Zaliczył tylko dwa lata, na trzecim roku wziął dziekankę i pojechał pracować do Niemiec, a potem nie chciało mu się wracać na uczelnię. Zrobił kursy i szkolenia, ma więc papiery elektryka, ale studiów nie ukończył. Andrzej i Bogdan mają dyplomy, a on nie. Razem studiowali na Politechnice, koledzy mają magisterium, a mój mąż jest tylko zwykłym elektrykiem.

– Hm, to zawód z przyszłością, jeden elektryk w naszym kraju został prezydentem. Wszystko jest możliwe. Nawet żony noszą to samo imię. – Uśmiechnął się.

Przez jakiś czas tańczyli w milczeniu. Robert znowu powrócił myślami do osoby Wiktora. Podstęp się udał, teraz wie, że Jurgen był w Jaśle. Coś mu mówiło, że to właśnie on stoi za tym wszystkim. On i prawdopodobnie Andrzej. Na pewno Noga i może Artur...

Możliwe, że więcej osób jest w to wplątanych. Na przykład Janusz Brzozowski. Janusz i Artek chodzili razem do klasy, później też się przyjaźnili. Robert poznał ich bliżej na obozie harcerskim. Po powrocie do Polski ponownie nawiązał z nimi znajomość. Janusz od lat jest jego prawnikiem. Dobrze zarabia, ma swoją własną kancelarię, ale pieniędzy nigdy nie za wiele.

Jest jeszcze Bogdan. Jego żona również zajmuje się sprzedażą żen-szenia. Ona pracuje w ZUS-ie, on natomiast ma nieźle prosperujący zakład stolarski – robi na zamówienie meble kuchenne. Zatrudnia kilku pracowników. Nie ma kokosów, ale jakoś sobie radzi. Gdyby pojawiła się możliwość zarobienia dużych pieniędzy, czy nie skorzystałby z tego?

A Witek, mąż Danusi? Niekoniecznie żona musi wiedzieć o wszystkim, tym bardziej gdy się straciło pracę... Szybko jednak odrzucił osobę Witka jako ewentualnego gangstera. Kto jak kto, ale Witek nie byłby zdolny zrobić czegoś nielegalnego, nie potrafił podjąć żadnej decyzji bez konsultacji z żoną... Już bardziej Danka pasowała mu na dilerkę narkotyków niż Witek!

Danusia i narkotyki? Bzdura!

Orkiestra skończyła grać.

Podeszli do stołu, przy którym siedzieli tylko Renata, Mariola i Janusz.

– Gdzie twój paź, Jurek? – zapytał żonę.

– Poszedł się przewietrzyć – odpowiedział za Orłowską Janusz. – Ja też byłem na krótkim spacerku. Noc wymarzona na przechadzkę.

– Jurek sam poszedł? Widziałem Karolinę na korytarzu.

– Ja też byłem sam, bo Marioli nie chciało się iść.

– Malutka, to może i my się trochę przewietrzymy? – zapytał żonę.

Orłowscy wyszli na zewnątrz. Faktycznie noc była bardzo ciepła. Robert objął żonę i objęci ruszyli wzdłuż Wisły. Spacerując, zdawał Renacie relację z uzyskanych wiadomości.

– To Jurgen stoi za tym wszystkim – powiedział. – Zawsze miał ciągotki do narkotyków. Już w szkole zajmował się dilerką. On jest mózgiem tego wszystkiego, Andrzej jest tylko jego żołnierzykiem. Ewa musiała dowiedzieć się czegoś, co wiązało Andrzeja z narkotykami i dlatego ją zabili.

– Kto według ciebie to zrobił? Jurgen? Andrzej?

– Wątpię, żeby to był Wiktor. Nie chciałoby mu się brudzić rąk. Prawdopodobnie zlecił to komuś.

Wrócili do restauracji. Po drodze spotkali wracającego ze spaceru Jurka. Weszli na salę i usiedli na swoich miejscach.

Około godziny drugiej do stołu podeszła żona dyrektora Nogi.

– Czy państwo nie widzieli mojego męża? – zapytała trochę zaniepokojona.

– Nie, nie widzieliśmy go – odpowiedział kobiecie Robert. – Może Artur położył go do spania w jakiejś pakamerze.

– Nie, Artur też nie wie, gdzie on jest.

– Proszę się nie martwić, na pewno śpi gdzieś w krzakach – uspokajał kobietę Jurek.

– Widziałem go, jak stał przed restauracją i rozmawiał z kimś przez telefon. Albo raczej starał się stać i rozmawiać – powiedział Janusz. – Prześpi się i wróci jak nowonarodzony. Nie przeziębi się, jest ciepło.

– Proszę z nami usiąść i napić się wódki – odezwał się Jurek. – Naprawdę, proszę nie martwić się o męża.

Po chwili przyszedł Artek. On również był zaniepokojony nieobecnością swojego kuzyna.

– Prześpi się, to trochę wytrzeźwieje. Sen dobrze mu zrobi – powiedział do kobiety. – Nie będziemy musieli wstydzić się za niego.

Zapomniano o pijanym kuzynie, bawiono się dalej.

Orłowscy wrócili do domu dopiero nad ranem.

Robert ze zdziwieniem zauważył na podjeździe samochód Marty. Spodziewał się, że nie zastaną jej w domu, miała przecież nocować u koleżanki.

Rozdział 25

Nazajutrz o jedenastej Orłowskich obudził telefon. Dzwoniła Danka z informacją, że kuzyn Artura się nie odnalazł. Artek wezwał policję. Teraz wszyscy przeszukują teren wokół restauracji. Robert szybko umył się, ubrał i bez śniadania pojechał do lokalu, w którym bawili się kilka godzin wcześniej. Przeczuwał, że coś złego stało się z dyrektorem.

Kiedy przyjechał na miejsce, zastał tam już Dankę z Witkiem i Jurka. Chwilę później dojechał Bogdan i Janusz z Mariolą. W środku restauracji podenerwowany Artur rozmawiał z policjantem. Opisywał przebieg wczorajszych wydarzeń.

Tymczasem nadjechało czterech nurków. Zaczęło się przeszukiwanie rzeki.

*

Marta zatrzymała się na czerwonych światłach. Ze zniecierpliwieniem czekała na zielone. Nie mogła doczekać się spotkania z Markiem.

Wczoraj wieczorem, zaraz po powrocie z restauracji, Robert zdał jej relacje z sobotnich wydarzeń. Również i ją zaniepokoiło zniknięcie dyrektora. Pomimo poszukiwań nurkowie nic nie znaleźli. Ani dyrektora, ani niczego, co by wskazywało na to, że mógł się utopić. Marta, podobnie jak Robert, była jednak przekonana, że więcej już nie zobaczą dyrektora żywego.

Myślami wróciła do Marka i sobotniego wieczoru. Nie została u niego na noc, jak zaplanowała, bo musiał wracać do Wiednia. Zawiedziona wróciła do domu przed północą. Prawdopodobnie nie zależy mu na niej tak bardzo, jak jej na nim. Cóż mógł mieć do załatwienia w niedzielę w Wiedniu?!

Dojechała na miejsce. Zaparkowała. Nacisnęła domofon.

– Nareszcie! – usłyszała głos Marka.

Wpuścił ją do przedpokoju i przycisnął do drzwi. Nachylił się nad nią i patrząc jej w oczy powiedział:

– Cholera! Chyba cię kocham! I wcale mi się to nie podoba. Bardzo skomplikowało mi to życie. – Dopiero po chwili się uśmiechnął. – Całkiem straciłem głowę dla ciebie, waćpanno.

Jego wargi wpiły się żarłocznie w jej usta. Utonęli w pocałunku. Po chwili wziął ją na ręce i zaniósł do sypialni.

Dzisiaj było inaczej. Mark przypominał człowieka spragnionego wody w upalny dzień, któremu wreszcie udało się ją zdobyć i pijąc, nie może się nią nasycić. Każdy jego pocałunek i pieszczota przepełnione były miłością. Całował ją zachłannie, tulił do siebie tak mocno, jakby na drugi dzień miało to być zakazane. Marcie również udzieliło się podniecenie. Ciałami obojga zawładnęły żar i namiętność. Dziewczyna miała wrażenie, że się rozpływa. Jej ciało wibrowało, pulsowało i drżało pobudzone dotykiem kochanka. Sutki nabrzmiały, prosząc o pieszczotę, do jej wnętrza napłynęła wilgoć domagając się jego męskości. Kiedy zanurzył się w niej, wczepiła się w niego mocno rękami, objęła nogami, biorąc go w miłosną niewolę. Wtopieni w siebie, zasłuchani w swoje oddechy i bicie serc, tworzyli jedność. Mark poruszał się w niej rytmicznie, najpierw wolno, później coraz szybciej, aż poczuł jej skurcz. Wtedy dołączył do niej. Zaspokojeni, nasyceni dalej leżeli wplecieni w siebie, z trudem łapiąc oddech. Według Marty to nie był zwykły seks, to było coś więcej, to było apogeum ekstazy, apogeum szczęścia.

*

Marta leżała wtulona w Marka. Palcami wodziła po nagim torsie mężczyzny. Patrzyła, jak jego klatka piersiowa regularnie podnosi się i opada, i znowu podnosi się i opada. Lubiła na niego patrzeć, lubiła go dotykać. Delikatnie pocałowała opalony tors mężczyzny, zanurzyła nos w delikatnie owłosione wgłębienie mostka. Głęboko wciągnęła jego zapach. Pachniał cudownie: dobrym mydłem, dezodorantem i sobą.

– Dlaczego skomplikowałam ci życie? – wyszeptała.

Poczuła, że ręka, którą gładził jej włosy, nieruchomieje.

– Dlaczego nie podoba ci się stan zakochania? Ja cię kocham od kilku tygodni i jestem szczęśliwa – powiedziała, patrząc mu w oczy.

Wytrzymał jej spojrzenie. Lekko się uśmiechnął.

– Bo to uczucie jest mi obce. Nigdy nie czułem do nikogo tego, co teraz czuję do ciebie. Nie myślę racjonalnie. Zachowuję się idiotycznie. W ciągu jednego dnia pokonuję trasę ponad dziewięciuset kilometrów, Kraków–Wiedeń–Kraków, żeby być z tobą tylko kilka godzin. Czy to jest normalne? – westchnął. – Co ty ze mną zrobiłaś, dziewczyno? Całkiem mi zawróciłaś w głowie.

Przytulił ją do siebie. Schował twarz w jej włosach i chłonął ich aromat. Potem pocałował ją delikatnie.

– Cudownie pachniesz – szepnął.

– Ty też. Uwielbiam twój zapach.

Spojrzała na Marka. Nie odwrócił wzroku. Jego oczy bezgłośnie wyznawały miłość. Marta poczuła, jak wszystko uśmiecha się w niej w środku – on ją kocha!

– Może zostaniesz dzisiaj na noc? – zapytał.

– Nie mogę. Po południu idę z Robertem do prywatnego detektywa.

Mark odsunął się od dziewczyny i spojrzał na nią zdziwiony.

– Dlaczego?

Marta opowiedziała mu o zniknięciu dyrektora, o przypuszczeniach Roberta, o podejrzanej działalności Panaxu. Nie powiedziała mu jednak o saszetce heroiny znalezionej w samochodzie matki. Bała się, że to może postawić mamę w złym świetle. Mark nie znał jej, mógł pomyśleć, że była zamieszana w handel narkotykami... Nie mogła dopuścić do tego, żeby ktoś nawet przez chwilę podejrzewał jej mamę o coś takiego.

– Robert uważa, że za tym wszystkim stoi jego dawny znajomy z młodości, Austriak polskiego pochodzenia, Vick Jurgen. To znajomy posła Rogosza. Podobno kawał drania – mówiła dalej. – Robert go nienawidzi a przez niego wszystkich Austriaków. Tak mówił mi Krzysiek.

– Co?! Przez jednego człowieka nienawidzi cały naród? To w stylu Hitlera. Widzę, że ten twój Robert to kawał szowinisty i ksenofoba. – Zaśmiał się, ale było jednak coś sztucznego w jego śmiechu.

– Nie mów tak o Robercie – zaprotestowała ostro. – To nieprawda. Nie znasz go. Nie jest ani ksenofobem, ani szowinistą.

Mężczyzna, widząc minę dziewczyny, powiedział na zgodę:

– Przepraszam, nie chcę podpaść waćpannie.

– Dlaczego przyplątała ci się ta waćpanna? Drugi raz dziś mnie tak nazywasz.

– Zobacz, co ostatnio czytam. – Z szafki wziął książkę i pokazał dziewczynie. – *Potop*. Znalazłem na półce całą trylogię. To podobno Biblia każdego Polaka. Kiedyś u dziadków oglądałem film. Po trylogii mam zamiar przeczytać *Krzyżaków*. Muszę poznać bliżej polską literaturę, przecież we mnie też płynie polska krew.

Marta przytuliła się jeszcze bliżej do Marka. Wszystko w niej krzyczało z radości. Pohamowała jednak euforię.

– Kocham cię – szepnęła.

*

Robert szedł dziarskim krokiem na Plac Szczepański, gdzie umówił się z Martą. Stąd niedaleko było do biura detektywa. Marty jednak jeszcze nie było.

Usiadł na ławeczce i czekając na dziewczynę, podziwiał pląsy wodnych strumieni w fontannie. Jeszcze niedawno znajdował się tu parking samochodowy, teraz miasto ufundowało mieszkańcom i turystom nowe miejsce do odpoczynku. Efektownie zagospodarowany plac tuż przy Teatrze Starym, niedaleko Rynku Głównego, stał się jeszcze jedną turystyczną atrakcją. Na pewno większą przyjemność sprawiało ludziom patrzenie na fontannę i słuchanie szumu wody niż wąchanie smrodu parkujących samochodów, nawet najlepszych marek.

Odruchowo spojrzał na grupkę przechodniów. W oczy rzucił mu się wysoki mężczyzna w jasnych, beżowych spodniach i kremowej koszuli. Ze zdziwieniem rozpoznał w nim Wiktora Szewczyka – Vicka Jurgena. Mężczyzna wyglądał inaczej, niż wynikałoby z opisu jego kuzynki: nie wyłysiał, nie miał też brody ani okularów – wyglądał tak, jak kilka lat temu, kiedy spotkał go Robert. Wysnuł z tego wniosek, że Danka pomyliła się i w Jaśle widziała kogoś innego... albo Jurgen ucharakteryzował się wtedy dla niepoznaki.

Orłowski poderwał się z miejsca i zaczął iść za mężczyzną. Cóż on tu robi, podobno mieszka w Warszawie, przemknęło Robertowi przez głowę.

Jurgen nie zauważył go, szedł dalej zamaszystym krokiem. Pod Teatrem Bagatela zniknął mu z oczu, wtapiając się w tłum. Orłowski zaczął gorączkowo rozglądać się wokół, szukając go wzrokiem wśród przechodniów. Ujrzał go kilkadziesiąt metrów dalej. Rozmawiał z kimś przez telefon. Robert z trudem przecisnął się przez grupkę ludzi wysiadających z tramwaju i ruszył w jego kierunku. Przyspieszył kroku, starając się nie stracić go z pola widzenia. Uszedł kilkadziesiąt metrów, gdy z daleka zobaczył, że mężczyzna wsiadł do grafitowego vana, ale nie usiadł na miejscu kierowcy tylko pasażera. Z tak dużej odległości Robert nie dał rady odczytać numerów rejestracyjnych, ale wydawało mu się, że to rzeszowska rejestracja. Samochód odjechał.

Robert zaklął pod nosem i wrócił na Plac Szczepański.

Marty nadal nie było. Spojrzał na zegarek, spóźniła się już dziesięć minut. Gdzie ona się szwenda, pomyślał. Po chwili spostrzegł ją wśród innych przechodniów. Trudno było jej nie dostrzec, ponieważ jej uroda rzucała się w oczy. Orłowski, patrząc na dziewczynę, uśmiechnął się z dumą.

– Przepraszam, utknęłam w korku.

– Nie przekroczyłaś limitu piętnastu minut, a więc cię nie opieprzę. Chodź, czekają na nas. Mam newsa: Jurgen jest w Krakowie. Widziałem go przed chwilą. Marta, mówię ci, on jest w to zamieszany. Jestem pewien, że to on stoi za tym wszystkim – powiedział do dziewczyny. – Chodźmy do detektywa.

Po chwili detektyw Nikodem Wąs otworzył im drzwi swojego biura. Był to mężczyzna dobrze po trzydziestce, niewysoki, o krępej budowie ciała. Widać było po ruchach, że jest bardzo sprawny fizycznie. Miał wysokie czoło, szare oczy i jasną, piegowatą cerę, charakterystyczną dla rudzielców. Urodą nie grzeszył, ale akurat to nie powinno przeszkadzać w pracy detektywa.

Robert znał go od dawna, raz nawet skorzystał z jego usług.

– Witam, doktorze. Dawno się nie widzieliśmy – przywitał ich, obserwując uważnie dziewczynę.

– Panie Nikodemie, teraz przekonamy się, jaki z pana detektyw – powiedział z uśmiechem. Opowiedział mężczyźnie o śmierci Ewy, o liście, o narkotykach, o swoich licealnych kolegach... O wszystkim. I o dzisiejszym spotkaniu z Jurgenem.

Detektyw Wąs podrapał się po głowie.

– O kurka, wygląda to dość poważnie – powiedział. – Hm, narkotyki... To niebezpieczne. Będę musiał wziąć wyższą stawkę.

Podpisali umowę, omówili warunki.

– Przede wszystkim proszę dowiedzieć się wszystkiego o firmie Panax i o Vicku Jurgenie alias Wiktorze Szewczyku. To on stoi na czele tej szajki. Mówi mi to mój nos. Niech się pan przyjrzy również panu posłowi Rogoszowi – powiedział Robert. – Zjawię się u pana w czwartek.

– Dobrze, doktorze. Muszę panu powiedzieć, że córka jest bardzo do pana podobna.

– Proszę zapamiętać, że Marta nie lubi, gdy się ją nazywa moją córką. – Robert uśmiechnął się do dziewczyny. – Prawda, Martuniu?

Dziewczyna nic nie odpowiedziała, wzruszyła tylko ramionami.

Wyszli z biura detektywa.

– Wiesz co, Marta, może pójdziemy na lody? Kolacji ci nie zaproponuję, bo nie chcę narażać się Renacie, prawdopodobnie robi dla nas teraz ekstrawyżerkę. Ale chodźmy do Słodkiego Wenzla na kawę. Może zobaczy mnie jakiś znajomy? Dawno o mnie nie plotkowano. Towarzystwo dziewczyny takiej jak ty dodaje mężczyźnie trochę splendoru. U staruchów w moim wieku piękna dziewczyna wywołuje większą zazdrość niż posiadanie maybacha czy bentleya – powiedział uśmiechając się łobuzersko.

Marta głośno się roześmiała i wzięła go pod rękę.

Rozdział 26

W środę wyłowiono zwłoki dyrektora Nogi.

Robert dowiedział się o tym od Danki, a ona od Janusza. Zaraz po telefonie od koleżanki Orłowski wyszedł z kliniki i przyjechał do restauracji, w której odbyło się wesele. Zdziwił się, gdy zastał tam swoich kolegów. Był Jurek, Bogdan, Janusz i Witek. Stali przed restauracją i rozmawiali. Trochę dalej Artur i Danka uspokajali płaczącą żonę Nogi.

Kiedy Robert zbliżał się do kolegów, właśnie odjeżdżał samochód ze zwłokami.

– Cześć. Też przyjechaliście – powiedział na powitanie.

– Cholernie głupio, gdy człowiek się dowiaduje, że ktoś, z kim piło się wódkę kilka dni wcześniej, już nie żyje – westchnął Witek. – Słabo go znałem, ale szkoda faceta.

– Po co on polazł nad rzekę? – zapytał retorycznie Bogdan. – Nie mógł położyć się gdzieś w krzakach?

– Trzeba było go jednak pilnować – zauważył Witek.

– Ale kto by przypuszczał, że będzie chciał się kąpać – powiedział Janusz. – Słyszałem od Artura, że słabo pływał.

– Co mówi policja? – zapytał Robert.

– Skąd mamy wiedzieć? Przesłuchiwali na razie tylko żonę i Artka. Nas jeszcze nie wzięli na dywanik – stwierdził Janusz.

– A będą nas w ogóle przesłuchiwać? Przecież to wypadek – Jurek też wtrącił się do rozmowy. – Pod koniec tygodnia muszę wyjechać z kraju.

– Na pewno będą chcieli z nami rozmawiać – oświadczył Janusz. – Muszą ustalić okoliczności śmierci.

– Przecież wiadomo, że facet był zalany w trupa – palnął Jurek bez zastanowienia. – Cholera, ale mi się głupio powiedziało.

Robert rozglądał się wokół. Zauważył wychodzącego z lokalu znajomego policjanta, komisarza Piętę. Szybko podszedł do niego.

– O! Pan doktor! Cóż pan tu robi? – przywitał go policjant, wyciągając rękę.

– Byłem na tym weselu.

– Tak? Nie wiedziałem. Jeszcze nie zrobiliśmy listy świadków. Będziemy chcieli porozmawiać z państwem. – Westchnął głośno. – Rzeczywiście tragiczny finał wesela.

– Co pan o tym myśli, komisarzu?

– Wszystko wskazuje na wypadek.

– Chciałbym z panem porozmawiać, ale nie tutaj. Czy jutro mogę wpaść do pana na komendę?

– Jak pan sobie życzy, doktorze. Zawsze jest pan mile widziany. – Jego mina mówiła jednak coś innego.

Robert znał komisarza Piętę, bo matka policjanta była jego pacjentką. Kilka lat temu kobieta miała wylew krwi do mózgu spowodowany pęknięciem tętniaka. Udało się ją uratować, ale zdiagnozowano u niej jeszcze jednego tętniaka, którego nie dało się operować ze względu na umiejscowienie. Z tego powodu kobieta musiała przyjeżdżać regularnie do kontroli.

Robert zostawił policjanta i wrócił do kolegów.

– Skąd znasz tego policjanta? – zapytał Jurek.

– Jego matka jest moją pacjentką. Przywozi ją do kliniki.

– Będą nas przesłuchiwać? – dopytywał się Jurek.

– Tak. Dostaniemy wezwanie.

– Ciekawe, co zrobi Zbyszek, w tygodniu jest przecież ciągle w trasie – martwił się Witek w imieniu kolegi. – Chyba że przesłuchają go w sobotę.

Tymczasem dołączyła do nich Danusia.

– Gdzie Artek? – zapytał Witek.

– Zawiózł żonę kuzyna do swojego domu. Biedna kobieta. Ma wyrzuty sumienia, że nie pilnowała męża. Obwinia się za jego śmierć – odparła.

Nie tylko wdowa po dyrektorze się obwiniała, Robert również. Gdyby nie prowokował mężczyzny, to facet by nie przypłacił tego życiem. Robert miał już wyrobioną teorię na temat śmierci Nogi. Dyrektor nie okazał się takim twardzielem, jakiego oczekiwali jego narkotykowi kumple. Jego załamanie zaczynało być niebezpieczne dla pozostałych, obawiali się, że ich wyda, dlatego musieli się go pozbyć.

Robert poczuł, jak dreszcze trwogi zaczynają pełzać mu po kręgosłupie – ktoś z jego kolegów jest mordercą! Ktoś, kogo dobrze zna, pije z nim wódkę, zaprasza do swojego domu, potrafi z premedytacją zabić!

Rozdział 27

Boss puścił z ust kółka dymu. Z uwagą obserwował, jak się unoszą. Siedząc obok, czułem ulatniające się z niego fluidy zła. Wszyscy w centrali baliśmy się go, wykonując bez szemrania wszelkie jego polecenia. Nie było z nim dyskusji, wiedzieliśmy, że w stadzie wilków może być tylko jeden przywódca. Po chwili odwrócił głowę i spojrzał na mnie tym swoim przeszywającym wzrokiem.

– Musieliśmy to zrobić. Nie było wyjścia. On nie nadawał się do tej roboty. Był za miękki, do tego trzeba mieć jaja.

– Masz rację, nie każdy ma predyspozycje by zostać bandytą. Choćby krowie dać kakao, nie wydoisz czekolady – mruknąłem.

– Mądrze powiedziane.

– To nie ja wymyśliłem tylko Stanisław Lec.

– Łebski facet. Znam go? Jest z Krakowa?

Zdusiłem uśmiech.

– Ze Lwowa. Nie znasz go.

Boss spojrzał na mnie uważnie.

– Kto to taki?

– Nieważne.

– Ważne. Chcę wiedzieć, z kim zadają się moi ludzie. – Jego głos zaleciał chłodem.

– Stanisław Jerzy Lec. To taki poeta, pisał aforyzmy. Dawno już nie żyje.

– Aha – mruknął. – Wracając do Nogi: dobrze się spisałeś, dostaniesz premię.

Z trudem opanowałem irytację, zamknąłem na chwilę oczy. Zaraz jednak je otworzyłem, głośno przełykając ślinę.

– Ja chyba też się nie nadaję do tej roboty – powiedziałem cicho.

– Uważam co innego, inaczej bym ci nie zaproponował współpracy. Tamta wpadka w Jaśle to był błąd, ale któż ich nie popełnia. Musieliśmy się go pozbyć, nie było wyjścia.

– Dlaczego mówisz w liczbie mnogiej?! To ja musiałem to zrobić, ja za to odpowiadam, chociaż ty podjąłeś decyzję. To mnie wsadzą do mamra i wcale mi się nie uśmiecha spędzić tam reszty swoich dni! – wybuchnąłem.

– Uspokój się. Weź się w garść.

– Łatwo ci mówić! Z Kruczkowską było inaczej, nie znałem jej, ale Noga był jednym z nas!

– Kurwa, ciszej! Jeszcze ktoś nas usłyszy. Dobrze wiesz, że Noga swoim zachowaniem i długim językiem sam doprowadził do tego, co go spotkało. Gdyby nie chlał i nie obnosił się ze swoim żalem po Kruczkowskiej, to dalej by sobie spokojnie żył.

– Spokojnie?! Chyba żartujesz, w tym fachu nie można żyć spokojnie.

– Nie martw się na zapas, wszystko będzie okej. Dobrze to zorganizowałeś. Wszyscy myślą, że to wypadek. Dobrze zrobiłeś, że nie użyłeś broni, tylko pozwoliłeś mu „naturalnie" się utopić.

– Naturalnie?! Ciągle mam przed oczami jego twarz, gdy go wrzucałem do wody.

– Skąd wiedziałeś, że nie umie dobrze pływać?

– Kiedyś mi powiedział. Ale to nie miało większego znaczenia, bo był tak pijany, że nie mógł ustać na nogach.

Rozdział 28

Marta sprawdziła godzinę w komórce. Westchnęła głośno.

– Mark, muszę wracać do domu, już późno.

– Dopiero szesnasta – odparł mężczyzna, bawiąc się jej włosami. Leżeli w łóżku. Cały dzień spędzili w mieszkaniu Marka. Padał deszcz, więc nie chciało im się wychodzić z domu.

– Zanim dojadę, będzie już piąta. Muszę jeszcze wstąpić do sklepu, bo obiecałam Renacie kupić parę rzeczy. Chcę być wcześniej niż Robert.

– Kiedyś oglądałem stary film *Miłość po południu* z Garym Cooperem i Audrey Hepburn. O nas można powiedzieć *Miłość przed południem* – zauważył z przekąsem.

Rzeczywiście zawsze spotykali się rano i byli ze sobą do godzin popołudniowych, w czasie kiedy Orłowscy przebywali w pracy. Dzisiejszy dzień upłynął im na miłości. Kochali się kilka razy. Cały dzień Marta chodziła nago, bo Mark nie pozwalał jej się ubrać; nawet jak jedli obiad, nie miała nic na sobie.

– Masz najpiękniejsze ciało, jakie widziałem, grzech je zasłaniać – powiedział. – Muszę nasycić nim oczy, by móc je przywołać w pamięci, gdy cię już nie będzie przez te kilkanaście godzin.

Marta wstała z łóżka z kocim wdziękiem i przeciągnęła się zmysłowo.

– Dlaczego znowu mnie kusisz? Zobacz co narobiłaś – zawołał z uśmiechem. – Na nowo obudziłaś moje żądze!

Pociągnął ją na siebie...

Wyszła z mieszkania dopiero godzinę później.

Oboje Orłowscy byli w kuchni. Dziewczyna dopiero teraz przypomniała sobie o zakupach. Już miała się tłumaczyć przed Renatą, ale Robert nie dopuścił jej do głosu.

– Gdzie byłaś tak długo? Wyłowili z Wisły zwłoki dyrektora – zawołał.

Marta z wrażenia osunęła się na stołek. Spodziewała się tego, jednak słowa Roberta podziałały na nią jak lodowaty prysznic.

– O Boże! – jęknęła.

– Jutro idę na policję. Oni idioci myślą, że to wypadek.

– Robert, błagam, nie mów nic o heroinie znalezionej w samochodzie mamy. Proszę. Obiecałeś mi.

– Marta, muszę im powiedzieć, inaczej mi nie uwierzą – zaprotestował Robert.

– Obiecałeś! – zawołała z przejęciem. – Nie chcę, żeby myślano, że mama była zamieszana w narkotyki. Powiemy im, jak już będziemy wiedzieć coś więcej. Oprócz tego mogą się doczepić, że nie powiedzieliśmy wcześniej o saszetce. Możemy mieć z tego powodu nieprzyjemności.

– Marta ma rację – poparła dziewczynę Renata. – Gdy detektyw Wąs znajdzie jakieś dowody, to wtedy im powiesz o heroinie. Na razie o niczym nie mów. Może im się nie spodobać fakt, że wy znaleźliście coś, czego oni nie mogli znaleźć przez miesiąc. Albo gorzej: pomyślą, że podrzuciliście saszetkę.

– Niby w jakim celu mielibyśmy podrzucać narkotyki? – zawołał Robert. – To nonsens.

– Jeśli chodzi o policję, to nawet większe nonsensy widziałam w amerykańskich kryminałach – oświadczyła Renata. – Jeszcze zrobią z was handlarzy narkotyków. Nie zapominaj, że żona tego rzeszowskiego policjanta też handluje żeń-szeniem. Może oni również są w to zamieszani?

*

Dzień później Robert zaraz po wykonaniu planowanych operacji pojechał na komendę. Portier skierował go do pokoju komisarza Pięty. Policjant na widok Orłowskiego wstał zza biurka. Na jego twarzy rozlał się szeroki uśmiech.

– Witam, doktorze. Może napije się pan kawy albo herbaty? – zaproponował.

Czy w każdej komendzie tak wita się świadków? Na to idą moje podatki? – pomyślał Robert. Na głos jednak powiedział:

– Nie, dziękuję, przed chwilą wypiłem kawę-siekierę.

– Co, doktorze, chciałby mi pan powiedzieć ciekawego, czego wczoraj nie mogłem usłyszeć? – zapytał z uśmiechem.

– Moim obywatelskim obowiązkiem jest podzielić się z policją swoimi podejrzeniami – oznajmił. – Uważam, że sprzedaż bezpośrednia jest tylko przykrywką dla prawdziwej działalności firmy Panax. Ich działalnością podstawową jest przemyt narkotyków. Proszę przyjrzeć się bliżej austriackiemu przedsiębiorcy polskiego pochodzenia Vickowi Jurgenowi. Obawiam się, że może być w to zamieszany również poseł Rogosz, bo wspólnie prowadzą interesy. Według mnie dyrektor Noga spowodował wypadek pani Wcisło, a potem włamał się do jej mieszkania. Prawdopodobnie był również zamieszany w śmierć Ewy Kruczkowskiej. Wydaje mi się, że bierze w tym udział więcej pracowników Panaxu. Dyrektor Noga przechodził małe załamanie nerwowe, bo nie miał predyspozycji psychicznych do roli gangstera. Zabito go, ponieważ obawiano się, że zacznie sypać swoich kumpli. Śmierć Nogi to nie był wypadek, tylko morderstwo. Zabił go ktoś z gości weselnych... Możliwe, że jego kuzyn również mógł brać w tym udział.

Robert skończył. Powiedział o wszystkim policjantowi, żeby mieć czyste sumienie. Spełnił swój obowiązek. Wiedział, że jest mało przekonywający w tym co mówi; wiedział również, że komisarz mu nie uwierzy...

Pięta w milczeniu słuchał Roberta, nie przerywał mu, tylko obserwował. Dopiero po jakiejś chwili zabrał głos.

– Według pana, doktorze, pracownicy Panaxu rozprowadzają nie tylko wyroby z żeń-szenia, ale również handlują narkotykami?

– Nie wiem, czy handlują na terenie Polski, ale podejrzewam, że narkotyki pochodzą z Azji, tak jak żeń-szeń. Wydaje mi się, że Polska jest tylko krajem tranzytowym, narkotyki chyba idą dalej, na zachód – z niewzruszoną miną odpowiedział.

– I według pana Noga był zamieszany w te narkotyki? I potem ktoś go zabił? Albo poseł Rogosz, albo jego własny kuzyn?

– Panie komisarzu, wiem, że to brzmi niewiarygodnie, ale to możliwe... Może to nie oni, tylko ktoś inny z zaproszonych gości... – bąknął niepewnie.

– Pani Kruczkowska i pani Wcisło również brały udział w tym tranzycie narkotyków?

– Ależ skąd! One nie miały z tym nic wspólnego! Prawdopodobnie Ewa Kruczkowska podczas imprezy w Jaśle przez przypadek weszła w posiadanie narkotyków i dlatego została zabita. Oni poszukują tych narkotyków, dlatego włamali się do jej mieszkania, piwnicy i domku na działce. Nic nie znaleźli, dlatego Noga wepchnął Marię Wcisło pod samochód, a później przeszukał jej mieszkanie i piwnicę.

– I piwnice innych mieszkańców bloku?

– Pan mi nie wierzy, komisarzu? – westchnął Robert. – A powinien mi pan wierzyć... Naprawdę powinien pan...

Policjant odchrząknął.

– Panie Robercie, słyszałem, że pan Rogosz był kiedyś narzeczonym pana żony. Czy to prawda?

– Tak, ale to nie ma nic wspólnego z tą sprawą. Nie podejrzewam go, bo go nie lubię, ale dlatego, że współpracuje z Jurgenem. Znam tego typka z lat szkolnych, chodził do technikum obok naszego liceum. Teraz Rogosz i Jurgen są bliskimi współpracownikami.

Przyjaźnią się! Vick Jurgen, dawny Wiktor Szewczyk, miał ciągotki do narkotyków już w młodości. Siedział za to w więzieniu!
Widziałem go w tym tygodniu w Krakowie.

– Przecież urodził się tutaj, to jego miasto. Sprawdziliśmy go,
wiemy o jego przeszłości. Ale teraz jest szanowanym biznesmenem. Filantropem. Wybudował przedszkole w Warszawie,
kupił aparaturę medyczną do szpitala. Ma pieniądze. Duże pieniądze. Po co miałby pakować się w przemyt narkotyków?!

– Dla jeszcze większych pieniędzy – powiedział twardo Robert. – On ma przestępstwo we krwi! To urodzony kryminalista!
Zabił własną żonę! Kobietę, której zawdzięcza właśnie te duże
pieniądze!

– Doktorze, teraz to pan przesadził. To, że jego żona nie żyje,
nie oznacza, że ją zabił. Słyszałem, że pana pierwsza żona również
nie żyje... Ona też zostawiła panu w spadku dużo pieniędzy... To
o niczym nie świadczy.

– Cztery lata temu, kiedy spotkałem Jurgena na przyjęciu
u wspólnego znajomego, przyznał mi się do zabicia żony – cicho
powiedział Orłowski.

– To dlaczego nie zgłosił pan tego na policji? – zapytał policjant. – Tak sam z siebie pochwalił się panu, że zabił swoją żonę? –
po chwili dodał z powątpieniem.

Robert nie miał ochoty opowiadać policjantowi o zdjęciach
pornograficznych, które mu zrobił Jurgen i o ich rozmowie.

– Powtarzam panu, to Jurgen za tym wszystkim stoi. Intuicja
mi to mówi. Nie mam na to żadnych dowodów, ale to prawda –
rzekł stanowczo.

Policjant westchnął głośno.

– Doktorze, niech pan sam posłucha, jak to brzmi. Komisarz
Zbieg powtórzył mi, że oskarżał pan posła Rogosza, byłego narzeczonego swojej żony, o zabójstwo nauczycielki zamieszanej
w handel narkotykami. Teraz podejrzewa pan swojego drugiego

szkolnego kolegę, człowieka, który zaprosił pana na wesele córki, że zabił swojego kuzyna. Z innego szkolnego kolegi robi pan kryminalistę, mordercę własnej żony. – Uśmiechnął się. – Panie Robercie, jak to dobrze, że nie chodziłem z panem do szkoły. – Po chwili dodał: – To był żart, oczywiście. Proszę się nie obrażać.

Robert zacisnął mocno szczęki.

– Widzę, że łatwiej by mi było przeprogramować zmywarkę, żeby odkurzała dywan, niż przekonać policję, że to nie wypadki tylko morderstwa – powiedział chłodno.

– Doktorze, szanuję pana jako lekarza. Jest pan wybitnym neurochirurgiem. Ludzie pana lubią. Nie tylko pacjenci... Ale Polska to nie Ameryka. U nas...

– Wiem – przerwał mu w połowie zdania. – Pana kolega z Rzeszowa kilka razy przypominał mi, że Polska to nie Ameryka. Ale szkoda, że u nas nie ma takich policjantów jak w Ameryce! Do widzenia, panie komisarzu.

Wyszedł i głośno trzasnął drzwiami.

Rozdział 29

Tego dnia Robert nie poszedł do detektywa, tak jak się umawiali, bo Wąs przesunął wizytę na piątek. W domu, zaraz po powrocie z komisariatu, zdał relację swoim kobietom z wizyty u komisarza Pięty.

Siedzieli we trójkę na tarasie: on, Renata i Marta.

– Ale pusto w domu bez Izy i Krzyśka – powiedział, sącząc piwo z kufla. – Nie wyobrażam sobie małżeństwa bez dzieci.

– Przecież z pierwszą żoną nie miałeś dzieci, a byliście pięć lat małżeństwem – zauważyła Marta.

– Betty nie mogła zajść w ciążę. I dlatego teraz mogę porównać związki bezdzietne do tych z potomstwem. Nie ukrywam, że wolę to drugie. Bez dzieci nie ma rodziny. Ale dwójka to mało, powinno się mieć co najmniej trójkę dzieciaków. – Zwrócił się do Marty: – Pamiętaj o tym. Jesteś młoda, zdrowa, możesz bez problemu rodzić. Renata była już trochę leciwa, kiedy rodziła Izę. Miała trzydzieści siedem lat.

– Ja ci zaraz dam „leciwa”! Przypominam ci, ty przebrzydły kocurze, że jestem cztery lata od ciebie młodsza! – zawołała oburzona Orłowska.

– A powinnaś być młodsza o czternaście lat.

– Gdybym była młodsza od ciebie o czternaście lat, to siedziałbyś w pudle za uwiedzenie nieletniej. Miałabym piętnaście lat, kiedy zrobiłbyś mi Krzyśka!

– Masz rację, Malutka. – Zaśmiał się. – Ostatnio polubiłem dojrzałe jabłka, trochę zleżałe, ale za to nie są tak twarde i cierpkie jak zielone. To nie na moje stare zęby.

– Proszę bardzo, nikt ci nie zabrania jeść zielonych jabłek. – Wzruszyła ramionami. – À propos określenia „leciwa": na miesiąc przenoszę się do pokoju gościnnego.

– Ależ Malutka, ja przecież tylko żartowałem! – zaprotestował. – Nie wygłupiaj się!

– Mam dość twoich żartów. Wykorzystałeś już limit wyrozumiałości przewidziany dla ciebie na dzisiaj.

– Przepraszam. Przygotuję za ciebie kolację. Na co masz ochotę? Może zrobię coś na grillu? – Widać było, że wystraszył się gróźb żony.

– Nic z tego, tak łatwo nie dam się przekupić. Myślisz, że sprzedam swą zniewagę za kawałek pieczonego mięsa?! Mowy nie ma.

– To co mam zrobić, żebyś się nie dąsała?

– Gołąbki.

– Tylko nie to! Zrobienie ich zajęłoby mi cały wieczór. Nie ma w lodówce potrzebnych produktów, musiałbym iść do sklepu.

– Trudno. W mojej „obrażalni" śpi Marta. – Westchnęła. – Cóż, będę musiała przenieść się do drugiego pokoju gościnnego. Nie lubię go, ale miesiąc jakoś przetrzymam. Muszę zmienić tam zasłony i dokupić trochę bibelotów, żeby był bardziej przytulny. Coś mi się wydaje, że będę z niego częściej korzystać – mówiąc to, wstała.

– Gdzie idziesz? – zawołał.

– Na górę, przewietrzyć pokój i zmienić pościel.

– Nie wygłupiaj się! Już jadę do sklepu – poderwał się, głośno wzdychając.

Kiedy Robert zniknął za drzwiami, Marta wybuchła śmiechem.

– On naprawdę wystraszył się twoich gróźb!

– Bo wie, że nie rzucam słów na wiatr. Cóż, z mężczyznami należy postępować jak z dziećmi: przede wszystkim trzeba być konsekwentnym. To podstawa sukcesu.

– Widzę, że trzymasz go krótko.

– Wcale nie. Tego typu kary nie wolno stosować zbyt często, tylko jak przekroczy pewne granice. W małżeństwie obie strony muszą iść na kompromis. Często przymykam oczy na jego niektóre złośliwości, chyba że za bardzo przeciągnie strunę... Wtedy jestem zmuszona wyciągnąć kijek. Ale zaraz, jak już zrozumie swój błąd, to nagradzam go marchewką. Jestem zwolenniczką wychowywania przez nagradzanie, a nie karanie – pouczała Martę z uśmiechem.

– Kiedy ostatnio go ukarałaś? Nie mówię o waszej separacji.

– Czy ja wiem? Bardzo dawno temu – zastanowiła się. – Poddał w wątpliwość moje słowa... i miał przez to tydzień postu od seksu. Bardzo to odczuł, bo to było zaraz po ślubie. Cóż, po tylu latach małżeństwa już nie jest tak napalony na mnie jak dwanaście lat temu, dlatego nawet kara musiała ulec dewaluacji. Teraz tydzień bez seksu potraktowałby jak urlop wypoczynkowy, ale miesiąc odczułby dotkliwie.

– Jedyna kara jaką stosujesz to odstawka od łoża?

– Nie tylko, ale ona jest najbardziej skuteczna. – Renata dolała piwa do szklanki.

Na chwilę umilkła. Marta w milczeniu obserwowała Renatę. Ta kobieta ją fascynowała!

– Powiedz mi, jak to robisz, że wciąż przypominacie młode małżeństwo tuż po ślubie. Chodzi mi o intensywność waszych uczuć, o pożądanie – zapytała z pewnym wahaniem Orłowską.

– Najważniejsze to kochać. Udane małżeństwo nie jest efektem znalezienia idealnej osoby, lecz kochanie niedoskonałego człowieka, którego wybrało się na współmałżonka – powiedziała Renata po chwili zastanowienia, zaraz jednak przybrała żartobliwy ton. – Głównie zależy to od kobiety. Od jej sprytu i zachowania. Najpierw trzeba odkryć, co najbardziej rajcuje faceta. Jedni kochają sport, inni podróże, jeszcze inni mądre dysputy o sensie życia... Mój mąż kocha seks, więc w tej dziedzinie muszę się wykazać mistrzowskimi papierami. Na razie. Nie wiadomo, jak długo jeszcze to będzie dla niego najważniejsze, męski potencjał jest ograniczony, może wkrótce mała zgrzewka piwa będzie atrakcyjniejsza dla niego niż świetny seks ze mną? Ale na razie viagra nie jest mu potrzebna. – Uśmiechnęła się do dziewczyny. – Dobrej gospodyni ciasto samo w rękach rośnie. – Po chwili dodała: – To nie moje słowa tylko Roberta! Cały czas tak mówi. Przepraszam.

Marta uśmiechnęła się.

– Doradź mi, co mam robić, żeby Mark też mnie tak pragnął jak Robert ciebie.

Renata spojrzała na dziewczynę i pokręciła głową.

– Marta, nie mogę ci mówić, co masz robić z facetem w łóżku!

– Dlaczego?

– O takich rzeczach się nie mówi! Sama musisz poznać jego erotyczne pragnienia. Dam ci tylko jedną wskazówkę, o której nie zawsze wiedzą piękne dziewczyny: w łóżku nie bądź nigdy królową i nie traktuj partnera jak swojego dworzanina. Ładne dziewczyny myślą, że facetowi wystarczy ich uroda... Że sam fakt bycia piękną spowoduje, że mężczyźni oszaleją z miłości do nich. To bzdura. Rozglądnij się wokoło. Czy piękne kobiety mają najfajniejszych mężczyzn? Dlaczego Robert nie ożenił się z jedną z tych piękności? Jeśli kobieta potrzebuje mężczyznę w swoim życiu, to musi wykazać się sprytem, inteligencją... i mądrością. My, rodząc się kobietami, już startujemy z gorszej pozycji. Owszem, dużo osiągnęłyśmy, ale nie da się ukryć, że mężczyzna ma w życiu lepiej – tłumaczyła z uśmiechem Renata. – Ale nie jest tak źle. Może oni mają większy mózg, może odnoszą większe sukcesy naukowe, ale to my – kobiety – jesteśmy mądrzejsze. Niestety najwięcej rozumu musimy zużyć na to, żeby ukryć ten fakt. Mądra kobieta wie, kiedy warto być idiotką. I zapamiętaj, że najdogodniejszym miejscem dla potyczek męsko-damskich jest alkowa, tutaj najłatwiej kobiecie odnieść zwycięstwo. Są oczywiście takie, które nie potrzebują mężczyzn, bardzo im tego zresztą zazdroszczę, nie muszą więc chwytać się żadnych sztuczek, ale takie jak ja są skazane na dożywotnią walkę partyzancką o serce mężczyzny.

Przerwała swój monolog, bo w drzwiach ukazał się Robert.

– O jakim sercu mówisz, Malutka? – zapytał. – Jakiego mężczyzny? Ja ci dam facetów! Masz jednego i musi ci on wystarczyć do końca życia.

Rozdział 30

W piątek po południu Robert z Martą zawitali u drzwi detektywa Wąsa. Wpuścił ich do środka. Usiedli w wygodnych fotelach i popijając kawę, słuchali, co ma im do powiedzenia.

– Vick Jurgen urodził się w 1959 roku w Krakowie jako Wiktor Szewczyk. Jego ojciec początkowo pracował w hucie im. Lenina, potem przez długi czas zajmował się handlem walutą. Kogoś takiego nazywano wtedy koniem, waluciarzem albo cinkciarzem. Matka była pielęgniarką. Pod koniec lat siedemdziesiątych wyjechała do Austrii, by pracować jako opiekunka starszych ludzi. Wiktor skończył technikum mechaniczne, ale maturę zdawał w więzieniu. Siedział tam za handel narkotykami...

– Akurat wiem o tym, wsadził go tam ojciec mojej byłej dziewczyny – przerwał Robert. – Bardziej interesuje mnie jego późniejsze życie w Austrii.

– W latach osiemdziesiątych wyjechał do matki do Wiednia. Jakiś czas przebywał w obozie dla uchodźców jako ofiara prześladowań politycznych.

– Bezczelny typ! – znowu przerwał Robert. – Ale miał tupet!

– Wtedy wielu kryminalistów wykorzystywało swój pobyt w więzieniu jako akt terroru reżimu komunistycznego. Nikt wtedy nie siedział za przestępstwa kryminalne, tylko za swoje poglądy ideologiczne. Nie wie pan o tym, doktorze? – zapytał retorycznie detektyw. – Nie wiadomo dokładnie, co Szewczyk robił później, ale z Austrii nie wyjechał. W 1991 roku ożenił się z bogatą wdową, Christine Jurgen. Mąż zostawił jej w spadku sieć hoteli i moteli i dwójkę dzieci. Chłopak miał chyba dziesięć lat, a córka dwa. Szewczyk adoptował dzieci i przyjął nazwisko żony. Jego żona zmarła wiosną 2005 roku.

– Co było oficjalną przyczyną jej śmierci? – zapytał Robert.

– Przedawkowała narkotyki, popijając je alkoholem.

– To on ją zabił. Powiedział mi o tym.

– Ale ma alibi. Umarła w zamkniętym ośrodku odwykowym, on był wtedy w domu z pasierbicą.

– Jak w zakładzie odwykowym mogły się znaleźć narkotyki?

– Nie wiadomo. Jurgen pozwał klinikę o wysokie odszkodowanie. I je dostał.

– A to skurwysyn! Sam powiedział do mnie, że pomógł jej umrzeć... Nagrałem to nawet dyktafonem w swoim telefonie, ale... – Robert przerwał, bo w tym w tym momencie przyszedł listonosz.

Detektyw przeprosił ich na moment. Dopiero po chwili wrócili do przerwanej rozmowy. Mężczyzna dalej zdawał relacje swym klientom ze swych odkryć.

– Wracając do Jurgena: latem 2005 przyjechał do Polski i wybudował przy głównych trasach kilka moteli. Mieszka trochę w Warszawie, trochę w Wiedniu. Oprócz hoteli ma mnóstwo różnych przedsiębiorstw i spółek w całej Unii. Należy do bogatszych ludzi w Europie. Czysty jak łza. Ale mówi się w kuluarach, że tylko te spółki, w których on jest udziałowcem, działają legalnie. Ma też parę podejrzanych interesów, które należą oficjalnie do podstawionych osób. Ostatnio było głośno w Wiedniu o spółce farmaceutycznej, której prezesem była jego pasierbica. Chodziło o leki bez atestu. Dziewczyna całą winę wzięła na siebie, chociaż wszyscy wiedzieli, że nie miała o niczym pojęcia. Dostała trzy lata. Ostatnio zamieniono jej pobyt w więzieniu na areszt domowy.

– Coś podobnego! Wsadził do pierdla własną pasierbicę! – Robert z niedowierzaniem kręcił głową. – Co za skurwiel.

– Dziewczyna jest mu bardzo oddana. Powiedziała przed sądem, że to jej wina, że jej ojczym nie wiedział o niczym. Nie ma co się dziwić, traktuje go jak ojca, przecież prawdziwego nie pamięta.

– A co z pasierbem?

– Nic o nim nie wiadomo. Skończył studia i potem cisza... Prawdopodobnie prowadzi jakiś nielegalny biznes Jurgena.

– Właśnie przypomniałem sobie, że Artur kontaktuje się w Wiedniu nie z prezeską Panaxu, tylko z jakimś mężczyzną, młodym Polakiem – wtrącił Robert. – To prawdopodobnie przyszywany syn Jurgena. Pamiętam też, że moja koleżanka, która jest kuzynką Jurgena, chwaliła go za to, że nauczył pasierbów mówić po polsku. Czy Jurgen ma coś wspólnego z Panaxem? Jest w zarządzie?

– Nie. Jego nazwisko nigdzie nie figuruje. Ani nazwisko innego Jurgena.

– A czego dowiedział się pan o Panaksie?

– Firma powstała dwa lata temu. Ma siedzibę w Wiedniu. Początkowo robiono nalewki i herbatki z żeń-szenia hodowanego w Europie. Rok temu zaczęto sprowadzać żeń-szeń z Azji i rozszerzono produkcję o kosmetyki.

– To już wiem bez pana – przerwał mu Robert. – Bardziej mnie interesuje nie tyle sprzedaż, co zakup żeń-szenia.

– Jest to żeń-szeń z Korei Północnej. Kupują go u pośrednika pakistańskiego.

– Tyle, to i ja wiem. W jakim mieście? Co to za pośrednik?

– Jeszcze nie zdążyłem się tego dowiedzieć.

– Panie Nikodemie, za co panu płacę takie bajońskie sumy? Na następne spotkanie proszę się lepiej przygotować do lekcji.

Proszę też dowiedzieć się więcej o rodzinie Artura Wąsowskiego i o zmarłym Nodze. Kto pierwszy działał w Panaksie? Artur czy Noga? To ważne. Zresztą proszę przyjrzeć się wszystkim moim licealnym kolegom. Tu są zdjęcia z wesela. Ktoś z nich jest mordercą.

Wąs przeglądał zdjęcia, a Robert opisywał je, mówiąc, kto jest kim.

Marty zdjęcia nie interesowały, oglądała je wcześniej. Teraz myślami była w mieszkaniu Marka...

Rozdział 31

W sobotę pod wieczór Marta pojechała do Marka, miała tam zostać na noc. Robertowi powiedziała, że zanocuje u koleżanki. Mark na wiadomość o czekającej go wspólnej nocy z Martą, odłożył wyjazd do Wiednia. Robert natomiast, przejęty nadchodzącą wizytą Danki i Witka, nie zainteresował się bliżej tym, gdzie i z kim dziewczyna spędzi noc. Oprócz tego nie chciał, żeby doszło do spotkania Danki z Martą.

Danka i Witek przyjechali do domu Orłowskich po osiemnastej. I tym razem Robert przygotował na kolację grilla.

– A może macie ochotę na gołąbki? – zapytała Renata.

– Chciało ci się robić gołąbki? Masz na to czas? – zdziwiła się Danka.

– To nie ona zrobiła gołąbki, tylko ja – odpowiedział za żonę Robert. – To babsko znęca się nade mną psychicznie! Terroryzuje mnie. Szantażuje. Moja żona to prawdziwe „hausgestapo"! Ożeń się, człowieku, i zaraz twoja kobieta z czarodziejki stanie się czarownicą. Kto by przypuszczał, że kiedyś była dobra jak anioł. Robiła dla mnie nawet ruskie pierogi. – Westchnął głośno.

– Owszem, kiedyś byłam aniołem, ale połamałeś mi skrzydła, musiałam więc zacząć latać na miotle. À propos pierogów: Robert, dawno ich nie jedliśmy. Ruskie nie wychodzą ci za dobrze, ale może pierogi z mięsem i kapustą będą lepsze?

– O nie! Tylko nie to! Zrobienie gołąbków zajęło mi cztery godziny – mówiąc to, klęknął przed Renatą. – Przepraszam, pani mego serca, mój ty Aniele Dobroci. Wybacz mi. Nie jestem godzien całować twoich szat! – zawołał i zaczął całować jej nogi.

– Wiem o tym – odpowiedziała Renata. – Tym razem ci wybaczam.

Robert wstał, odsapnął głęboko.

– To co wolicie na kolację: grilla, czy gołąbki?

– Nie mamy sumienia jeść twoich gołąbków. Cztery godziny pracy. Zamroź je. Przydadzą się, jak znowu coś przeskrobiesz – odrzekła ze śmiechem Danka.

– Danusiu, myślisz, że jak mój mąż coś przeskrobie, to zadowolę się rozmrożonymi gołąbkami?! Chyba żartujesz! – zawołała Renata.

Podczas gdy w piekarniku podgrzewały się gołąbki, gospodarze i ich goście siedzieli i raczyli się piwem.

– Danka, Witek, może wy znacie odpowiedniego człowieka? Poszukuję do kliniki konserwatora, złotą rączkę, kogoś znającego się na elektryce, kto umie obsługiwać generator prądotwórczy i inne elektryczne urządzenia – zapytał Robert.

– Witek, a może ty byłbyś zainteresowany? – zapytała Renata. – Robert nieźle płaci. Trójkę na rękę chyba byś mu dał, prawda?

– Tak. Trzy tysiące i pełne ubezpieczenie. Czas pracy możesz mieć nienormowany, ale żebyś był zawsze pod telefonem. Co ty na to, Witek?

– Oczywiście, że się zgodzi! – odpowiedziała za męża Danka. – No nareszcie będę mogła spać spokojnie. Nalewkę i herbatkę, którą zamówiłeś, masz Robert ode mnie w prezencie.

– Mowy nie ma! To twoja praca. Tego typu prezentów nie przyjmuję – zaprotestował Robert.

– Robert, ty nie wiesz, jak to jest być bezrobotnym. Witek starał się o pracę od kilku miesięcy! Poprosił nawet Janusza Królika, żeby go zatrudnił. Pamiętasz go? Chodził do klasy z Januszem Brzozowskim i Arturem.

– Znałem Jaśka Królika, ale nie Janusza.

– To ten sam. Kazał na siebie mówić Janusz, bo Jasiek brzmiało zbyt plebejsko. Dopiero ostatnio nastała moda na stare imiona, gdy byliśmy młodzi, wszystkie Marysie wolały być Marylami albo Majkami, a Jaśki – Januszami. – Danusia odsapnęła na chwilę. – Królik jest teraz biznesmenem całą gębą, handluje stalą. Zawsze miał głowę do interesów. Witek zwrócił się do niego z prośbą o pracę, ale pan prezes go olał. Nie wpuszczono go przed jego szlachetne oblicze, nie zareagował również na list Witka, a przecież w szkole byli najlepszymi kolegami, całą podstawówkę siedzieli razem w ławce, w liceum też się kumplowali. Ale teraz zapomniał o starym koledze. Z Januszem Brzozowskim kontaktował się, bo to prawnik, ale ze zwykłym elektrykiem nie chce się zadawać... – Westchnęła ciężko. – Sukces zmienia ludzi, dlatego doceniamy to, że ty, Robert, nie zadzierasz nosa, pomimo swoich pieniędzy. Tak jak i Andrzej.

– Najgorsi są parweniusze, którzy liznęli trochę szmalu, a słoma ciągle im z butów wystaje.

– Królik nie cieszy się dobrą opinią. W latach dziewięćdziesiątych oszukał wspólnika, facet przez niego popełnił samobójstwo.

– Danusia, to tylko plotki – wtrącił Witek.

– W każdej plotce jest trochę prawdy. Słyszałam to od czterech różnych osób, które się nie znają – odparła jego żona. – Zobacz, Robert, jaki jest mój Witek: facet wypiął się na niego, a on go jeszcze broni.

Robert postanowił zmienić temat.

– I jak, dostaliście już wezwanie na policję?

– Tak. Mamy się zgłosić w czwartek – odpowiedziała Danka. – Szkoda mi Nogi i jego żony. Dobrze, że nie mieli dzieci, bo kto by je teraz wyżywił? Ona nigdzie nie pracowała! U nich jeszcze trudniej znaleźć pracę, niż u nas. Może Artek znajdzie jej jakieś zajęcie w Panaksie.

– Dużo ludzi jest tam zatrudnionych? – zapytał Robert.

– Przy produkcji pięćdziesiąt osób. Wszyscy miejscowi. To dużo dla takiej gminy. Pięćdziesiąt rodzin ma zapewnione utrzymanie! W sprzedaż zaangażowanych jest więcej osób. Sprzedajemy żeń-szeń i w Polsce, i na Słowacji, a teraz i na Ukrainie – mówiła Danka.

– Mówiłaś, że prezesem jest Polak mieszkający w Wiedniu? – Robert udawał niezbyt zorientowanego.

– Nie prezesem, tylko dyrektorem. Prezesem jest Austriaczka, Sonia Ginter.

– Dyrektorem jest ktoś delegowany z Polski, czy mieszkający tam na stałe? – Robert dalej się dopytywał.

– Nie wiem. Nie wiem też, czy on jest w ogóle Polakiem, czy tylko dobrze mówi po polsku. Artek mówił, że to chyba facet pani prezes. Podobno przystojny, około trzydziestki.

– A o Wiktorze nadal nie słyszeliście nic nowego?

– Nie. Spotkaliśmy się trzy razy, siedem lat temu, potem już się nie pojawił. Obiecywał, że załatwi naszej córce pracę w Wiedniu, a nawet się nie odezwał – westchnęła Danka. – Z rodziną najlepiej wychodzi się na zdjęciach, to święta prawda. Ciotka była przecież bliską kuzynką mojej mamy, miały wspólnych dziadków.

– Ciekaw jestem, jakim Wiktor był ojczymem. Mówiłaś, że dobrym, ale mi jakoś do niego nie pasuje – zauważył Robert.

– Ja też byłam zaskoczona. Podobno to on wychowywał pasierbów, bo matka całkiem się rozpiła. Widać było, że mu na nich zależy. Kiedy pierwszy raz był u nas z wizytą, to nas uprzedził, żebyśmy przy jego pasierbicy nic nie mówili ani o matce, ani o jej bracie. Podobno oboje – i dziewczyna, i chłopak – przeżyli po śmierci matki załamanie nerwowe. Dlatego gdy była u nas, to w ogóle nie rozmawialiśmy o Wiedniu.

– Jak ma na imię jego pasierbica?

– Tina. Tak do niej mówił.

– A pasierb?

– Wiesz, że nie wiem? Jakoś nie padło jego imię. Mówił o nim syn albo brat Tiny. Spodobało mi się to, że nazywa go synem. Byłam mile zaskoczona, że traktuje ich jak własne dzieci... Widać było, że mają ze sobą bardzo dobre relacje. – Danka popatrzyła wnikliwie na Roberta. – Co tak sobie nagle przypomniałeś o Wiktorze?

– Bo to kumpel Andrzeja. Ale zmieńmy temat – stwierdził Robert. – Słyszałem ostatnio fajny dowcip...

Rozdział 32

Marta leżała w łóżku obok Marka. Wtulona w niego wdychała jego bliskość, grzała się jego ciepłem.

Mark już spał w najlepsze, ona nie mogła zasnąć. Nie mogła uspokoić rozbieganych myśli. Na nowo przeżywała dzisiejszy wieczór...

Otworzył jej drzwi w fartuszku kuchennym.

– Mam nadzieję, że jesteś głodna? Specjalnie dla ciebie sterczę w kuchni od trzech godzin. Pierwszy raz w życiu gotuję risotto. Nie waż się nic krytykować! – powiedział na powitanie.

Posadził ją przy ładnie nakrytym stole. W świeczniku paliły się świece, a w wazonie stały świeże kwiaty. Kolacja była prawie gotowa.

Podał do stołu. Do kieliszków nalał wino.

– Bardzo dobre – pochwaliła Marta, chociaż ryż był rozgotowany, a mięso trochę twarde.

Mark spróbował potrawę. Skrzywił się. Spojrzał na Martę i głośno westchnął.

– Cholera! Nie wyszło. Mogę zrobić ci kanapkę? Kupiłem bardzo dobry chleb. Muszę przyznać, że macie tu dobre pieczywo i wędliny. Lepsze niż u nas.

– Ależ bardzo mi smakuje to risotto! – zawołała Marta z przekonaniem. – Gdyby nawet mięso było całkiem surowe, to i tak zjadłabym je z apetytem... Przecież robiłeś je dla mnie...

– *Mein Schatz* – szepnął z czułością. – Jesteś najsubtelniejszym stworzeniem na tym zafajdanym świecie.

Po kolacji przewidziana była wspólna kąpiel z pianą. Wymytą i pachnąca płynem do kąpieli Martę wziął na ręce i zaniósł do sypialni...

Później, uzbrojeni w pilota, chipsy i piwo, leżąc w łóżku, oglądali telewizję.

– Mark, czy mogę cię o coś zapytać?

– Pytaj.

– Dlaczego zawsze w weekendy jeździsz do Wiednia?

Przez chwilę Mark się nie odzywał, tylko gładził dłonią jej włosy.

– Gretchen ma ponad osiemdziesiąt lat, martwię się o nią. Muszę sprawdzać, co się z nią dzieje. Oprócz tego muszę również pokazywać się w redakcji, w weekendy też pracujemy. – Potem dodał trochę innym tonem: – Jeśli jestem cały tydzień w Krakowie, to chyba mogę wyjechać na dwa dni? Czy muszę mieć na to twoje pozwolenie?

– Przepraszam. Ja ci przecież niczego nie zabraniam... – Zaczerwieniła się. – Przepraszam, że zapytałam.

Mark patrzył w milczeniu na dziewczynę. Westchnął i pokręcił głową.

– Marta, proszę, nie przepraszaj! Nie wiem, jak z tobą rozmawiać. Jesteś tak delikatna, tak wrażliwa, że mi ręce opadają. Nie spotkałem nikogo takiego jak ty. Dziewczyno, bądź bardziej twarda, mniej subtelna. Błagam! Dla własnego dobra. Świat jest bezwzględny, ludzie żyjący na nim również potrafią być bezwzględni. Skrzywdzą cię, jeśli nie będziesz umiała się obronić.

Marta głośno przełknęła ślinę, na chwilę przymknęła oczy. Potem spojrzała w twarz Marka.

– Czy mam się bać również ciebie? – zapytała cicho.

Nie odpowiedział od razu.

– Nie. Ja cię nie skrzywdzę – szepnął i przytulił ją do siebie. Później było już normalnie. Żartowali, śmiali się. Znów się kochali. Kiedy później leżeli w łóżku, Mark nieoczekiwanie zapytał:

– Co interesującego powiedział wam ten detektyw?

– Zasięgnął trochę informacji o Vicku Jurgenie. Facet jest naprawdę niebezpieczny. Potrafi tak manipulować ludźmi, że bez szemrania wykonują jego polecenia. Podobno są mu ślepo oddani. Jego pasierbica siedziała za niego w więzieniu, całą winę wzięła na siebie, żeby go chronić. Natomiast pasierb kieruje Panaxem. Ponoć wszystkie lewe interesy Jurgena firmują podstawieni przez niego wierni mu ludzie, gdy tymczasem wszystkie spółki, w których on zasiada, działają jak najbardziej legalnie. Pasierbica i pasierb traktują go jak własnego ojca. A najgorsze w tym wszystkim jest to, że to on zabił ich matkę.

– Skąd wie o tym detektyw? Gdyby ten cały Jurgen był mordercą, to chyba policja by coś odkryła? – zapytał lekko zdziwiony.

– To nie detektyw, tylko Robert jest o tym święcie przekonany.

– Jak to?

– Podobno Jurgen przyznał mu się do zabójstwa żony. Robert nawet nagrał to na dyktafon w swojej komórce.

– I nie poszedł z tym na policję? Nie chce mi się wierzyć.

– Nie wiem, dlaczego Robert tego nie zrobił. Może dlatego, że niezbyt wierzy w skuteczność policji?

– A tak w ogóle to powiedz mi, kiedy wreszcie poznam tego twojego Roberta? – zapytał. – Dlaczego ukrywasz przed nim nasz związek? Wstydzisz się mnie?

– Ależ skąd! – zaprzeczyła gwałtownie. – Krzysiek mnie ostrzegał, żebym cię nie zapoznawała z Robertem... Powiedział, że mu się nie spodobasz.... I że Robert zniszczy naszą miłość... – szepnęła.

Mark przyglądał się dziewczynie w milczeniu.

– Boisz się, że będziesz musiała wybierać między nami? – zapytał.

– Tak – szepnęła ze spuszczoną głową.

– No to lepiej, żebyśmy się nie spotkali. Więc nic mu nie mów o nas.

Marta z niepokojem spojrzała na Marka.

– Gniewasz się na mnie o to, że nie chcę wybierać? – zapytała cicho.

– Oczywiście, że nie! – zaśmiał się uspokajająco. – Ale się boję, że mogłabyś wybrać jego – wyszeptał.

Później jeszcze raz się kochali.

Mark zasnął, ale Marta ciągłe jeszcze nie spała.

Przytuliła się do niego, objęła go. Mark odwrócił się w jej stronę i cicho przez sen zamruczał:

– *Mein polnischer Schatz.*

Rozdział 33

W poniedziałek wypisano Marię Wcisło z kliniki. Robert, ze względu na Martę, zaproponował jej pobyt w swoim domu na czas rekonwalescencji. Zgodziła się, choć z pewnym oporem. Kobietę ugoszczono w drugim pokoju gościnnym.

– Teraz, Malutka, przez jakiś czas nie będziesz mogła mnie szantażować wyprowadzką z naszej sypialni, bo wszystkie pokoje gościnne są zajęte – zauważył z uśmiechem Robert.

– Zapomniałeś, że pokój Krzyśka i Izy jest wolny. Mogę również przespać się na kanapie w salonie – odparła Renata.

– Wątpię, czy naszym dzieciom by się spodobało, że ktoś buszuje w pokojach podczas ich nieobecności. A kanapa jest wyjątkowo niewygodna. Trudno na niej siedzieć, a co dopiero spać – ostrzegł żonę.

– Ty się o moje wygody nie martw, dam sobie radę. Nie jestem księżniczką, mnie nawet worek grochu nie będzie uwierał.

Ich przekomarzanie przerwała Marta.

– Przed chwilą dzwoniła z Grajewa siostra pani Marii. Przyjedzie na dwa miesiące do Rzeszowa, żeby się nią zająć. Nie ma co robić, jest na emeryturze, a ostatnio jej mąż zostawił ją dla innej emerytki – rzekła. – Wytłumaczcie mi, jak w tym wieku można się rozwodzić?

– Myślisz, że emeryt nie potrzebuje miłości? Poza tym w nim też od czasu do czasu może obudzić się pożądanie! – stwierdził

Robert. – Zawsze bardziej atrakcyjna jest cudza emerytka niż własna, z którą człowiek się męczył przez czterdzieści lat.

– Robert, uważaj. Chodzisz po polu minowym – ostrzegła męża Renata.

Robert objął żonę i pocałował w czoło.

– Malutka, zrobiłaś się ostatnio bardzo drażliwa. Przecież nas to nie dotyczy, nie jesteśmy jeszcze emerytami.

Podczas pobytu Wcisłowej w domu Orłowskich Marta krótko widywała się z Markiem. Starała się codziennie wymknąć z domu chociaż na chwilkę, żeby się z nim zobaczyć, ale nie wypadało zostawiać na długo chorej przyjaciółki. Mark też nie zawsze miał czas dla dziewczyny – oprócz podróży do Wiednia w weekendy, musiał również w tygodniu coś załatwiać.

Marta nigdy nie robiła mu żadnych wyrzutów, przecież wiedziała, że samą miłością nie da się żyć, trzeba trochę popracować. Ona również przygotowywała się do pracy w szkole. Złożyła w sekretariacie podanie i swoje CV. Jeszcze nie podpisano z nią umowy, ale to była tylko formalność, bo rozmawiała już telefonicznie z dyrektorką szkoły.

Na razie rozkoszowała się wakacjami.

*

Tymczasem w Rzeszowie odbył się pogrzeb dyrektora Nogi. Marta chciała jechać na tę smutną uroczystość, bądź co bądź był jej szefem, ale Robert odradził jej ten pomysł. Natomiast on pojechał. Chciał przyjrzeć się ludziom uczestniczącym w pogrzebie.

– Podobno morderca zawsze przychodzi na grób swojej ofiary – powiedział. – W każdy razie tak jest w amerykańskich thrillerach. Zobaczymy, kto będzie na pogrzebie.

Nie tylko Robert wybrał się do Rzeszowa, ale również wszyscy jego szkolni znajomi. Pojechała Danka z Witkiem, Bogdan z żoną, Janusz z Mariolą i Jurek. Był też Zbyszek, któremu udało się wziąć dzień urlopu. Nawet przyjechał z Warszawy Andrzej Rogosz.

Całą uroczystość pogrzebową przygotował Artur. On również wygłosił przemówienie przy grobie zmarłego. Z ramienia szkoły pożegnała dyrektora wicedyrektorka.

Na pogrzeb przybyło wielu ludzi. Pomimo, że były wakacje, było też sporo młodzieży. Chłopcy ubrani w ciemne garnitury, dziewczyny w białych bluzkach i czarnych spódniczkach. Uczniowie trzymali w rękach wieńce i wiązanki kwiatów.

Roberta najbardziej zdziwiła obecność Rogosza na cmentarzu. Prawdopodobnie on i zmarły znali się lepiej niż przypuszczano. Oczywiście wszyscy licealni koledzy otoczyli pana posła, przy Robercie zostali tylko Danka i jej mąż. No tak, przekupstwo opłacało się – pomyślał Orłowski – teraz chociaż nie sterczę sam, mam jakieś towarzystwo.

Na cmentarzu zauważył również komisarza Zbiega i Piętę.

Po ceremonii podszedł do nich.

– Panowie chyba też oglądają amerykańskie filmy? – zagadał do nich. – Podobno morderca zawsze przychodzi na grób swojej ofiary.

– Doktorze, pan znowu startuje ze swoją starą śpiewką. – Zbieg uśmiechnął się krzywo. – Przyszedłem dlatego, że dyrektor Noga był dobrym znajomym mojej żony.

– Panie Robercie, sekcja nie wykazała udziału osób trzecich w śmierci pana Nogi – wtrącił komisarz Pięta. – Przyjechałem tu, bo denat utopił się na terenie Małopolski.

– To teraz panuje taki zwyczaj, że przedstawiciel władzy żegna ludzi gościnnie zmarłych na jego terenie? – zauważył z przekąsem Robert.

– Och, doktorze, ten pana sarkazm jest nie na miejscu – westchnął Pięta.

*

Robert i Marta siedzieli w biurze detektywa Wąsa i słuchali jego relacji.

– Firma, od której Panax kupuje żeń-szeń, ma siedzibę w Peszawar, mieście położonym niedaleko granicy afgańskiej, prawie na tej samej szerokości geograficznej co Kabul – powiedział Wąs. – Firma nazywa się Paradise. Właścicielami są Pakistańczyk i Anglik. Handlują żeń-szeniem koreańskim i chińskim oraz przędzą bawełnianą i odzieżą. Rok temu zaczęli współpracę z Panaxem. Wszystko wskazuje na to, że Panax właśnie u nich zaopatruje się w heroinę. W Pakistanie handel narkotykami to normalka. Pakistańczycy rozprowadzają prawie czterdzieści procent opium i heroiny z Afganistanu, a wiadomo, że Afganistan to potentat w tej branży – dziewięćdziesiąt procent światowego opium dostarczają afgańskie plantacje. Zyski z afgańskiego narkobiznesu w roku 2011 szacuje się na półtora miliarda dolarów. Dochód z handlu opium i heroiną stanowi dziesięć procent produktu krajowego brutto Afganistanu. W samym ubiegłym roku uprawa opium zwiększyła się o sześćdziesiąt jeden procent...

– Niech mi się pan tu nie wymądrza, panie Nikodemie. Nie wynająłem pana, żeby mi pan mówił o tym, co przeczytał ostatnio w internecie. Sam mogę znaleźć stronkę o handlu narkotykami w Azji – przerwał mu Robert. – Czy Paradise handluje z jakąś firmą Jurgena?

– Tego nie wiem. Skąd mam wiedzieć, nie byłem przecież w Peszawarze. I nie pojadę, życie mi jeszcze miłe – odparł detektyw. – Ale mam inne ciekawe wiadomości, które pana na pewno zainteresują. Byłem w Rzeszowie i rozmawiałem z wdową po dyrektorze.

– Tak? I co pan z niej wyciągnął?

– Pani Nogowa poczęstowała mnie kawą i pogadała sobie ze mną z godzinkę. Była zadowolona, że ma towarzystwo. Dowiedziałem się, że jej męża kilka razy odwiedziło dwóch wytatuowanych „brysiów" mówiących po rosyjsku. Pierwszy raz byli w dniu śmierci pani mamy – zwrócił się do Marty. – Widziała ich również dzień przed wypadkiem pani Wcisłowej i przed weselem. Podobno po ich wyjściu mąż był bardzo zdenerwowany. Nie chciał jej powiedzieć, czego chcieli od niego. Noga w ogóle nie mówił jej o niczym.

– Mówili po rosyjsku? A może po ukraińsku? – zastanawiał się Robert.

– Powiedziała, że po rosyjsku. Ona zna rosyjski, uczyła się w szkole.

– Hm, to znaczy, że ta heroina była przeznaczona dla Rosjan.

– Aż piętnaście procent światowego spożycia opium i heroiny jest w Rosji.

– Cholera jasna! Niech pan w końcu przestanie cytować artykuły z internetu! – zdenerwował się Robert. – W takim razie mamy do czynienia z mafią rosyjską... Niech to szlag trafi! Na nich trzeba uważać, oni się nie patyczkują.

– Dlatego, panie Robercie, musimy trochę popertraktować. Jestem zmuszony podnieść swoją stawkę. Zaczyna być naprawdę niebezpiecznie.

Rozdział 34

– Byłeś na cmentarzu? – zapytał Boss.

– Tak.

– I jak było?

– Jak na każdym pogrzebie – odpowiedziałem mu lekko poirytowany. – Trochę niepokoi mnie doktorek. On wie o heroinie, a nie powiedział o tym glinom. Zastanawiam się, dlaczego tego nie zrobił.

– Skąd wiesz, że wie o heroinie?

– Tajemnica zawodowa, szefie – powiedziałem żartobliwie. – Mam swoje sposoby, których ci nie zdradzę, ale jestem przekonany w stu procentach, że wie.

– Skąd twoja pewność, że nie powiedział o niej glinom?

– Bo inaczej by się zachowywali. Na razie nic nie podejrzewają, nadal myślą, że to wypadek.

– Może doktorek znalazł naszą zgubę i też chce zarobić?

– Zwariowałeś?! Doktorek i heroina?! Nie rozśmieszaj mnie, bo dostanę czkawki. Gdyby znalazł nasz towar, poleciałby w podskokach do komisariatu

– To dlaczego nie powiedział o tym policji?

– Może powiedział i mu nie uwierzyli? Niepokoi mnie trochę to, że wynajął detektywa. Mogą w dwójkę coś wywęszyć.

– To może się go pozbędziemy? Nigdy go nie lubiłem.

– Chyba oszalałeś! Całkiem ci odbiło.

– Żartowałem. Na razie żartowałem. Nie będę zabijał wszystkich, których nie lubię, inaczej musiałbym wysadzić w powietrze cały sejm i senat. Ale jeśli doktorek stanie się niewygodny, trzeba będzie go sprzątnąć. Nawiasem mówiąc, radzę ci dobierać trochę inne słowa, gdy się do mnie zwracasz – powiedział lodowato.

Szybko się zreflektowałem. Wiedziałem, że mój szef, pomimo pozorów serdeczności, jest bardzo niebezpiecznym człowiekiem, dlatego wolałem z nim nie zadzierać.

– Nie ma potrzeby się denerwować. Niech sobie nasz doktorek szczeka jak piesek na pustyni. Policja nie traktuje go poważnie. Mam go na oku. Wszystkich ich mam na oku – powiedziałem pojednawczo.

– Uważaj, żebyś nie oślepł, mając na oczach taki bagaż.

Kurtuazyjnie roześmiałem się z żartu mojego szefa, ale z dnia na dzień, z godziny na godzinę coraz bardziej go nienawidziłem.

– Naprawdę wszystko kontroluję, trzymam rękę na pulsie – udawałem spokój. Za wszelką cenę chciałem uniknąć następnych trupów, bo gdyby zarządził sprzątanie, to ja musiałbym zająć się brudną robotą.

– Co z towarem, kiedy go odzyskasz?

– Nie wiem, nie możemy dostać się do mieszkania dziewczyny, bo założyła alarm. Po co wzbudzać nowe podejrzenia?

– Ruscy zaczynają się niecierpliwić. Może powinieneś przycisnąć dziewczynę?

– Na razie musimy przystopować, niech się to wszystko uleży. Za dużo tych wypadków, gdyby jeszcze jeden się wydarzył, to na pewno zainteresowała by się tym policja. Nie wspomnę o doktorku. Dajcie mi trochę czasu.

Rozdział 35

Maria Wcisło przebywała w domu Orłowskich prawie dwa tygodnie. W środę Marta zawiozła ją do Rzeszowa, wieczorem miała przyjechać siostra pani Marii.

Marta postanowiła przenocować w Rzeszowie. Chciała odkurzyć mieszkanie, odwiedzić grób rodziców i spędzić noc z Markiem. On również miał tam dojechać, bo na weekend znowu planował wyjazd do Wiednia.

Dziewczyna zostawiła Marię na chwilę samą i pojechała na zakupy. Kiedy wróciła, zdążyła już przyjechać siostra pani Wcisłowej. Po godzinie Marta opuściła mieszkanie sąsiadki i pojechała do siebie.

Otworzyła drzwi i wyłączyła alarm. Rozejrzała się po pomieszczeniu. Wszystko wyglądało tu tak jak w dniu wyjazdu... oprócz kwiatów. Prawie wszystkie kwiatki doniczkowe, kiedyś chluba mamy, były teraz w opłakanym stanie. Zasmuciła się. Mamie by się to nie spodobało. Widocznie sąsiadka, której zostawiła klucze, niezbyt dbała o rośliny.

Marta wyszła z mieszkania i pojechała do najbliższego sklepu ogrodniczego. Zostawiła tam prawie dwieście złotych na różnego typu odżywki i preparaty do pielęgnacji roślin. Obładowana wróciła do samochodu i włożyła zakupy do bagażnika.

– Cześć, Marta – usłyszała głos swojej koleżanki z pracy.

Odwróciła się. Zobaczyła uśmiechniętą twarz nauczycielki fizyki.

– Widzę, że zmieniłaś samochód. Z mercedesem nic się nie dało zrobić? – zapytała kobieta. Za chwilę jednak uświadomiła sobie swój nietakt. – Przepraszam za moją niezręczność, wiadomo że nie chciałabyś nim jeździć.

– Nie ma sprawy. Co tu robisz? Kupujesz coś do ogrodu? – zagadała Marta, żeby podtrzymać konwersację.

– Przecież nie mam ogrodu. Kupiłam nowe doniczki, bo jest promocja. A ty co robisz? Dawno jesteś w Rzeszowie?

– Dziś przyjechałam.

– Dzisiaj? Myślałam, że jesteś tu jakiś czas... Kilka dni temu widziałam twojego znajomego. Pomyślałam, że ty też jesteś w Rzeszowie.

– Którego znajomego?

– No tego przystojniaka, który cię przywoził do szkoły.

Marta zdziwiła się.

– Mówisz o moim kuzynie? Tym brunecie?

– Nie mówię o tym od lexusa, tylko o tym blondynie, który ma audi na austriackich numerach.

– Marka? To niemożliwe, chyba się pomyliłaś, to nie mógł być on – zaprzeczyła Marta.

– Kochaniutka, takich przystojniaków nie ma w Rzeszowie na pęczki. To był on.

– Kiedy go widziałaś?

– Na początku ubiegłego tygodnia. W dzień pogrzebu dyrektora. Pamiętam, że jak zobaczyłam twojego faceta, to pomyślałam, że przywiózł cię na pogrzeb. Nawet szukałam cię na cmentarzu. Zdziwiłam się, że ciebie nie ma. Chyba słyszałaś o śmierci dyrektora?

– Tak, słyszałam. Ale nie mogłam przyjechać na pogrzeb, bo zajmowałam się panią Marią.

– Co u niej? Słyszałam, że twój kuzyn wyciągnął ją ze śpiączki. Widziałam go na pogrzebie dyrektora – powiedziała.

Chwilę jeszcze rozmawiały. Marta obiecała, że jak będzie następnym razem w Rzeszowie, to zadzwoni i umówią się na kawę.

Wsiadła do auta i wróciła do swojego mieszkania. Najpierw zajęła się roślinami. Podlała je, dodała odżywek i spryskała preparatem przeciwko mszycom. Potem wzięła się za sprzątanie. Z odkurzaczem i ścierką w dłoni rozpoczęła swój ekscytujący spacer po mieszkaniu, wypowiadając wojnę roztoczom. Starła kurze, przemyła podłogi, odkurzyła dywany. Sprzątając, ciągle zastanawiała się nad słowami koleżanki. Czy to możliwe, żeby Mark był w Rzeszowie? Rzeczywiście nie widzieli się w tym dniu. Ale dlaczego jej o tym nie powiedział?

Rozmyślania przerwał dzwonek do drzwi. Szybko poszła otworzyć, myśląc, że to Mark. Umówili się dopiero po dwudziestej pierwszej, ale może załatwił wcześniej swoje sprawy. Była to jednak sąsiadka z kluczami. Marta wzięła je od niej, podziękowała za wątpliwą opiekę nad kwiatkami i powiedziała, że nie będzie już jej więcej fatygować, bo pani Maria zajmie się mieszkaniem. O złym stanie roślin nawet nie wspomniała. Zapytała ją tylko, czy działo się coś niepokojącego: czy włączył się alarm, czy nie było jakiś nowych włamań. Kobieta uspokoiła ją – wszystko było OK.

Spojrzała na zegar na ścianie, dochodziła dziewiętnasta, niedługo zrobi się ciemno, a ona nie była jeszcze na grobie rodziców. Odłożyła to na później, bo wolała najpierw posprzątać mieszkanie. Dobrze się składało, że Mark miał jakieś sprawy do załatwienia i umówili się na późny wieczór.

Postanowiła iść tam pieszo, mały spacerek dobrze jej zrobi, ostatnio wszędzie jeździła samochodem. Po drodze kupiła wiązankę z gerber.

Posprzątała grób rodziców, wstawiła świeże kwiaty i zapaliła znicze. Usiadła na ławeczce. Zauważyła, że kamieniarz zrobił już na płycie cyfry z datą śmierci mamy. Zmówiła modlitwę i szeptem zaczęła opowiadać o Orłowskich i o Marku. Widząc zbliżających się ludzi, zamilkła. Ktoś weźmie mnie za wariatkę, przeleciało jej przez myśl. Posiedziała jeszcze chwilę. Spojrzała na niebo, nadciągała ciemność. Cmentarz całkiem opustoszał, była tutaj chyba jedyną żywą osobą. Nie bała się duchów, wiedziała, że zmarli krzywdy jej nie zrobią, nie pozwoliliby na to jej rodzice. Uśmiechnęła się do siebie – oczami wyobraźni zobaczyła stadko duchów zbliżające się do niej i rodziców odganiających je miotłą i grabiami. Wiedziała, że tu nic jej nie grozi, żaden zmarły jej nie skrzywdzi, może to zrobić jedynie żywy człowiek.

W pewnej chwili, nie wiadomo dlaczego, poczuła dziwny niepokój. Rozejrzała się wkoło, mając wrażenie, że ktoś tu jeszcze jest oprócz niej. Zrobiło jej się nieprzyjemnie, ogarnął ją nagły chłód, przez ciało przebiegły dreszcze. Czuła, że jest obserwowana. Wstała z ławki i zaczęła szybko iść w stronę bramy. Wydawało jej się, że ktoś idzie za nią. Odwróciła się za siebie, zauważyła cień chowający się za nagrobek. Przyspieszyła kroku. Usłyszała czyjeś kroki za sobą. Zaczęła biec. Ten ktoś również. Strach łomotał jej w skroniach, serce trzepotało jak u przerażonego ptaka. Tymczasem zrobiło się już ciemno, mrok rozświetlały tylko uliczne latarnie widoczne zza bramy wejściowej. Ale do wyjścia było jeszcze daleko. Nigdy nie przypuszczała, że cmentarz jest taki duży, główna alejka ciągnęła się jak autostrada. Prawie dobiegała do bramy, gdy usłyszała męski głos.

– Proszę się zatrzymać! Wypadł pani portfel z torebki.

Nie zatrzymała się, dalej biegła. Wreszcie dopadła wyjście. Obok przechodziła para młodych ludzi. Zwolniła krok. Szła tuż za nimi. Nagle poczuła czyjąś rękę na ramieniu.

– Marta, zatrzymaj się – usłyszała słowa Marka.

Odwróciła się i przylgnęła mocno do niego. Cała drżała. Po chwili odsunęła się.

– Co tu robisz? – zapytała podejrzliwie.

– Nie było cię w domu, nie odbierałaś komórki, samochód stał przed blokiem, więc pomyślałem, że poszłaś na cmentarz.

– Dlaczego tak pomyślałeś? Mogłam być u pani Marii.

218

– Gdybyś była u pani Marii, to pojechałabyś autem. Na cmentarz jest blisko, mogłaś iść pieszo. Dlaczego tak dziwnie się zachowujesz?

– Bo ktoś był na cmentarzu! Gonił mnie!

Mark spojrzał uważnie na dziewczynę.

– Jak to gonił? Widziałaś kogoś?

– Krzyczał, żebym się zatrzymała.

– Gdyby ten ktoś chciał ci zrobić krzywdę, to chyba inaczej by się zachowywał. Mówił coś jeszcze?

– Mówił, że zgubiłam portfel.

– Sprawdź, może faktycznie go zgubiłaś.

Marta spojrzała na torebkę, była otwarta. W tym momencie podszedł do nich mężczyzna w średnim wieku.

– Znalazłem to na cmentarzu. Czy to nie pani portfel?

– Rzeczywiście mój. Dziękuję panu bardzo.

– Ale ma pani sprint! Dlaczego pani przede mną uciekała? Pracuję tutaj, jestem gospodarzem cmentarza.

– Moja narzeczona trochę się wystraszyła – powiedział Mark. – Dziękuję panu. To pana znaleźne – powiedział, wręczając mu sto euro.

Mężczyzna odszedł zadowolony.

– Dałeś mu za dużo, w portfelu było tylko dwieście złotych – stwierdziła Marta.

– Należało mu się. Pomyśl, ile czasu byś straciła na załatwianie nowych dokumentów.

– Masz rację. Dziękuję, ale nie oddam ci tych pieniędzy, nie stać mnie na taki gest.

– Za chwilę sam sobie odbiorę w naturze – odparł z uśmiechem, przytulając ją do siebie.

– Poczekaj, włączę komórkę. Zawsze ją wyłączam, gdy jestem na cmentarzu lub w kościele. – Nacisnęła odpowiedni przycisk i wpisała PIN. – Mówiłeś, że dzwoniłeś do mnie, ale nie mam tu żadnego komunikatu.

– Za chwilę dojdzie wiadomość. Zresztą nie zawsze rejestrują nieodebrane rozmowy. Chodźmy do mojego auta.

Kilka minut później byli już w mieszkaniu Marty.

– Muszę wrócić do samochodu, o czymś zapomniałem. A był to podstawowy powód, dla którego szukałem cię na cmentarzu.

Wyszedł. Zaraz wrócił, trzymając w rękach pakunek z potrawami kupionymi w restauracji i dwoma butelkami wina.

– Na pewno zgłodniałaś, tak jak i ja. Ale nie miałem dziś ochoty siedzieć w restauracji. Musisz mi oddać szybko moje sto euro. – Uśmiechnął się i zaniósł do kuchni kupione produkty.

Marta nakryła stół do kolacji. Zapaliła świece. Dzięki opakowaniu ze styropianu potrawy były jeszcze ciepłe, nie trzeba było ich odgrzewać.

Dopiero później, jak leżeli już w łóżku, zapytała Marka:

– Mark, dlaczego nie powiedziałeś mi, że byłeś w tym tygodniu w Rzeszowie?

Spojrzał na nią i zrobił zdziwioną minę.

– O czym ty mówisz? Nie byłem tu od kilku tygodni.

– Nie byłeś? Na pewno? Podobno moja koleżanka widziała cię w dzień pogrzebu dyrektora.

– Byłem wtedy w Warszawie. Dlaczego miałbym cię okłamywać? – zapytał. – Musiała się pomylić. A co, jest jakiś problem?

– Nie ma żadnego problemu – wzruszyła ramionami. – Tylko nie rozumiem, dlaczego miałbyś z tego robić tajemnicę?

– Właśnie! Dlaczego miałbym nie przyznawać się do pobytu w Rzeszowie? Czy to przestępstwo odwiedzać to miasto, kiedy ciebie tu nie ma? – Uśmiechnął się. – *Mein Schatz*, gdybym był tutaj, to powiedziałbym ci o tym – przytulił ją do siebie. Po chwili szepnął: – Nie będziemy się widzieć przez weekend, a więc musimy to teraz nadrobić. – Jego ręce popychane pożądaniem powędrowały do pośladków dziewczyny.

– Przecież przed chwilą się kochaliśmy.

– I co z tego? Przy tobie cały czas jestem gotowy do działania.

*

Nazajutrz pojechali samochodem Marka na wycieczkę do Trzcinicy oglądać Karpacką Troję, niedawno otwarty skansen i muzeum.
Pomimo że oboje już tu kiedyś byli, chcieli wspólnie jeszcze raz
zobaczyć tę chlubę Podkarpacia. Zrekonstruowana osada zrobiła na
obojgu duże wrażenie. Stało tu kilkanaście drewnianych chat z łupa-
nego drewna zbudowanych bez jednego gwoździa i piły. Na środku
znajdowało się okopcone palenisko. Otwory okienne, zamykane
przy pomocy okiennic, były mikroskopijnej wielkości. Drzwi wejściowe również były bardzo niskie, nawet Marta musiała się schylać,
żeby wejść do izby, nie mówiąc o Marku, który w tej małej chatce
wydawał się olbrzymem. Zwrócili uwagę na prycze umieszczone
wysoko nad podłogą, widać już nasi prapraprzodkowie wiedzieli,
że ciepłe powietrze unosi się do góry i dlatego wymyślili antresole.

Tutejsze muzeum chlubiło się znaleziskami starszymi niż w Bi-
skupinie. Znaleziono tu tysiące unikatowych artefaktów, niektóre
nawet były sprzed czterech tysięcy lat, z epoki brązu. Z respektem
oglądali skarby: monety, srebrne wyroby i inne cenne przedmioty.
Podziwiali naczynia gliniane, przedmioty z kości i kamienia. Z zainteresowaniem słuchali z ust przewodnika ciekawostek związanych
z tym miejscem. Podobno zaskoczeniem dla wszystkich było, że
nie znaleziono tutaj żadnych śladów grzebania zmarłych, mimo
że była to dość spora osada.

Po zwiedzaniu muzealnych zabytków zaopatrzyli się w przy
muzealnym sklepiku w pamiątki – repliki naczyń i figurek zwie-
rząt. Kupili nawet koszulki i film o skansenie.

Po posileniu się w restauracji potrawą w stylu polskich przodków, wrócili do samochodu.

– Włóż te skorupy do bagażnika – powiedział Mark zajęty
rozmową telefoniczną.

Marta otworzyła bagażnik. Był zapchany różnymi rzeczami,
sprzętem turystycznym, kamerą, książkami. Chcąc zrobić miejsce

na zakupione pamiątki, przesunęła teczki z dokumentami. Jedna otworzyła się i wysypały się z niej jakieś papiery. Zdziwiona zauważyła, że dotyczą Panaxu. Wzięła do ręki jedną z kartek.

– Mark, skąd ty masz listę płac Panaxu? – zapytała.

Mężczyzna przestał rozmawiać, włożył telefon do kieszeni. Podszedł do bagażnika.

– Cholera, muszę tu posprzątać – powiedział, jakby nie słyszał słów Marty.

– Po co ci lista płac Panaxu? Skąd ją w ogóle masz?

– Przecież kazałaś mi poszperać w sprawie Panaxu. Zrobiłem mały wywiad. Znalazłem znajomego, który tam pracuje i dał mi listę. Dobrze wiedzieć kogo zatrudniają.

Zaskoczona Marta patrzyła na kartki.

– I czego się dowiedziałeś?

– Prawdę mówiąc, niewiele więcej ponad to, co sama już wiesz. No i to, że zarobki są tu trochę wyższe niż w innych firmach na Rzeszowszczyźnie. – Uśmiechnął się. – Z głodu się nie umrze, przewegetować można od biedy, ale na normalne życie to o wiele za mało. Jak wy możecie przeżyć miesiąc za dwa tysiące złotych, tego nie rozumiem.

– Dwa tysiące to jeszcze nie najgorzej; są tacy, co nawet tego nie mają. Wiesz, jakie tu jest bezrobocie?!

– Wracajmy już. Teraz chcę zjeść normalny posiłek, a nie w stylu waszych przodków, przepraszam: naszych przodków. Może wstąpimy w Jaśle do jakiejś knajpki? Damy zarobić kelnerowi, bo przeznaczam dla niego ekstra napiwek – powiedział, zamykając bagażnik.

*

Marta postanowiła wrócić do Krakowa dopiero w piątek wieczorem. Miała ochotę zostać jeszcze jeden dzień, ale Mark musiał rano być w Wiedniu. Pierwszy odcinek drogi przejechała spokojnie, dopiero po pięćdziesięciu kilometrach poczuła niepokój – miała wrażenie, że jest śledzona. Od samego Rzeszowa jechał za nią grafitowy van z przyciemnionymi szybami. Nie znała się za bardzo na markach samochodów, nie zdążyła również dostrzec numerów rejestracyjnych. Zwróciła uwagę na vana, kiedy stali na światłach, bo wtedy było jeszcze jasno. Nie wiedziała, kto się w nim znajduje, ponieważ nie było widać w środku ani kierowcy, ani pasażerów. Van ciągle jechał za nią, oddalony o kilka samochodów.

Specjalnie zwolniła, żeby ją wyprzedził, ale on również zwolnił. Kiedy przyspieszyła, on zrobił to samo. Poczuła, że ręce jej zwilgotniały, a po czole zaczęła spływać strużka potu. Nie powinna wpadać w panikę, może to tylko przewrażliwienie, tak jak to było na cmentarzu. Ona panikuje, a może Bogu ducha winny człowiek jedzie do Krakowa, nie znając trasy i dlatego podąża za samochodem z krakowskimi numerami – przekonywała siebie, starając się uspokoić. Włączyła radio, policzyła do dziesięciu, ciągle jednak zerkając w lusterko.

W pewnej chwili wyczuła, że coś dziwnego zaczyna się dziać z samochodem. Trudno było jej jechać po linii prostej, auto zaczynało zjeżdżać raz na jedną, raz na drugą stronę. Samochód jadący tuż za nią dawał jej jakieś sygnały światłami. Nie wiedziała, o co chodzi kierowcy. Po chwili wyprzedził ją, pokazując ręką na jej koła. Zjechał na pobocze, dając znak, żeby zrobiła to samo. Chcąc nie chcąc zjechała z jezdni i zatrzymała się obok niego. Zauważyła z ulgą, że van pojechał dalej. Odetchnęła głęboko.

Z samochodu wyszedł mężczyzna około czterdziestki i kobieta.

– Nie czuje pani, że za chwilę odpadnie pani koło?! Kobieto, od kiedy ty masz prawo jazdy?! Chcesz zabić siebie i innych?! – zawołał.

Wyszła z samochodu. Mężczyzna na jej widok zaraz się uspokoił.

– Już dobrze. Proszę się nie denerwować. Wezmę tylko latarkę i zobaczę, co się dzieje z tym kołem.

Poświecił latarką,

– Lewe tylne koło jest niedokręcone. Zmieniała pani ostatnio opony?

– Nie. To auto mam od niecałego miesiąca. Jest nowe, kupiono je w salonie samochodowym – usprawiedliwiała się, jak uczeń, który zapomniał zeszytu.

– Coś podobnego! Widocznie ktoś chce pani śmierci, może zazdrosny mąż? Niech się pani przyzna, przyprawiła pani rogi mężowi?

– Nie mam męża – powiedziała znowu tym samym tonem.

– Ja przecież tylko żartowałem. Kto by chciał śmierci takiej pięknej dziewczyny! Zresztą odkręcono by wtedy przednie koło, a nie tylne, bo większa szansa, że się z tego nie wyjdzie – powiedział żartowniś. – Proszę się nie denerwować, zaraz dokręcę i pojedzie pani dalej.

Ze swojego bagażnika wyjął komplet kluczy.

– Dobrze, że jechał za panią mechanik samochodowy, który zawsze ma klucze przy sobie. Niech sobie pani kupi specjalne nakrętki na śruby, żeby znowu ktoś nie chciał pani ukraść koła. Myślałem, że teraz nie kradną kół, jak za komuny. Pamiętam, że mój ojciec kiedyś zostawił samochód na niestrzeżonym parkingu i już po godzinie jego auto stało na cegłach. Wtedy kradli nagminnie, teraz dawno nie słyszałem, żeby komuś ukradziono koła.

– Stefan, pospiesz się, musimy wracać do domu – przypomniała mu jego małżonka.

Marta podziękowała mężczyźnie. Chciała zapłacić mu za fatygę, ale się oburzył.

– Jakbym śmiał brać pieniądze od takiej miłej dziewczyny! My, kierowcy, musimy sobie pomagać na drodze, prawda, śliczna pani? – Uśmiechnął się szeroko. Chciał jeszcze porozmawiać, ale zaraz zawołała go żona.

Marta również wsiadła do samochodu i ruszyła za nimi, bo dowiedziała się, że jadą do Katowic. Mężczyzna obiecał, że będą ją eskortować aż do samego Krakowa.

Dalsza droga minęła już bez przygód, nigdzie nie zauważyła grafitowego vana. Ale odetchnęła z ulgą dopiero na rogatkach Krakowa – tutaj nareszcie poczuła się bezpiecznie.

W domu Orłowskich była grubo po dziesiątej. Nie powiedziała nic Robertowi ani o cmentarzu, ani o vanie, ani o kole. Nie chciała go niepokoić. Oprócz tego bała się, że Robert zabroni jej wychodzić samej z domu i nie będzie mogła widywać się z Markiem.

Ze swoich przeżyć na trasie Rzeszów–Kraków zwierzyła się jednak Markowi. Jeszcze tego samego dnia Mark poszedł do sklepu z częściami samochodowymi i kupił jej nakrętki na śruby zabezpieczające przed kradzieżą kół.

*

Kilka dni później rano Marta zadzwoniła do Marka z wiadomością, że trochę się spóźni, bo musi zawieźć bluzki do jednego ze sklepów Renaty. Orłowska poprosiła ją o to, ponieważ miała ważne spotkanie biznesowe.

Butik znajdował się w centrum handlowym. Marta zaparkowała w podziemiach galerii. Wyjęła wór z podkoszulkami i skierowała się ku windom. Wysiadła na trzecim poziomie, bo tutaj znajdował się sklep Renaty. Galeria była olbrzymia, największa w Krakowie, pomimo tego trafiła do jej butiku bez trudu.

Ekspedientki zajęły się przywiezionym towarem. Wyjęły z worka bluzki i zaczęły wieszać na wieszakach. Marta nie zabawiła tu długo, chciała jak najszybciej znaleźć się w mieszkaniu Marka.

Przechodząc koło kawiarni, nabrała ochoty na lody. Nie było kolejki, o tej porze dnia dopiero zaczynało się życie handlowe. Zamówiła trzy gałki. Obok niej stanęło dwóch wysokich mężczyzn w wieku zbliżonym do Marka. Wyglądali jak typowi bywalcy siłowni, ich nadmuchane sterydami bicepsy ledwie mieściły się w rękawkach podkoszulków. Patrzyli na nią z zainteresowaniem. Marta odwróciła wzrok, nie zdziwiła się, bo już zdążyła się przyzwyczaić do spojrzeń, jakimi obrzucają ją mężczyźni. Odchodząc z lodami, usłyszała, że mówią po rosyjsku.

Jedząc lody, poszła do windy. Zauważyła, że Rosjanie idą za nią. Przypomniała sobie słowa detektywa o wizycie „ruskich osiłków" w domu dyrektora Nogi. Znowu poczuła niepokój. Przyspieszyła kroku. Rosjanie również to zrobili, widać było, że idą za nią. Teraz już naprawdę się wystraszyła. Podbiegła do windy i wskoczyła do niej w ostatniej chwili. Było już tutaj kilka osób, w tym ochroniarz. Rosjanie też chcieli wejść, ale nie zdążyli, bo drzwi windy się zamknęły. Marta odetchnęła z ulgą. Kiedy zjechała na parking, poprosiła ochroniarza, żeby odprowadził ją do samochodu. Mężczyzna, choć trochę zdziwiony jej prośbą, zgodził się chętnie. Chwilę później już siedziała w swoim samochodzie. Odjeżdżając z parkingu, zauważyła Rosjan. Jeden z nich uśmiechnął się do niej i pomachał jej ręką.

Jechała, ciągle patrząc w lusterko, czy nie śledzi ją jakiś samochód. Kilka minut po jedenastej była przed blokiem Marka. Wysiadła i z niepokojem rozejrzała się w koło. Ucieszyła się, widząc Marka wchodzącego do klatki schodowej.

– Mark! – rzuciła się w jego stronę. – Śledziło mnie dwóch mięśniaków! – Podenerwowana przytuliła się do niego.

– O czym ty mówisz? – odsunął ja od siebie. – Jakie mięśniaki?

– Rosyjskie! Przecież nie maciczne!

– Uspokój się. Opowiedz wszystko po kolei. Ale najpierw wejdźmy do mieszkania, po co sąsiedzi mają wiedzieć o czym rozmawiamy.

Marta opowiedziała o wyprawie do galerii i o Rosjanach. Mark słuchał jej ze zmarszczką niepokoju na czole. Milczał, jakby chciał wszystko dokładnie przemyśleć i wyciągnąć wnioski.

– Uśmiechnęli się do ciebie i pomachali ci ręką?

– Jeden z nich! Drugi tylko patrzył na mnie.

– Hm, nie rozumiem dlaczego tak bardzo się ich przestraszyłaś? Prawdopodobnie chcieli cię poderwać, po prostu im się spodobałaś. To tylko świadczy, że mają dobry gust.

– To byli Rosjanie!

– I co z tego? Mało to jest obcokrajowców w Krakowie o tej porze roku? Ja na przykład jestem Austriakiem.

– Szkoda, że ich nie widziałeś, wyglądali jakby nigdy nie wychodzili z siłowni.

– Marta przesadzasz. Uspokój się, nic ci nie grozi.

– Detektyw Wąs powiedział, że takich dwóch rosyjskich osiłków odwiedziło dyrektora Nogę dzień przed jego śmiercią.

– Według ciebie wszyscy muskularni Rosjanie to gangsterzy? – Pokręcił głową. – Przecież nie jechali za tobą, pomachali ci, uśmiechnęli się do ciebie. Uważasz, że tak zachowują się przestępcy?

Marta zamilkła. Sama już nie wiedziała, co ma myśleć o tym wszystkim. Mark przytulił ją do siebie.

– *Mein Schatz*, myślisz, że pozwolił bym cię komuś skrzywdzić? – Uśmiechnął się i jeszcze mocniej ją objął. – Przesadzasz, zrobiłaś się ostatnio bardzo strachliwa.

Poszedł do sypialni, wystukał kod otwierający szufladę biurka i wyjął dziwny przedmiot.

– Mam coś dla ciebie, żebyś czuła się bardziej bezpieczna.

– Co to jest?

– Paralizator. Zaraz ci pokażę, jak działa. Miej go zawsze w torebce.

Rozdział 36

Boss wszedł do naszego „służbowego" vana. Usiadł na siedzeniu dla pasażera.

– Cześć. Co takiego ważnego masz do mnie, że mnie fatygujesz? Czeka na mnie w łóżku piękna kobieta. Streszczaj się – powiedział chłodno.

– Dlaczego nasłałeś Ruskich na dziewczynę? Mówiłem ci, że ja się nią zajmę, gdy zajdzie taka konieczność... I to odkręcone koło! Czy wyście zwariowali?! – wypaliłem z grubej rury.

– O czym ty mówisz?

– Po co poluzowaliście koło w jej samochodzie? Można porwać ją w inny sposób. Mogła się zabić i wtedy nigdy byśmy się nie dowiedzieli, gdzie jest nasz towar.

– Nic nie wiem o żadnym kole.

– To nie z twojego polecenia? – zdziwiłem się.

– Dziewczyna to nie mój problem, tylko twój. Ty masz znaleźć naszą zgubę i nie interesuje mnie jak to zrobisz.

– Ruskich też nie ty nasłałeś?

– Oczywiście, że nie. Skąd ten pomysł z Ruskimi? Śledzisz ją?

– Mówiłem ci, że mam ją zawsze na oku. – Zamilkłem na chwilę. Nie chciałem mu za dużo zdradzać. – To może Ruscy sami wymyślili, żeby ją przycisnąć?

– Wątpię. Gdyby chcieli kogoś przycisnąć, to raczej ciebie. To ty nawaliłeś i ty masz to naprawić, a w jaki sposób to zrobisz, to już twoja broszka. Radzę ci nie martwić się o dziewczynę, tylko o siebie. Spodziewaj się w niedługim czasie odwiedzin naszych rosyjskich przyjaciół, bo są coraz bardziej zniecierpliwieni. Nie chciałbym, żeby ci się przytrafiło coś nieprzyjemnego.

Nagle poczułem suchość w ustach. Po plecach przebiegły mi ciarki.

Rozdział 37

Marta wyszła z mieszkania Marka dobrze po dwudziestej drugiej. Na zewnątrz zrobiło się zimno i mżyło. Odwróciła się w stronę okien jego mieszkania, Mark stał przy jednym z nich i machał do niej ręką. Dziś wyjątkowo mogła sobie pozwolić na dłuższe *tête-à-tête*, bo Orłowscy poszli do kina. Przed powrotem musiała jeszcze wstąpić do apteki po pigułki antykoncepcyjne. O tej porze większość aptek była już zamknięta, ale pamiętała, że niedaleko bloku Marka znajduje się nocna apteka. Podjechała tam. Z niezadowoleniem zauważyła zakaz parkowania, którego wcześniej nie było, dlatego zatrzymała się spory kawałek dalej.

Kiedy wracała z apteki, zaczęło padać jeszcze bardziej, dobrze, że miała na sobie marynarkę. Ulica była pusta, chyba nikomu nie chciało się wychodzić z domu w taką pogodę. Przyspieszyła kroku. Stukot jej szpilek odbijał się głośnym echem od betonowych płyt chodnika. Niespodziewanie zerwał się ostry wiatr, całym jej ciałem wstrząsnęły dreszcze zimna. Uszła kilkadziesiąt metrów, gdy zza rogu wyłoniły się dwie barczyste męskie sylwetki. Poczuła lekki niepokój, żeby dodać sobie odwagi wyjęła z torebki paralizator. Mężczyźni zmierzali w jej stronę. Z przerażeniem rozpoznała w nich dwóch Rosjan spotkanych w galerii. Wpadła w panikę. Nie wiedziała, co ma zrobić – krzyczeć czy uciekać. Tymczasem nieznajomi byli coraz bliżej. Jeden z nich rozłożył szeroko ramiona, chcąc ją pochwycić.

– *Nasza diewuszka! Kak nam prijatno snowa tiebia uwidiet*[1] –
zawołał.

Przerażona dziewczyna zaczęła uciekać, a oni podążyli za nią.

– *Nie nużna ubiegat'!*[2] – Za rękę chwycił ją ten sam mężczyzna,
co wcześniej.

Marta przypomniała sobie zajęcia z samoobrony, które prowadził jej ojciec. Nie namyślając się długo, odwróciła się i z całej
siły kopnęła napastnika kolanem w krocze. Trafiła skutecznie,
bo Rosjanin skulił się z bólu.

– *Blać proklataja!*[3] – wysyczał.

Jego kompan, widząc, co się dzieje z kolegą, szybkim chwytem
złapał ją za rękę i złowrogo na nią spojrzał.

– *Zacziem eto zdziełała?! Ja tiebia siejczas pokażu...*[4] – nie dokończył, bo obezwładnił go paralizator Marty.

Rosjanin puścił ją od razu. Upadł a ciało jego zaczęło dziwnie
drgać. Dziewczyna nie przyglądała się, co z nim się dzieje, tylko
pobiegła w stronę swojego samochodu. Błyskawicznie znalazła się
w aucie. Ręce drżały jej tak mocno, że z trudem udało się jej urucho-
mić silnik. Odjeżdżając, zauważyła jakąś młodą kobietę nachylającą
się nad Rosjanami. Dziewczyna, widząc oddalający się samochód
Marty, zaczęła coś krzyczeć po rosyjsku, wymachując wrogo rękami.

Marta ujechała kilometr i zatrzymała samochód. Musiała się
uspokoić, cała dygotała z nerwów.

Dojechała do domu przed powrotem Roberta i Renaty. Postanowiła nie mówić im nic ani o Rosjanach, ani o paralizatorze.
Bała się usłyszeć z ust Orłowskich potoku pytań: co tam robiła,
skąd wzięła paralizator... Dlatego położyła się szybko do łóżka.

---

1 Nasza dziewczyna! Jak miło znowu cię widzieć!
2 Czekajże, nie uciekaj!
3 Jebana kurwa!
4 No i po co zrobiłaś? Ja Ci teraz pokażę!

Nazajutrz opowiedziała Markowi o wczorajszej przygodzie.

– Co?! Obezwładniłaś ich?! Dwóch facetów?! – Mark najpierw się zdziwił, zaraz potem wybuchnął śmiechem. – Marta, w życiu bym cię o to nie posądzał. Jesteś niesamowita! – zawołał, tuląc ją do siebie.

– Oni są z rosyjskiej mafii – powiedziała wystraszona. – Mark, boję się. Co będzie, jak mnie znajdą? Zabiją mnie.

– *Mein Schatz*, wątpię, żeby to byli rosyjscy mafioso. Nie musisz się tego obawiać. – Odsunął ją i przez chwilę bacznie się jej przyglądał. – Wiesz, że mnie zaskoczyłaś? Nigdy bym się nie spodziewał po tobie takiego zachowania.

Wczorajsze zajście miało jednak swoje dalsze reperkusje. Wieczorem w domu Orłowskich zawitał dzielnicowy. Drzwi otworzył mu Robert.

– Panie doktorze, czy należy do pana czerwony golf o numerach KR 5803Z?

– Tak. Jeździ nim moja kuzynka – odparł zdziwiony Robert. – O co chodzi?

– Czy mógłbym z nią porozmawiać?

Robert zaprosił policjanta do środka i zawołał Martę. Funkcjonariusz na widok dziewczyny zrobił wielkie oczy.

– Czy pani jeździła wczoraj wieczorem czerwonym golfem w okolicach ulicy Lea?

– Tak – niepewnie bąknęła.

– Hm, inaczej sobie panią wyobrażałem – powiedział. – Dotarła do nas skarga wniesiona przez obywatelkę rosyjską Elenę Iwanową, że pani pobiła jej brata, a męża poraziła paralizatorem. Czy to prawda? – zapytał, z trudem tłumiąc rozbawienie.

– Myślałam, że chcą na mnie napaść – powiedziała wystraszona. – Panie władzo, ja naprawdę nie chciałam zrobić im krzywdy.

W tym momencie policjant nie wytrzymał i wybuchnął gromkim śmiechem. Śmiał się przez kilka minut, aż poleciały mu łzy. Wreszcie wytarł oczy rękawem munduru i w miarę się uspokoił.

– Marta, co ty tam robiłaś? Mówiłaś, że byłaś w domu – zapytał zdziwiony Robert.

– Później ci wytłumaczę. Panie policjancie, proszę przeprosić tych panów, ale oni mnie wystraszyli. Czy bardzo ich bolało?

Dzielnicowy znowu dostał ataku śmiechu, aż usiadł sobie na krześle.

– Przepraszam, doktorze, ale gdyby ich pan widział! – ponownie parsknął śmiechem. – Wysocy jak pan, ale w barach dwa razy szersi. Wyglądają jak syberyjskie niedźwiedzie, a załatwiła ich taka słodka kruszynka...

Po wyjściu policjanta teraz Robert zaatakował Martę pytaniami.

– Co ty tam robiłaś o tej porze i dlaczego kłamałaś? – W jego głosie krył się cień nagany.

– Pojechałam do apteki.

– Na drugi koniec miasta?

– Tam jest nocna apteka, a nie znam innej. Wcześniej byłam u koleżanki ufarbować jej włosy.

– Skąd wzięłaś paralizator?

– Kupiłam. Od czasu wypadku pani Marii boję się, żeby mnie to samo nie spotkało. Nie powiedziałam wam, bo nie chciałam was niepokoić, ale kilka dni temu ci sami Rosjanie szli za mną w galerii. Myślałam, że to żeńszeniowcy. Dlatego kupiłam paralizator.

Robert przyglądał się jej przez chwilę w milczeniu, zaraz jednak uwagę jego odwrócił telefon od Krzyśka.

Wieczorem następnego dnia znowu odwiedził ich dzielnicowy.

– Widziałem się z tymi Rosjanami, załatwiłem wycofanie skargi. Nie dziwię się, że kuzynka się ich wystraszyła, rzeczywiście wyglądają, jakby w każdej kieszeni mieli ukrytą spluwę. Ale to tylko dwójka sportowców wracających z Euro 2012, zrobili sobie małe wakacje w Polsce. Kilka dni temu zauważyli panią Martę w galerii i bardzo się jednemu z nich spodobała. Gdy ją spotkali ponownie, chcieli z nią porozmawiać. Byli trochę podpici, dlatego panią zaczepili. Cały raban zrobiła siostra pani wielbiciela, która czekała na nich w samochodzie i widziała zajście. Jej mąż, ten porażony paralizatorem, źle się poczuł i musiała jechać z nim do szpitala, nawet zostawiono go tam na noc na obserwację.

– O Boże, co ja narobiłam! – zawołała skruszona Marta.

– Proszę się uspokoić, już wszystko w porządku. Paralizator zadziałał silniej, bo padało. Ale na przyszłość proszę bardziej uważać, można nawet zabić nim człowieka – poradził. Po chwili dodał z uśmiechem: – Szkoda, że nie widzieliście państwo tego ruskiego wielbiciela pani Marty, chodził dzisiaj krokiem marynarza. Ładnie go pani załatwiła, teraz na długo odechce mu się podrywać nasze polskie dziewczyny... I bardzo dobrze.

Marta, gdy znalazła się w swoim pokoju, od razu wyjęła z torebki paralizator i wsadziła go do szuflady w komodzie – bała się, że może znowu użyć go pochopnie i zrobić komuś krzywdę.

Rozdział 38

Marta weszła do domu. Na tarasie siedziała Renata, w ręce trzymała szklankę z drinkiem.

– Cześć, wróciłam. Jesteś sama, nie ma jeszcze Roberta? – zapytała. Nie było żadnej reakcji. – Czy coś się stało?

Dopiero po chwili odezwała się Orłowska.

– Cześć, Marta.

– Powiedz, co się stało? – zaniepokoiła się dziewczyna.

– Nic się nie stało. Tak sobie siedzę i zastanawiam się nad swoim życiem – powiedziała sentencjonalnie.

– Pokłóciliście się z Robertem?

– Jeszcze nie. – Po dłuższej chwili dodała: – Widziałam go dzisiaj w kawiarni w Rynku z asystentką Jurka.

Opróżniła szklankę i postawiła ją na stole.

– Mam prośbę, zrób mi jeszcze jednego drinka, alkohol bardzo dobrze dezynfekuje rany duszy. – Uśmiechnęła się gorzko.

Dziewczyna posłusznie wzięła do ręki pustą szklankę i wyszła. Po chwili wróciła z dwoma drinkami. Przyjrzała się kobiecie. Orłowska miała bladą twarz i widoczne w kącikach ust bruzdy. Po raz pierwszy wyglądała na swoje lata.

– To o niczym nie świadczy – powiedziała Marta.

– Wiem.

– Na pewno spotkał ją przypadkowo i zaprosił na kawę.

– Dziwne, że zaprasza na kawę tylko młode i ładne kobiety – mruknęła Renata.

– Przestań! Dobrze o tym wiesz, że dla Roberta jedynie ty się liczysz.

Renata nie odpowiedziała. Nad stolikiem zawisła cisza. W oddali słychać było cykanie świerszczy i brzęczenie muchy. Orłowska pociągnęła łyk napoju. Zaczęła wodzić palcem po brzegu szklanki. Westchnęła.

– Nie odbiera ode mnie telefonu. – Podniosła oczy na Martę. – Nie zakochuj się za mocno w tym Marku. Radzę ci. Niech on cię kocha. Dużo lepiej jest być kochaną niż kochać... Miłość wycieńcza... I zawsze towarzyszy jej cierpienie. Jest to tak samo nieuchronne jak zmarszczki po sześćdziesiątce.

– Renata, Robert również cię kocha.

Orłowska dalej bawiła się szklanką, teraz stukała w nią polakierowanym srebrnym lakierem paznokciem.

– Gdzieś przeczytałam mądre zdanie, że zaufanie wchodzi po schodach, a zjeżdża windą. Kiedy ktoś cię zdradzi, tracisz do niego zaufanie na zawsze.

– Ale przecież to było wieki temu!

– Zdrada zostawia piętno na długo. – Renata podniosła głowę i spojrzała w niebo. W milczeniu obserwowała przesuwające się baranki chmur. – Nie pasujemy do siebie. On powinien mieć piękną kobietę, faktycznie młodszą od siebie co najmniej czternaście lat... Jestem dla niego za stara, za brzydka.

– Ale gadasz dzisiaj głupstwa! Jeszcze niedawno mówiłaś mi co innego... Że kobiecie nie wystarczy tylko uroda, żeby zatrzymać mężczyznę przy sobie – zaperzyła się Marta.

– Właśnie: zatrzymać! Ja nie chcę go trzymać przy sobie! To mężczyzna powinien pragnąć być przy kobiecie! Nie chcę być kobietą, która potrzebuje mężczyzny, ale taką kobietą, której potrzebuje mężczyzna. Mówiłam ci bzdury. Zapomnij o moich idiotycznych radach. – Westchnęła głośno. – Pamiętaj o jednym, Marta, nie oddawaj się całkowicie mężczyźnie. To błąd. Pozwalaj się kochać... ale sama nie angażuj się za bardzo. Życie zakochanej kobiety jest tak samo łatwe jak oddychanie pod wodą. Faceci szaleją za tymi kobietami, których nie są w stanie całkowicie posiąść. Nie otwieraj przed nimi duszy, traktuj ich jak przeciwników, niekoniecznie wrogów, ale przeciwników. Z nimi trzeba nieustannie toczyć walkę i nigdy nie wolno pokazywać im swoich słabych stron, bo...

Musiała przerwać wygłaszanie swych mądrości życiowych, bo w drzwiach stanął Robert.

– Witam, moje panie! – powiedział, całując żonę i Martę w policzek. – Malutka, masz taką minę jakby uwierały cię buty. Kiedy kolacja? Jestem głodny jak niedźwiedź po śnie zimowym.

Usiadł obok w ratanowym fotelu.

– Mam nowe wiadomości. Kiedy wracałem z banku, spotkałem asystentkę Jurka. Wziąłem ją na kawę i pociągnąłem za język. Wiesz, że ten dusigrosz buduje dom? Prawdziwą rezydencję! Nikomu nie powiedział ani słowa. Zaprosił nas na imprezę organizowaną przez firmę, żeby czasami nie wydać na nas jednej złotówki! Co ciekawe, ta asystentka to żadna jego przyjaciółka. Ich relacje w pracy są czysto służbowe. Podobno zrobiła wielkie oczy, gdy ją zaprosił do naszego towarzystwa, a potem na wesele. – Spojrzał na żonę. – Jest tak jak mówiłem: specjalnie wziął ją ze sobą, żeby się mógł zająć tobą. Oprócz tego twój Jureczek bardzo często jeździ do Wiednia...

Marta obserwowała Renatę. Zmieniła się. Jej twarz nabrała rumieńców, a oczy blasku. Wyglądała, jakby ktoś zdjął jej z pleców wielki ciężar. W ciągu kilku minut ubyło jej dziesięć lat!

– Widzę, że mamy na horyzoncie następnego podejrzanego – zauważyła Renata z nutką ironii. – Najpierw Andrzej, potem Artur, teraz Jurek. Muszę doradzić Danusi i Witkowi, żeby zawsze mieli alibi w zanadrzu. Oni są następni w kolejce jako potencjalni mordercy. – Potem nagle zmieniła temat: – Dlaczego nie odbierałeś ode mnie komórki?

– A dzwoniłaś? – Wyjął z kieszeni telefon i spojrzał na wyświetlacz. – Cholera! Znowu się zepsuł! Te iPhone'y są do dupy! Chyba wrócę do zwykłej Nokii. Marta, zadzwoń do mnie. No tak, znowu zepsuł się dzwonek. Malutka, gdzie jest moja stara komórka? A tak w ogóle, dlaczego nie ma kolacji?

Renata wzruszyła ramionami i nic nie odpowiedziała.

Marta poderwała się od stołu.

– Zaraz coś przygotuję.

– Wyjmij z zamrażalki gołąbki, które zrobił Robert. Jest ich siedem, akurat dla naszej trójki – powiedziała Renata. – Ja mam dzisiaj święto lasu. I zrób mi, Martuniu, jeszcze jednego drinka.

*

Marta nie mogła spać. Obudził ją śpiew jakiegoś wracającego do domu pijaczka. Zeszła na dół napić się wody. Ze zdziwieniem zauważyła na tarasie Roberta. Siedział w półmroku i palił papierosa. Odwrócił się w stronę Marty.

– Ty też nie możesz spać? – zapytał.

– Tak. Przyszłam napić się wody. – Usiadła obok niego.

Dłuższą chwilę siedzieli w milczeniu. Pierwszy odezwał się Robert.

– Ciągle mi nie ufa. Tyle już czasu upłynęło, a ona nadal nie może mi tego zapomnieć. – Wziął głęboki oddech. – Nie wiem, co mam zrobić, żeby mi zaufała... Przecież nie daję jej żadnych powodów do zazdrości! Nawet nie spojrzę na żadną kobietę! A wciąż widzę strach w jej oczach... Nic nie mówi, ale ja to czuję!

– Kocha cię – szepnęła.

– Wiem o tym. Ale to, co ona wyprawia, nie jest normalne! Ja też ją kocham, a nie zachowuję się jak szalony Otello!

– A co się działo po grillu u tego Jurka? – przypomniała.

– Przyznaję, że mnie wtedy trochę poniosło, ale jej zachowanie było karygodne. Kto to widział, żeby siedzieć na kolanach obcego faceta!

– Podobno nie taki obcy, zna go dłużej niż ciebie. Ale zawsze był dla niej tylko kolegą – broniła Renatę. Potem dodała cicho: – Zdrada na długo zostawia blizny. Czasami na zawsze.

Robert nic na to nie odpowiedział. Dopiero po jakiejś chwili przerwał ciszę:

– Wiem. I dlatego jest mi z tym również ciężko. Gdybym potrafił cofnąć czas... – Westchnął głośno. – Chodźmy spać. Jutro ma być ładnie. Rano pojedziemy po Izę. Strasznie się za nią stęskniłem, nic się nie stanie, gdy jej skrócę pobyt na obozie o dwa dni. A w niedzielę trochę pożeglujemy.

Rozdział 39

W sobotę rano Orłowscy i Marta pojechali do Rytra po Izę, która była na obozie harcerskim. Natomiast w niedzielę z samego rana wybrali się całą rodziną nad Jezioro Solińskie pożeglować. Do Polańczyka dotarli w południe. Będąc już na miejscu, Robert postanowił zrobić sobie mały urlop i zostać tu do przyszłej niedzieli. Pogoda miała być ładna przez cały tydzień. Spali na jachcie, który Robert niedawno wyremontował. Był to ciągle ten sam jacht kupiony w 2000 roku i ciągle nazywał się Betty.

– Mam nową żonę, ale nie wolno mi zapomnieć o zmarłej, tym bardziej, że *de facto* to ona mi kupiła tę łajbę... Klinikę również mam dzięki pieniądzom, które zostawiła mi w spadku. Poza tym zmiana nazwy przynosi pecha – dodał.

Marta początkowo nie była zbyt zadowolona z tych nieplanowanych miniwakacji, wolałaby spędzić ten czas w Krakowie i spotykać się z Markiem, jednak nie mogła powiedzieć o tym Robertowi.

– Ale nie jesteśmy przygotowani na dłuższy pobyt. Nie mamy ubrania na zmianę – próbowała wymigać się od pozostania nad Soliną. – I nie zapominaj, Robert, że pacjenci czekają miesiącami na zabiegi, które ty masz wykonać. Twoje wagary odbiją się na ich zdrowiu.

– A brak odpoczynku odbije się na moim. Nie przewiduję na razie dłuższego urlopu, ale muszę trochę odpocząć, chociażby ze względu na pacjentów, o których tak bardzo się martwisz – powiedział z odrobiną złośliwości. – Czy ty, Marta, nie poznałaś ostatnio jakiegoś faceta, że tak ciągnie cię do Krakowa?

– Ależ skąd – zaprzeczyła.

Nie chciała, żeby Robert dowiedział się o Marku. Nawet Renata, znając dobrze męża, zgadzała się z nią, że na razie będzie lepiej nie zapoznawać ich ze sobą.

Zostali nad jeziorem. Marta próbowała skontaktować się z Markiem, ale nie odbierał telefonu, dopiero wieczorem do niej oddzwonił. Trochę rozczarowana zauważyła, że nie tylko się nie zasmucił, ale nawet jej nieobecność była mu na rękę – podobno musiał w Wiedniu załatwić dużo ważnych spraw.

W poniedziałek Robert zadzwonił do kliniki i poprzestawiał zabiegi na późniejszy termin. Potem wszyscy pojechali do Leska na małe zakupy. Kupili trochę bielizny i odzieży na zmianę, zaopatrzyli się również w potrzebne artykuły spożywcze. W Polańczyku też był sklep, ale nie było w nim takiego wyboru jak w Lesku. Wrócili obładowani na łódkę. Renata i Marta zajęły się przyrządzaniem obiadu, a Robert żaglami. Oczywiście towarzyszyła mu Iza.

Tydzień szybko minął. Pogoda nie zrobiła im żadnych przykrych niespodzianek, było tak, jak zapowiadali meteorolodzy – słonecznie i ciepło. Wiatr też był idealny dla żeglowania: przeważnie trzy w skali Beauforta.

Marta ze zdziwieniem stwierdziła, że wcale nie chce jej się wracać do Krakowa, mogłaby jeszcze zostać drugi tydzień. Starała się nie myśleć o Marku. Całkiem wsiąkła w rodzinę Orłowskich, już czuła się jej częścią. Przedtem obawiała się małych kłótni i sprzeczek, wydawało jej się wtedy, że jest piątym kołem u wozu, teraz sama czasami włączała się w rodzinne spory. Już nie bała się zająć swojego stanowiska, pozbyła się obaw, że może się narazić któremuś z Orłowskich. Odważyła się nawet ostro zwrócić uwagę Izie, chociaż z nią zawsze obchodziła się jak z zepsutym jajkiem. Ku zaskoczeniu Marty, kilka godzin później, dziewczynka przeprosiła ją za swoje nieodpowiednie zachowanie.

Całymi dniami żeglowali, dopiero pod wieczór przybijali do brzegu. Wieczory spędzali we własnym gronie, nie szukali towarzystwa. Palili ognisko i śpiewali szanty albo grali w karty lub monopol. Zawsze przed snem Robert z Renatą szli na nocny spacer. Początkowo Iza również chciała im towarzyszyć, ale zdecydowany sprzeciw Roberta spowodował, że musiała zadowolić się tylko towarzystwem Marty. Po godzinie „spacerowania" Orłowscy wracali z rozczochranymi włosami, z zielonymi śladami po trawie na ubraniu albo z igliwiem przyczepionym do swetrów. Marta wtedy wędrowała myślami do Marka i wzdychała cichutko. Też by chciała z nim „spacerować", tak jak robili to Orłowscy...

W sobotę rano Robert ze „swoimi młodszymi kobietami" poszedł do sklepu, Renata wolała czytać książkę. Iza i Marta robiły zakupy a on czekał na ławeczce pod sklepem. Mile zaskoczony dostrzegł znajomego lekarza z Krakowa, młodego, dobrze zapowiadającego się ginekologa. Mężczyzna miał około trzydziestki, nie miał żony, miał za to zapał do pracy i piękną przyszłość w służbie zdrowia. Robert momentalnie pomyślał o Marcie. Dlatego nie zadowolił się skromnym powitaniem, tylko jowialnie zawołał do młodego człowieka:

– Witam, witam, doktorze! Jak to miło ujrzeć znajomą twarz. Czyżby pan również należał do kochanków róży wiatrów?

Młody lekarz trochę się zdziwił reakcją Roberta, znali się słabo, tylko raz czy dwa rozmawiali na uczelni. Mile połechtany, że ktoś tak wybitny jak Orłowski wita go jak dobrego znajomego, zatrzymał się przed ławeczką.

– Od lat jestem niewolnikiem żagli, co roku biorę tu udział w regatach.

– Tak? Nigdy pana nie widziałem.

– Cóż, nie rzucam się w oczy. Ja natomiast pana, doktorze, widywałem często na Betty. Słyszałem, że zrobił jej pan remont?
– Tak. Mam do niej sentyment. Nie chcę kupować nowego jachtu, wolałem wyremontować stary. – Po chwili dodał: – Jestem tu z rodziną, może pan dziś do nas dołączy? Zrobimy ognisko, pośpiewamy.
– Z wielką przyjemnością... Tylko że jestem tu z kolegą...
– To proszę również przyprowadzić kolegę. Czekamy na was o dziewiętnastej.

*

Tego dnia przybili do brzegu wcześniej niż zwykle. Marta zapatrzona w krajobraz podziwiała jego piękno. Bieszczady skąpane były w delikatnym blasku popołudniowego słońca. Zielone wzgórza przycupnięte nad jeziorem przeglądały się w wodzie, podziwiając nieskromnie swą urodę. Wilgotne powietrze wciskało się w liściastą ścianę drzew, ożywiając ich zieleń. Liście szeptały i lekko szumiały zadowolone z pogody. Kawałek dalej dwie nagie skały wygrzewały się w słońcu.

Dziewczyna oderwała wzrok od brzegu, przeniosła na jezioro. Tu też było piękne. Złote refleksy tańczyły na tafli wody, promienie załamywały się i odbijały od jeziora. W tym cichym tańcu towarzyszyła im Betty, leniwie kołysząc się w takt wiatru. Białe żagle łodzi przyjaźnie szamotały się z zefirkiem jak pierwszoklasiści podczas przerwy.

Podniosła głowę do góry. Niebo lekko zasłonięte niebieskim tiulem obiecywało przyjemny, bezdeszczowy wieczór. Zamknęła na chwilę oczy i z radością wciągnęła orzeźwiające powietrze.

Głosy dochodzące z rufy przywołały dziewczynę do przyziemnych obowiązków. Widząc, że Robert i Iza zajęli się żaglami, Marta poszła pomagać Renacie w przygotowaniu posiłku.

– Nie przesadzajcie z jedzeniem, bo za chwilę zrobimy grilla – powiedział Orłowski. Potem dodał: – Moje panie, dziś będziemy mieli gości. Ogarnijcie się jakoś, żebyście nie przyniosły mi wstydu. Marta, podmaluj się trochę, weź przykład z mojej żony, ona zawsze ma makijaż.

– Po co miałam się tutaj malować, przecież nie było dla kogo. – Marta wzruszyła ramionami.

– Jak to dla kogo?! Chociażby dla mnie – obruszył się.

– Tatku, dla ciebie może malować się mama, a nie Marta. Czy masz zamiar iść w ślady Rodriga Borgii? – wtrąciła Iza.

– Co takiego?! Skąd wiesz o Borgiach? – zapytał zaskoczony Robert.

– Z *Rodziny Borgiów* Maria Puza – odpowiedziała za nią Marta. – Mówiłam wam, żebyście zainteresowali się tym, co czyta Iza.

– Dlaczego nam nie powiedziałaś, że ona czyta takie książki? – oburzył się Robert.

– Zwróciłam wam uwagę – dziewczyna wzruszyła ramionami. – Miałam na nią donosić?

– Cholera! Iza, zabraniam ci czytać książki dla dorosłych! Słyszysz?! Każda książka, którą weźmiesz do ręki ma przejść przez naszą cenzurę: moją, mamy albo Marty. Zrozumiałaś? Ja teraz nie żartuję – powiedział ostro. Po czym zwrócił się do żony: – Renata, masz poświęcać więcej czasu i uwagi swojej córce, a nie szmatom. Twoim podstawowym obowiązkiem jest prowadzić dom i wychowywać córkę, a nie przesiadywać w sklepach albo liczyć sprzedane podkoszulki. Pieniędzy na razie nam nie brakuje, do cholery! Jeśli nie potrafisz pogodzić jednego z drugim, to musisz zrezygnować z zabawy w bizneswoman – zakomunikował chłodno.

Marta, widząc burzę, jaka się rozpętała wśród Orłowskich, wstała z leżaka i zeszła na dół pod pokład. Dawno nie widziała Roberta tak zdenerwowanego. Pierwszy raz usłyszała również, żeby zwracał się do żony po imieniu... Zawsze mówił do niej Malutka.

*

Punktualnie o dziewiętnastej na nadbrzeżu przy jachcie, pojawili się dwaj zaproszeni lekarze. Robertowi przeszła już złość. Zawołał gości na pokład.

Na widok drugiego lekarza zrzedła mu mina. Znał go z widzenia i ze słyszenia. Doktor Sebastian Słowik nie cieszył się dobrą opinią wśród żonatych lekarzy. Ginekologiem był nienajgorszym, ale zawodowe zainteresowania żeńskimi narządami płciowymi przeniósł również do swojego życia prywatnego. Interesowały go pochwy nie tylko pacjentek i żony, ale również wielu innych kobiet. Ostatnio, jako prawie rozwodnik (był w separacji z żoną), prowadził bardzo intensywne życie towarzyskie. Był przystojnym mężczyzną, wysokim szatynem o zawsze potarganych włosach i uśmiechu lekkoducha.

Leszek Bigaj, potencjalny kandydat na narzeczonego dla Marty, był przeciwieństwem Słowika. Cichy, nieśmiały, o przeciętnej urodzie, był typem naukowca z nosem utkwionym w książce. Według Roberta pochwa interesowała Bigaja jedynie jako miejsce rozrodcze, a nie miejsce rozkoszy. Robert w międzyczasie zrobił mały wywiad środowiskowy, zadzwonił do kilku znajomych lekarzy, którzy znali lepiej Bigaja. Dowiedział się, że Leszek ma trzydzieści jeden lat, nie ma żony ani narzeczonej. Robi specjalizację drugiego stopnia, pracuje w szpitalu, w przychodni i na uczelni. Jednym słowem: jego życie to praca. Mimo jego młodego wieku, koledzy lekarze cenili go i prognozowali mu piękną karierę w tym zawodzie.

Robert oprowadził gości po jachcie, nie mógł tylko pokazać kajuty zajmowanej przez Martę, bo się właśnie w niej przebierała. Za chwilę zjawiła się na pokładzie w całej pełni swej urody. Dumny Robert z zadowoleniem obserwował twarze mężczyzn. Widać było, że dziewczyna zrobiła na nich duże wrażenie. Wyglądała wyjątkowo dobrze. Świeżo umyte włosy, subtelny makijaż podkreślający jej urodę i seksowne ubranie zrobiły swoje. Mężczyźni patrzyli na nią z zachwytem. Obcisłe białe korsarki, długie za kolano, oblepiały zmysłowo jej fantastyczną figurę a dopasowany podkoszulek w granatowo-białe paski podkreślał opalony dekolt.

Robert lekko uśmiechnął się do lekarzy.

– Poznajcie moją kuzynkę. – Dokonał prezentacji i zwrócił się do Słowika: – Gdzie pana żona, doktorze?

– Już nie mam żony. Jestem sam jak palec.

– Nie licząc tych dziewięciu pozostałych kobiet. – Robert uśmiechnął się złośliwie. – Ostatnio, gdy widziałem pana w objęciach seksownej blondynki, nie wyglądał pan na samotnego.

– To dawno nieaktualne.

– Nie mówię o tej, co ją tu ostatnio widziałem, ale o tej sprzed tygodnia.

– To też nieaktualne.

– Hm, myślałem co innego, patrząc, jak ją pan całuje na ulicy – wymyślił Robert na poczekaniu.

Strzał był celny, bo Słowik nic już nie powiedział, tylko głupawo się uśmiechnął.

Wieczór upłynął w miłej atmosferze. Obaj panowie starali się za wszelką cenę zainteresować sobą dziewczynę. Przypominali dwa pieski merdające ogonkami, łaszące się, żeby zwrócić na siebie więcej uwagi swojego pana. Prawili komplementy, opowiadali szpitalne anegdotki i dzielili się wrażeniami z odbytych egzotycznych podróży. Robert z przyjemnością stwierdził, że Leszek potrafi być interesującym rozmówcą. Wcześniej obawiał się, że na tle swojego kolegi Bigaj wypadnie wyjątkowo nieciekawie. Tymczasem młody lekarz mile go zaskoczył. Zauważył również, że Marta więcej uwagi poświęcała Leszkowi niż przystojnemu Sebastianowi. Nie wiedział, że głównym powodem tego było imię. Marta czuła awersję do wszystkich Sebastianów świata! Jej eks-chłopak miał tak na imię.

Mężczyźni dopiero po północy opuścili Orłowskich. Umówili się rano na wspólny rejs.

Nazajutrz zaraz po śniadaniu zadzwonił Mark z informacją, że jest w drodze do Krakowa. Poprosił Martę, żeby przyszła do niego wieczorem. Dziewczyna, cała w skowronkach, na poczekaniu wymyśliła grilla u koleżanki i oświadczyła Robertowi, że koniecznie musi tam być obecna i prawdopodobnie zostanie u niej na noc. Zapowiedziała nawet, że jest gotowa jechać autobusem, jeśli Orłowscy mają ochotę zostać dłużej nad jeziorem. Roberta trochę zdziwiła zdecydowana postawa Marty. Zaczął podejrzewać, że stoi za tym jakiś facet, ale Renata uspokoiła go i powiedziała, że również ona chce wracać wcześniej do domu. Robert poddał się – kobiety zwyciężyły. Rejs trwał krótko, już o drugiej zaczęli zbierać się do drogi.

Obaj mężczyźni próbowali umówić się z Martą, ale jasno dawała im do zrozumienia, że nie jest zainteresowana randką. Robert jednak postanowił doprowadzić w najbliższym czasie do powtórnego spotkania w Krakowie, ale tym razem bez Sebastiana Słowika.

Rozdział 40

Marta wbiegła po schodach, nacisnęła dzwonek. Kiedy czekała, aż Mark otworzy drzwi, jej serce trzepotało w piersiach jak wielki motyl. Na jego widok rzuciła mu się na szyję.

– Nareszcie jesteś! – zawołała radośnie. – Tęskniłeś?

– Oczywiście – powiedział i uśmiechnął się trochę niepewnie. Marta z zaniepokojeniem popatrzyła na mężczyznę. Wyglądał na zmęczonego. Oczy miał podkrążone, twarz bladą.

– Czy coś się stało? – zapytała.

– A co miało się stać? Jestem trochę zmęczony po podróży – powiedział i skierował się ku kuchni. – Mam dla nas kolację, kupiłem gotową. Właśnie podgrzewam.

Marta z trudem przełykała kęsy jedzenia. Czuła niepokój. Spodziewała się innej reakcji Marka po tak długiej rozłące. Przewidywała, że będzie chciał najpierw zaspokoić głód, ale nie w kuchni, tylko w sypialni.

– I jak było na żaglach?

– Fajnie. Trochę nudno, ale sympatycznie – bąknęła. Po chwili jednak uśmiechnęła się lekko. – Do soboty. Wczoraj nie było już nudno... Robert przypomniał sobie, że mam dwadzieścia pięć lat i zaczyna grozić mi staropanieństwo. Przyprowadził mi dwóch absztyfikantów.

– Taak? – zapytał przeciągle Mark. Spojrzał badawczo na Martę. – I wybrałaś jakiegoś?

Dziewczyna wzruszyła ramionami.

– Gdybym wybrała, to nie byłoby mnie tutaj – odparła cicho.

Na chwilę zapadła cisza, Mark w milczeniu obserwował dziewczynę. Skończył jeść, wypił wino i ponownie napełnił kieliszek. Jakiś czas później, gdy opróżnił następną lampkę, wstał, mówiąc:

– Muszę się wykąpać. Umyjesz mi plecy?

*

Marta biegła przez las, uciekała przed Markiem. Było ciemno, tylko Księżyc swą srebrną poświatą podświetlał konary drzew. W dali słychać było pohukiwanie sowy. Bała się. Bała się Marka. Wiedziała, że grozi jej niebezpieczeństwo, chociaż głośno zapewniał ją, że nic złego jej nie zrobi i wołał, żeby się zatrzymała. Ale nie wierzyła mu i dalej biegła. A on za nią. Był coraz bliżej, tuż, tuż. Czuła jego oddech na swojej szyi. Dopadł ją, chwycił za ramię i pociągnął ku sobie. „Nic ci nie zrobię, nie bój się mnie" – powiedział i uśmiechnął się szeroko. Wtedy ujrzała wielkie, białe wampirze kły.

Przerażona Marta, otworzyła oczy i zobaczyła nachyloną nad sobą twarz Marka. Z podpartą na łokciu głową patrzył na nią.

– O Boże! Mark, nie zabijaj mnie, kochanie! – zawołała.

– Cicho, to tylko sen – próbował uspokoić Martę.

Światło budzącego się dnia wdzierało się nieśmiało do pokoju. Na twarzy Marka malował się dziwny smutek.

Serce dziewczyny powoli wracało do zwykłego rytmu. Zniknęły resztki snu.

– Co robisz? Dlaczego nie śpisz, tylko mi się przyglądasz? – zapytała.

Odwrócił głowę od niej, spojrzał przed siebie.

– Nie mogę spać – odparł cicho.

– Mark, powiedz co się stało? Przecież widzę, że coś się wydarzyło. Masz jakieś kłopoty?

Nie od razu odpowiedział.

– Tak. Moi szefowie żądają ode mnie czegoś, czego nie mogę zrobić... – Poprawił się: – Czego nie chcę zrobić.

– Czy to dotyczy mnie? – zapytała niepewnie.

– Nie. Skąd ci to przyszło do głowy – zaprzeczył, ale dziewczyna wyczuła w jego głosie jakiś dysonans.

Przytulił ją i pocałował. Całował długo, delikatnie, z czułością... Jakby pocałunek miał zastąpić słowa miłości. Wreszcie oderwał się od jej ust i zjechał niżej. Zaczął delikatnie pieścić szyję i piersi. Delektował się nieśpiesznie jasnobrązowymi brodawkami, gładził, ważył jędrne półkule, żeby po chwili przesunąć się niżej, w stronę brzucha. Koniuszkiem języka badał jego aksamitną gładkość i małe wgłębienie pępka. Chwilę później kontynuował swój erotyczny spacer, przesuwając się jeszcze niżej, aż dotarł do najważniejszego miejsca. Ustami i językiem wędrował po intymnych zakamarkach jej ciała, smakując ją jak soczysty owoc. Pod wpływem pieszczot ciało Marty szybko przygotowywało się do miłosnego aktu. Po chwili, wilgotna i rozpalona, była już gotowa na przyjęcie go w siebie. Wszedł w nią mocno i głęboko. Z radością go w sobie powitała. Objęła go ramionami i oplotła nogami, jakby chciała wykrzyczeć całemu światu, że ten mężczyzna należy do niej. Tylko do niej! Ich ciała pasowały idealnie, jakby były dla siebie stworzone. Żarłocznie wessani w siebie poddali się wspólnemu rytmowi miłości, by razem poszybować ku szczytom spełnienia...

*

Przez następne dni Marta, tak jak przedtem, spotykała się z Markiem do południa. Po dziwnym niedzielnym powitaniu wszystko wróciło do normy. Znowu było dużo seksu, ale była też czułość i ta intymna bliskość charakterystyczna dla ludzi zakochanych. Dni spędzali w domu, albo, kiedy była ładna pogoda, wyruszali na krótkie wycieczki: do Kryspinowa lub nad Rabę. Byli również w Ojcowie oglądać Maczugę Herkulesa.

– Faktycznie, ta maczuga nie zmieściłaby się na Wawelu – stwierdził Mark, stojąc u podnóża skały.

Marta zawiozła go również do Nowej Huty, żeby mu pokazać miejsce, gdzie kiedyś stał pomnik Lenina. Dzielnica jednak nie za bardzo spodobała się Markowi, natomiast był zachwycony żydowskim Kazimierzem. Razem odwiedzili synagogi i żydowski cmentarz.

W czwartek padał deszcz, dlatego cały dzień spędzili nie wychodząc z mieszkania. Leżeli w łóżku, kochali się, odpoczywali... Nie zakładali na siebie ubrania nawet podczas posiłku, tylko siedzieli nago przy niewielkim stoliku w kuchni, patrząc bardziej łakomie na siebie niż na potrawę.

W pewnym momencie Mark nieoczekiwanie odstawił swój talerz.

– Nie chcę lasagne, chcę ciebie – zamruczał, ściągając Martę z krzesła. – Później dokończymy obiad.

Usunął ze stołu drugi talerz i sztućce i ułożył na nim dziewczynę. Rozsunął nogi Marty i zaczął z wielkim apetytem kosztować jej ciała...

Po nasyceniu zmysłów i żołądka wrócili do sypialni.

Marta z nudów, widząc na biurku aparat, wzięła go ręki i zrobiła Markowi zdjęcie.

– Jesteś przystojniejszy niż Apollo Belwederski – powiedziała, pozując mężczyznę na wzór rzeźby i pstrykając mu fotki. – No i twoje przyrodzenie jest bardziej okazałe od jego.

– Ty bezwstydnico, możesz oglądać jego posąg, ale tylko z listkiem figowym – powiedział, odbierając jej aparat. – Teraz moja kolej. Wenus z Milo nawet nie umywa się do ciebie. Jesteś dużo zgrabniejsza od niej i masz ręce, które czasami potrafisz umiejętnie wykorzystać.

Dziewczyna przyjmowała różne pozy a Mark pstrykał jej zdjęcie za zdjęciem. Na stojąco, na siedząco i na leżąco. W pewnym momencie, leżąc na sofie, z uwodzicielskim uśmiechem na ustach rozchyliła uda.

– No, tym zdjęciem zbiłbym majątek, gdybym poszedł z nim do Playboya czy Hustlera – powiedział i odłożył aparat. – Koniec sesji zdjęciowej. Zobacz, co narobiłaś, teraz żaden listek go nie zasłoni – zamruczał pożądliwie i przykrył Martę sobą.

Rozdział 41

Pod wieczór odwiedzili dom Orłowskich niespodziewani goście –
Zbyszek z córką. Wcześniej zadzwonił z pytaniem, czy może
wpaść na chwilkę.

Robert na razie nie chciał, żeby ktoś z jego szkolnych znajomych spotkał Martę, bo mogłoby się wydać, że jest córką Ewy
Kruczkowskiej. Nakazał jej nie wychodzić z pokoju. Dziewczyna,
zamiast siedzieć w swojej sypialni, wolała odwiedzić „koleżankę".
Robert zgodził się niechętnie.

Godzinę później nadjechał Zbyszek z Emilką

– Myślałem, że jesteś w trasie. Zawsze mówiłeś, że przyjeżdżasz
do domu dopiero na weekend – powiedział Robert przy powitaniu.

– W tym tygodniu skończyłem pracę wyjątkowo wcześnie. Nie
będę ci długo zawracał głowy, wpadłem tylko na chwilkę – zaczął
się usprawiedliwiać.

– Nie wygłupiaj się. Emilka, chodź, zaprowadzę cię do Izy.
Jest w ogrodzie. Prawdopodobnie znowu czyta na hamaku jakąś
książkę – powiedział Robert.

Zostawił obie dziewczynki i wrócił do Zbyszka.

– Nie zaproponuję ci drinka, ale może napijesz się kawy?

Poszedł do kuchni robić kawę a za nim pomaszerował jego gość.

– Sam jesteś w domu? Nie ma Renaty?

– Jeszcze nie wróciła, miała po pracy jechać na osiedle Oświe-
cenia na zakupy.

– Przecież to w Hucie! Kawał drogi!

– Ale tam znajduje się sklep Jaga, który jest najlepiej zaopatrzonym w przyprawy sklepem w Krakowie. To podobno jedyne miejsce, gdzie można kupić amoniak. Pani Stasia obiecała upiec pyszne ciasteczka, ale potrzebny jest do tego amoniak – powiedział Robert, żeby podtrzymać konwersację.

Z kawą i szarlotką poszli na taras. Przestało padać, zrobiła się piękna pogoda. Lekki zefirek przepędził chmury na dobre. Słońce zawładnęło niebem, radośnie wysyłając swe promieniste pocałunki, jakby na powitanie gości.

Mężczyźni chwilę rozmawiali o ostatnich wydarzeniach, o weselu i śmierci Nogi. Wreszcie Zbyszek wyjawił przyczynę swojej wizyty.

– Robert, głupia sprawa, ale potrzebuję pożyczyć pięć tysięcy. Chodzi o Emilkę... Znalazłem dobrego okulistę w Szwajcarii.

– Co to za lekarz? Może o nim słyszałem?

– Na pewno go nie znasz – uciął szorstko. – Nie mam za bardzo od kogo pożyczyć forsy. Janusz i Mariola wyjechali, Arturowi nie chcę zawracać teraz głowy, a Jurek buduje dom.

– Oczywiście, że ci pożyczę.

Robert wyszedł do gabinetu i zaraz wrócił z plikiem banknotów.

– Oddam do trzech miesięcy.

– Nie ma sprawy – odparł Orłowski. Po chwili z pewnym wahaniem zaproponował: – Jeśli chcesz, to mogę się rozejrzeć za dobrym okulistą. Popytam znajomych.

– Nie ma takiej potrzeby. Emilka jest pod dobrą opieką. Ten lekarz w Szwajcarii specjalizuje się w takich przypadkach, jak Emilka. – Po chwili zmienił temat. – Powiedz mi lepiej, gdzie wybieracie się na wakacje w tym roku?

*

Marta podjechała pod dom Marka. Nie dzwoniła wcześniej do niego, chciała zrobić mu niespodziankę. Nacisnęła domofon. Nic.

Jeszcze raz przycisnęła guzik. Znowu bez efektu. Wyjęła telefon i wybrała do niego numer. Odebrał od razu.

– Mark, gdzie jesteś?

– Jak to gdzie, w domu – usłyszała zdziwiona. – Właśnie skończyłem czytać *Trylogię*. Odpocznę chwilę i zabieram się do artykułu.

– Chyba dzisiaj nic nie napiszesz. Wpuść mnie, stoję przed wejściem. Zepsuł ci się domofon?

Nie usłyszała odpowiedzi.

– Mark, słyszysz mnie?

– Nie ma mnie w domu – odpowiedział po chwili dziwnym głosem. – Jutro ci wszystko wytłumaczę. Teraz muszę kończyć. Przyjedź do mnie z samego rana. – Odłożył słuchawkę.

Marta stała nadal, trzymając telefon w dłoni. Serce zaczęło jej bić niespokojnie. Rozejrzała się po parkingu. Nie zauważyła jego samochodu w miejscu, gdzie zwykle parkował. Może kłamie, bo jest w mieszkaniu z jakąś inną kobietą, przeleciało jej przez myśl. Weszła do klatki razem z chłopcem, mieszkańcem bloku. Nacisnęła dzwonek do mieszkania Marka. Przycisnęła ucho do drzwi i zaczęła nasłuchiwać.

– Tam nikogo nie ma – powiedział chłopiec. – Ten pan wyszedł zaraz za panią i gdzieś pojechał.

Dziewczyna dopiero teraz zauważyła chłopca, który stał na półpiętrze i ją obserwował. Był dużo młodszy od Izy.

– Ty tu mieszkasz? Znasz mojego znajomego? – zapytała.

– Pewnie, że go znam. Byłem nawet kilka razy u niego w mieszkaniu, gdy Boluś uciekł na jego balkon. Ten pan dał mi trzy batony, które kupił w Wiedniu. Tak nazywa się miasto, w którym on mieszka. Te batony były pyszne, lepsze od naszych. Kiedyś mnie poczęstował też chipsami, ale naszymi, polskimi. My mieszkamy piętro wyżej – powiedział. – Ten pan to raz nawet sam odniósł nam Bolusia. Boluś go lubi, a mój kot nie za bardzo lubi ludzi.

Marta wyjęła gumę do żucia.

– Jak ci na imię?

– Kamil.

– Chcesz gumę? – Poczęstowała chłopca. – Ja też miałam kotka, Filusia, ale już nie żyje.

– A co mu się stało?

– Uciekł przez balkon i ktoś mu zrobił krzywdę.

– Ja zawsze Bolkowi mówię, żeby nie uciekał, ale on mnie nie słucha – zaniepokoił się chłopiec. – Wystarczy na chwilkę otworzyć drzwi, a on już jest na dole. Dobrze chociaż, że ucieka tylko na balkon tego pana z Austrii. Czasami siedzi tam aż do nocy i dopiero jak ten pan wraca, to możemy go odebrać.

– Często się zdarza, że mojego przyjaciela nie ma wieczorami w mieszkaniu? – zapytała zdziwiona.

– No pewnie. Ten pan zawsze zaraz po pani wyjściu odjeżdża gdzieś samochodem i wraca, gdy jest już bardzo późno.

– Skąd wiesz? Szpiegujesz go?

– Wcale nie szpieguję! – oburzył się. – Mama nie chce, żebym siedział w domu, gdy jest ładna pogoda, no to bawię się przed blokiem.

– Przepraszam – zreflektowała się szybko. – Faktycznie jesteś bardzo spostrzegawczy. Może kiedyś zostaniesz detektywem. O której wczoraj mój przyjaciel wrócił do domu?

– W ogóle nie wrócił. I Boluś całą noc spał na jego balkonie. Nie rozumiem, co on widzi w tym balkonie. Przez to nie mogłem zasnąć. Dopiero rano, jak ten pan wrócił, to wziąłem Bolusia do domu. Dobrze, że jest teraz lato, to nie zmarzł, ale co by było, gdyby to była zima. – Chłopiec westchnął głośno.

– Mówisz, że mój znajomy często nie wraca na noc?

– Nie często, ale czasami mu się zdarza.

– A przychodzi tu ktoś do niego? Jakaś pani?

– Nie. Tylko pani tutaj przychodzi. Nie było tu nigdy nikogo innego.

– Jesteś tego pewny? Może nie zauważyłeś?

– Nie. Nikt tu nie przychodzi. Mama nawet chciała poczęstować tego pana z Austrii ciastem, gdy odniósł nam Bolusia, ale on nie chciał, powiedział, że nie ma czasu. A pani ma męża?

– Nie... Dlaczego pytasz?

– Mama mówiła do cioci, że na pewno musi pani mieć męża, jeśli spotykacie się tylko przed południem. Jeśli nie ma pani męża, to chyba ten pan jest pani narzeczonym?

– Można to tak nazwać.

– Hm, muszę powiedzieć o tym mamie. Moja mama szuka męża, bo tata nie mieszka z nami, bo znalazł sobie zdzirę, tak mówi mama.

– Acha. Chcesz jeszcze gumę? To masz, bierz wszystkie.

Następnego dnia rano z głośno bijącym sercem stanęła przed drzwiami Marka. Bała się tego spotkania. Bała się jego kłamstw. Bała się również prawdy...

Mark otworzył drzwi z uśmiechem na twarzy i ręcznikiem na gołych ramionach. Tak jak zwykle pocałował ją w policzek.

– Jesteś wreszcie. Ładna pogoda, może pojedziemy gdzieś za miasto? Tylko wezmę szybki prysznic, bo właśnie zrobiłem sto pompek.

Poszedł do łazienki, jakby nigdy nic! Po kilku minutach wyszedł z niej i przytulił Martę.

– No, teraz jestem do twojej dyspozycji – powiedział z uśmiechem.

– Mark, dlaczego wczoraj kłamałeś? – zapytała cicho.

Spojrzał na nią, nadal się uśmiechając. Westchnął.

– Tak to jest, gdy się nie umie kłamać. Chodź, coś ci pokażę.

Zaprowadził ją do drugiego pokoju. Pod oknem stała sztaluga a na niej rysunek wykonany węglem, przedstawiający jej akt.

– Chciałem skłamać i powiedzieć ci, że sam to narysowałem. Że całe popołudnie spędziłem rysując twój akt, ale się wydało...

– znowu westchnął. – Narysował to facet na Floriańskiej. To znaczy, ja też trochę umiem malować, coś narysowałem, ale on po mnie poprawił. Bałem się, że ci się nie spodoba, że pokazałem mu twoje zdjęcie... Niby nic tu takiego nie widać, jedynie piersi, ale zrobiłem to bez twojej wiedzy...

Martę zamurowało – nigdy nie spodziewałaby się takiego wytłumaczenia!

– *Mein Schatz*, przepraszam, że nie zapytałem cię o zgodę, ale myślałem, że uda mi się samemu cię narysować, bez niczyjej pomocy. – Spojrzał w jej oczy z odrobiną skruchy. – Nie gniewasz się, że obcy facet widział twoje zdjęcie?

– Nie. Nie gniewam się. Zresztą tu faktycznie nic takiego nieprzyzwoitego nie widać. I muszę przyznać, że ten ktoś, kto to malował, ma talent – powiedziała po chwili. – Ale powiedz mi, dlaczego nie ma cię w domu całymi wieczorami? Podobno nawet nie wracasz na noc.

Spojrzenie Marka zmieniło się, w miejsce skruchy pojawiło się coś innego. Niezadowolenie? Zniecierpliwienie? Złość? Ale na pewno nie zakłopotanie. Odsunął się od niej.

– Widzę, że ten mały mnie szpieguje? I donosi tobie. Już mu nie dam więcej batonów.

– Mały nie jest winny, to ja wzięłam go na spytki... Mark, okazuje się, że cię w ogóle nie znam. Nadal nic o tobie nie wiem. Nawet nie wiem, co robisz w Krakowie wieczorami – powiedziała cicho. – Okłamujesz mnie, że czas spędzasz siedząc w mieszkaniu i pisząc artykuł... Czy masz tu kogoś oprócz mnie? – zapytała niepewnie. – Jakąś inną dziewczynę?

Roześmiał się. Jego uśmiech rozświetlił pokój jak błyskawica. Nic nie powiedział, tylko kręcił głową, z rozbawieniem patrząc na nią. Potem znowu ją przytulił.

– *Mein Schatz*, po spotkaniu z tobą nie mam już w sobie żadnych soków, jestem pusty jak bukłak beduina po miesięcznym spacerze po Saharze. Nie potrafiłbym obsłużyć żadnej kobiety. Nawet Miss World. Zresztą, ty jesteś ładniejsza od każdej plastikowej miss – powiedział. – Mówiłem ci, że podczas twojej nieobecności piszę artykuł, ale nigdy nie mówiłem, że tylko w mieszkaniu. Muszę odwiedzać biblioteki, muzea, różnych ludzi. To już nie będzie jedynie artykuł w periodyku, chcą mi go wydać w postaci książkowej. Nie wtajemniczałem cię w to wszystko, bo po co, jest tyle ciekawszych tematów do rozmowy i czynności do robienia... – Przesłał jej uśmiech psotnego uczniaka i przyciągnął do siebie. – Wycieczkę zaczynamy od zwiedzenia sypialni – zamruczał jej do ucha.

Rozdział 42

Robert spojrzał na biurko, została mu tylko jedna kartoteka. Czuł się zmęczony, rano wykonał kilka zabiegów a potem zbadał kilkunastu pacjentów. Wziął kartę do ręki i przeczytał nazwisko pacjentki. Matka komisarza Pięty. Otworzył drzwi.

– Zapraszam panią i pana też, komisarzu – powiedział na widok policjanta.

Zbadał rutynowo pacjentkę, obejrzał wyniki badań okresowych i zdjęcia rezonansu. Wszystko było OK.

Syn pacjentki poruszył się nerwowo na krześle. Poprosił matkę, żeby zaczekała chwilkę na niego na korytarzu.

– Przepraszam pana, doktorze, za moje trochę obcesowe zachowanie w komisariacie. Rozumiem, że chce pan pomóc, ale naprawdę nie ma podstaw do niepokoju... Wszystko wskazuje, że to był wypadek bez udziału osób trzecich. Facet wypił za dużo. Poszedł na spacer, a było gorąco i chciał się ochłodzić i dlatego wpadł na pomysł kąpieli.

– W ubraniu?

– Jak się jest pijanym, to się nie myśli, że ma się na sobie garnitur od Armaniego. Zresztą może nie chciał się kąpać, tylko się poślizgnął. Wszyscy pana znajomi, których przesłuchiwałem, potwierdzają, że facet był bardzo pijany. Nikt nie zauważył niczego podejrzanego w jego zachowaniu, oprócz tego, że wypił za dużo alkoholu.

– Podobno widziano, że rozmawiał z kimś przez telefon. Może nie był sam podczas swojego spaceru? Proszę sprawdzić, z kim rozmawiał przed śmiercią.

– Hm, nie znaleźliśmy przy nim telefonu.

– Nie znaleźliście telefonu?! Nie wydaje się to panu dziwne, że nie miał komórki przy sobie?! Teraz każdy ma telefon. Nawet jak chłop idzie do obory wyrzucić gnój, to bierze ze sobą komórkę.

– Może mu wpadła do wody?

– Przy Ewie Kruczkowskiej również nie znaleziono komórki. Czy to nie dziwne, komisarzu?

Policjant westchnął i podrapał się po głowie.

– Nie wiem, co panu odpowiedzieć. Pan znowu upiera się przy swoim... Jeszcze raz przesłuchamy jego żonę i kuzyna. Nie pamięta pan, kto widział Nogę rozmawiającego przez telefon?

– Nie wiem dokładnie, ale chyba Janusz. Janusz Brzozowski.

– Nic nam nie mówił. Zresztą nie pytaliśmy go o to. To ten prawnik?

– Tak. Może nie wiedział, że to istotne – bąknął Robert. Nie chciał sprawiać kłopotu swojemu koledze. – Słyszałem, że dzień przed weselem Noga miał gości... Odwiedziło go dwóch mięśniaków mówiących po rosyjsku. Proszę zapytać jego żonę.

– A skąd pan o tym wie, doktorze? – zdziwił się Pięta.

– Słyszałem od kogoś, nie pamiętam już od kogo.

Policjant przyjrzał mu się z uwagą.

– Doktorze, bardzo pana proszę, niech się pan nie miesza do tego. Proszę nie bawić się w Marlowe'a. Polska to nie świat Raymonda Chandlera.

– Nareszcie słyszę coś innego z ust przedstawiciela polskich stróżów prawa. Zawsze panowie mówili, że Polska to nie Ameryka. Ale to dobrze, że uczycie się zawodu od takich mistrzów jak Chandler. Czy do lektur obowiązkowych w waszej szkółce policyjnej należała też twórczość Agaty Christie i Alistaira MacLeana?

Powinniście również przerobić Sherlocka Holmesa, mimo że to inna epoka. Dedukcja to podstawa kryminalistyki.

– Och, doktorze – westchnął głośno. – Gdybym pana tak nie lubił, to powiedziałbym panu coś przykrego.

– No i gdyby pana mama nie była moją pacjentką... Prawda? – Robert zaśmiał się. – Do zobaczenia za trzy miesiące. Chyba że będę panu potrzebny w innej sprawie... W każdym razie jestem cały czas do pana dyspozycji, komisarzu.

*

Robert wszedł do domu. Pusto. Krzysiek kontynuował swoje wojaże po Stanach, Iza przebywała u dziadków w Żuradzie, nawet pan Józef z żoną pojechał do sanatorium. Renata miała spotkanie z przyjaciółkami, ale Marta powinna być już w domu. Cóż ona robi u tej koleżanki? Dlaczego jej tu nigdy nie zaprosi?

Marta... Nie przypuszczał, że tyle zamieszania zrobi ta dziewczyna w jego życiu i sercu. Nigdy wcześniej by nie uwierzył, że w tak krótkim czasie ktoś, o kogo istnieniu nawet nie wiedział, stanie się częścią jego rodziny. Ta dziewczyna była teraz dla niego tak samo ważna jak Renata, Iza i Krzysiek! A gdyby nie śmierć Ewy, nie pojawiłaby się w jego życiu...

Na myśl o Ewie zmarszczył brwi. Musi znaleźć jej mordercę! Jest jej to winny. Chociaż tyle musi zrobić dla kobiety, która urodziła tak fantastyczną istotę jak Marta. Odnalezienie mordercy stało się teraz obsesją Roberta. Ciągle analizował, dedukował i rozmyślał o śmierci Ewy i dyrektora Nogi. Na pomoc policji nie mógł liczyć, detektyw również go rozczarował. To on sam musi rozwikłać tę zagadkę.

Robert usiadł z butelką piwa w fotelu. Zaczął w myślach robić podsumowanie wszystkiego, co wie o morderstwach. Podświadomie czuł, że za tym wszystkim stoi Vick Jurgen, ale nie miał na to dowodów. Nic, nawet najcieńsza nitka, nie prowadziło do Jurgena.

Pomimo, że żaden ślad nie wskazywał na to, że Wiktor stoi na czele tej „żeńszeniowej mafii", to jednak Robert był przekonany o tym w stu procentach. Jurgen był wodzem, ale musiał mieć swoich generałów, którzy nie tylko wykonywali jego polecenia, ale również decydowali o pewnych posunięciach. W Austrii kimś takim był prawdopodobnie jego pasierb. On również nie chciał się za bardzo afiszować, tylko zasłaniał się osobą Soni Ginter – możliwe, że swojej kochanki. W Polsce generałem Jurgena musiał być ktoś ze szkolnych kolegów Roberta. Ktoś związany z żeń-szeniem, ktoś, kto był na weselu. Pozostaje pytanie: kto? Musiał to być ktoś inteligentny, nieograniczony ośmiogodzinną pracą za biurkiem. Ktoś bezwzględny, który potrafi z zimną krwią zabić człowieka.

Kto z jego kumpli był zdolny do morderstwa? Robert nie potrafił sobie odpowiedzieć na to pytanie. Według niego – nikt!

Orłowski podrapał się po głowie. Może wyszedł ze złego założenia, że mordercą musi być dawny uczeń Ewy? Może mordercą jest pasierb Jurgena? Zna przecież język polski. A może Wiktor zatrudnił zawodowca, zabójcę na zlecenie...?

Przed Robertem stanęło, ustawionych w równiutkim szeregu, bardzo dużo znaków zapytania.

Rozdział 43

W sobotę Jurek Juraszewski zaprosił Orłowskich i resztę szkolnych znajomych na grilla. Jego działka znajdowała się na Klinach. Mimo że budowa nie była jeszcze zakończona, to dom już prezentował się bardzo okazale.

– Robert, „chałupa" Jurka będzie bardziej wypasiona od twojej. Nie wstyd ci? – zauważył ze śmiechem Bogdan.

– Nigdy nie chciałem mieszkać w wypasionej „chałupie", wystarczyła mi ta, którą miałem w Bostonie. Stwierdzam z całym przekonaniem, że lepiej mieszka się w normalnym, przytulnym domku, niż w marmurowej rezydencji.

– Ładny mi ten twój domek! Ile tam masz metrów powierzchni? Pięćset?

– Ależ skąd! Tylko czterysta dziewięćdziesiąt – odparł Robert.

Wszyscy wybuchnęli śmiechem.

– Dom buduję dla córki, dla mnie jest przeznaczone tylko małe studio, żebym miał gdzie przenocować, gdy mi każe niańczyć wnuka – powiedział Jurek.

– Twoja córka wychodzi za mąż?

– Jeszcze nie. Ale jak będzie miała fajny dom, to łatwiej będzie mi znaleźć dla niej męża. – Słowom gospodarza towarzyszył śmiech gości.

Siedzieli, smażyli mięso i pili piwo. Przyjechali wszyscy, nawet Zbyszek z Emilką. Nie było tylko Artura i asystentki. Jurek tym razem jej nie zaprosił.

– Czy Zbyszek wszędzie musi tachać ze sobą to dziecko? – zdziwił się Robert, rozmawiając z Danką.

– Rzadko jest w domu, dlatego każdą chwilę chce spędzić przy niej.

Zbyszek tak jakby słyszał, że o nim jest mowa, podszedł do nich, zostawiając dziewczynkę słuchającą audiobooka.

– Robert, myślałem, że przyjedziecie z córką. Emilka bardzo polubiła Izę.

– Wywiozłem ją do teściów. Nie miała co robić w Krakowie, bo wszystkie jej koleżanki wyjechały na wakacje. Nic nie robiła, tylko całymi dniami czytała książki.

Towarzystwo bawiło się dobrze. Rozmowy i chichoty były coraz głośniejsze. Głos zabrał gospodarz.

– Ja również dostosuję się do zwyczajów Orłowskich: muzyka i dancing to część obowiązkowa imprezy. Renatko, mogę prosić do tańca?

Robert poprosił do tańca Mariolę, przyjaciółkę Janusza. Przytulając ją, poczuł, jak owiewa go dusząca chmura wody kwiatowej. Cholera, czy ona kąpie się w perfumach – pomyślał, z trudem opanowując kaszel. Mariola również chodziła z nimi do liceum, tylko do innej klasy. Miała trzech mężów: czarnoskórego Murzyna, śniadego Araba i bladego Anglika. Od kilku miesięcy była związana z Januszem. Nie mieszkali razem i nie zamierzali tego zmieniać. Janusz – swego czasu kobieciarz lubiący niezobowiązujące związki z młodszymi kobietami – teraz poczuł chęć ustatkowania się ze swoją rówieśniczką. Znali się od lat, bo Mariola była najlepszą przyjaciółką jego byłej żony. Często chodziła z nim na imprezy jako osoba towarzysząca, ale dostrzegł w niej kobietę dopiero, gdy się rozchorował. Zimą złamał nogę na nartach. Nie miał kto się nim opiekować, bo dzieci i eksżona byli na zimowisku. Dowiedziała się o tym Mariola i niczym Florence Nightingale roztoczyła nad nim swe opiekuńcze skrzydła. Pielęgnowała, gotowała, dbała o niego, dogadzała mu tak skutecznie, że zdobyła jego serce.

– Jak było na wczasach? – zagaił rozmowę Robert. – Gdzie byliście?

– W Chorwacji. Wszystko było super: pogoda, hotel, jedzenie. Towarzystwo również. Wracając, zahaczyliśmy o Wiedeń.

– Wiedeń? – zdziwił się. Postawił uszy jak zając i wytężył słuch. – To chyba nie po drodze. Cóż tam robiliście?

– Wstąpiliśmy do Panaxu. Janusz zajmuje się doradztwem prawnym firmy.

– Nie wiedziałem. No, no, widzę, że jego klientela już przekroczyła polskie granice.

– Co się dziwisz, przecież Panax działa również na terenie Polski. Potrzebowali dobrego prawnika, poprosili więc Andrzeja Rogosza, żeby polecił im specjalistę od spraw gospodarczych, więc dobry kolega pomyślał o swoim starym kumplu z harcerstwa. Jesteś do niego uprzedzony, ale Andrzej naprawdę jest w porządku. Można na nim polegać. Zawsze pamięta o swoich. O Bogdanie też pamiętał.

– Bogdan również pracuje dla Panaxu?

– Tak. Zrobił meble, gdy otwierano nowe biuro. Jego robota spodobała się innym, nawiązał współpracę z dużym salonem meblowym i dostarcza im teraz swoje meble.

– Czy Andrzej jest udziałowcem Panaxu?

– Ależ skąd. Zna tylko prezeskę, Sonię Ginter.

– Słyszałem, że ta Sonia to dziewczyna pasierba Wiktora, to znaczy Vicka Jurgena.

– Nie wiem, nie znam ani jego, ani jej. Wiktora też nie widziałam całe wieki – odparła. – Ale co tak nagle się zainteresowałeś Panaxem? Jeszcze niedawno śmiałeś się z żeń-szenia.

– Zmieniłem zdanie. Nie mówiła ci Danka, że wykupiłem całą roczną produkcję waszej firmy? Trzeba przyznać, że to dobry towar.

– No widzisz? A nie wierzyłeś.

– Nawet zastanawiam się, czy się nie zająć sprzedażą bezpośrednią. Sprzedawanie żeń-szenia to przyjemniejsza praca niż wykonywanie kraniotomii czy trepanacji czaszki.

– Zgadzam się z tobą. Ja bym za żadne skarby nie mogła komuś wiercić w głowie. Brr, na samą myśl robi mi się niedobrze.

– W ścianie czy w głowie, wiercenie jak wiercenie, tylko podłoże jest inne. Inaczej wchodzi wiertło, no i nie da się używać wiertarki udarowej – powiedział z poważną miną. Kobieta parsknęła śmiechem.

Skończyli tańczyć. Wrócili do stołu, gdzie powitał ich aromat upieczonego boczku i karczku. Mężczyźni głośno dzielili się swymi teoriami o sposobach przyrządzania mięs na grillu.

Robert wyłączył się, nadal przeżuwał ciekawostki usłyszane od Marioli – prawie wszyscy jego koledzy są powiązani z Panaxem!

Znowu zaczął zastanawiać się nad osobą Andrzeja Rogosza. Czy to on jest tym generałem Jurgena w Polsce? Poseł zamieszany w handel narkotykami? Poseł mordercą? Brzmi niewiarygodnie. Ale wszystkie sznurki prowadzą do Andrzeja. Był w Jaśle, był na weselu, był na pogrzebie. Załatwił Panaxowi prawnika i nawet stolarza. Jego związek z Panaxem jest tak oczywisty, że... że to niemożliwe, żeby on był tą osobą! Owszem, jest człowiekiem Jurgena, ale nie jest człowiekiem od brudnej roboty. Wiktor nie jest głupi, po co miałby kalać piękny wizerunek posła, przecież poseł może mu się przydać do załatwienia niejednej sprawy. Opinia Andrzeja Rogosza musi być nieposzkalowana, tak jak i jego – Vicka Jurgena.

Kładąc się do łóżka, Robert zrobił mały bilans dnia. Odpadł jeden podejrzany: Andrzej Rogosz. On na pewno nie był mordercą!

Rozdział 44

Marta i Mark pojechali do kopalni soli w Wieliczce. Zaparkowali i poszli w stronę kas. Kolejka była długa. Mark nie był nigdy w kopalni, Marta była, ale kilka lat temu, jeszcze przed chorobą ojca. Dziewczyna stanęła w kolejce, a Mark robił zdjęcia. Przyglądała się z dumą swojemu mężczyźnie. Wyraźnie odbijał się od reszty otoczenia, jak rasowy koń wśród gospodarskich wałachów.

Nagle zauważyła na jego twarzy pewien niepokój, gdy w polu widzenia pojawił się wysoki, barczysty blondyn. Na jego widok Mark odwrócił się, zamierzając odejść, mężczyzna jednak nie pozwolił mu na to. Podszedł do Marka i jowialnie się przywitał.

Marta, stojąc w kolejce, usłyszała, że mówią po niemiecku. Rozmawiali chyba o niej, bo nieznajomy patrzył w jej stronę. Dziewczyna zauważyła u Marka zmieszanie. Zajęła kolejkę i ku niezadowoleniu swojego przyjaciela podeszła do nich. Przywitała się po angielsku. Mark z ociąganiem przedstawił ich sobie.

– Marta, za długa ta kolejka, nie chce mi się stać, przyjdziemy tu kiedy indziej – powiedział po polsku.

Już mieli odejść, gdy podeszła do nich młoda, ładna kobieta. Przywitała się z Markiem po niemiecku, całując go w policzek. Obrzuciła Martę uważnym spojrzeniem. Jakiś czas rozmawiali po niemiecku. Po chwili dziewczyna zwróciła się do Marka w języku angielskim:

– Markus, przedstaw mnie swojej kuzynce.

Zdziwiona Marta podała jej rękę.

– Miło mi poznać znajomych Markusa – powiedziała, patrząc chłodno na Marka. – Mój kuzyn nigdy nie był w kopalni soli, przywiozłam go tutaj, żeby mu pokazać jeden z siedmiu cudów Polski.

W tym momencie podszedł do nich przewodnik i Austriacy razem z nim się oddalili.

– Jeśli nie masz ochoty na zwiedzanie kopalni, możesz wracać. Dam sobie radę, wrócę do domu autobusem – powiedziała lodowatym tonem Marta.

Wróciła z powrotem do kolejki. Mark chwilę patrzył za dziewczyną, ale zaraz podszedł do niej i stanął obok w kolejce. Nie zamienili ani słowa. Dopiero gdy kupili bilety i stanęli z boku, Mark pierwszy się odezwał:

– Ta kobieta potrafi być nieobliczalna.... Kiedyś sypialiśmy ze sobą. Nie chciałem, żeby powiedziała ci coś przykrego. Hans, jej mąż, nie wie o nas, on też głupio by się poczuł.

– Nie ma sprawy, kuzynie.

– Przepraszam. Nie gniewaj się na mnie – powiedział ze skruchą.

Marta spojrzała zimno na mężczyznę.

– Wyparłeś się mnie! Jak święty Piotr!

– No właśnie, Piotr też się wyparł Jezusa, a mimo to nie tylko mu wybaczono, ale nawet ustanowiono go świętym – powiedział, przytulając ją do siebie.

– Zostaw mnie, mogą nas zauważyć twoi znajomi! – powiedziała twardo.

Mark jednak jej nie puścił, tylko mocno pocałował w usta.

Austriacy nie widzieli tego, ale widział Leszek Bigaj, który właśnie przechodził obok.

Zeszli do kopalni. Powoli mijała Marcie złość na Marka. Razem oglądali komory solne, zachwycali się Kaplicą św. Kingi i słuchali opowieści przewodnika o tym, jak odprawiano msze w siedemnastowiecznej Kaplicy św. Antoniego. Przeszli pod ziemią chyba trzy kilometry. Trochę zmarzli, ale Mark cały czas tulił dziewczynę do siebie, żeby ją ogrzać. Kiedy wychodzili z Komory Mikołaja Kopernika, natknęli się na znajomych Austriaków. Marta zauważyła na twarzy Marka krótkie wahanie, ale jednak nie przestał jej obejmować, nawet ostentacyjnie pocałował w policzek.

– Teraz nie bałeś się, że twoja znajoma zrobi ci awanturę? – zapytała z przekąsem.

– Już nie. To spotkanie pomogło mi podjąć decyzję.

– Jaką decyzję?

– Zrozumiałem, że wolę na co dzień słuchać języka polskiego, niż niemieckiego – powiedział, przeciągle patrząc w oczy dziewczyny. – Znajdziesz mi pracę w tej twojej szkole? Znam nieźle język niemiecki.

Rozdział 45

Renata Orłowska wyszła uśmiechnięta z gabinetu ginekologicznego. Wszystko OK. Zawsze po wizycie u ginekologa czuła się jak po spowiedzi: oczyszczona z niepokoju i zadowolona, że ma to już za sobą. Postanowiła to uczcić podwójną porcją lodów z bitą śmietaną i bakaliami, dlatego zamiast udać się z Placu Szczepańskiego na parking, skierowała się w stronę Rynku.

Rynek, jak zwykle o tej porze roku, był okolony z wszystkich stron wianuszkiem okrągłych stolików, okupowanych przez amatorów kawy lub piwa. Gdzie się nie zawiesiło oka, wszędzie stały rozłożone parasole. Pod kawiarnianymi muchomorami, nakrapianymi napisami reklamującymi piwo, przycupnęły liczne grona spragnionych turystów, oczarowanych tym wyjątkowym miejscem w Krakowie.

Renata stanęła w ogródku swojej ulubionej kawiarenki i rozglądała się za wolnym stolikiem. Właśnie tu, blisko Kościoła Mariackiego i ulicy Floriańskiej, najbardziej lubiła siedzieć. Uwielbiała obserwować leniwie spacerujące gołębie i pomalowanego na złoto mima, słuchać hejnału z Wieży Mariackiej i stukotu nadjeżdżającej dorożki. Chyba nie tylko ona lubiła to miejsce, ponieważ wszystkie stoliki były zajęte. Rozglądając się, zauważyła Jurka Juraszewskiego i Andrzeja Rogosza. Nie miała zbytniej ochoty na spotkanie ze swoim eksnarzeczonym, dlatego chciała odejść niepostrzeżenie, ale dostrzegł ją Jurek.

– Renatko, chodź do nas, mamy wolne miejsce!

Z wahaniem podeszła do ich stolika.

– Nie boisz się usiąść z nami? Zadzwoń do męża, czy ci na to pozwoli – ironicznie zauważył Andrzej.

– Dzień dobry – przywitała się, nie reagując na zaczepkę mężczyzny.

– Co tak oficjalnie? – zauważył Rogosz. – Dlaczego nie koleżeńskie „cześć"?

– Nie wiem, czy mogę zwracać się tak poufale do pana posła? – odparła z uśmiechem, chcąc trochę rozładować sytuację.

– Możesz. Jako była narzeczona i niedoszła żona zawsze możesz. Dla kobiet z którymi sypiałem, nie jestem posłem. – Dopiero teraz zauważyła, że mężczyzna jest na niezłym rauszu.

Zaczęła żałować, że nie poszła prosto na parking. Ignorując słowa Andrzeja, zwróciła się do Jurka.

– Jak po grillu? Mariola nie upiła się za bardzo?

– Nie. Od czasu jak jest z Januszem, mało pije.

– Co słychać u twojego męża? – głos znowu zabrał Andrzej. – Znalazł sobie już nową panienkę do łóżka? – Jego uśmiech był ciepły jak styczniowy poranek.

– Andrzej, chyba jednak zrezygnuję z lodów. Przepraszam, Jurku, ale już pójdę. – Wstała, chcąc odejść.

– Renata, przepraszam – zreflektował się Rogosz. – Jestem dziś w wyjątkowo paskudnym humorze. Zostań, proszę.

Została. Zamówiła lody i kawę. Rozmawiali o planach wakacyjnych, o domu Jurka i o pracy poselskiej Andrzeja. Zwykła rozmowa starych znajomych.

Chwilę później Renata została sama z Rogoszem, bo Jurek poszedł do toalety. Kobieta znowu poczuła skrępowanie.

– Skrzywdziłaś mnie – powiedział cicho Andrzej. – Długo bolało... I bardzo bolało...

– Wiem – szepnęła, nie patrząc mu w oczy. – Czy mi kiedyś wybaczysz?

Zaśmiał się cicho. Nic nie odpowiedział.

Nad stolikiem zawisła cisza. Renata w milczeniu piła kawę. Nie wiedziała, co powiedzieć, nie mogła się doczekać powrotu Jurka.

– Czy jesteś szczęśliwa? – usłyszała.

Nie odpowiedziała od razu. Dopiero po chwili podniosła oczy i spojrzała na mężczyznę.

– Tak. Jestem szczęśliwa.

Rogosz głośno przełknął ślinę.

– Życzę ci więc, żebyś była szczęśliwa jak najdłużej. Bo tak to już bywa ze szczęściem, że nie wiadomo, kiedy nagle i nieoczekiwanie nas opuści. Życie płata nam różne przykre figle. W jednej chwili jest nam dobrze, a za moment tracimy wszystko, co jest dla nas cenne. – Słowa Rogosza zmroziły Renatę. Wyczuła w nich groźbę. Po plecach przebiegły ją dreszcze.

W tym momencie wrócił Jurek. Renata szybko się z nimi pożegnała. Chciała uwolnić się od towarzystwa Andrzeja.

Kiedy szła w stronę parkingu, ciągle w uszach dźwięczały jej słowa Rogosza. Czuła dziwny niepokój. Nie o siebie – o Roberta.

Po drodze wstąpiła do apteki, żeby zrealizować receptę przepisaną przez lekarza. Stanęła w kolejce. Od okienka właśnie odchodził mężczyzna. Wysoki, przystojny, elegancki – taki, na którego kobiety zwracają uwagę. Ten człowiek przypominał jej kogoś, tylko nie wiedziała kogo. On też na nią spojrzał. Jego oczy jego były zimne jak grenlandzki lodowiec. Kiedy mijał ludzi w kolejce, jakaś kobieta potrąciła go, wytrącając mu z rąk lekarstwa.

– Proszę uważać – powiedział ostro.

Wtedy Renata rozpoznała mężczyznę. Widziała go tylko jeden raz, kilka lat temu, ale zapamiętała jego wyraz twarzy i podniesiony głos, gdy chlusnęła mu w twarz kieliszkiem czerwonego wina. Był to Vick Jurgen.

Mężczyzna wyszedł z apteki, ona również wyszła, rezygnując z realizacji recepty. Szła za nim kilka kroków z tyłu. Wmieszała się w tłum ludzi, żeby jej nie zauważył. Jurgen szedł w kierunku Kościoła Mariackiego, ale tam nie doszedł, tylko skręcił w stronę kawiarnianych stolików. Zaskoczona ujrzała, że zatrzymał się przy stoliku, przy którym ona niedawno siedziała. Spoczął w ratanowym fotelu, podając rękę siedzącemu tam mężczyźnie. Tym mężczyzną był Jurek Juraszewski. Andrzeja już nie było.

Chwilę stała, nie wiedząc, co o tym myśleć. Nie przypuszczała, że Jurek zna Jurgena... I że jest z nim w tak zażyłych stosunkach. Przechodzący ludzie potrącali ją, dziwnie na nią patrząc. Żeby nie zwracać uwagi, odwróciła się i podążyła w stronę parkingu. Jeszcze raz się obejrzała, by popatrzeć na stoliki. Mężczyźni dalej siedzieli i rozmawiali, Andrzeja nadal z nimi nie było.

Jadąc do domu, ciągle była myślami przy Jurku i Jurgenie. Nie wiedziała, co o tym sądzić. I nie wiedziała, czy ma o tym powiedzieć Robertowi.

Po długim namyśle postanowiła nie wspominać mężowi ani o spotkaniu z Andrzejem, ani o spotkaniu Jurgena z Jurkiem. Nie chciała, żeby Robert znowu znalazł sobie nowego podejrzanego. Znała Jurka dwadzieścia kilka lat i jednego była w stu procentach pewna: Juraszewski na pewno nie mógłby być zamieszany w handel narkotykami. Tym bardziej nie mógłby być mordercą!

Renata Orłowska była z natury osobą ufną i lojalną w stosunku do przyjaciół, dlatego w głębi serca nie wierzyła w teorię Roberta, że ktoś z jego licealnych kolegów jest mordercą. Uważała, że musi być jakieś inne wytłumaczenie. Zabójcą był na pewno ktoś obcy, może wynajęty zawodowiec?

Rozdział 46

Robert z Martą nacisnęli dzwonek przy drzwiach detektywa. Długo im nie otwierał.

– Przepraszam, ale rozmawiałem właśnie przez telefon z pewnym Pakistańczykiem. Proszę wejść – powiedział na powitanie. Weszli, usiedli wygodnie w fotelach.

– Czy czegoś się państwo napiją? Może kawy albo herbaty?

– Nie płacę panu za robienie nam kawy czy herbaty. Nie bawmy się w gościnność, panie Nikodemie. Proszę od razu powiedzieć, czego się pan dowiedział nowego – burknął Robert.

– Hm... Doktorze, dlaczego pan dzisiaj jest taki naburmuszony?

– Bo płacę panu bajońskie sumy, a nie ruszyliśmy do przodu ani o krok. Czy się pan dowiedział, kto pracował wcześniej w Panaksie? Noga czy jego kuzyn?

– Dowiedziałem się: Noga. On od początku był w Panaxie, brał udział w uruchomieniu zakładu. Z wykształcenia był chemikiem. Kuzyna zatrudniono kilka miesięcy później.

– Z tego wniosek, że Artur nie ma pojęcia o drugiej działalności Panaxu. – Robert zamyślił się na chwilę. – Odpada drugi podejrzany. Skreśliłem już Rogosza z tej listy – powiedział do detektywa tonem wyjaśnienia. – Przemyślałem to. Jurgen nie jest głupi, skandal wokół osoby posła nie byłby mu na rękę. Wcale bym się nie zdziwił, gdyby Andrzej nie miał pojęcia, co naprawdę robi jego przyjaciel Wiktor.

– Też mi się tak wydaje. Chociaż nie skreślałbym tak od razu Artura Wąsowskiego. Możliwe, że kuzyn wprowadził go we wszystkie arkany Panaxu.

– Może. Ale nie wiem, czy potrafiłby zabić własnego kuzyna. Wydaje mi się to coraz bardziej niemożliwe – stwierdził Robert.

– Mam jeszcze jedną wiadomość. Sonia Ginter nie jest dziewczyną młodego Jurgena, tylko Vicka.

– Co? Cóż, widać Jurgen, tak jak większość facetów w średnim wieku, lubi świeże pieczywo. Dwadzieścia lat różnicy to nie tak dużo, gdy się ma forsę – zauważył z uśmiechem Robert. – Dobrze, że nie ma tu mojej żony, bo znowu by się złościła na mnie. – Zamyślił się. – A o młodym Jurgenie niczego się pan nie dowiedział?

– Nie. Nie mam wtyczki w Panaxie.

– Skąd pan wie, że Sonia Ginter jest kochanką Jurgena?

– Przeglądałem stare gazety. Trzy lata temu głośny był jej rozwód. Przez pięć lat była żoną bogatego bankiera i za każdy rok małżeństwa zażyczyła sobie milion euro. Właśnie wtedy wyszedł na światło dzienne jej romans z Jurgenem. Nie dostała pięciu baniek, jak zażądała, tylko milion. Mąż tak bardzo chciał się jej pozbyć, że pomimo jej ewidentnej winy zapłacił, żeby się od niego odczepiła.

– A więc nareszcie jest dowód na to, że za tym wszystkim stoi Wiktor. Dotychczas były to przypuszczenia, ale teraz mamy pewność, że to on jest szefem.

– Robert, ale to są nadal tylko domniemania, dalej nie ma niezbitych dowodów – odezwała się Marta. – Żaden sąd by ci tego nie uznał.

– Właśnie dlatego tylu przestępców pozostaje na wolności. Nasz wymiar sprawiedliwości jest ułomny. Zresztą nie tylko nasz. Mordercy spacerują sobie po ulicy i śmieją się w twarz policji i sądów. Dlatego ja dochodzę sprawiedliwości po swojemu – podsumował Orłowski. – Co to za Pakistańczyk, z którym pan rozmawiał?

– Znajomy znajomego znajomego. Ma się rozejrzeć i popytać o Paradise.

– Panie Nikodemie, proszę się bardziej starać. Muszę koniecznie znaleźć mordercę Ewy i dopaść Jurgena. Muszę!

– Staram się, doktorze, ale to nie jest takie proste. Ja też mam rodzinę. Żona ma do mnie pretensje, że nigdy nie ma mnie w domu. W piątek zaraz po południu wyjeżdżam z nią na weekend w Bieszczady. Przy okazji zahaczę o Strzyżów i trochę tam powęszę. Będę poza zasięgiem aż do poniedziałku.

*

Dwa dni później Robert, robiąc zakupy w Galerii Kazimierz, wpadł na Mariolę. Dosłownie wpadł, bo aż wyleciały jej pakunki z ręki.

– Przepraszam, Mariolka, o mało co cię nie stratowałem – powiedział skruszony.

– Więc za karę zaproś mnie na kawę.

Poszli do małej kawiarenki. Zamówili dwie kawy i dwie porcje sernika. Ciasto było wyjątkowo smaczne, prawie tak dobre jak u teściowej w Żuradzie. Robert uwielbiał wypieki matki Renaty.

– Gdzie zostawiłaś Janusza?

– To nie ja go zostawiłam, tylko on mnie. Pojechał do Wiednia i nie chciał mnie zabrać ze sobą.

Robert wytężył słuch.

– Szkoda, że go nie ma w Krakowie, bo chciałem was zaprosić w sobotę na grilla – zagadał. – Często tam jeździ?

– Dosyć często. Ale wróci w piątek. Nie wymigasz się więc od grilla, już się czuję zaproszona.

– OK. Podzwonię do pozostałych z naszej paczki. Nie wiesz, czy czasami Bogdan też tam nie pojechał?

– Jest w Krakowie. Ale był w ubiegłym tygodniu – mówił mi przez telefon. Śmiał się, że łatwiej wpaść na kumpla w Wiedniu niż w Krakowie. Kiedyś spotkał tam Janusza, a ostatnio Jurka.

– Hm, faktycznie, świat jest mały. – Robert nie krył zdziwienia. – A cóż robił Jurek w Wiedniu?

– Może ma tam jakąś przyjaciółkę? Bogdan mówił, że trochę dziwnie się zachowywał, tak jakby nie był zadowolony z tego spotkania.

– Dlaczego miałby dziwnie się zachowywać z powodu kobiety?

– Nie wiem, ale Bogdan tak twierdził.

– I co, Janusz już bardzo oskubał Panax? Zawsze jest lepiej przyjmować zapłatę za poradę prawną w euro niż w złotówkach.

– No pewnie! Janusz poszedł w ślady Jurka i również zabezpiecza swoje dzieci, żeby miały gdzie mieszkać. Kupił synowi i córce po mieszkaniu.

Po rozstaniu z Mariolą, Robert, jadąc do domu, cały czas rozmyślał o Januszu i jego dzieciach... Dokładnie mówiąc: o mieszkaniach jego dzieci. Skąd nagle pojawiła się u niego taka duża gotówka, że stać go było na zakup dwóch mieszkań?

Rozdział 47

Marta wyszła z mieszkania Marka wcześniej niż zwykle. Musiała zrobić drobne zakupy i przygotować kolację. Wcześniej planowała wstąpić na chwilę do kościoła. Dzisiaj były urodziny mamy. Gdyby żyła, skończyłaby pięćdziesiąt dziewięć lat. Od śmierci ojca stało się tradycją, że chodziły z mamą na cmentarz w dniu jego urodzin, imienin, w rocznicę ślubu i rocznicę śmierci. Teraz przybyły dziewczynie następne dni do zapamiętania, te dotyczące mamy...

Nie pojechała na cmentarz do Rzeszowa, ale zadzwoniła do pani Marii, żeby ona w jej imieniu zapaliła znicze na grobie. Sama postanowiła pomodlić się w krakowskim kościele. W Krakowie było ich mnóstwo, ale w jednym Marta wyjątkowo lubiła się modlić. Był to stary kościół niedaleko domu Orłowskich, wybudowany w dziewiętnastym wieku, ale nawiązujący do architektury sakralnej w stylu gotyckim. Nie lubiła współczesnych świątyń, nie było w nich atmosfery pozwalającej skupić się przy modlitwie, dlatego często przyjeżdżały tu z Renatą, bo jej również nie pasował osiedlowy kościół.

Zatrzymała samochód na przykościelnym parkingu. Weszła do kruchty. Przeżegnała się i poszła dalej. Przywitał ją półmrok. Światło dzienne robiło, co w jego mocy, żeby przecisnąć się przez kolorowe witraże w oknach. Idąc boczną nawą i mijając konfesjonały, skierowała się do głównego ołtarza. Kościół był pusty, była jedyną osobą we wnętrzu kościoła. Ucieszyła się, bo nie lubiła tłoku w świątyniach, dlatego nie przychodziła tutaj na msze, a jedynie wtedy, gdy miała wewnętrzną potrzebę,

Uklękła i zaczęła się modlić. Najpierw odmówiła tradycyjny pacierz, a potem zaczęła swą prywatną rozmowę z Bogiem. Wyłączyła się. Zatapiając się w wspomnieniach o mamie i ojcu, straciła poczucie czasu. Wstała, żeby zapalić świeczkę. Nieoczekiwanie naszło ją wrażenie, że w kościele oprócz niej jeszcze ktoś jest. Rozejrzała się wokół, ale nikogo nie dostrzegła. Wydawało jej się, że zauważyła jakiś ruch w jednym z konfesjonałów. Nie wiadomo dlaczego poczuła niepokój, chciała jak najszybciej stąd wyjść. Wstała i ruszyła ku wyjściu. Obrała jednak inną drogę niż przedtem, poszła nawą główną. Kątem oka zobaczyła mężczyznę idącego od strony konfesjonału. Miał brodę, siwe włosy i okulary, ale chyba nie był to ksiądz, bo nie zauważyła koloratki. Kogoś jej przypominał. Znowu poczuła strach. Szybko wybiegła z kościoła. W kruchcie wpadła wprost na kościelnego.

– Cóż panienka tak ucieka z domu bożego? – Uśmiechnął się dobrotliwie.

– Wydawało mi się, że... – Nie dokończyła jednak. Teraz strach wydał jej się absurdalny. – Nic takiego, po prostu się śpieszę. Niech będzie pochwalony Jezus Chrystus.

Szybko wsiadła do samochodu. Włączyła silnik i odjechała. Spojrzała w lusterko, ale nikt za nią nie jechał.

Rozdział 48

Wyszedłem z kościoła i wsiadłem do auta. Z głowy ściągnąłem perukę, odkleiłem brodę i włożyłem do schowka, obok noktowizora.

Kurwa, ostatnio ciągle prześladował mnie pech, nic nie szło tak, jak planowałem. Wydawało mi się, że załatwię to bez żadnych kłopotów. Śledziłem ją od czasu, gdy wyszła z mieszkania. Wiedziałem, że jedzie do kościoła. Specjalnie zmieniłem samochód, żeby go nie rozpoznała. Gdyby, wychodząc z kościoła, szła tą samą drogą obok konfesjonałów, to nie byłoby problemu, zrobiłbym jej zastrzyk i teraz siedziałaby w moim samochodzie... I miałbym to z głowy. A tak to muszę szukać nowej okazji... Albo się zdekonspirować. Westchnąłem. Po ostatniej wizycie rosyjskich gości dużo się zmieniło... Nie mam wyboru, muszę wykorzystać dziewczynę i szybko odzyskać herę. Myślałem, że uda mi się załatwić to bez niej, ale Ruskim się spieszy. Postawili mi ultimatum: heroina albo... Nie mogłem nawet o tym myśleć, co by zrobili, gdybym nie spełnił ich żądania. Szybko wyrzuciłem z mojej głowy przerażającą wizję.

Szkoda mi było dziewczyny. Polubiłem ją. Naprawdę. Była taka bezbronna, taka naiwna... Jak mała dziewczynka. Ale cóż, zawsze bliższa koszula ciału niźli suknia.

Nie miałem innego wyjścia. Człowiek przyciśnięty do muru zrobi wszystko, nawet rzeczy, do których nie byłby nigdy zdolny w normalnych warunkach. Czytałem, że więźniowie sowieckich łagrów podczas ucieczki dopuszczali się kanibalizmu, a na Ukrainie w czasach głodu, w latach trzydziestych, matki jadły swoje zmarłe dzieci i karmiły nimi pozostałe.

Nie mam wyjścia. Sam, bez Marty, nie znajdę tej pierdolonej heroiny!

Rozdział 49

Marta wróciła do domu. Dzisiaj ona miała przygotować kolację, ponieważ Renata pojechała do dostawcy po towar. Weszła do kuchni. Ku swemu zaskoczeniu zobaczyła siedzącego przy stole Roberta.

– Ale mnie wystraszyłeś! Nie wiedziałam, że już jesteś. Gdzie twój samochód?

– Co to za facet? – zapytał gniewnie, uważnie na nią patrząc.

– Jaki facet?

– Ten, który cię obściskiwał kilka dni temu w Wieliczce.

Marta najpierw zbladła, potem się zaczerwieniła.

– To mój znajomy. – Nie wiedziała, gdzie schować oczy.

– Długo się z nim spotykasz? – zapytał, ciągle nie spuszczając z niej wzroku.

– Jakiś czas.

– Dlaczego mi nie powiedziałaś, tylko kłamałaś, że spotykasz się z koleżanką? – Głos Roberta był chłodny i nieprzyjemny.

Marta spuściła głowę.

– Przepraszam... Krzysiek mi doradził, żebym ci nic nie mówiła, bo nie lubisz Austriaków. Mark jest Austriakiem. Ale jego matka była Polką. – Słowa padały zbyt szybko, jakby się o siebie potykały. – Naprawdę nie chciałam cię okłamywać, ale bałam się, że każesz mi z nim zerwać. Wszyscy mi radzili, żebym ci o nim nie mówiła. – Trochę za późno zorientowała się, że powiedziała za dużo.

– Wszyscy? To Renata też o nim wiedziała? – zapytał zszokowany. – I nie powiedziała mi o tym?

– Proszę, nie miej do niej pretensji. Prosiłam ją o to.

– Prosiłaś ją o to, żeby mi nie mówiła? Przed chwilą mówiłaś co innego. – Spojrzał na nią z wyrzutem. – Chociaż teraz nie kłam! – W jego głosie zabrzmiał stalowy ton.

Marta rozpłakała się.

– Kocham go, ale na tobie też mi bardzo zależy. Bałam się, że każesz mi wybierać między tobą a nim... A ja nie chcę wybierać.

Robert w milczeniu patrzył na dziewczynę. Dopiero po chwili się odezwał:

– Dlaczego uważasz, że kazałbym ci wybierać?

– Bo nie lubisz Austriaków.

– Kto ci takich bzdur naopowiadał? Renata?

– Nie, Krzysiek. – Wolała zwalić winę na Krzyśka niż na Renatę. – Oprócz tego Krzyś powiedział, że macie z Markiem podobne charaktery i dlatego na pewno by ci się nie spodobał.

– To Krzysiek go zna? – zdziwił się.

– Widział go raz.

Robert wstał i podszedł do lodówki. Wyjął butelkę piwa. Nie przelał do szklanki, tylko napił się wprost z butelki.

– Co to za facet? Ile ma lat? Co robi?

– Ma trzydzieści dwa lata. Jest dziennikarzem. Pisze artykuł o Galicji za czasów Franciszka Józefa.

– Gdzie go poznałaś? Tu w Krakowie?

– Nie, w Rzeszowie.

– Kiedy?

– Po śmierci mamy.

– Gdzie?

– Na cmentarzu.

– Na cmentarzu? – zdziwił się.

– Pożyczył ode mnie zapałki, bo nie miał czym zapalić zniczy na grobie swojej ciotki.

Robert w milczeniu pił piwo. Marta patrzyła na niego z niepokojem. Dopiero teraz zdała sobie sprawę, jak bardzo bała się gniewu Roberta. Dotychczas nigdy na nią nie podniósł głosu, nigdy też nie był taki oschły w stosunku do niej. Bardzo niedobrze się z tym czuła. Nie przypuszczała, że aż tak potrzebuje jego akceptacji.

– Przepraszam cię – szepnęła.

Oderwał oczy od butelki z piwem i spojrzał na dziewczynę.

– Przyprowadź go jutro na kolację. Jutro piątek, nie idę w sobotę do pracy, możemy więc trochę dłużej posiedzieć.

*

Nazajutrz Marta jak zwykle spotkała się z Markiem. Poprosiła go, żeby starał się zaskarbić sympatię Orłowskich. Cały czas dawała mu wskazówki, co ma robić i co ma mówić, aż Mark się zniecierpliwił.

– Nie jestem dzieckiem, wiem, jak mam się zachowywać. Przestań mnie pouczać! – powiedział ostro.

Marta spuściła głowę.

– Przepraszam, ale bardzo zależy mi na tym, żebyś dobrze wypadł w ich oczach. Przepraszam – odparła cichutko.

– Przede wszystkim nie przepraszaj. Proszę cię, bądź bardziej asertywna, a mniej uległa – powiedział. Ale gdy zobaczył, że jej oczy robią się niebezpiecznie błyszczące, dodał łagodniej: – *Mein Schatz*, jesteś tak delikatna, że teraz znowu czuję się jak ostatni drań. W Wieliczce mi się spodobałaś, bo w końcu odważyłaś się pokazać swoje niezadowolenie. Nakrzycz na mnie od czasu do czasu, dobrze? – Uśmiechnął się do niej i przytulił. – Obiecuję, że będę sympatyczny aż do bólu i tak miły, że doprowadzę ich do mdłości.

Teraz czekając na Marka, z niepokojem chodziła od okna do okna. Nie mogła usiedzieć na fotelu, bardzo bała się tej wizyty. Słysząc nadjeżdżający samochód, poderwała się z fotela.

– To tylko Józef wraca – powiedziała Renata do dziewczyny. – Jeszcze jest trochę czasu.

Marta wiedziała, że Orłowscy pokłócili się z jej powodu. Robert zrobił żonie awanturę, że nie powiedziała mu o Marku. Cały dzień zwracał się do niej oficjalnie – nie mówił jak zwykle Malutka, tylko Renata, a to oznaczało, że jest na nią zły albo obrażony. Marta czuła się winna z tego powodu i mimo zaprzeczeń Renaty ciągle miała wyrzuty sumienia.

Nareszcie nadjechał samochód Marka. Młody mężczyzna wyszedł z auta. Po chwili stał przed drzwiami, trzymając dwa bukiety kwiatów i butelkę koniaku. Marta przedstawiła go Orłowskim. Mark pocałował dłoń Renaty, a Robertowi uścisnął rękę, wręczając przy tym prezenty: kwiaty dla obu kobiet, a dla Roberta koniak.

– Wódka austriacka, kwiaty polskie – powiedział z uśmiechem, pokazując piękne zęby.

Wyglądał rewelacyjnie. Specjalnie na tę okazję założył letnią marynarkę o sportowym kroju, T-shirt w kolorze oliwkowym i beżowe dżinsy – ubrany był sportowo, ze swobodną elegancją.

Marta patrzyła na niego z dumą. Jego typ urody był inny niż Roberta i Krzyśka, ale w niczym nie odstawał od Orłowskich.

Renata zaprosiła Marka do jadalni. Usiedli przy stole.

Robert w milczeniu pił koniak a Mark wodę mineralną. Orłowska starała się zabawiać gościa rozmową, Orłowski natomiast tylko go obserwował. W pewnym momencie sięgnął do kieszeni spodni i wyciągnął portfel.

– Dobrze by było, żebyśmy obaj wiedzieli z kim mamy przyjemność rozmawiać. Oto mój dowód osobisty – powiedział, patrząc Markowi prosto w oczy.

– Robert, proszę – błagalnie powiedziała Marta.

Austriak uśmiechnął się nieznacznie, wyjął swój portfel a z jego kieszonki plastikową kartę i podał Orłowskiemu. Robert dokładnie ją obejrzał.

– Ja pokazałem panu swój dowód, a pan legitymację dziennikarską – zauważył.

Mark znowu sięgnął do kieszeni marynarki.

– Czy paszport wystarczy? – zapytał tonem zabarwionym ironią.

– Mam nadzieję, że mnie pan rozumie, panie Biegler. Marta jest moją biologiczną córką. Jej matka prosiła mnie, żebym się nią zaopiekował – odpowiedział niezrażony Robert, oglądając dokument.

– Marta już dawno ma skończone osiemnaście lat... Ale rozumiem pana obawy, ja na pana miejscu prawdopodobnie również byłbym ostrożny.

Przez chwilę obaj mężczyźni mierzyli się wzrokiem. Nagle Robert uśmiechnął się niespodziewanie do gościa, po raz pierwszy tego wieczoru.

– Szkoda, że przyjechał pan samochodem, liczyłem na męską rozmowę przy kieliszku. Może jutro wpadnie pan do nas? Ale tym razem bez auta. Zaprosiliśmy kilku znajomych na grilla – powiedział, bawiąc się telefonem komórkowym.

– Z chęcią wpadnę, ale jutro również nie będę mógł przeprowadzić z panem męskiej rozmowy, bo w niedzielę rano muszę jechać do Wiednia – odparł Mark z lekkim uśmiechem. – Jeśli jednak nie będzie panu bardzo przeszkadzać, że jutro też będę trzeźwy, to przyjdę z przyjemnością.

– Czemuż to w niedzielę musi pan być w Wiedniu? Redakcja jest chyba nieczynna? – zapytał Robert, wbijając w niego spojrzenie. – W jakiej gazecie pan pracuje?

– Jadę do Wiednia w sprawach rodzinnych. Natomiast, jeśli chodzi o pańskie drugie pytanie, to nie jestem związany na stałe z żadną gazetą, współpracuję z wieloma, ale jako wolny strzelec.

– Acha, rozumiem. Woli pan niezależność, nie lubi pan zobowiązań...

–– Nie lubię mieć szefów nad sobą, chyba że szefem jest piękna brunetka. – Uśmiechnął się do Marty.

– Mówi pan bardzo dobrze po polsku – wtrąciła się do rozmowy Orłowska. – Marta wspominała, że pana mama była Polką.

– Tak. Ja chyba również przeniosę się na stałe do Polski. Bardzo mi się podoba Kraków. Muszę się rozejrzeć za jakimś mieszkaniem. Na razie wynajmuję, ale wolałbym mieć coś własnego.

– Skąd pochodziła pana matka? – znowu zapytał Robert, ciągle bawiąc się komórką.

– Z Podkarpacia. Gdyby państwo słyszeli o jakimś ładnym mieszkanku w okolicy, to proszę powiedzieć Marcie.

– Jak pańska matka znalazła się w Wiedniu? – Robert nadal zadawał pytania. Odłożył jednak telefon na stół.

– Będąc studentką, przyjechała do Wiednia podczas wakacji, żeby zarobić trochę pieniędzy. Wielu Polaków tak robiło w latach siedemdziesiątych i osiemdziesiątych. Zachodnia waluta była wtedy bogiem. – Zwrócił się do Renaty: – Na razie potrzebuję małego mieszkanka, około osiemdziesięciu metrów: pokój dzienny z jadalnią plus dwie sypialnie.

– Co robił pana ojciec? – Robert dalej drążył kwestię rodziny.

– Doktorze Orłowski, oboje moi rodzice nie żyją. To dla mnie bolesny temat, nie lubię o tym rozmawiać. – Po raz pierwszy Mark stracił cierpliwość. – Chyba pan to zrozumie i uszanuje?

Robert nic nie odpowiedział. Obaj mężczyźni patrzyli na siebie w milczeniu. Twarze ich nie wyrażały żadnych emocji, oczy były zimne, badawcze.

– W porządku. Uszanuję pana prośbę. – Po chwili odparł Robert i zwrócił się do dziewczyny: – Marta, twój znajomy jest bardzo wrażliwym człowiekiem... To dobrze – dodał. – Przepraszam, muszę wyjść na moment.

Wstał, wziął telefon komórkowy i wyszedł z pokoju. Zamknął się w łazience i wybrał numer do detektywa. Usłyszał komunikat o braku zasięgu. Kurwa – zaklął pod nosem. Przypomniał sobie, że Nikodem Wąs wyjechał na weekend w Bieszczady. Wysłał mu SMS-a, żeby zdobył jak najwięcej informacji na temat Marka Bieglera.

*

Po wyjściu Marka Robert nie skomentował ani wizyty, ani gościa, tylko poszedł do sypialni. Renata z Martą zaczęły sprzątać po kolacji.

– Jak on ci się podoba? – zapytała dziewczyna Orłowską.

– Wcale ci się nie dziwię, że straciłaś dla niego głowę. Ale zastanów się, czy chcesz mieć życie podobne do mojego. To typ faceta, który podoba się kobietom. I długo będzie się podobał – stwierdziła. Widząc jednak minę dziewczyny, szybko dodała: – Zależy mu na tobie, to od razu widać. Chyba nie udaje. A Robertem się nie przejmuj... I tak zachowywał się w miarę przyzwoicie, myślałam, że będzie gorzej. Idź spać.

Zostawiła dziewczynę i poszła do sypialni.

– Ten facet mi się nie podoba. – To były pierwsze słowa, które usłyszała od męża.

– A mnie wprost przeciwnie. Hm, do dziś wolałam brunetów, ale teraz zaczynam powoli zmieniać zdanie, blondyni potrafią również być interesujący. Ma bardzo ciekawą urodę: jasne włosy i ciemne oczy. I przy tym jest cholernie męski – powiedziała z uśmiechem.

– Mówię poważnie. Coś mi tu nie gra, mój nos mi to mówi. To więcej niż niepokój. Według mnie ten facet jest niebezpieczny.

– Przestań gadać głupstwa. Jest w niej zakochany po uszy. Są dwie rzeczy, których mężczyzna nie potrafi ukryć: kiedy jest pijany i zakochany.

– Dobry aktor potrafi... Poznali się w Rzeszowie zaraz po śmierci Ewy. Na cmentarzu. Odkąd to taki urodzaj w Rzeszowie na Austriaków? Bardzo dziwny zbieg okoliczności. Potem przywlókł się za nią do Krakowa. Mów, co chcesz, on mi śmierdzi żeń-szeniem.

– Aha, ale jak cudownie śmierdzi – zamruczała, zamykając przy tym oczy. – Zapach jego wody kolońskiej jest taki zmysłowy...

– Przestań się wygłupiać! Ja naprawdę boję się o Martę!

– Masz paranoję, kochanie. – Renata ziewnęła głośno i otworzyła drzwi łazienki.

Rozdział 50

W sobotę zaraz po śniadaniu Marta pojechała do Marka, miała wrócić razem z nim do domu dopiero wieczorem. Robert poprosił ją, żeby spóźniła się na przyjęcie, bo chciał wyciągnąć od swoich gości trochę informacji. Nadal przed znajomymi mieli udawać kuzynostwo.

Po obiedzie Robert pojechał po Izę do Żurady, bo ze Zbyszkiem miała przyjechać również Emilka. Iza bardzo polubiła dziewczynkę.

W tym czasie Renata razem z panią Stasią kroiły produkty na sałatki i marynowały mięso na grilla.

Iza najpierw przywitała się z Samantą, a dopiero potem z matką. Dziewczynka była bardzo przywiązana do psa. Suka miała już dwanaście lat, jak na psa był to sędziwy wiek.

– Mamo, dawałaś Samancie regularnie witaminy? Nie zapomniałaś?

– Oczywiście, że dawałam.

– W poniedziałek muszę jechać z nią na wizytę kontrolną do weterynarza. Kto pojedzie ze mną?

– Ja nie mam czasu, może Marta, jeśli nie będzie miała randki ze swoim ukochanym – odparła Orłowska.

– To już wiecie o nim? – zdziwiła się.

– Ty też wiedziałaś, że Marta spotyka się z jakimś facetem?! I nic mi nie powiedziałaś?! – oburzył się Robert.

– To nie moja sprawa. Prosiła mnie, żeby ci nie mówić. – Wzruszyła ramionami. – Chciałbyś, tatku, żebym na nią kablowała? Mam być szpiclem w rodzinie?

Robert westchnął głośno i skończył temat.

Niedługo potem przyjechał Zbyszek, ale bez żony, tylko z Emilką. Nie za bardzo spodobało się Renacie, że przyjechał pół godziny za wcześnie. Według niej przyjechać do kogoś nawet kilka minut przed umówionym czasem to dużo większa gafa niż spóźnić się dwie godziny. Szybko pobiegła na górę do sypialni, żeby się przebrać.

Dziewczynki razem z psem poszły do pokoju Izy, a mężczyźni rozsiedli się przy stole na tarasie.

– Przepraszam, Robert, ale nie mam jeszcze dla ciebie pieniędzy – zaczął się tłumaczyć Zbyszek.

– Nie ma sprawy, nie śpieszy mi się. Czego się napijesz?

– Poproszę wodę gazowaną.

– Pozwolisz, że ja się napiję czegoś innego niż woda? Nie chcę, żeby mi się zalęgły żaby w żołądku – zażartował. Potem dodał już poważniej: – Muszę ci powiedzieć, Zbyszek, że mi ostatnio imponujesz i to pod wieloma względami.

– Cóż, trzeba kiedyś dorosnąć – odparł Nawara. – Dla twojej wiadomości: nie piję, bo to przeze mnie Emilka straciła wzrok... Ja wtedy prowadziłem... Wcześniej wypiłem dwie setki. Żona wzięła winę na siebie. – Widać było, że mówi to z trudem. – Czasami mam tak straszną ochotę się upić, że sobie nawet nie wyobrażasz... Nie byłem wtedy pijany, mam mocną głowę, ale ciągle zastanawiam się, czy by do tego doszło, gdybym nie wypił tych cholernych dwóch setek.

Przy stole zapadła cisza. Robert nie wiedział, co ma odpowiedzieć koledze. Ale wyobrażał sobie, jaką gehennę przechodził teraz ten człowiek, jak ciężko musiało mu z tym być.

Nadejście pozostałych gości wybawiło Roberta z niezręcznej sytuacji. Wszyscy przybyli prawie w tym samym czasie. Nie przyjechał jedynie Artur.

– Danusia, czy powiadomiłaś Artura o grillu? Dzwoniłem do niego kilkakrotnie, ale nie odbierał ode mnie telefonu. Wysłałem mu wiadomość, tylko nie wiem, czy dotarła.

– Rozmawiałam z Arturem – powoli odparła kobieta. – Powiedział, że nie przyjdzie do ciebie... Czy to prawda, Robert, że podejrzewasz go o zamordowanie kuzyna? Podobno przesłuchiwała go w tej sprawie i krakowska, i rzeszowska policja. – Kobieta spojrzała oskarżycielsko na Orłowskiego.

Robert trochę się zmieszał. Wśród gości zapanowało milczenie. W końcu się odezwał:

– Nie powiedziałem, że to on zabił swojego kuzyna, podawałem tylko w wątpliwość, czy faktycznie był to wypadek. Dwa wypadki śmiertelne w odstępie miesiąca? Śmierć dwojga ludzi pracujących w tym samym miejscu? Oba wypadki w dziwnych okolicznościach?

– O jakim drugim wypadku mówisz? Kto jeszcze nie żyje? Robert uważnie obserwował twarze swoich gości.

– Ewa Kruczkowska również miała wypadek, tylko samochodowy.

– Pani Ewa nie żyje?! – zawołała zszokowana Danka. – Kiedy to się stało?

– Przecież niedawno rozmawialiśmy z nią w Jaśle! – zawołał zdziwiony Zbyszek.

– To się stało dzień później – wyjaśniał Robert, nie spuszczając wzroku ze swoich gości.

Na twarzach wszystkich zebranych malowało się to samo: zdziwienie, zaskoczenie, szok. Nie powiedział im, że jechała, żeby się z nim spotkać.

– Ale dlaczego miałby ich ktoś zabić?! – zawołała z niedowierzaniem Danka.

– No właśnie! – dodał Janusz.

– Podobno parę razy odwiedziło dyrektora Nogę kilku mięśniaków mówiących po rosyjsku – odpowiedział Robert.

– A cóż Kruczkowska i Noga mogli mieć z nimi wspólnego? – tym razem dziwił się Jurek.

– Nie wiem. – Robert nie miał zamiaru dzielić się informacjami ze swoimi znajomymi. – Może chodziło o żeń-szeń?

– Coo?! – zawołała Danka. – Niby dlaczego? Co ma wspólnego z tym żeń-szeń?

– Nie wiem, to tylko moje przypuszczenia, bo jaki może być inny powód? – Robert wzruszył ramionami. – Chyba, że zdenerwowany uczeń zemścił się na nich za wystawioną pałę na świadectwie.

– Wiesz, Robert, że może masz rację? – wtrąciła Danka. – Na weselu Noga ciągle mówił, że żeń-szeń zniszczył mu życie.

– Życie to mu zniszczyła wóda – stwierdził Jurek. – Schlał się i tyle! Przepraszam cię, Robert, ale według mnie to tylko głupie insynuacje. Nie słyszałem, żeby kiedyś w historii zabito kogoś dlatego, że ma lepsze wyniki w sprzedaży. Czegoś takiego to nawet by nie wymyślił Stephen King na kacu!

Rozgorzała dyskusja. Robert nie zabierał już głosu, tylko obserwował kolegów. I cały czas zastanawiał się, który z nich zachowuje się inaczej, kto z nich jest mordercą...

*

Po dwudziestej przyjechała Marta z Markiem. Dziewczyna sama poszła do gości, Mark wstąpił na chwilę do WC. Na widok dziewczyny Robert wstał i podszedł do niej.

– Nareszcie jesteś! Poznajcie moja kuzynkę, Martę.

– Ooo! Jaka ładna ta twoja kuzynka, Robert! – zawołał podpity już Jurek – Nie wiedziałem, że ty masz jakąś kuzynkę! Gdyby nie było tu twojej żony, to pomyślałbym całkiem co innego.

W tym momencie na taras wszedł Mark. Na jego widok goście umilkli.

– Dobry wieczór – przywitał się.

– Poznajcie przyjaciela mojej kuzynki, Marka Bieglera. Widzisz więc, Jurek, że twoje insynuacje są głupie – z uśmiechem odparł Robert, nawiązując do jego słów sprzed godziny. – Panowie, szable w dłoń, kieliszki do góry. Cóż, Mark nie napije się z nami, bo jutro czeka go długa podróż. Ale my pijemy.

– Robert, zapomniałeś o paniach – oburzyła się Danka. – Czy my jesteśmy od macochy? Czy nam się wódka nie należy?

– Danusiu, przepraszam ciebie i resztę dam za gafę, ale wy pijecie drinki. A więc jeszcze raz: kieliszki i szklanki do góry.

Z każdym podniesieniem kieliszków i szklanek do góry robiło się w towarzystwie coraz głośniej i weselej. Marta mało piła i mało się odzywała, siedziała przytulona do Marka. Przyglądała się gościom. Wcześniej znała ich tylko ze zdjęć i filmu nakręconego na weselu. Miała dobrą pamięć do twarzy, od razu ich wszystkich rozpoznała.

Kiedy goście mieli już dobrze w czubie, Robert zarządził tańce. Marta i Mark również zatańczyli.

Orłowski zza maski rozbawienia, jaką założył na dzisiejszy wieczór, bacznie obserwował Marka. Kiedy ten wyszedł do WC, poprosił Martę do tańca.

– I co, Martuniu, jak się bawisz? Dlaczego z nami nie pijesz?

– Nie przepadam za alkoholem. Zresztą głupio by to wyglądało, gdybym piła wódkę a Mark był trzeźwy.

– Nie przesadzaj. A tak w ogóle, to chyba ten twój absztyfikant ma przeziębiony pęcherz, bo tak często wychodzi do ubikacji.

– Czy to nie dzwoni twój telefon? – zmieniła temat, widząc, że Robert zaczyna być złośliwy.

Orłowski przeprosił dziewczynę i poszedł do kuchni odebrać. Czekał na wiadomość od detektywa. Zanim odebrał, telefon przestał dzwonić. Spojrzał na wyświetlacz: brak numeru. Wrócił na taras.

Przed północą Mark opuścił towarzystwo, za kilka godzin miał przecież w perspektywie długą podróż. Marta poszła go odprowadzić.

Robert, ukryty za firanką, obserwował ich w swoim gabinecie. Dziewczyna przytuliła się do Austriaka, on coś do niej mówił, uśmiechając się ciepło. Potem ją pocałował.

– Są tacy zakochani w sobie... – Robert wzdrygnął się, słysząc słowa żony. – On ją kocha. Musisz się pogodzić z tym, że ona jego również. Jeśli będziesz chciał jej wybić tę miłość z głowy, to stracisz Martę.

– Malutka, intuicja mi mówi, że jest coś z nim nie w porządku. Nie wiem, dlaczego, ale mi się wydaje, że grozi jej niebezpieczeństwo – powiedział cicho.

Orłowska przytuliła się do męża.

– Nie martw się, on jej krzywdy nie zrobi. Na razie... Najwyżej kiedyś w przyszłości złamie jej serce. Ale to niebezpieczeństwo grozi każdej zakochanej kobiecie. Mnie również.

– Malutka, dlaczego tak mówisz? – odsunął żonę i spojrzał jej w oczy. – Przecież tak bardzo się staram, żebyś zapomniała o tamtym... To się już nigdy więcej nie powtórzy... Przysięgam.

*

W nocy, kiedy goście już się rozeszli, Orłowscy leżeli w łóżku przytuleni do siebie.

– O cholera! Zostawiłem swoją komórkę w kuchni. Muszę iść po nią.

– To przy okazji przynieś z lodówki wodę mineralną, nie mamy w sypialni nic do picia.

Robert zszedł na dół. Po chwili wrócił z wyrazem wściekłości na twarzy.

– Ten skurwysyn podmienił mi telefon!

– Kto? Jaki telefon? – zapytała zdziwiona.

– Moją komórkę. Jak to kto?! Ten austriacki bękart! Cały czas plątał się po domu, co chwilę wychodził niby do ubikacji. Skurwiel ukradł mi telefon. Pierdolony złodziej!

– Przecież trzymasz telefon w ręce. Może ci się zepsuł? Wygląda identycznie jak twój.

– Ten sam model iPhone'a, ale to inny aparat. Mój miał z tyłu porysowaną obudowę. Wczoraj widział, jaki mam telefon, miał więc czas kupić identyczny, a wieczorem go podmienił.

– Ale po co? Powiedz, po co miałby to robić?

– Nie wiem.

– Może to zrobił ktoś inny? Było przecież wiele osób. Każdy mógł to zrobić. Może to zrobił ten, kto zabił Nogę?

– A może zabił go ten austriacki skurwiel? Jutro przepytam Martę. Poczekaj, poczekaj. – Zaczął myśleć intensywnie. – Przecież kiedy było wesele, ona miała nocować u koleżanki, to znaczy u niego. A nie nocowała! Dlatego że on musiał sprzątnąć Nogę. Malutka mówię ci: to on go zabił! Przyplątał się do niej, bo chce odzyskać narkotyki.

– Robert, on mi nie pasuje do wizerunku mordercy. Jest na pewno inne wytłumaczenie. Nie wierzę, żeby ktoś mógł tak dobrze udawać!

– Może zaliczył wcześniej kurs z psychologii i warsztaty aktorskie. Akurat udawać, to żadna sztuka. Ja również potrafię to robić.

– A więc też udajesz, że mnie kochasz?

– Przestań bajdurzyć, Malutka. – Oburzył się. – On jest mordercą! Jestem o tym w stu procentach przekonany. Jutro zrobię małe przesłuchanie, wyciągnę z Marty więcej informacji o tym pierdolonym Austriaku.

– Przestań! Nie lubię, jak klniesz. I radzę ci nie zrażać sobie Marty do siebie. Ona jest w nim zakochana po uszy, nigdy ci nie uwierzy. Nie powinieneś również zrzucać na Marka podejrzeń o kradzież telefonu. Zresztą ja też w to nie wierzę. To są tylko twoje głupie insynuacje, jak to podsumował Jurek – zauważyła sceptycznie. – Nikt nie potrafi aż tak dobrze udawać zakochanego.

Nawet zdobywca Oscara. Sam sposób w jaki patrzy na nią świadczy o jego miłości.

– Kuźwa, co ja teraz zrobię bez swojej komórki?! Miałem tam wszystkie kontakty, notatki, umówione spotkania. Jak ja to wszystko teraz odtworzę?

– Pomoże ci twoja sekretarka, ona też na pewno ma zanotowane spotkania i numery służbowe, a numery telefonów naszych znajomych ja ci podam.

*

Nazajutrz Robert zaczął odtwarzać na kartce papieru listę kontaktów. Przy tym zajęciu zastała go Marta.

– Gdzie jest Renata? – zapytała

– Poszła z Izą do kościoła, bo myśli, że Bóg sprawdza obecność na każdej niedzielnej mszy. Oprócz tego jest grzeszną istotą i niedobrą żoną, musi więc się pomodlić za zbawienie swej duszy. Ja jestem dobrym człowiekiem i jeszcze lepszym mężem, dlatego nie muszę chodzić do kościoła.

– Co robisz?

– Ktoś wczoraj podmienił mi telefon. Odtwarzam numery. Za chwilę jadę po duplikat karty.

– Jak to podmienił? – zdziwiła się. – Chyba zamienił przez pomyłkę?

– Telefon był cały czas w kuchni, to nie mogła być pomyłka. Ktoś tam wszedł i zwyczajnie mi go ukradł.

– Gdyby ci go ktoś ukradł, to bym zrozumiała – dla jego wartości pieniężnej. Ale podrzucić identyczny model to dla mnie jest kompletnie niezrozumiałe.

– Morderca widać kolekcjonuje cudze telefony – zauważył sarkastycznie.

– Faktycznie. Nie znaleziono ani telefonu mamy, ani dyrektora – dziewczyna się zamyśliła. – Myślisz, że to morderca wziął twój telefon?

– Oczywiście. Któżby inny? – powiedział, obserwując twarz dziewczyny. Może wreszcie nabierze podejrzeń co do swego Mareczka, pomyślał.

– Ale nikt z nich nie wygląda na mordercę! Twoi znajomi są tak sympatyczni, że trudno uwierzyć, żeby któryś z nich mógł zabić!

Robert westchnął – dziewczyna nawet przez moment nie pomyślała, że tym kimś może być jej chłopak.

Przez godzinę rozmawiali przy śniadaniu a potem przy kawie. Pozornie rozmawiali – pogaduszki były niczym innym, tylko przesłuchaniem przeprowadzonym w bardzo sprytny sposób. Marta nawet nie zauważyła, kiedy Robert wyciągnął od niej wszystkie potrzebne informacje na temat Marka. Teraz nie miał już żadnych wątpliwości – mordercą był Austriak. Nie był tylko pewien jednego: czy Biegler pracuje na stałe dla Jurgena, czy jest wynajętym zabójcą.

Orłowski cały czas myślał o jednym – jak chronić dziewczynę, która nie zdaje sobie sprawy z grożącego jej niebezpieczeństwa. Dobrze, że ten skurwiel wyjechał do Wiednia, pocieszył się w duchu. Miał wrócić dopiero we wtorek wieczorem. Do tego czasu on i detektyw muszą znaleźć dowody obciążające Austriaka. Dowody na tyle mocne, żeby Marta uwierzyła, że jej ukochany może ją skrzywdzić.

Rozdział 51

W poniedziałek Robert cały czas wydzwaniał do detektywa, ale on nadal był poza zasięgiem. Dopiero późnym popołudniem udało mu się z nim skontaktować. Podobno zepsuł mu się samochód i dlatego wrócił później, niż planował. Robert zaraz zjawił się w jego biurze.

– Pan dzisiaj sam, doktorze? A gdzie pana piękna córka?

– Panie Nikodemie, wiem kto jest mordercą. Facet Marty.

– Jaki facet? – ze zdziwieniem zapytał detektyw. – To ten Mark Biegler, o którym mi pan pisał w SMS-ie?

Robert powiedział mu, co wie o Austriaku. Opisał piątkowe i sobotnie spotkania, i historię z telefonem.

– Panie Nikodemie, muszę wiedzieć wszystko o Bieglerze do jutra, do godziny piętnastej. Ten skurwiel wraca z Wiednia jutro wieczorem. Boję się o Martę. Musi pan zdobyć dowody przeciwko niemu, inaczej dziewczyna mi nie uwierzy.

– Postaram się. Ale mam bardzo mało czasu, nie wiem czy zdążę do jutra coś wywęszyć.

– Musi pan. Marta na pewno będzie chciała od razu się z nim spotkać. Przecież nie zamknę jej w domu. Muszę przed jego powrotem powiedzieć jej o nim, ale bez konkretnych dowodów mi nie uwierzy.

Umówili się na następny dzień w biurze detektywa.

*

Wieczorem, jak zwykle w rodzinie Orłowskich, wszyscy domownicy zasiedli do wspólnej kolacji. Iza z nosem utkwionym w książce grymasiła, że nie jest głodna.

– Iza, natychmiast odłóż książkę – nakazał stanowczo Robert. – Do cholery, słyszysz co mówię?! Zabraniam ci czytać przy stole!

– Dobrze, tatku. – Dziewczynka z ociąganiem odłożyła książkę. – Ale teraz jestem przy tym, jak Bogusław chce zniewolić Oleńkę.

– *Potop* też jest jeszcze nie dla ciebie. – Westchnął. – Jak nie masz co czytać, to czytaj Szklarskiego.

– Już dawno przeczytałam wszystkich „Tomków".

– To czytaj lektury, które będziecie przerabiać w piątej klasie.

– Tatku, już je przeczytałam. Nawet *Katarynkę* i *Kamizelkę* Prusa, mimo że są nudne i smutne. Nie lubię Prusa, z jego twórczości podobał mi się tylko *Faraon*.

– O Boże! – jedynie tyle dał radę powiedzieć Robert. Po chwili dodał: – Iza, musimy iść do okulisty. Zauważyłem, że mrużysz oczy...

Marta wyłączyła się z rodzinnych rozmów, myślami była przy Marku. Nie widziała go od dwóch dni, a już za nim tęskniła.

– Robert, nie ma pieczywa na śniadanie, trzeba skoczyć do marketu po bułki – powiedziała Orłowska.

– Ja pójdę – zaofiarowała się Marta. Chciała być chwilę sama. – Mam ochotę na mały spacer.

– Niedługo się ściemni, lepiej weź auto – zaproponował Robert.

– Robert, nie przesadzaj, przecież to niedaleko – zaprotestowała.

– Ale trzeba iść przez las.

– Jaki las! Tych zarośli nawet laskiem nie można nazwać.

– Właśnie, że las – wtrąciła Iza. – Można tam spotkać sarenki i zające.

Nie czekając na dalszy rozwój dyskusji, Marta wstała i wyszła z domu. Dwadzieścia minut później była już w markecie. Kupiła kilka bułek, chleb tostowy i paczkę herbatników w czekoladzie. Wyszła ze sklepu. Wyjęła telefon i wybrała numer do Marka. Znowu nie odebrał. Nie rozmawiała z nim od soboty. Zawiedziona włożyła komórkę do torebki.

– Marta, to ty?! – usłyszała kobiecy głos.

Odwróciła się i zobaczyła znajomą ze studiów. Nie przyjaźniły się, ale były na tym samym roku.

– Co ty tu robisz? Ale się zmieniłaś! Wyglądasz fantastycznie!

Z grzecznym uśmiechem na ustach słuchała zachwytów koleżanki na temat swojego wyglądu. Rozgadały się. Nie wiadomo, kiedy zaczęło robić się ciemno. Musiała wracać. Wymieniły się numerami telefonów i pożegnały, obiecując być w kontakcie.

Marta wyszła na drogę prowadzącą do domu. Tymczasem zrobiło się już całkiem ciemno, z nieba zaczęły spadać pojedyncze krople deszczu. Skończyły się zabudowania i pokazały drzewa lasku. Poczuła się nieswojo, zaczęła żałować, że nie wzięła samochodu. Przyspieszyła kroku. Nagle z tyłu za sobą usłyszała, że ktoś za nią biegnie. Serce zabiło jej mocno, strach zaczął pulsować w skroniach. Ona również zaczęła biec. Ten ktoś z tyłu doganiał ją, jeszcze trochę i będzie przy niej. Panika wzbierała się w jej żyłach, z trudem łapała powietrze. Już miała zacząć krzyczeć, gdy usłyszała nadjeżdżający samochód. Światła auta oświetliły biegnącą postać. Był to młody człowiek około trzydziestki. Wyminął ją i pobiegł dalej. Jeszcze jeden uprawiający jogging – Robert z Krzyśkiem też biegali codziennie tą trasą. Dziewczyna głośno odetchnęła. Starała się zapanować nad rozdygotanym z nerwów ciałem. Powoli przychodziła do siebie, gdy usłyszała nadjeżdżający samochód. Nie minął jej jednak, tylko zatrzymał się. Dziewczyna się odwróciła. Zauważyła wychodzącego z auta mężczyznę w założonym na głowę kapturze. Zaczął iść w jej kierunku. Znowu poczuła niepokój. Zaczęła biec. Mężczyzna również. Była coraz bardziej przerażona. Serce biło jej z furią młota, z trudem łapała oddech. Do tego wszystkiego zerwał się silny wiatr, jego lament rozbrzmiewał w mroku dodając grozy leśnej scenerii. Niegroźna mżawka przeobraziła się w lodowaty deszcz. Korony drzew żałośnie zawodziły, wykonując gałęziami wściekły taniec. Biegła w ciemności, potykając się o dziury w asfalcie. Przydrożne drzewa rzucały na jezdnię demoniczne cienie. Biegnąc, przypomniała sobie sen sprzed kilku tygodni. W nim też uciekała przez las. Przed Markiem! Jeszcze bardziej przyspieszyła.

Nagle tuż przed sobą zobaczyła wysoką postać. Jestem otoczona, chcą mnie zabić, przerażająca myśl przeleciało jej przez głowę. Skręciła w bok. Biegła między młodymi sosnami i świerkami. Gałęzie drzew co chwilę wymierzały jej bolesne policzki, krzaki chłostały gołe nogi. Nieoczekiwanie snop światła z latarki zaczął przeczesywać zarośla, aż trafił na nią, oświetlając w mroku jej sylwetkę. Już po mnie, jestem zgubiona, dopadną mnie!

– Marta! Co ty u licha wyprawiasz?! – usłyszała głos Roberta. – Dlaczego uciekasz przede mną do lasu?

Dziewczyna zatrzymała się i rzuciła się w ramiona Roberta.

– Co się stało, Martuniu? – Przytulał ją do siebie, głaszcząc po głowie. – Uspokój się, dziecko. Już wszystko w porządku. Jestem przy tobie.

Marta dopiero po jakiejś chwili odsunęła się od Roberta. Wytarła dłonią łzy. Wzięła podsuniętą przez niego chusteczkę higieniczną i wytarła nos. Odetchnęła głęboko. Drżenie rąk powoli ustawało.

– Co się stało? – zapytał znowu.

– Nic. Chyba nic. Wydawało mi się, że mnie ktoś goni. To tylko nerwy. Ostatnio jestem podszyta strachem jak zając. Przepraszam – powiedziała już normalnym głosem. – A ty, Robert, co tu robisz?

– Długo nie wracałaś, zrobiło się ciemno, dlatego wyszedłem ci na spotkanie. Nie przypuszczałem, że cię tak wystraszę. Widać, wolisz ciemny las niż moje towarzystwo – zażartował.

– Nie spodziewałam się ciebie, tylko żeńszeniowego zbira.

– Chodźmy już, bo całkiem przemokniemy. Acha, dzwoniła z Rzeszowa pani Maria. Podobno znowu ktoś był u was na działce. Wszystko poprzewracane do góry nogami. Chyba ruskie mięśniaki przyciskają żeńszeniowców do muru. – Zamilkł na chwilę. – Słuchaj, może faktycznie ktoś cię gonił – zaniepokoił się. – Opowiedz mi wszystko dokładnie.

Wrócili się na miejsce, gdzie zatrzymał się samochód. Auta już nie było, zostały tylko świeże ślady po kołach.

Rano Robert wymógł na Marcie obietnicę, że nie wyjdzie z domu aż do jego powrotu z pracy. Miała zajmować się Izą i gotować obiad.

Rozdział 52

Kurwa! Kurwa! Kurwa! Pięścią walnąłem w poręcz siedzenia. Miałbym ją, gdyby nie ten pierdolony doktorek!

Otworzyłem okno w samochodzie i głęboko zaczerpnąłem powietrza. Wziąłem kilka oddechów, w końcu się trochę uspokoiłem. Nachalne krople wody zaczęły wpychać się do środka. Zamknąłem okno. Patrzyłem, jak deszcz maluje na szybie psychodeliczne wzory z brudu i kurzu. Z zewnątrz dolatywały mnie przytłumione jęki i zawodzenia, które żałośnie wyśpiewywał wiatr.

Nie miałem już czasu, Ruscy dali mi ostateczny termin. Trudno, nie udało mi się zrobić tego w białych rękawiczkach, będę musiał się zdemaskować. Ale to może pociągnąć następne ofiary...

Czy jestem okrutnym zwyrodnialcem? Ludzką bestią? Chyba nie, każdy by się tak zachował na moim miejscu. Nie pałam nienawiścią, żądzą zabijania... Wcześniej byłem normalnym człowiekiem, takim jak inni ludzie. Na tym świecie nie ma ani kryształowo dobrych, ani całkiem czarnych charakterów, każdy z nas ma w sobie mniej lub więcej szarości. Wiem, że to truizm, ale prawda. Przedtem byłem popielaty, teraz przypominam kolorem naszego grafitowego vana...

Zrobiłem błąd, który zaważył na moim dalszym życiu. Gdy się powiedziało A, trzeba powiedzieć i B. Jedna niewłaściwa decyzja może spowodować lawinę dalszych, jeszcze głupszych zachowań. Człowiek brnie w coraz większe bagno, ciągle mając nadzieję, że mu się uda z niego wydostać. Teraz nie pozostało mi nic innego, tylko spalić za sobą wszystkie mosty. Muszę to zrobić, nie mam innego wyjścia.

Rozdział 53

Przed piętnastą do Roberta zadzwonił detektyw z informacją, żeby przyszedł jak najszybciej do jego biura. Orłowski, jadąc do niego, całą drogę siedział za kierownicą jak na szpilkach. Trąbił na opieszałych kierowców i przeklinał czerwone światła. Wreszcie dotarł do biura detektywa. Otworzyła mu jego sekretarka.

– Szef czeka na pana.

Wszedł do pokoju. Zza biurka wstał Wąs i podszedł do niego podając mu rękę.

– Radzę panu, doktorze, niech pan najpierw usiądzie – powiedział zagadkowym głosem. – Mark Biegler to Markus Jurgen, pasierb Vicka Jurgena. Miał pan rację, pana córce grozi niebezpieczeństwo.

*

Marta wyjęła z bagażnika torbę podróżną, zamknęła pilotem samochód. Podeszła pod klatkę i nacisnęła domofon. Po chwili otworzyły się przed nią drzwi wejściowe. Weszła na pierwsze piętro, gdzie znajdowało się mieszkanie Marka. Nie zdążyła nacisnąć dzwonka, bo Mark otworzył przed nią drzwi. Miał na sobie założone tylko bokserki. W tym czasie z drugiego piętra zaczął ktoś schodzić po schodach. Marta usłyszała dziecięcy głos.

– Dzień dobry. Idziemy z Bolusiem na spacer. Mama kupiła dla niego smycz.

Marta odwróciła się. Ujrzała chłopca trzymającego na rękach kota, a obok niego ładną młodą kobietę.

– Witam – odpowiedział Mark, uśmiechając się do chłopca i jego matki. – Masz rację, trzeba od czasu do czasu przewietrzyć sierściucha. Tylko uważaj, żeby znowu ci nie uciekł.

Chłopak schodził po schodach, ale ciągle oglądał się za siebie.

– Dobrze, że oddał mi pan wczoraj Bolusia, bo później padał deszcz.

– Kamil, patrz pod nogi, bo spadniesz ze schodów – skarciła chłopca jego matka.

Mark wciągnął Martę do przedpokoju i przycisnął do drzwi.

– No nareszcie jesteś, ale przed zdobywaniem Giewontu musimy zaliczyć sypialnię – zamruczał do jej ucha.

Wziął ją na ręce i zaniósł do sypialni. Kochali się krótko, w pośpiechu i żarłocznie. Oboje byli bardzo siebie spragnieni. Zdobycie tego szczytu zajęło im tylko chwilę, bo już niebawem głośne jęki spełnienia wyrwały się im obojgu z ust.

Marta, leżąc z głową utopioną w nagim torsie Marka, dopiero teraz zapytała:

– Nie wiedziałam, że przyjechałeś wczoraj. Dzwoniłam do ciebie, dlaczego nie odbierałeś telefonu?

– Poszedłem oddać kota i trochę się tam zasiedziałem. Nie udało mi się tym razem wymigać od zjedzenia szarlotki.

– To już wiem, dlaczego mamusia Kamila zmierzyła mnie wzrokiem Bazyliszka. Przecież szuka męża, bo jej ślubny poszedł do zdziry.

– Niestety już przy moim drugim kęsie szarlotki zaczęła żałować, że mnie zaprosiła. Cały czas mówiłem o swojej pięknej narzeczonej. Nie miałaś czasem czkawki? – Uśmiechnął się do dziewczyny. – Widać było po jej minie, że jest zawiedziona. Zmarnowała na faceta pół tortownicy wybornego ciasta, a on ciągle opowiadał o swojej dziewczynie i jej ciężkiej pracy.

– Jakiej pracy? O czym ty mówisz?

– No wiesz, dziwiła się, dlaczego spotykamy się tylko do południa, dlatego musiałem jej powiedzieć, że pracujesz w klubie go-go. Szybko jednak zacząłem żałować, że ci wymyśliłem taką profesję, bo ciężko mi było wytłumaczyć Kamilowi na czym polega twoja praca.

– No wiesz co! Jak mogłeś? – oburzyła się Marta. Zaraz jednak zorientowała się, że Mark żartuje i klepnęła go w ramię. – Nabrałeś mnie, draniu!

– Ale przecież wy, kobiety, lubicie drani! Nie mam racji? – Pocałował ją lekko w nos. – Mam nadzieję, że nie powiedziałaś swojemu hm... kuzynowi, że wybierasz się ze mną do Zakopanego?

Dziewczyna głośno westchnęła.

– Nie. Nie powiedziałam mu o tym i bardzo mi głupio z tego powodu. Obiecałam mu, że nie ruszę się z domu do jego powrotu z pracy. Nie lubię nie dotrzymywać słowa.

– Gdybyś mu powiedziała o Zakopanem, to nie pozwoliłby ci ze mną jechać. Wyłącz telefon. Wyślesz mu wieczorem SMS-a, żeby się nie niepokoił.

– Już wysłałam SMS-a do Renaty.

– Tak? To wyłącz teraz komórkę, bo ona już go na pewno poinformowała, że jesteś ze mną. Zaraz zadzwoni i z naszej wycieczki będą nici. – Wstał i poszedł po torebkę. Podał Marcie komórkę. – Wyłącz. Proszę, nie psuj nam wycieczki. Zresztą poczekaj, ja to zrobię. – Wyłączył komórkę i znowu wrócił do łóżka.

– Chodź do mnie – powiedział, przysuwając się do dziewczyny. – Póki co, muszę się jeszcze tobą nacieszyć – zamruczał. – Ale teraz zrobimy to inaczej. Czytałaś *Kamasutrę*...?

*

Marta wsiadła pierwsza do samochodu Marka, on w tym czasie wyjmował torby z jej bagażnika i przekładał do swojego. Ze zdziwieniem zauważyła ślady błota na dywanikach po stronie kierowcy. Dotknęła ręką siedzenia, nadal było trochę wilgotne.

Mark usiadł obok niej i wręczył jej kluczki od samochodu.

– Wszystkie torby są w bagażniku. Masz swoje kluczyki, bo potem zapomnę ci oddać.

– Mark, czy ty wczoraj w nocy gdzieś jeździłeś?

– Tak. Dlaczego pytasz?

– Bo siedzenia są wilgotne i błoto na dywanikach. Po co wychodziłeś, gdy padał deszcz?

– Co to za śledztwo? Nie mogę wyjść z domu, gdy pada deszcz? Nie jestem z soli, nie rozpuszczę się.

– Mówi się: nie jestem z cukru – poprawiła go Marta.

– Zabrakło mi pieczywa, musiałem skoczyć do sklepu – wyjaśnił. – Czy coś się stało?

– Nie. Nic takiego. – Zmieniła temat rozmowy: – Opowiedz mi, jak było w Wiedniu.

Marta siedziała w milczeniu i obserwowała twarz Marka. Widać było na niej zmęczenie, mimo że oczy miał przysłonięte ciemnymi okularami. Boże, jak ja go kocham – przemknęło jej przez głowę. Biegler spojrzał na nią i lekko się uśmiechnął.

– Dlaczego tak mi się przyglądasz?

– Podziwiam twój profil – odpowiedziała z uśmiechem.

– Sprawdź, ile jeszcze zostało nam kilometrów do Zakopanego.

– Jesteśmy dopiero w połowie drogi. Chyba dziś nie pójdziemy na Giewont, późno się już zrobiło.

– Dlaczego? Nie boję się gór. Kilka razy złapała mnie noc w Alpach i widzisz, że jakoś przeżyłem. Nie chciałabyś spędzić ze mną nocy w górach? Nie martw się, obronię cię przed wilkami. Mam pomysł: wypożyczymy potrzebny sprzęt i zanocujemy w górach. Co ty na to?

– Nie mam dziś na to ochoty. – Widząc jednak na jego twarzy pojawiające się rozczarowanie, szybko dodała: – Może jutro. Dziś jestem zmęczona, źle spałam w nocy. Wiesz, Mark, muszę zadzwonić do Roberta. Jakoś mi dziwnie na duszy, że nie powiedziałam mu o naszej wycieczce.

Otworzyła torebkę-plecaczek, inną niż ta, którą zwykle nosiła. Zaczęła szukać telefonu, ale nie mogła go znaleźć. Wszystko z niej wyjęła, ale aparatu nie znalazła.

– Musiałaś zostawić telefon w mieszkaniu.

– Ale pamiętam, że go wkładałam.

– Widać nie włożyłaś.

– Może wrócimy?

– Oszalałaś?! Nie wytrzymasz kilku dni bez telefonu? Mam pomysł, ja też wyłączę swój i będziemy wreszcie wolni od intruzów. Tylko my i góry! Co ty na to?

– Ale Robert będzie się martwił o mnie.

– Przecież wysłałaś SMS-a jego żonie.

– No tak. Może masz rację. Nie chcę mu się tłumaczyć przez telefon, bo się boję, że nakrzyczy na mnie. – Zamilkła na chwilę. – Mam ochotę na miętuska. Nadal trzymasz je w schowku?

Otworzyła klapkę i zaczęła szukać.

– Tam ich nie ma – głos Marka przybrał ostre brzmienie.

Zdziwiona spojrzała na niego.

– Właśnie, że są. Widzisz? – Wyjęła cukierki. – Masz ochotę na jednego?

– Nie.

– A co to takiego? – W rękach trzymała przedmiot trochę przypominający lornetkę.

– To noktowizor.

– Po co ci on potrzebny?

– Jak to po co? Jestem dziennikarzem i turystą. Potrzebuję tego tak samo jak lornetki i aparatu fotograficznego. Gdy pójdziemy nocą w góry, to może nam się przydać.

Marta odłożyła aparat z powrotem do schowka.

– Zgłodniałem, może zatrzymamy się po drodze i coś zjemy?

*

Do Zakopanego dojechali później, niż zamierzali, dlatego nie zrealizowali swojego planu i nie poszli wspinać się na Giewont. Zameldowali się w hotelu Marilor. Mark zarezerwował tam dla nich apartament. Zostawili bagaże i od razu poszli na mały spacer po Krupówkach. Na Gubałówkę planowali wybrać się w innym dniu, bo byli trochę zmęczeni podróżą. Szli Krupówkami, obejmując się i całując. Zatrzymywali się przy każdym straganie i sklepie, żeby Mark mógł sobie kupić góralskie pamiątki. Na razie zaopatrzył się w ciupagę i kierpce, dalsze zakupy przełożył na następne dni. Głód tymczasowo zagłuszyli oscypkami, bo wieczorem planowali zjeść uroczystą kolację w hotelowej restauracji. Po dwóch godzinach łażenia po tatrzańskiej metropolii wrócili do hotelu.

Mark postanowił wziąć relaksującą kąpiel, żeby odzyskać na nowo siły zostawione na Krupówkach. Do wody wsypał sól do kąpieli i zanurzył się w dużej wannie. Marta nie miała ochoty moczyć się w solance, bo akurat na jednym z kanałów szedł serial, który chciała obejrzeć. Usiadła w fotelu z nogami po amerykańsku opartymi o stolik kawowy i popijając drinka, oglądała kolejny odcinek Doktora House'a.

– Marta, wyjmij mi z torby niebieską koszulę w prążki i powieś na krześle. Niech się trochę wyprostuje. Może nie trzeba jej będzie oddać do prasowania. Granatowe dżinsy też wyjmij – usłyszała słowa Marka.

Wstała niezbyt zadowolona, że przeszkodzono jej w oglądaniu telewizji. Postawiła torbę na stoliku. Wyjęła koszulę i spodnie. Zorientowała się, że wyjęta koszula nie ma żądanych prążków. Znowu nachyliła się nad torbą. Wyjęła z niej wszystko, ale żadnej koszuli w prążki tam nie było. Już miała o tym powiedzieć Markowi, gdy jej uwagę przyciągnęło dno torby. Ze zdziwieniem zauważyła małe wybrzuszenie tam, gdzie powinno być płasko. Dotknęła rękami i wyczuła coś pod spodem. Torba miała podwójne dno!

Niezdrowa ciekawość zwyciężyła, zaczęła szukać sposobu dostania się do schowka. Znalazła. W skrytce znajdowała się biała koperta zaadresowana do Marka, obok leżały klucze. Serce nagle przyspieszyło pracę, gdy rozpoznała znajomy kształt. Identycznie wyglądały klucze do jej rzeszowskiego mieszkania! Wśród nich rozpoznała również klucze do altanki. Drżącymi rękami wzięła kopertę i wyjęła jej zawartość. Na niedużej kartce było napisane drukowanymi literami kilka słów: „Wiem, kim jesteś. Jeśli nie wyjedziesz, będziesz miał kłopoty". Oprócz kartki były dwa wycinki z gazet ze zdjęciami. Gazety były chyba austriackie, bo tekst był pisany w języku niemieckim. Na jednym ze zdjęć rozpoznała Marka, młodszego o kilka lat. Było to zdjęcie z legitymacji studenckiej, pod nim widniał podpis: „Markus Jurgen". Na drugim zdjęciu uśmiechnięty Mark przytulał do siebie młodą atrakcyjną blondynkę – gazeta była z sierpnia tego roku.

Marta usiadła na łóżku, żeby nie upaść. Przed oczami zobaczyła czarne plamy, w ustach poczuła suchość. Głośno przełknęła ślinę. Zamrugała oczami, ręką przetarła czoło. Jeszcze raz popatrzyła na wycinki z gazet. Blondynka ze zdjęcia ironicznie się do niej uśmiechała. Mark również. Mark. Jej Mark. Wiedziała już, dlaczego zawsze wyjeżdżał na weekend do Wiednia. Jechał do tej blondynki! Nie Mark, tylko Markus! Markus Jurgen! Dopiero teraz do niej dotarło, co to oznacza. Całe jej ciało zaczęło drżeć. Poczuła jak strach wślizguje się jej pod bluzkę. Nagle dotarło do niej, że grozi jej niebezpieczeństwo. Wielkie niebezpieczeństwo.

Rozdział 54

Robert niespokojnie chodził po pokoju, słuchając sprawozdania detektywa.
– Nazwisko zmienił kilka lat temu. Dlatego nie mogłem nic znaleźć o Markusie Jurgenie. Nazwisko Biegler też nie pojawiało się za często ani w wiedeńskich gazetach, ani w internecie. Mój znajomy, który mieszka w Wiedniu, dowiedział się nieco na jego temat. Znalazł w kilku gazetach trochę jego artykułów. Ale to niemożliwe, żeby Biegler mógł sobie pozwolić na życie na tak wysokim poziomie z samego pisania. Jeździć drogim autem, mieszkać w drogich hotelach... Musi mieć dodatkowe źródło dochodów. Dużych dochodów. Takich, jakie może mu zagwarantować Panax... Chyba że go utrzymuje narzeczona. Ale wątpię, bogaci ludzie nie dają się wykorzystywać... – Detektyw przerwał na chwilę. Spojrzał w oczy Robertowi. – Doktorze, mam jeszcze jedną wiadomość. Biegler mieszka od trzech lat u swojej narzeczonej, Berty Szmidt. Jest ona córką potentata prasowego Hermanna Schmidta, właściciela kilku wiedeńskich brukowców i popularnego dziennika „Wiener Heute". Mam tu zdjęcie Bieglera i jego narzeczonej na balu dobroczynnym, organizowanym przez tę gazetę. Tatuś narzeczonej ma jeszcze stację telewizyjną i radiową. *Notabene*, to ona ma objąć po nim jego imperium. Widać ten Biegler wiedział, gdzie warto ulokować swe uczucia.

– A to skurwysyn! – zawołał Robert. – Ten pierdolony Austriak od początku mi się nie podobał. Obetnę mu jaja za to, że oszukiwał taką fantastyczną dziewczynę jak Marta! – Spojrzał na datę wydania gazety. – Ten bal był wtedy, gdy byliśmy na łódce w Bieszczadach. Ale z niego kawał gnoja!

– Niech się pan uspokoi, doktorze.

– Ale skąd pan wie, że Markus Jurgen to Biegler?

– Niech pan porówna zdjęcia z pogrzebu jego matki i z balu.

Robert spojrzał na podsunięte przez detektywa zdjęcia. Jedno przedstawiało Vicka Jurgena stojącego przy trumnie i obejmującego dziewczynę i chłopaka. Na drugim zdjęciu ten sam chłopak, tylko dużo starszy, obejmował ładną blondynkę. Nie było żadnych wątpliwości – to ta sama osoba.

– Widocznie pasierb idzie w ślady swego ojczyma i też wykorzystuje kobiety – powiedział z sarkazmem Robert.

– Z tego zdjęcia wynika, że faktycznie Vick i Markus mają ojcowsko-synowskie relacje. – Zauważył detektyw.

– Co za skurwiel z tego Bieglera! To się w głowie nie mieści, żeby pracować dla mordercy własnej matki! Do czegoś takiego może być zdolny tylko łajdak bez żadnych zasad i skrupułów. – Jego szczęki pulsowały wściekle.

– Może on nie wie, że ojczym zabił mu matkę?

– No to jest nie tylko łajdakiem, ale do tego głupcem! Jak sobie pomyślę, że to bydle pieprzyło moją córkę, to mi się robi niedobrze. Zabiję za to tego skurwysyna. – Twarz Roberta wskazywała na to, że nie są to tylko czcze pogróżki.

– Doktorze, proszę nie robić głupstw – zaniepokoił się Wąs. – Nie ma sensu niszczyć sobie życia przez taką gnidę.

Robert nic nie odpowiedział, tylko wyjął komórkę.

– Cholera, dlaczego Marta nie odbiera telefonu?

Znowu spróbował. Jej telefon był wyłączony lub poza zasięgiem. Zadzwonił na domowy. Tutaj też nikt nie odbierał. Iza również była niedostępna. Zadzwonił do żony. Odebrała. Kiedy usłyszał od niej, że Marta wyjechała z Markiem do Zakopanego, wpadł w panikę. A nawet więcej – był przerażony!

Jeszcze raz zadzwonił do Izy. Tym razem odebrała. W pierwszej chwili nie chciała mu udostępnić szczegółów rozmowy Marty z Bieglerem, dopiero jak powiedział, że Marcie grozi niebezpieczeństwo, zaczęła mówić. Mark zadzwonił do Marty po dziewiątej. Zaproponował kilkudniową wycieczkę do Zakopanego, podobno zarezerwował już hotel. Kazał jej szybko przyjechać, bo miał zamiar jeszcze w tym dniu zdobywać Giewont. Marta prosiła Izę, żeby na razie nie mówiła o niczym rodzicom.

– Panie Nikodemie, jedziemy do Zakopanego. Proszę wziąć ze sobą laptopa i wszystkie materiały na temat Bieglera.

– Dobrze, tylko dam instrukcje sekretarce.

– Ma pan jakąś broń? Rewolwer?

Detektyw spojrzał z niepokojem na Roberta.

– Nie. Mam tylko straszaka i paralizator.

– Co?! To jaki z pana detektyw, jeśli nie ma pan broni?! – W głosie Roberta słychać było zdziwienie i rozczarowanie.

– Dotychczas zajmowałem się niewiernymi mężami i żonami, a nie handlarzami narkotyków. Nie potrzebowałem rewolweru na namiętnych kochanków, jedyna broń, z jaką tam miałem do czynienia, to łuk Erosa.

– To niech pan weźmie chociaż ten paralizator. Straszak też może się przydać.

Chwilę później siedzieli w aucie Roberta. Akurat pora nie była zbyt dobra na szybkie wydostanie się z miasta. Poruszanie się po Krakowie w godzinach szczytu i do tego w okresie remontów dróg było gehenną. Samochody wlokące się jeden za drugim, od świateł do świateł, szczelnie wypełniały jezdnię. Tuż przed nimi stara ciężarówka wypluwała z siebie spaliny wprost na szyby ich auta. Z ust Roberta posypały się przekleństwa, gdy zakleszczeni między samochodami znowu stanęli na światłach. Wreszcie wyjechali na Zakopiankę. Tutaj było jeszcze gorzej. Karawana samochodów pełzła po drodze w ślimaczym tempie, bo tu również były roboty drogowe.

W czasie gdy Robert przeklinał korek na jezdni, detektyw wydzwaniał po hotelach w Zakopanym, z pytaniem czy w którymś z nich nie zatrzymał się Mark Biegler.

– Cholera, nie przypuszczałem, że w takiej mieścinie jest tyle hoteli. Wyszukiwarka mi mówi, że ponad trzysta. Chyba więcej niż mieszkańców!

– Hm, niech pan zacznie poszukiwania od najdroższych hoteli. Ten austriacki knur lubi luksus. Widać to po tym, jak się ubiera i czym jeździ. Patek na jego ręce jest wart tyle, co mała garsoniera.

Robert miał rację, faktycznie Biegler zatrzymał się w jednym z najdroższych hoteli w Zakopanem, w hotelu Marilor.

– Cholera, boję się, że ten skurwiel wyciągnie Martę na Giewont, a tam nietrudno upozorować wypadek. Kolega mojej żony spadł z Giewontu i nikt się temu za bardzo nie dziwił. Wystarczy zwalić winę na nieodpowiednie buty.

– À propos butów: doktorze, jeśli mamy iść na ten Giewont, to pana buty są niezbyt odpowiednie... Tak jak i całe ubranie. Wspinać się w garniturze od Armaniego, to hm... trochę niekonwencjonalnie.

– Nie kupuję gotowych garniturów, szyję je na miarę. Faktycznie, przydały by mi się inne buty. Te są śliskie jak cholera. – Popatrzył na wskaźnik paliwa. – Muszę zatankować, kończy mi się benzyna.

Zatrzymali się przy najbliższej stacji benzynowej. Robert zatankował lexusa do pełna, potem poszedł zapłacić. Stojąc przy kasie, spojrzał na buty kasjera. Sprzedawca miał na nogach dosyć już sfatygowane białe adidasy.

– Jaki nosi pan numer butów? – zapytał Robert zdziwionego kasjera.

– Czterdzieści cztery.

– Ma pan grzybicę?

– Coo? O co panu chodzi?! – oburzył się chłopak.

– Czy ma pan grzybicę? Jestem lekarzem.

– Nie!

– Ile pan dał za te buty?

– Panie, co pana obchodzą moje buty?

– Chcę je od pana odkupić. Dam panu za nie trzysta złotych.

– Pan oszalał! Po co panu moje buty?!

– Bo mi się podobają. Daję panu trzysta złotych za buty kupione od Wietnamczyków na bazarze, a pan się jeszcze zastanawia?!

– One są ze skóry. – W oczach sprzedawcy pojawił się chytry błysk.

– Guzik prawda, dał pan za nie niecałą stówkę.

– Ale bardzo je lubię.

– Dobra, dorzucę panu jeszcze pół stówki. Spieszy mi się.

– Ale ja nie mam innych butów!

– Dam panu moje – mówiąc to, Robert głośno westchnął. – To jedne z moich najwygodniejszych butów. Kupiłem je wiosną w Paryżu.

Detektyw Wąs na widok Roberta zrobił wielkie oczy.

– Cóż to ma pan na nogach, doktorze? – zaśmiał się głośno.

– Zrobiłem geszeft życia. Każdy przyzwoity Żyd śmiałby się ze mnie do rozpuku, a rabin kazałby mi za karę nauczyć się Tory na pamięć.

– W tym garniturze, w krawacie i w tych butach wygląda pan super, doktorze. Palce lizać!

– Cóż, teraz przypominam przeciętnego Amerykanina w drodze do pracy. Oni zmieniają buty dopiero przed wejściem do biura – powiedział, włączając silnik. – Ale krawat to sobie już daruję. – Ściągnął go z szyi i wsadził go do schowka.

Ruszyli. Na Zakopiance nic się nie zmieniło – więcej stali niż jechali. Zniecierpliwiony Robert włączył GPS i wyszukał inną trasę. Wolał jechać opłotkami, niż wlec się w sznurze aut na dwu-pasmówce. Nie ujechał daleko, zanim zrozumiał swój błąd. Przed nimi jeden mercedes holował forda a tuż za nim drugi ciągnął motorówkę. Nie było szans, żeby ich wyminąć. Nie można było również wrócić na Zakopiankę. Tyle przekleństw padło w cza-sie tej drogi z ust szanownego pana doktora, że przeciętnemu szewcowi starczyłoby na kilka lat. A repertuar brzydkich słów był bardzo bogaty.

Dojechali do Zakopanego, gdy było już całkiem ciemno. Robert odetchnął trochę dopiero wtedy, gdy dowiedział się od recepcjo-nisty, że Mark Biegler jest w swoim apartamencie. Na szczęście ten austriacki skunks nie wyciągnął Marty na Giewont, pomyślał z ulgą.

W recepcji hotelu Robert jeszcze raz się utwierdził, że nikt tak nie potrafi przekonywać opornych ludzi, jak polscy królowie zer-kający z banknotów. Wszystko załatwią. W tym wypadku wystar-czył król Jagiełło. Dzięki Władysławowi Jagielle, który przeszedł z portfela Roberta do kieszeni recepcjonisty, udało się mężczyznom dostać do pomieszczeń przeznaczonych tylko dla gości hotelowych.

Błyskawicznie znaleźli się przed drzwiami apartamentu Bie-glera. Robert głośno zastukał do drzwi. Po chwili otworzył mu Austriak, ubrany w szlafrok kąpielowy. Na jego twarzy widać było zaskoczenie. Robert wepchnął go do pokoju.

– Gdzie jest Marta? – wysyczał.

– Nie wiem – odparł Biegler niepewnie.

– Co jej zrobiłeś, gnoju?! – W głosie Roberta słychać było strach i desperację. Z kieszeni marynarki wyciągnął straszak i wymie-rzył w Marka. – Jak nie powiesz, gdzie ona jest, to cię zabiję. Mów!

Na widok rewolweru Biegler szeroko otworzył oczy. Zaraz jed-nak ironicznie się uśmiechnął.

– Schowaj z powrotem tę zabawkę. Myślisz, że nie potrafię rozróżnić prawdziwego rewolweru od straszaka? – powiedział kpiąco. – Nie wiem, gdzie jest Marta. Byłem w łazience. Jak stamtąd wyszedłem, już jej nie było.

– Łżesz, Jurgen. – Robert podskoczył do Austriaka i złapał go za poły szlafroka. – Jeśli coś jej zrobiłeś, zabiję cię. – Jego oczy potwierdzały, że nie żartuje. – Nie pomoże ci twój pierdolony ojczym. Wiem, że pracujesz dla niego. Marta nie wie, gdzie jest heroina, wypuść ją.

– Ostrzegam, że nie mam nic pod szlafrokiem. Jeśli chcesz mnie zobaczyć gołego, to poproś. – Z jego twarzy nie znikał kpiący uśmieszek, ale oczy były zimne, jak dwie bryły lodu. – Myślałem, że jesteś inteligentniejszy, panie doktorze. Niestety stwierdzam z przykrością, że masz iloraz inteligencji ameby. – Zniecierpliwił się. – Puść mnie, kretynie, nie chcę się z tobą bić... Zacznij wreszcie myśleć, specjalisto od mózgów!

Robert puścił poły szlafroka, ale w jego oczach nadal widać było gniew i niepokój.

– Nie wiem, gdzie poszła. Wzięła tylko torebkę, inne rzeczy zostawiła – oznajmił Mark. – Też się denerwuję, co się z nią stało. Przywiozłem ją tutaj, bo chciałem jej pierwszy, przed tobą, wszystko powiedzieć.

– Nie pracujesz dla Vicka Jurgena? Udowodnij to.

– Nigdy nie nazywaj Szewczyka nazwiskiem mojego ojca! Nie w moim towarzystwie – powiedział twardo. – Co ci mam udowadniać?! Ten skurwysyn okradł mnie z majątku ojca, splugawił nasze nazwisko i zabił mi matkę. I dlatego mam dla niego pracować?!

– Dlaczego szukasz narkotyków? Współpracujesz z ruską mafią?

– Chcę dopaść Szewczyka... Nie pracuję dla żadnej ruskiej mafii, tylko dla Interpolu. Po śmierci mamy policja nie chciała mi uwierzyć, że Szewczyk maczał w tym swe brudne paluchy. Uważali mnie za paranoika. Ale kiedy wyszła na wierzch afera z lekami i skazano za to Tinę, to zaczęli bliżej przyglądać się poczynaniom tego skurwysyna. Nikt nie uwierzył, nawet policja, że moja siostra mogła mieć coś z tym wspólnego. Wzięła jednak winę na siebie... Dlatego przyszli do mnie i zaproponowali mi współpracę. Znam język polski, Podkarpacie i... Szewczyka – nie znaleźliby lepszego człowieka do tej roboty.

– Wykorzystałeś Martę. Oszukiwałeś. Kawał drania z ciebie – stwierdził zimno Robert. – Możesz pracować nawet dla papieża, ale dla mnie jesteś gnojem. Wiem o Bercie Schmidt.

– Nie jest tak, jak myślisz. Owszem, na początku chciałem wykorzystać Martę, ale potem... Zależy mi na niej. Bardzo. Zerwałem z Bertą w niedzielę... Chciałem dzisiaj o wszystkim powiedzieć Marcie. – Przerwał na chwilę. – Zostawmy temat Marty na później. Mam propozycję. Wiem, że też chcesz dopaść Szewczyka. W myśl zasady: wróg mojego wroga jest moim przyjacielem, możemy wymienić się informacjami.

– Nie podoba mi się określenie przyjaciel. Nigdy nie będziesz moim przyjacielem.

– Może to faktycznie nieodpowiednie słowo. Powiedzmy: bądźmy sojusznikami. Przypomnij sobie, nawet Roosevelt skumał się ze Stalinem, żeby pokonać Hitlera – zauważył Mark.

Robert w milczeniu przyglądał się Austriakowi.

– Dobrze. Mów, co wiesz. Jeśli chodzi o nasze informacje, to chyba Marta ci wszystko powtórzyła.

– Prawie. – Uśmiechnął się. – Dlatego nie mogłem jej powiedzieć o mojej misji. Kobiety nie potrafią dotrzymać tajemnicy. Dla dobra wspólnej sprawy, tobie muszę powiedzieć... Skąd wiesz, że to heroina?

– Znaleźliśmy saszetkę w samochodzie Ewy Kruczkowskiej. Domyślam się, że chciała się ze mną spotkać, żeby mi powiedzieć o narkotykach. Prawdopodobnie znalazły się w jej posiadaniu przez przypadek. Stało się to chyba w Jaśle. Tam również dowiedziała się, że ktoś z moich kumpli jest za to odpowiedzialny. Dlatego zginęła.

– Początkowo myślałem, że Kruczkowska też była w to zamieszana, ale jak poznałem bliżej Martę, to odrzuciłem tę opcję. Ktoś, kto stworzył taką cudowną istotę jak Marta, nie mógł robić czegoś tak odrażającego jak przemyt narkotyków... Czy Marta wiedziała o tej saszetce?

– Tak.

– Hm, nie powiedziała mi o tym. – Mark uśmiechnął się pod nosem. – Muszę zweryfikować swoje zdanie na temat jej umiejętności zachowania tajemnicy. Chyba faktycznie potrafi trzymać język za zębami, kiedy jest to konieczne.

– Co wiesz, czego my nie wiemy?

– Każdy z uczestników spotkania w Jaśle dostał paczkę z produktami z żeń-szenia. Kurier przywiózł je w niedzielę rano i dostarczono je do pokoi. Były one oznakowane nie imiennie tylko numerami. Paczka przeznaczona dla Nogi trafiła do pokoju Kruczkowskiej.

– Ile ta paczka ważyła?

– Około dziesięciu kilo.

Robert głośno gwizdnął.

– Ta heroina jest warta dobrze ponad milion złotych! To heroina krystaliczna, *white snow*. Najwyższej czystości – zauważył. – Jak ona była pakowana? Saszetka, którą znaleźliśmy w aucie Ewy była mała, ważyła około pięciu gramów.

– Nie wiem, czy była odważona w małych saszetkach czy pakowana w większe woreczki – odparł Mark. – Ktoś z twoich znajomych jest prawą ręką Szewczyka. Nadal nie wiem, kim on jest. Musimy się zastanowić, kto z nich może być tą osobą. Kobiety raczej bym wykluczył, chociaż nie do końca. Odrzuciłbym posła Rogosza. Prawdopodobnie również kuzyn Nogi nie jest człowiekiem, którego szukamy. Cała reszta twoich kumpli jest w kręgu podejrzenia. Ale mam swoich faworytów.

– Ja bym wykluczył Witka, męża Danki. Ostatnio u mnie pracuje. Nie wydaje mi się, żeby był zdolny zrobić coś bez pozwolenia swojej żony. A na przemyt narkotyków Danusia na pewno by mu nie pozwoliła. Odrzuciłbym również Zbyszka, jest za bardzo zaabsorbowany swoją córką.

– Pamiętasz, czego uczą nas amerykańskie kryminały? Zawsze mordercą jest najmniej podejrzana osoba. – Mark wykrzywił usta w uśmiechu. – Hm, najmniej podejrzaną osobą jesteś ty. Hollywoodzki scenarzysta na pewno by z ciebie zrobił mordercę. Poważnie mówiąc, ja stawiam na trzech: prawnik, stolarz i ten, który klei się do twojej żony.

– Jurek odpada. Nie był w Jaśle.

– Prawdopodobnie był. W tym dniu tankował się w okolicach Jasła.

– Skąd o tym wiesz? – zapytał mocno zaskoczony Robert.

– No cóż, przyłożyłem się do roboty, nie próżnowałem. – Uśmiechnął się tajemniczo. – Często jeździ do Wiednia. Ma pieniądze.

– A to skurwiel! Zaprzeczył, że był w Jaśle. Ewa mogła go tam gdzieś spotkać. Wcale nie musiał to być ośrodek, w którym imprezowali.

– Prawnik, z nich trzech, wydaje mi się najmniej podejrzany. Ale również wyjeżdża często do Wiednia, kupił ostatnio dwa mieszkania.

– Wiem, dla córki i syna.

– Od prawnika bardziej podejrzany wydaje mi się stolarz. Też jeździ do Wiednia. Owszem, widziałem tam jego meble. Ale skąd u niego nagle taki przypływ gotówki? Tutaj w Zakopanem kupił niedawno działkę pod budowę hotelu i kończy budować motel na Podkarpaciu.

– Bogdan buduje hotele?! Danka nic mi o tym nie powiedziała, a ona wie wszystko! To pewne?

– Tak. Na konto swojej matki. Ona figuruje jako właścicielka firmy. Czy to nie dziwne, że osiemdziesięcioletnia staruszka zaczyna inwestować w hotelarstwo?

– Skąd o tym wiesz?

– Od jego księgowej. Zaprosiłem ją na kawę.

– No tak, kobiety nie potrafią utrzymać języka za zębami – mruknął Robert. – Czy te wiadomości uzyskałeś w kawiarni czy w łóżku księgowej? Informacje o Jurku na pewno wyciągnąłeś też od jakiejś jego pracownicy?

– A czy ty nie działasz w podobny sposób? Też poszedłeś z Karoliną na kawę, żeby coś od niej wyciągnąć. Asystentki dużo wiedzą o swoich szefach.

– Ją też przeleciałeś tak jak Martę? – z goryczą zapytał Orłowski. – Umiesz wykorzystywać kobiety.

– Tak jak i ty – odparł Biegler głosem zabarwionym ironią. – Dla twojej wiadomości: nie musiałem jej przelecieć... Wystarczyła tylko obietnica, że mogę to zrobić. Odkąd pojawiła się w moim życiu Marta, nie myślę o innych kobietach.

– Oczywiście, nie licząc twojej narzeczonej. O niej chyba myślałeś, kiedy jeździłeś do niej w weekendy? Nie mów mi, że z nią wtedy nie spałeś. Nikt w to nie uwierzy, nawet ktoś tak naiwny jak Marta.

– Temat Marty mieliśmy odłożyć na później.

– Mam jeszcze jedno pytanie... Tak dla pewności: to ty podmieniłeś mi telefon?

– Tak, przepraszam. Oddam ci go, jak wrócę do Krakowa.

– Ale dlaczego to zrobiłeś, do cholery?!

– Marta powiedziała mi kiedyś, że nagrałeś dyktafonem w swoim telefonie rozmowę, w której Szewczyk przyznaje się do zabicia mojej mamy. Ale nic nie znalazłem w telefonie.

– Nie nagrało się, Marta źle usłyszała. Straszna z niej gaduła – mruknął.

– Tak, jak z każdej kobiety. – Mark spojrzał na zegarek. – Gdzież ona się podziewa? Obiecaj mi, że to ja jej pierwszy powiem o Bercie, nie ty. Dobrze?

Nagle zamilkł i szybko poszedł do sypialni. Otworzył walizkę. Za chwilę wrócił do pokoju. Był bardzo blady na twarzy.

– Ona już wie... Boże, ona myśli, że chciałem ją zabić – powiedział cicho. – Zniknęły dorobione klucze do jej mieszkania. Zabrała je. Widziała anonim, który wrzucono mi do skrzynki. Uciekła. Boże, ona się mnie boi – wyszeptał.

Robert wyciągnął telefon.

– Zadzwonię do niej, może teraz odbierze – powiedział Robert.

– Nie ma telefonu, został w moim mieszkaniu... Nie chciałem, żebyś to ty powiedział jej o Bercie. Chciałem to zrobić dziś przy kolacji.

Robert spojrzał wrogo na Bieglera.

Rozdział 55

Marta biegła przed siebie. Chciała znaleźć się jak najdalej od hotelu i od Marka. Wreszcie stanęła, rozejrzała się wokół. Tutaj gdzieś niedaleko powinien być dworzec autobusowy. Zapytała przechodzącego mężczyznę, wyglądającego na miejscowego, o drogę. Nie myliła się, po chwili ujrzała plac a na nim stojące autobusy. Nie zastanawiając się długo, wsiadła do autobusu, który odjeżdżał pierwszy. Wcześniej spojrzała na tabliczkę z kierunkiem trasy: Nowy Targ. Może być. Żeby tylko wyjechać z Zakopanego jak najszybciej!

Zajęła wolne miejsce obok okna. Powoli jej ciało uspokajało się, ręce i nogi już nie drżały. Zamknęła oczy. Nieposłuszne łzy wymknęły się spod powiek i wolno płynęły, rozpuszczając makijaż. Na policzkach utworzyły się ciemne smugi. Było jej obojętne, jak wygląda. Nic już się nie liczyło. Chciała umrzeć. Być razem z rodzicami. Nie chciała żyć na tym świecie otoczona ludźmi takimi jak Mark – którzy kłamią, oszukują, udają miłość... a planują zbrodnię.

Mark... Mark... Dlaczego?! Dlaczego byłeś taki okrutny? Odebrałeś mi matkę, ukradłeś mi serce, a potem rzuciłeś je wilkom na pożarcie. Niepotrzebnie uciekałam, powinnam dać ci się zabić. I tak już jestem martwa...

Przed oczami zaczęły przewijać się sceny i obrazy. Dzień, w którym go poznała, noc, kiedy pierwszy raz się z nim kochała i następne dni. Dużo było sygnałów ostrzegawczych. Ale je ignorowała, irracjonalnie zasłaniała oczy i uszy, deptała logiczne argumenty, bo nie chciała znać prawdy. Jego kłamstwa i oszukańcze spojrzenia łagodziły ciągle tlący się w niej niepokój, bo pragnęła tego. Chciała być oszukiwaną. Cóż, miłość rozmiękcza mózg.

Robert. Nagle otworzyła oczy. Musi zadzwonić do niego i powiedzieć mu o Marku. Otworzyła torebkę, żeby wyjąć telefon, ale przypomniała sobie, że został w mieszkaniu Marka. On go tam zostawił. Wszystko zaplanował. Nie udało mu się jednak wyciągnąć jej na Giewont... Dzięki temu jeszcze żyje.

Poprosiła młodego chłopaka siedzącego obok, żeby pozwolił jej zadzwonić ze swego telefonu. Zgodził się chętnie. Nagle dotarło do niej, że nie zna numerów telefonu Roberta, ani Renaty. Wszystkie numery miała zapisane w swojej komórce! Jedyny numer jaki pamiętała należał do pani Marii. Zadzwoniła do niej. Na szczęście kobieta była w domu i podała jej jego numer. Marta nie miała w torebce nic do pisania, tylko kredkę do oczu. Zapisała nią numer na bilecie autobusowym.

Zadzwoniła do Roberta. Zajęty. Ponownie wybrała jego numer, ale nadal z kimś rozmawiał. Odebrał dopiero za trzecim razem.

– Robert! Mark jest mordercą – cicho wyszeptała. – Dorobił klucze do mojego mieszkania. On jest pasierbem Jurgena.

– Marta, gdzie jesteś? Uspokój się, kochanie – usłyszała. – Powiedz, gdzie jesteś?

– W autobusie jadącym do Nowego Targu.

– Posłuchaj mnie uważnie: jak dojedziesz na miejsce, nie ruszaj się z dworca. Zaraz przyjadę po ciebie. Jestem w Zakopanem. – Po chwili dodał z ociąganiem: – Biegler nie jest mordercą. Pracuje dla Interpolu... Jest jedynie oszustem, który zwodzi i wykorzystuje naiwne kobiety. Od kilku lat mieszka ze swoją narzeczoną...

– Dlaczego kłamiesz, skurwielu! – Słyszała z oddali głos Marka. – Zerwałem już z Bertą. Daj mi telefon! – Wyrwał Robertowi aparat telefoniczny. – Marta, chciałem ci dzisiaj o wszystkim powiedzieć. Zerwałem z nią. Kocham cię...

Przycisnęła czerwony guzik kończący rozmowę. Po momencie zapiała komórka – dosłownie, bo dzwonek telefonu naśladował pianie koguta. Dzwonił Robert.

– Martuniu, pamiętaj, czekaj na mnie. Już od niego wychodzę. Nie ruszaj się stamtąd – powiedział Robert.

Oddała telefon. Chłopak nie chciał pieniędzy, powiedział, że ma dużo darmowych minut.

Tępo patrzyła przez okno autobusu na mijane budynki oświetlonych, góralskich domostw przytulonych do ściany lasu. Starała się nie myśleć o Marku, ale nie było to proste, myśli o nim ciągle wirowały w jej głowie. Cóż, powinna być szczęśliwa, że jej kochanek nie okazał się zwyrodniałym mordercą, tylko tuzinkowym wyzyskiwaczem kobiet. Nie mordował, jedynie wykorzystywał naiwne idiotki na miłosną przynętę. Fajne ma zajęcie – wyciągając informacje od sentymentalnych kretynek, może jeszcze je przelecieć w godzinach pracy. Szefowie zapłacą, a narzeczona wybaczy – przecież to jego praca, czego się nie robi dla dobra sprawy!

Gorycz powoli sączyła się do serca i mózgu Marty.

Mówił tak pięknie o miłości, nazywał ją swoim polskim skarbem, tymczasem jego narzeczona wyrozumiale czekała i grzała mu łóżko.

Ciągle kłamał, ciągle oszukiwał – podświadomie to czuła, mimo to obiema rękami kurczowo przytrzymywała na oczach różowe okulary, żeby czasem jej nie spadły.

Rozdział 56

Dzień później, po południu, Mark zadzwonił domofonem do domu Orłowskich. Furtkę otworzyła mu Renata. Nie zaprosiła go jednak do domu, rozmawiała z nim na podjeździe.

– Przyniosłem bagaż Marty i jej telefon. I telefon pani męża – powiedział, nie patrząc Orłowskiej w oczy. Samochód Marty stał już w garażu Orłowskich

– Dziękuję, że pan je przyniósł.

– Czy mógłbym porozmawiać z Martą? – zapytał cicho.

– Przykro mi, ale ona nie chce z panem rozmawiać.

– Muszę jej wszystko wytłumaczyć. – Spojrzał błagalnie na Renatę.

– Nie. Ona sobie tego nie życzy – odparła sucho. – Bardzo pan ją zranił.

– Wiem... Ale gdyby dała mi szansę wytłumaczyć się... Chociaż pięć minut rozmowy. – Chwycił Renatę za rękę. – Bardzo panią proszę.

Orłowska pokręciła głową

– Proszę puścić moją rękę, ja jej potrzebuję – powiedziała chłodno.

Trochę zażenowany odsunął się od Orłowskiej.

– Przykro mi – znowu powtórzyła ten sam zwrot. Widząc rozpacz w jego oczach, dodała cieplejszym tonem: – Proszę dać jej trochę czasu. Do widzenia panu.

Mark wsiadł do samochodu ze spuszczoną głową.

Następnego dnia znowu przyjechał pod dom Orłowskich, tym razem przed południem. Marta znowu nie wyszła. Pani Stasia nawet go nie wpuściła, tylko rozmawiała z nim przez ogrodzenie. Marta również nie odbierała od niego telefonu. Wysłał jej kilkadziesiąt SMS-ów. Na żaden nie odpowiedziała.

Trzeciego dnia też się zjawił, ale Orłowska powiedziała mu, że Marta nadal nie chce go widzieć.

Kiedy odjechał, Renata poszła do pokoju dziewczyny. Marta stała w oknie i patrzyła za odjeżdżającym samochodem. Łzy powoli spływały jej po twarzy.

– Szkoda mi go. On cię kocha – cicho powiedziała Orłowska. – Nie dasz mu już żadnej szansy?

Dziewczyna w milczeniu przecząco kręciła głową.

– Co tak kręcisz głową, jakbyś miała wmontowane łożysko. Może posłuchasz, co ma ci do powiedzenia? – zapytała Renata. – Każdy przestępca ma prawo do obrony.

– Gdybym się z nim spotkała, dałabym mu się znowu zbajerować. Wiem o tym – szepnęła. Po chwili dodała stanowczym głosem: – Nie chcę życia takiego jak twoje, wolę takie jakie miała moja mama. Nie chcę kochać, wystarczy mi, jak będę kochana. Potrzebuję faceta, którego będę lubić za to, że jest dobry dla mnie, uczciwy, prawdomówny, opiekuńczy. Nie chcę już miłości! – głośno zapłakała.

Po chwili uspokoiła się. Wytarła oczy chusteczką. Spojrzała na Orłowską.

– Wyjdę za Leszka Bigaja. Dzwonił do mnie. Umówiłam się z nim w sobotę. Wiem, że mu się podobam. Postaram się, żeby mnie pokochał. Robert mówi, że to porządny człowiek i dobry ginekolog.

Orłowska parsknęła śmiechem.

– Faktycznie ten drugi argument jest nie do podważenia. Dobry mąż koniecznie powinien być dobrym ginekologiem. – Uśmiechnęła się do dziewczyny. – Marta, zrobisz jak uważasz, to twoje życie. Ja też czasami myślałam tak jak ty. Przeklinałam dzień, w którym Robert ponownie zjawił się w moim życiu, nienawidziłam go... Żałowałam, że wyszłam za niego, a nie za Andrzeja. Ale te chwile trwały krótko. Patrząc na moje małżeństwo, uważam się za wielką szczęściarę, chociaż wiem, że jeszcze nie raz będę płakać przez Roberta. Nie wiadomo, czy mnie kiedyś nie zostawi dla młodszej kobiety, rówieśniczki naszej córki, jak mi to prognozuje Andrzej. Mimo to jestem szczęśliwa, że dane było mi kochać tak mocno. Miłość jest chorobą, która bardzo wyczerpuje... Ale to piękna choroba. – Przytuliła dziewczynę do siebie i poklepała ją lekko po plecach. – Zrób sobie kąpiel w soli z Iwonicza, potem przyjdź na dół. Napijemy się winka i obejrzymy *Gotowe na wszystko*. Mam nagrane wszystkie sezony. Miłość, mężczyźni... mogą poczekać. Ten temat zamknij na razie w pudełku i schowaj do szafy, tak robi Bree, gdy ma jakiś problem.

*

Robert usłyszał ciche pukanie. Drzwi otworzyły się i ujrzał w nich swoją sekretarkę.

– Szefie, jakiś człowiek chce z panem rozmawiać.

Z tyłu za nią ukazała się głowa Bieglera.

– Wpuść mnie na chwilkę. Chcę z tobą pogadać. – Usłyszał słowa Austriaka.

– Nie mam czasu. Zaraz mam zabieg, potem przyjmuję pacjentów.

– Poczekam.

– Jak chcesz. – Robert wzruszył ramionami. – Ale ostrzegam, że to może długo potrwać.

Faktycznie dosyć długo to trwało. Trzy i pół godziny. Orłowski był pewien, że Biegler już sobie poszedł, gdy tymczasem otworzyły się drzwi od sekretariatu i usłyszał:

– Szefie, ten pan dalej czeka.

– Wpuść go – westchnął głośno.

Biegler wszedł do gabinetu i usiadł po drugiej stronie biurka.

– Czego chcesz? – Robert zapytał zaczepnie.

– Żebyś mi pomógł w sprawie Marty. W zamian powiem ci, kto jest mordercą. Mam nowe dowody.

– Myślisz, że poświęcę szczęście Marty dla zaspokojenia swojej ciekawości? – Zaśmiał się ironicznie.

– Przecież zależy ci na znalezieniu mordercy? Obiecałeś to Marcie. Chcę tylko, żebyś podał list, który do niej napisałem i żebyś dopilnował, żeby go przeczytała. Tylko tyle... Nie chce ze mną rozmawiać, nie pozwala mi się wytłumaczyć.

– Tu nie ma nic do tłumaczenia. Wykorzystałeś ją tak samo, jak księgową Bogdana i asystentkę Jurka. Cały czas ją oszukiwałeś. Kiedy byłeś u nas i udawałeś zakochanego, twoja narzeczona przymierzała suknię ślubną.

– Na początku faktycznie chciałem wyciągnąć od Marty trochę informacji. Ale nie planowałem, że ją uwiodę... jakoś samo wyszło. A potem się w niej zakochałem... Naprawdę ją kocham.

– Zakochałeś się? Ale chyba również kochałeś pieniądze narzeczonej, bo coś długo nie mogłeś się zdecydować, którą z nich wybrać.

– Nie uważasz, że trzeba się wcześniej trochę zastanowić, zanim wyrzuci się do kosza na śmieci kilkanaście milionów euro? – powiedział sarkastycznie. – Ty miałeś ułatwione zadanie, twoja amerykańska żona już nie żyła. Nie miałeś więc dylematu, czy wybrać dolary czy Renatę.

– Uważaj. Za to powinienem dać ci w zęby – odparł Robert wyjątkowo spokojnie.

– To spróbuj to zrobić – również spokojnie rzekł Mark.

Przez chwilę milcząc, mierzyli się wzrokiem. Pierwszy odezwał się Robert.

– Ożeniłem się z Betty nie dla jej pieniędzy, nawet sam zaproponowałem intercyzę.

– Ja z Bertą również byłem nie dla jej pieniędzy. Widziałeś ją na zdjęciu. Berta jest nie tylko ładna, ale i niegłupia. Zależało mi na niej. Wydawało mi się, że to miłość... Dopóki nie spotkałem Marty. Oba uczucia mają się tak do siebie, jak płomień świeczki do płomienia ogniska w noc świętojańską.

– Zdradzałeś kobietę, którą miałeś poślubić! To samo kiedyś zrobisz Marcie.

– I ty to mówisz?! Taki zarzut w twoich ustach jest co najmniej nie na miejscu. Sam zdradzałeś żonę, a podobno ją kochasz! Wiem o waszych separacjach – powiedział oskarżycielsko Mark. – Dla twojej wiadomości – w przeciwieństwie do ciebie jestem monogamiczny. Wcześniej nigdy nie zdradziłem Berty, Marty też nie zdradzę... I nie będzie musiała bawić się w naszej sypialni w przebieranki, tak jak musi to robić twoja żona.

– Widzę, że Marta faktycznie nie potrafi trzymać języka za zębami... Tak jak i moja żona – stwierdził z przekąsem Robert. Zaraz jednak wysunął nowy argument. – Ale żyłeś na koszt tej Berty, byłeś jej utrzymankiem. Sam przecież wspomniałeś o milionach euro, z którymi trudno było ci się pożegnać.

– Nigdy nie wziąłem od Berty ani centa! – powiedział twardo Mark. – Trochę się wahałem, bo to oznaczało utratę pieniędzy zapisanych mi przez Gretchen w swoim testamencie.

– Kto to taki?

– Gretchen Biegler, pierwsza żona mojego ojca. Jedyna bliska mi osoba oprócz siostry. Berta jest jej siostrzenicą. Zapisała mi cały swój majątek pod warunkiem, że się ożenię z Bertą. Hm, któż nie lubi pieniędzy... – Westchnął. – Cóż, będę musiał nauczyć się żyć za trzy tysiące złotych miesięcznie. Chyba, że teraz ty będziesz nas utrzymywał, mnie i Martę?

– Nie licz na to, mam kogo utrzymywać. I nie przewiduję uwzględnić w swoim testamencie ani Marty, ani ciebie, mam przecież dzieci. Będziesz musiał sam pracować na siebie. Zastanów się więc dobrze, czy lepiej nie wrócić do swej austriackiej narzeczonej.

– Teraz ja powinienem dać ci w zęby za to, że się nie znasz na żartach.

– To spróbuj to zrobić.

Patrzyli chwilę na siebie i obaj parsknęli śmiechem.

– Nie skrzywdzę Marty. Nie mógłbym. Ona jest taka wrażliwa, taka delikatna... Krucha jak miśnieńska porcelana. Chcę się nią opiekować, chronić ją... Nie spotkałem takiej dziewczyny. Nie mógłbym jej skrzywdzić, tak jak nie mógłbym skrzywdzić dziecka. Byłbym gotów dla niej stanąć do walki ze smokiem, z całą armią świata, gdyby zaszła taka potrzeba. Już nie ma takich dziewczyn jak ona. Owszem, jestem zdolny zrobić świństwo jakiejś wyemancypowanej feministce mocno stąpającej po ziemi, która jest zaprawiona w potyczkach damsko-męskich, ale nie Marcie.

– Lepiej niż ty znam życie i kobiety, dlatego uprzedzam cię lojalnie, jak facet faceta, że kobiety się zmieniają. Nawet te słodkie, niewinne stworzonka. Pamiętasz, jak Marta załatwiła dwóch rosyjskich osiłków? Radzę ci uważać na nią. Nasze polskie kobiety są niebezpieczne. – Uśmiechnął się Robert. – Moja żona, gdy ją poznałem, była taka sama jak Marta, a teraz bardziej się jej boję niż rosyjskiej mafii.

– Naprawdę ją kocham. I sam będę ją uczył większej asertywności i samoobrony przed brutalnością tego świata. Jest najważniejszą osobą w moim życiu. Tylko ona się teraz dla mnie liczy. – Mark zamilkł. Po chwili sięgnął do kieszeni sportowej koszuli i wyjął dosyć grubą kopertę. Położył ją na blat biurka. – Czy podasz Marcie mój list i dopilnujesz, żeby go przeczytała? Nie chcę tego wysyłać e-mailem, bo może nie przeczytać. Zrobisz to?

Robert chwilę patrzył w milczeniu na Bieglera.

– Nie... Sam go jej dasz. Pojedziesz ze mną – powiedział. Zaraz szybko dodał: – Ale pamiętaj, nigdy cię nie polubię. Nie jesteś moim typem kandydata na zięcia.

– Wiem. – Mark lekko się uśmiechnął. – Jestem za bardzo podobny do ciebie.

*

Podjechali pod dom Orłowskich, Robert lexusem, a Mark swoim audi. Weszli pustego do domu, na tarasie również nie było nikogo, tylko pani Stasia w ogrodzie przycinała berberysy.

– Pani Stasiu, gdzie jest Marta?

– Nie wiem. Przyszedł tu pana kolega i z nim pojechała.

– Który kolega? – Robertowi serce zaczęło bić niespokojnie.

– Jo ich nie rozróżniom. To nie był żadyn z doktorów, tylko jeden z kolegów ze szkoły.

– O Boże! To ten absztyfikant twojej żony! – zawołał Mark. – To on jest mordercą. Nie zdążyłem ci o nim powiedzieć. Jedźmy natychmiast!

Wybiegli, zostawiając oszołomioną panią Stasię. Robert, żeby się upewnić, zadzwonił do biura Jurka. Nie było go. Asystentka powiedziała, że wyszedł jakiś czas temu w ważnej sprawie służbowej.

– Najpierw jedźmy do niego do domu – zawołał Mark.

– Nie znam adresu jego mieszkania, nigdy u niego nie byłem. – Robert zmarszczył brwi. – Ale Renata wie, gdzie on mieszka. – Przypomniał sobie.

Zadzwonił do żony i zapytał o adres. Kobieta chciała wiedzieć, dlaczego go potrzebuje.

– To on jest człowiekiem Jurgena, to on jest mordercą. A teraz porwał Martę. Grozi jej wielkie niebezpieczeństwo! – zawołał podenerwowany. Chwilę słuchał słów żony. – Coo?! Widziałaś go z Jurgenem i nic mi nie powiedziałaś?! – wrzasnął. – Wracaj natychmiast, Izy nie ma w domu. Później zadzwonię.

Szybko wsiedli do samochodu Roberta i pojechali pod wskazany przez Renatę adres. Orłowski prowadził auto, a Mark mu relacjonował, czego ostatnio się dowiedział na temat Jurka Juraszewskiego.

– Wczoraj spotkałem się z Karoliną. Pokazała mi ksero faktury za obiad, który jej szef zjadł w Jaśle w restauracji Panorama. To było w tę samą niedzielę, w którą odbyła impreza Panaxu. Musiał być bardzo głodny, bo zjadł dwie zupy i dwa befsztyki z pieczarkami. Oficjalnie był w podróży służbowej do Rzeszowa. Nie wiadomo, z kim się tam spotkał. Prawdopodobnie z Nogą.

– Hm, jest to dowód na to, że kłamał, że nie było go w tym dniu w Jaśle, ale czy przez to sąd uzna go za mordercę, to wątpliwa sprawa – zauważył sceptycznie Robert.

– Nie powiedziałem ci wszystkiego. Karolina, kiedy przyszła na randkę ze mną, miała założony na szyi medalion, łudząco podobny do tego, który ukradziono z mieszkania Kruczkowskiej.

– Nefretete? Coś mi wspominała o nim Marta. Ale zawieszka z główką Nefretete jest bardzo popularna wśród wyrobów złotniczych.

– Widziałeś ten medalion?

– Przecież go ukradli.

– Na zdjęciu, które stoi na ławie w mieszkaniu Kruczkowskich, matka Marty ma ten medalion zawieszony na szyi. To nie jest tuzinkowa główka Nefretete. Porównaj oba zdjęcia. – Włożył rękę do kieszeni koszuli. – Cholera, zostały w aucie! W każdym razie to nie jest typowa zawieszka. Główka Nefretete jest osadzona w czarnym onyksie. Zrobiłem zdjęcie zdjęcia i zdjęcie szyi Karoliny. Karolina powiedziała, że dostała medalion od szefa.

Robert gwizdnął.

– A to skurwiel! W życiu bym go nie podejrzewał! – zawołał Robert. – Przypominam sobie, że ja też widziałem ten wisiorek u Karoliny, gdy byliśmy na weselu. Ale nie wiedziałem, że podobny miała Ewa – mówiąc to, dodał gazu.

Po chwili dojechali na miejsce. Mieszkanie Juraszewskiego znajdowało się na nowym, eleganckim osiedlu. Budynki przed niepożądanymi intruzami chroniło ogrodzenie z kutych elementów i cegły. Robert nacisnął domofon. Nikt nie otworzył.

Przed blokami trzech chłopców grało w piłkę. Jeden z nich kopnął ją tak niefortunnie, że wypadła poza ogrodzenie. Mark podniósł piłkę.

– Chłopaki, szukamy Jerzego Juraszewskiego. Znacie go? – zapytał, rzucając im piłkę.

– Tak, to mój sąsiad, czasami przychodzi do taty na piwo. Ale pana Jurka nie ma w domu. Niedawno odjechał. Chyba pojechał na działkę, bo wziął ze sobą łopatę.

– O Boże – jęknął Mark.

– O kurwa! – krzyknął Robert. – Wsiadaj do auta! Wiem, gdzie to jest.

Szybko odjechali. Z powodu korków na Klinach byli dopiero pół godziny później. Robert bez trudu znalazł parcelę Juraszewskiego. Wysiedli z auta. Brama ogrodzenia była zamknięta. Z daleka ujrzeli sylwetkę Jurka. Trzymał w rękach łopatę i kopał nią dół. Na widok samochodu wyprostował się, odłożył łopatę i ruszył w ich kierunku. Otworzył bramkę.

– Robert, cóż tu robisz? – powitał gości pytaniem.

Orłowski chwycił kolegę za kołnierz koszuli.

– Mów, kurwa, co jej zrobiłeś? – wychrypiał.

– Komu? Puszczaj mnie do cholery! Ostrzegam, że teraz nie ujdzie ci to płazem tak, jak pięć lat temu. Wtedy pobiłeś mnie w moim własnym biurze, a dziś napadłeś na mnie na mojej działce. Dość tego!

– Gdzie jest Marta? – Robert nie zważał na jego słowa, tylko nadal trzymał go za kołnierz.

– Jaka Marta? Jestem tu sam. Puszczaj, udusisz mnie – wydusił z siebie wystraszony mężczyzna.

– Wiem, że ją tu przywiozłeś, ale ona nie wie, gdzie są narkotyki – odezwał się Mark. – Wpadłeś łajdaku. Jeśli zrobiłeś jej krzywdę, już nie żyjesz – powiedział przez zęby.

Gospodarz przeraził się wyrazu twarzy Austriaka.

– To jakaś pomyłka, ja o niczym nie wiem – wydukał wystraszony. – Robert, nie ma tu twojej kuzynki.

– Po co kopiesz dół? Jeśli ją zabiłeś, to ty tam będziesz leżał. – Oczy Roberta potwierdzały jego słowa.

– Boże! O czym wy mówicie? Ja miałbym kogoś zabijać? Ryby na wigilię nie dam rady zabić! Czy wyście oszaleli?! – Był przerażony, mówiły to jego oczy. Jeśli udaje, to jest najlepszym aktorem na świecie, przeleciało przez myśl Robertowi. Puścił go.

– Od kiedy pracujesz dla Jurgena?

– Co?! Nie mam z nim nic wspólnego. Kilka razy spotkałem go w towarzystwie Andrzeja. Zamieniłem z nim parę słów. Nic więcej.

– Skąd miałeś medalion Kruczkowskiej? – zapytał twardo Mark.

– Jaki medalion?

– Ten który dałeś Karolinie, skurwielu.

– Ach, ten! Znalazłem go w swoim biurze, leżał na podłodze koło biurka. Jakaś kobieta musiała go zgubić. Żadna z pracownic nie przyznała się do niego, to dałem Karolinie pod warunkiem, że musi go zwrócić, gdyby ktoś się zgłosił. Spytajcie ją o to, na pewno potwierdzi.

Robert spojrzał na Marka.

– Z kim byłeś w Jaśle na obiedzie i dlaczego trzymałeś to w tajemnicy? – znowu zapytał Mark.

– Spotkałem się z Andrzejem. Chcę, żeby załatwił mi przekwalifikowanie ziemi z rolnej na budowlaną. – Patrzył wystraszony na Roberta. – Nie chciałem, żeby ktoś o tym wiedział. Miał być w Jaśle, to się tam umówiliśmy, bo to bliżej niż jechać do Warszawy.

– Dlaczego jeździsz tak często do Wiednia?

– Moja córka tam studiuje. Figuruje na liście płac naszej firmy. Nie chciałem, żeby dotarło to do szefostwa.

Robert wyciągnął komórkę i zadzwonił do domu. Odebrała Iza.

– Na szczęście już jesteś – odetchnął z ulgą. Martwił się również, czy niebezpieczeństwo nie grozi Izie. – Gdzie byłaś?

– Na osiedlu, w Domu Kultury. Ktoś stamtąd dzwonił i powiedział, że mam lekcje gitary. Ale pana Dzidka nie było, niepotrzebnie tam poszłam.

– Przecież są jeszcze wakacje! Bądź mądrzejsza, Iza, nie ufaj ludziom. Masz nigdzie dziś nie wychodzić. Kiedy widziałaś ostatnio Martę?

– Przed moim wyjściem do Domu Kultury.

– Mówiła ci, że będzie wychodzić z domu?

– Nie.

– Rozmawiałaś z nią później przez telefon?

– Nie.

– Daj mi do telefonu panią Stasię. I pamiętaj, nigdzie dzisiaj nie wychodź.

Za chwilę przy telefonie była Nowakowa.

– Pani Stasiu, proszę mi opisać jak wyglądał ten facet z którym wyszła Marta.

– Nie wiem. Jo na chłopów nie patrze, mom swojego.

– Pani Stasiu, to bardzo ważne. Który z moich kolegów pojechał z Martą? Proszę mi powiedzieć.

– On mo chyba córke, któro nie widzi.

– Dlaczego mi pani od razu tego nie powiedziała?!

– Bo pan doktor nie pytoł.

Robert pobladł. Odłożył słuchawkę. Z napięciem w głosie zwrócił się do Jurka:

– Jurek, czy Zbyszek Nawara był kiedyś w twoim biurze?

– Tak, był kilka razy.

– Przypomnij sobie, czy był u ciebie przed weselem córki Artka? To bardzo ważne.

– Chyba tak.

– Czy to nie wtedy znalazłeś medalion pod biurkiem?

– Nie wiem. Nie pamiętam. Ale przecież to nie medalion Zbyszka, on czegoś takiego nie nosi! Nie mógł go zgubić.

– Ale mógł podrzucić – mruknął Robert. – Przypomnij sobie. Pamiętam, że Karolina miała go na weselu córki Artka.

Twarz Jurka się rozjaśniła.

– Tak, przypominam sobie. To było w tym dniu. Na drugi dzień pytałem wszystkich kobiet, które u nas pracują, czy nie zgubiły medalionu. Żadna się nie przyznała, że to jej zguba. Spodobał się Karolinie, to go jej dałem, żeby mogła go ubrać na wesele. Tak, to było wtedy! Ale czy możecie mi, do kurwy nędzy, powiedzieć, co się tu dzieje?!

– Jurek, przepraszam. Bardzo nam się spieszy. Kiedyś ci wszystko wytłumaczę. – Robert zrobił już kilka kroków, ale zawrócił. Podał rękę Jurkowi. – Przepraszam cię, Jurek. Naprawdę bardzo cię przepraszam. Cieszę się, że to nie ty. Acha, mam prośbę. Jedź teraz do mojego domu i przypilnuj, żeby Renata ani Iza nigdzie dzisiaj nie wychodziły. Zaopiekuj się nimi. Proszę – zawołał już przy furtce.

– Dobrze. Ale nic z tego nie rozumiem – burknął do siebie, bo niespodziewani goście już odjeżdżali samochodem.

Teraz też prowadził Robert. Spanikowane znaki zapytania wiły mu się w głowie przez całą drogę. Co się dzieje z Martą? Czy zdążą na czas? Czy uda im się ją uratować?

Mark siedział obok i przeklinał swoją głupotę.

– Nie wiem, dlaczego jestem taki przymulony. Dzisiaj całkiem wyłączyłem myślenie, jakbym cierpiał na płaskostopie mózgu – powiedział, stukając nerwowo palcami po desce rozdzielczej. – Straciliśmy tyle czasu. Powinniśmy od razu jechać do Rzeszowa. Przecież wiadomo, że tam jest im potrzebna Marta. Myślą, że może im pomóc w znalezieniu heroiny.

– W życiu bym nie przypuszczał, że to Zbyszek! – Robert z niedowierzaniem kręcił głową. – Był takim czułym i opiekuńczym ojcem! Udawał golasa finansowego, pożyczył ode mnie pieniądze na lekarza dla Emilki. Kurwa, nie znam się na ludziach.

– Ja też go nie podejrzewałem – wtrącił Mark. – Szkoda, że nie mam przy sobie swojego Glocka.

– Masz pistolet i nie wziąłeś go ze sobą?!

– Sorry, ale inaczej wyobrażałem sobie przeprosiny. Wątpię, czy przystawienie Marcie pistoletu do głowy z żądaniem, żeby za mnie wyszła, byłoby skuteczne. Takiej opcji oświadczyn nie brałem pod uwagę – mruknął. – Nie gadaj bzdur, tylko dodaj gazu.

W tym dniu Robert swą jazdą zasłużył na wiele punktów karnych. Wbrew zakazom kodeksu drogowego rozmawiał przez telefon z żoną, nie zwracał uwagi na czerwone światła, ani która droga jest podporządkowana, tylko na to żeby jak najszybciej wyjechać z Krakowa. Cud, że nie było nigdzie policji drogowej. Prawie godzinę wlekli się przez miasto, zanim wyjechali na trasę do Rzeszowa.

– Robert, jedźmy inną drogą, przez Igołomię. Tylko pięć kilometrów dalej, ale nie jest tak zakorkowana jak tamta. Może nadrobimy trochę czasu.

Rozdział 57

Marta poruszyła sztywnymi palcami. Z lękiem w oczach odwróciła się w stronę mężczyzny.

– Mam za mocno związane ręce. Całkiem mi zdrętwiały – powiedziała cicho.

Samochód zatrzymał się na poboczu. Mężczyzna w milczeniu
rozwiązał supeł i trochę poluzował węzły. Całą drogę był milczący,
nie widać było po nim zdenerwowania, w skupieniu patrzył na
drogę. Nawet korek na jezdni nie wyprowadził go z równowagi.
Jechali już prawie cztery godziny, a minęli dopiero Dębicę. Jazda
trasą Kraków–Rzeszów przypominała przejażdżkę na grzbiecie
żółwia – albo poszerzano drogę, albo ją remontowano, albo usu-
wano rozbite auta, tak jak teraz. Tym razem doszło do sporego
karambolu, ponieważ wpadło na siebie kilka samochodów.

Zaczynało się już ściemniać. Kiedy dojadą na miejsce, będzie
całkiem ciemno – pomyślała dziewczyna. Ukradkiem zerknęła
na mężczyznę. Wiedziała, że tylko na zewnątrz jest spokojny. Pod
maską spokoju był napięty jak gitarowa struna, zdradzały to ręce
kurczowo trzymające kierownicę i oczy. Ten człowiek był zdolny
do wszystkiego. Poczuła zapach swojego strachu. Przez jej ciało
przemknęły dreszcze przerażenia.

Rano nic nie wskazywało na to, że popołudnie będzie przypominało sceny z amerykańskiego thrillera. Po śniadaniu razem
z Izą usiadły na tarasie. Dziewczynka jak zwykle wsadziła nos

w książkę, a Marta udawała, że przegląda kolorowe czasopisma. Nie mogła oderwać myśli od Marka. Znowu przysłał SMS-a. Nie przeczytała go. Ale też go nie skasowała. Ciekawe, co teraz robi – rozmyślała. Na pewno pompki, jak zwykle rano. Znowu stanął przed jej oczami – z gołym torsem, lekko spocony. Po chwili widziała go oczami wyobraźni, jak bierze prysznic, potem jak się wyciera ręcznikiem, psika dezodorantem, zakłada świeże bokserki...

– Marta, pojedziemy do Kryspinowa? – pytanie Izy wyrwało dziewczynę z łazienki Marka.

– Dzisiaj nie mam czasu, obiecałam pomóc pani Stasi przy robieniu pierogów z mięsem. Jutro pojedziemy.

– Jutro może padać.

– Właśnie na dziś zapowiadali opady, jutro ma być ładnie.

Nie pojechały. Siedziały na tarasie i gadały. Marta dowiedziała się, że Dominik popchnął Patryka w pokrzywy, a Patryk zrewanżował mu się, wrzucając mu we włosy rzepy z ostu, co skończyło się wizytą u fryzjera. Teraz Dominik jest wdzięczny Patrykowi, bo ma głowę ogoloną na łyso, o czym od dawna marzył, a na co nie pozwalała mu jego mama.

Później Marta poszła do kuchni robić obiad, a Iza przeniosła się do starożytnego Rzymu i do katakumb, gdzie modliła się Ligia i pierwsi chrześcijanie. Jakiś czas potem zadzwoniła komórka Izy. Dziewczynka weszła do kuchni.

– Marta, dzwonili z Domu Kultury, idę na lekcję gitary.

– Podwieźć cię?

– Nie. Ładna pogoda, pojadę na rowerze. Ty rób pierogi.

Chwilę po wyjściu Izy usłyszała domofon. Przyszedł szkolny kolega Roberta, Zbyszek Nawara. Rozpoznała w nim ojca niewidomej dziewczynki. Ze wszystkich znajomych Roberta właśnie do niego czuła największą sympatię. Jego troska i opiekuńczość w stosunku do córki bardzo ujęła i Martę, i Marka. Wpuściła mężczyznę do domu.

– Robert jeszcze nie wrócił z kliniki, proszę wejść i poczekać na niego, powinien niedługo nadjechać.

I wtedy stało się coś, czego w życiu by się nie spodziewała – mężczyzna wyciągnął broń.

– Jeśli chcesz, żeby Iza wróciła do domu cała i zdrowa, to rób, co ci każę – powiedział w taki sposób, że Marcie przeszły ciarki po plecach. – Teraz zajmują się nią moi rosyjscy przyjaciele, a nie pan od gitary. Zrobiliśmy z niej naszą zakładniczkę, żeby ci coś głupiego nie wpadło do głowy. Weź klucze do rzeszowskiego mieszkania i chodź ze mną. Tylko bez żadnych numerów, jeśli nie chcesz skończyć jak twoja matka i Noga.

Martę nadal stała jak sparaliżowana. Nie potrafiła powiedzieć nawet jednego słowa, tylko przerażona patrzyła na mężczyznę.

– Słyszysz, co mówię do ciebie? Rusz się, do cholery.

Dopiero wtedy dotarło do niej, w jakiej znalazła się sytuacji. Strach uderzył ją jak pięść. Boże, Iza jest w ich rękach – przeleciało jej przez głowę. Zrobiła wszystko, czego zażyczył sobie Nawara.

Na krok jej nie odstępował, poszedł z nią do jej pokoju, patrzył jak bierze torebkę i sweter.

– Oddaj mi swoją komórkę i paralizator. Tylko bez takich wygłupów jak z Ruskimi, bo zastrzelę nie tylko ciebie – powiedział ostro.

Marta zdziwiona, skąd Nawiara wie o tym, oddała mu posłusznie paralizator i telefon.

Zeszli na dół.

Pani Stasia, zajęta pierogami, nie zauważyła w zachowaniu Marty nic szczególnego.

Wyszli z domu i wsiedli do jego auta. Samochód był inny niż ten, którym wcześniej jeździł. Miał przyciemnione szyby i rzeszowską rejestrację. Poznała go od razu – był to ten sam grafitowy van, który jechał za nią, gdy wracała z Rzeszowa.

Mężczyzna związał jej ręce i przykrył swetrem.

– Jeśli zatrzyma nas drogówka, to nie waż się robić niczego głupiego, bo inaczej ta mała nigdy nie wróci do domu. Pamiętaj o tym. Jak znajdziemy heroinę, to nic złego nikomu się nie stanie. I ty, i Iza wrócicie do domu.

– Ale ja nie wiem, gdzie jest heroina. Naprawdę. Szukaliśmy jej i nie znaleźliśmy – powiedziała, patrząc mu błagalnie w oczy. – Nie mogę panu pomóc. Naprawdę nie wiem, gdzie ona jest.

– To będziesz musiała się tego dowiedzieć. – Jego głos przypominał głos robota, nie było w nim nic ludzkiego. – Inaczej zginiesz. Iza również.

Przez całą drogę do Rzeszowa dźwięczały jej w uszach słowa mężczyzny i wbijały się w nią niczym szpony. Zabiją Izę! Przeze mnie! Przed oczami zobaczyła twarze Orłowskich: Renaty, Krzyśka, Roberta... Twarz Roberta! Wyobraziła sobie jego ból po stracie córki. Jego ukochanej córeczki! To przez nią, Martę, dziewczynka zginie! Gdyby nie zjawiła się w domu Orłowskich, nie byłoby tego wszystkiego. Nie może dopuścić, żeby stało się coś Izie. Nie może zrobić tego Robertowi! Iza musi wrócić do domu. Nie myślała teraz o sobie, co się z nią stanie, tylko o dziewczynce. Biedne dziecko, na pewno jest przerażona. Taka trauma zostawia w psychice trwały ślad na całe życie! Na myśl o Izie w oczach Marty zabłysły łzy.

Wzięła się w końcu w garść. Musi opanować strach i odważyć się z nim rozmawiać, może trudniej mu będzie zrobić jej krzywdę, gdy trochę pozna swą ofiarę. Łatwiej jest zabić kogoś anonimowego, niż kogoś, kogo się zna. Przerażenie powoli zwalniało ucisk.

– To pan jechał za mną z Rzeszowa?

Mężczyzna nie odpowiedział. Mimo to niezrażona ciągnęła dalej.

– To pan był w lasku kilka dni temu? Chciał mnie pan porwać czy zabić?

– Po co miałbym cię wtedy zabijać, jesteś mi potrzebna żywa? – w końcu odpowiedział.

– To dlaczego poluzował pan koło w moim aucie?

– To nie ja, ani nikt z naszych. Prawdopodobnie to tylko zbieg okoliczności, taki sam jak z Rosjanami w galerii.

– Skąd pan o nich wie?

– Od samego początku miałem cię na oku. I w Rzeszowie, i w Krakowie. Twojego kochasia również.

Na wspomnienie Marka skurczyła się w sobie. Chyba już nigdy go nie zobaczy. Ani Roberta, ani reszty Orłowskich.

*

Dotarli do Rzeszowa. Podjechali pod blok. Nawara rozwiązał jej ręce.

– Wychodzimy. Pamiętaj, nie rób żadnych głupstw. Rewolwer mam w kieszeni kurtki.

Wyszła z samochodu. Było już całkiem ciemno, mrok rozjaśniały osiedlowe latarnie. Drżącymi rękami otworzyła drzwi klatki. Na schodach spotkała sąsiadkę z góry. Ukłoniła się kobiecie. Sąsiadka zmierzyła Nawarę ciekawskim spojrzeniem.

Weszli do przedpokoju.

– Nie zapomnij wyłączyć alarm – podpowiedział jej porywacz.

Bez szemrania wykonywała wszystkie polecenia mężczyzny. Najpierw zasunęła zasłony i żaluzje, dopiero potem zaświeciła światło.

– Czy mogę się załatwić? – zapytała zażenowana. – Mam pełny pęcherz.

– Możesz, ale przy otwartych drzwiach.

Z zawstydzeniem usiadła na muszli. Po chwili poczuła ulgę. Umyła ręce. Wyszła z łazienki.

– Stań w drzwiach, żebym cię widział – rozkazał.

Mężczyzna wszedł do ubikacji. Rozpiął rozporek. Trzymając wymierzony w nią rewolwer, cały czas obserwował ją w lustrze.

Ciekawe, czy się nie obsika – idiotyczna myśl przeleciała jej przez głowę.

– Odwróć się, nie podglądaj mnie – rzucił ostro.

Zwróciła głowę w innym kierunku. Wzrok jej spoczął na telefonie, który stał na półce obok drzwi do łazienki. Wtedy zaświtała w jej głowie pewna myśl. Udając, że straciła równowagę, podparła się o półkę, przesuwając z widełek słuchawkę telefonu. Ustawiła się tak, że jej lewa ręka była niewidoczna z łazienki. Przywołała przed oczami wygląd klawiatury. Nie patrząc na telefon, wybrała numer 997.

Tymczasem Nawara spuścił wodę w toalecie. Widać dbał o zachowanie higieny, bo również umył ręce.

Odetchnęła głęboko – nic nie zauważył!

– Czy pan mnie też zabije? – zapytała głośno. – Ja naprawdę nic nie wiem. Proszę mnie wypuścić – zaczęła mówić byle co, żeby Nawara nie usłyszał odgłosów w słuchawce, natomiast żeby usłyszał ją policjant dyżurny.

Wyszedł z łazienki.

– Jeśli będziesz posłuszna i wykonasz wszystkie moje polecenia, to cię nie zabiję – burknął ostro. Nie zwrócił uwagi na przestawioną słuchawkę.

Weszli do dużego pokoju.

– Teraz pomyśl, gdzie matka mogła schować dziesięć kilo heroiny.

– Jak ona była pakowana? – zapytała. – Chcę wiedzieć, czy potrzebny był duży schowek czy mały.

– W półkilogramowe woreczki.

Marta w skupieniu rozejrzała się po pokoju. Na razie nic jej nie przychodziło do głowy. Razem z Robertem już przeszukali skrupulatnie całe mieszkanie.

– Proszę pana, naprawdę nie wiem. Jakiś czas temu dokładnie przeszukaliśmy każdy pokój. Nic nie znaleźliśmy oprócz tej małej saszetki w samochodzie.

– W aucie była saszetka z heroiną? – zdziwił się Nawara. – Nie udało nam się nic tam znaleźć, a przeszukaliśmy cały samochód.

Może teraz też znajdziesz naszą zgubę. Ona musi tu być! Przecież twoja matka jej nie zjadła na kolację. Prosto z Jasła wróciła do domu, była tylko chwilę u Wcisłowej. Noga ją śledził. Nie mogła nikomu dać heroiny. Rozejrzyj się, musiała ją tutaj gdzieś schować. Marta powędrowała oczami po pokoju. Nagle ją oświeciło. Już wiedziała, gdzie mama ukryła narkotyki.

Nawara chyba zauważył coś w jej oczach.

– Ty już wiesz! – oznajmił z ulgą.

Coś jednak odwróciło jego uwagę od narkotyków. Spojrzał na okno. Szybko podskoczył do dziewczyny. Chwycił ją za włosy. Wyjął z kieszeni rewolwer, odbezpieczył go i przystawił dziewczynie do głowy. Poprowadził ją w stronę drzwi balkonowych.

– Odsłoń zasłony i firankę – szepnął jej do ucha.

Marta wykonała jego polecenie. Kilka centymetrów od siebie po drugiej stronie szyby ujrzała twarze Roberta i Marka.

– Wpuść ich – lodowato warknął Nawara.

Otworzyła drzwi balkonowe.

– Wejdźcie pojedynczo i zamknijcie drzwi. Jeden nieodpowiedni ruch i dziewczyna nie żyje – powiedział, trzymając rewolwer przystawiony do głowy dziewczyny.

Oczy Marka mówiły, że trzeba poważnie potraktować słowa Nawary – to nie był straszak! Powietrze w pokoju przesiąknięte było grozą. Wszyscy jak urzeczeni patrzyli na rewolwer w rękach mordercy.

– Rzućcie broń, bo zastrzelę dziewczynę – rozkazał Nawara.

– Nie jesteśmy uzbrojeni – spokojnie odparł Robert. – Nie mamy żadnej broni. Odłóż ten rewolwer albo chociaż odstaw od głowy Marty. Zbyszek, proszę. Może dojść do nieszczęścia.

– Podejdź do mnie, tylko spokojnie. Ściągnij marynarkę, opróżnij kieszenie. Ty, Romeo, też się rozbieraj.

Puścił dziewczynę i dalej trzymając broń wymierzoną w Martę, zaczął obszukiwać Roberta.

- Zbyszek, mówiłem ci, że nie mam broni. Marta naprawdę nie wie, gdzie jest heroina. Wypuść ją.

- Wie. Już wie.

- Marta, nic mu nie mów, jak będzie miał heroinę, chwilę później zabije nas wszystkich – zawołał Robert. – Za dużo wiemy, musi pozbyć się świadków.

- Ale rosyjska mafia ma Izę. Zabiją ją.

- Iza jest bezpieczna, siedzi w domu. – Robert uspokoił dziewczynę. Potem zwrócił się do Nawary: – Zbyszek, daj spokój, nie wpadaj w jeszcze większe szambo, niż to, w którym już jesteś. Pomyśl o Emilce.

- Cały czas o niej myślę. Jest teraz z matką poza granicami Polski. Dojadę do nich i Wiktor ukryje nas na jakimś zadupiu. Muszę tylko dać Ruskom heroinę. Z nimi nie ma przelewek.

- Jeśli wierzysz Szewczykowi, to jesteś idiotą – wtrącił Mark.

- Wierzę mu. Ty też byś już nie żył, gdyby nie Wiktor. Nie lubimy, jak ktoś depcze nam po piętach. Twój ojczym nie pozwolił cię sprzątnąć, więc nie gadaj na niego – burknął Nawara. – Chodź, muszę cię przeszukać. Rączki do góry. Pamiętaj, że mam dziewczynę na muszce.

Zaczął obmacywać Bieglera.

- Szewczyk wykiwa cię. Jeśli zgodzisz się zeznawać przeciw niemu, to załatwię ci status świadka koronnego i będziesz objęty programem ochrony świadków.

- Wolne żarty, program ochrony świadków! – Zaśmiał się gorzko. – Przed Ruskimi nic mnie nie ochroni. Powiedzieli, że zabiją Emilkę, jeśli im nie dam heroin...

Nie dokończył, bo Mark chwycił go za rękę, w której trzymał rewolwer. Zaczęli się szamotać.

- Marta, uciekaj! – krzyknął Mark.

Marta nie posłuchała, w osłupieniu patrzyła na walczących ze sobą mężczyzn. W pewnym momencie padł strzał. Jak w koszmarnym śnie widziała upadające na podłogę bezwładne ciało Marka.

– Boże! Nie! – przeraźliwie krzyknęła. Nie zważając na nic, rzuciła się stronę Marka. Upadła obok niego na kolana. Zaczęła całować jego twarz, szlochając, przytuliła się do leżącego. – Kochanie, nie rób mi tego. Nie umieraj. Błagam. Słyszysz?! Nie pozwalam ci umierać! Jesteś mi potrzebny. Mareczku, kochanie. – Łzy dziewczyny rozcieńczały czerwoną plamę krwi na jego koszuli.

Potem nieoczekiwanie podniosła się z podłogi. Obce jej dotąd uczucie nienawiści dotarło do niej i nią zawładnęło. Nie myśląc o konsekwencjach, podbiegła do Nawary i z płonącymi wściekłością oczami zaczęła go, osłupiałego, okładać. Pięści dziewczyny lądowały na jego torsie i ramionach.

– Zabiłeś mi matkę, zabiłeś Marka! Mnie też zabij, skurwielu! – wywrzeszczała mu w twarz. – Kiedy będziesz patrzył na swoją córkę, miej zawsze świadomość, że jest córką potwora. Zabij mnie, bydlaku! Słyszysz, zabij! – Niekontrolowane słowa jakby same wyskakiwały jej z gardła.

– Marta, przestań! – zawołał przerażony Robert.

Słowa Orłowskiego otrzeźwiły Nawarę. Odepchnął dziewczynę od siebie. Po jego twarzy przeleciał skurcz. Ciągle trzymając w ręce rewolwer odwrócił się w stronę Roberta. W tym momencie usłyszeli dzwonek.

– Proszę otworzyć drzwi, policja!

Twarz Nawary stężała. W oczach Nawary widać było desperację, panikę i determinację. Uśmiechnął się gorzko do kolegi.

– Sorry, Robert, ale nie zdążę zwrócić ci pieniędzy – powiedział i pociągnął za spust rewolweru.

Za chwilę osunął się na podłogę obok Bieglera.

Robert podskoczył do leżących i nachylił się nad nimi.

Rozdział 58

Marta patrzyła na odjeżdżający samochód. Robert i Renata pojechali na pogrzeb. Usiadła w fotelu. Ze stolika wzięła list, który
napisał do niej Mark. Popatrzyła na kartki papieru poplamione
jego krwią i jej łzami. Znała list prawie na pamięć. Za każdym
razem, gdy go czytała, spod powiek, jak ze źródła, tryskały łzy.

Mein polnischer Schatz!

*Nie chcesz ze mną rozmawiać, dlatego wybrałem tę drogę komu-
nikacji z Tobą. Nigdy nie opowiadałem Ci nic o sobie, teraz chcę to
nadrobić. Opowiem Ci całe moje życie.*
*Urodziłem się pewnego majowego poranka trzydzieści dwa lata
temu w Wiedniu. Moją matką była młoda studentka architektury, Krystyna Jarasz, a ojcem prawie trzydzieści lat od niej starszy
Markus Jurgen. Mama przyjechała do Wiednia, żeby zarobić trochę
„prawdziwych pieniędzy", tak jak to robiło wielu Polaków w czasach
PRL-u. Znalazła pracę pokojówki w jednym z hoteli Markusa Jurgena.*
*Mój ojciec miał wtedy ponad pięćdziesiąt lat, konto bankowe ugi-
nające się od szylingów i żonę. Nie miał tylko jednego – potomka. Jego
małżeństwo z Gretchen było prawie idealne. Rozumieli się, szano-
wali, mieli podobne upodobania i potrzeby, te same pasje i podobne
gusta. Gdyby mieli dzieci byliby najszczęśliwszą parą w Wiedniu...
Ale niestety ich nie mieli. Po wielu badaniach lekarze stwierdzili, że*

przyczyna leży po stronie Gretchen. Kobieta zaczęła się leczyć, ale nie zaszła w ciążę.

Kiedy Gretchen odwiedzała gabinety ginekologów, mój ojciec robił pieniądze. Otwierał nowe hotele i motele. W wieku pięćdziesięciu lat był bardzo zamożnym człowiekiem. Wtedy to na jego drodze stanęła pewna dziewczyna z Polski. Akurat w tym czasie Gretchen wyjechała na dwa miesiące do Stanów odwiedzić kuzynkę, a kucharka złamała nogę. Musiał zatrudnić gosposię – wybór padł na moją mamę. I tak zaczął się ich romans, którego owocem byłem ja. Nie wiem, co mamą kierowało, gdy została kochanką ojca – ile było w tym uczucia, a ile wyrachowania. Mama powiedziała mi, że się w nim zakochała, Gretchen natomiast mówiła całkiem co innego.

Sielanka trwała dwa miesiące, aż do przyjazdu żony ojca. Ale nawet powrót Gretchen nie przerwał ich romansu, dalej się spotykali, tylko zmienili miejsce miłosnych schadzek. O ciąży mama powiedziała ojcu pod koniec września, tuż przed swym powrotem do Polski. Podobno ojciec zachowywał się, jakby dostał obuchem w głowę. Nigdy nie brał pod uwagę ciąży! Romans – tak, ale ciąża z nie-żoną, nie za bardzo mu pasowała. Po konsultacji z Gretchen wysunął mamie propozycję „nie do odrzucenia": sto tysięcy dolarów za urodzenie i oddanie Jurgenom dziecka. Mama jednak tę propozycję odrzuciła. Sto tysięcy dolarów nawet teraz jest niezłą sumką, ale wtedy dla przeciętnego Polaka była kwotą niebotyczną – w Polsce wynagrodzenie urzędniczki wynosiło około trzydziestu dolarów. Powiedziała ojcu, że nigdy nie sprzeda swojego dziecka nikomu, nawet za milion dolarów. Dwa dni później wróciła do Polski. Pięć dni później do Polski pojechał za nią ojciec. Przespał się kilka nocy z „ciążowym problemem" i... wybrał mnie, a nie swoją wieloletnią żonę. Zajechał pod dom swoich przyszłych teściów i po dwóch godzinach wracał z Krystyną do Wiednia. Mama powiedziała, że powodem szybkiego powrotu była toaleta albo raczej jej brak – gdy ojciec zobaczył wiejską sławojkę, zaczął od razu zbierać się do drogi, żeby czasem nie musiał z niej skorzystać po raz drugi.

Nie ożenił się od razu z mamą, poczekał, aż przyjdę na świat. Ślub był skromny – garstka zaprzyjaźnionych biznesmenów powiązanych finansowo z Markusem, bo reszta przyjaciół opowiedziała się po stronie Gretchen i go potępiła. Na ślub przyjechali również rodzice i dwaj bracia mamy. To był ostatni raz, kiedy widzieli męża Krysi. Ojciec nigdy więcej ich nie odwiedził, ani nie zaprosił. Nie pozwolił też mamie zabierać mnie ze sobą, dlatego pierwszy raz ujrzałem dziadków dopiero po śmierci ojca. Mama często jeździła do rodziny. Ze swojego kieszonkowego, które dostawała od męża, wybudowała rodzicom ładny dom. Obu braciom również pomagała finansowo.

W szybkim czasie Markus Jurgen przekonał się, że zrobił błąd, rozwodząc się z Gretchen. Mama również stwierdziła na własnej skórze, że pieniądze to nie wszystko. Nie było to udane małżeństwo. Nie pasowali do siebie pod żadnym względem. Różnice pokoleniowe i kulturowe były tak duże, że nie było mowy o porozumieniu. Erotyczna fascynacja młodą dziewczyną, której uległ ojciec, dość szybko się wypaliła – kiedy skończyłem pięć lat, rodzice już mieli osobne sypialnie.

Ojciec w drugim małżeństwie nie był szczęśliwy... ale miał syna. To osładzało mu gorycz rozczarowania. Nie pamiętam go zbyt dobrze, miałem tylko dziesięć lat, gdy umarł, zapamiętałem jedynie niektóre sytuacje i zdarzenia. Zawsze wydawał mi się stary i bardzo poważny. Nie lubiłem, gdy przyjeżdżał po mnie do szkoły, bo brano go za mojego dziadka. Mama była młoda i bardzo ładna. Często tańczyła przed lustrem w takt muzyki zespołu ABBA, bawiła się ze mną klockami, rysowała mi psy i koty. Po niej odziedziczyłem zdolności plastyczne. Na marginesie: twój akt sam narysowałem, bez niczyjej pomocy.

Zawsze mówiła do mnie po polsku, co nie bardzo podobało się ojcu, ale nie zabraniał – chyba uważał, że opłaca się być dwujęzycznym, nawet wtedy, gdy jest to tylko język polski. Dla mamy byłem Mareczkiem, dla ojca Markusem. Mama mnie przytulała, całowała... Ojciec nigdy tego nie robił. Chciał mnie wychować na twardego mężczyznę, nie na mięczaka. Nie wiedziałem, jak wygląda twardy mężczyzna a jak mięczak; wiedziałem jedynie, że twardy mężczyzna nigdy nie płacze. Dowiedziałem się tego, gdy mając pięć lat, przewróciłem się na rowerku i rozbiłem nogę. Nie bolało za bardzo, ale przeraziła mnie krew z rozbitego kolana. Wpadłem w histerię i zacząłem płakać. Mama przytuliła mnie i pocieszała, ojciec natomiast nakrzyczał na mnie i na mamę. Powiedział, że nie pozwoli jej zrobić ze mnie mięczaka, mam być twardy, bo życie jest twarde... Wtedy ostatni raz płakałem. Nie płakałem nawet na jego pogrzebie, bo wiedziałem, że to by mu się nie spodobało...

Zawsze chciałem, żeby ojciec był ze mnie dumny, dlatego dużo się uczyłem, by być najlepszym w szkole. Również w sporcie chciałem być najlepszy, ale to nie było takie łatwe, bo byłem mały jak na swój wiek, najniższy w klasie. Bardzo mi to przeszkadzało, ponieważ mój wzrost był powodem niezadowolenia ojca. Mierzył mnie co miesiąc, zaznaczając kreską na futrynie drzwi gabinetu. Zawsze marszczył przy tym brwi. Ta jego niezadowolona mina śniła mi się po nocach. W kwestii swojego wzrostu byłem bezradny. Trenowałem godzinami w siłowni ojca, robiłem specjalne ćwiczenia, żeby naciągnąć nogi, ale nic to nie pomagało. Zacząłem rosnąć dopiero, gdy skończyłem piętnaście lat. Szkoda, że ojciec nie wie, że jestem wysoki... Byłby zadowolony z moich prawie stu dziewięćdziesięciu centymetrów wzrostu.

Kochałem ojca, pomimo że trochę się go bałem...

Często zabierał mnie do swoich hoteli i mówił, że kiedyś będę nimi zarządzał, że wszystkie będą moje. Już nie było ich tak wiele, bo połowę oddał Gretchen. Od niej dowiedziałem się, że kilka lat przed śmiercią zaczęli na nowo się spotykać. Przyjeżdżał do jej domu w Alpach i zostawał na kilka dni. Tylko ze względu na mnie nie rozwiódł się z mamą.

Trzy lata przed śmiercią ojca rodzice zaczęli znowu dzielić sypialnię. Kilka miesięcy później przyszła na świat Tina. Według Gretchen jedyną przyczyną wspólnych nocy była ciąża mamy – zaczęła ponownie sypiać z mężem, żeby zakamuflować owoc romansu z Szewczykiem. Chyba to prawda. Tina jest prawie na pewno jego córką, chociaż nigdy jej tego nie powiedział. Ale wszystko na to wskazuje – oschły stosunek mojego ojca do Tiny i czułość jaką okazywał jej Szewczyk od pierwszej chwili znajomości. Ojciec jednak uznał Tinę za swoją córkę. Myślę, że miała na to duży wpływ jego choroba, bo kiedy urodziła się Tina, ojciec już wiedział o nowotworze.

Po dwóch latach umarł. Nic nie pomogło – ani jego pieniądze, ani moje modlitwy. Tuż przed śmiercią wezwał mnie do siebie, żeby się ze mną pożegnać. Nie mówił mi, że spotkamy się w niebie, był ateistą i nie znosił kompromisów – nie potrafił skłamać ani jeden raz, nawet żeby złagodzić ból swojego syna. Bardzo wtedy potrzebowałem tego kłamstwa. Świadomość, że nigdy już go nie zobaczę, była dla mnie straszna. Wtedy po raz pierwszy zwątpiłem w nieomylność swojego ojca. Uważałem, że ojciec na pewno się myli, że kiedyś spotkamy się w niebie, o którym mówiła mi mama. Co wieczór modliłem się, żeby Dobry Jezus opiekował się moim tatą-ateistą, gdzieś tam wysoko w przestworzach. Mama kupiła mi lunetę i często oglądałem w nocy niebo. Przyglądałem się gwiazdom i zastanawiałem się, na której z nich jest mój tata...

Po pogrzebie codziennie chodziłem na grób ojca. Zaraz po szkole zawoził mnie tam jego kamerdyner. Na cmentarzu poznałem Gretchen. Ona również tam codziennie przychodziła.

Tak zaczęła się nasza przyjaźń.

Początkowo spotykaliśmy się tylko przy grobie. Domyśliłem się, że jej też go brakuje. To nas zbliżyło do siebie. Z biegiem czasu i wraz z narastaniem problemów w naszym domu przyjaźń z Gretchen stawała się coraz silniejsza.

Problemy zaczęły się równo rok po śmierci ojca. Wtedy to mama ściągnęła z siebie czarne ubranie i przyprowadziła Szewczyka. Gdy tylko go zobaczyłem, od razu poczułem do niego wyjątkową antypatię. To nie była zwykła niechęć dziecka do mężczyzny, który chce zająć miejsce jego ojca, to było dużo więcej. Podświadomie czułem zło w tym człowieku. Widziałem fałsz i bezwzględność kryjące się za jego

355

ujmującym uśmiechem. Wszyscy, oprócz mnie, dali się nabrać na ten uśmiech i sympatyczny sposób bycia. Nawet dziadkowie.

Zaraz po pogrzebie pojechaliśmy z mamą do Polski do jej rodziców. Pokochałem dziadków od pierwszego wejrzenia. Oni mnie również. Nareszcie mogli nacieszyć się dziećmi swojej córki. Stałem się ich oczkiem w głowie, przede wszystkim dziadka. On również dość szybko poznał się na Szewczyku. Domyślał się, jak wygląda moje życie w domu, dlatego starał się mi to wynagrodzić.

Mama wzięła ślub z Szewczykiem miesiąc po pierwszej jego wizycie u nas. Nowy mąż od razu wprowadził duże zmiany w naszym domu. Zwolnił kucharkę i kamerdynera, którzy pracowali u nas trzydzieści lat, podobny los spotkał ogrodnika i sprzątaczkę. Mama zaczęła teraz otaczać się rodziną. Obaj jej bracia i bratowe pracowali u nas na zmianę, wymieniając się co trzy miesiące. Nie przepadałem ani za wujkami, ani za ich żonami, bo widziałem, jak podlizują się Szewczykowi i donoszą na mnie.

Mama całkiem straciła głowę dla Szewczyka. Pozwoliła mu przyjąć nazwisko Jurgen i nas adoptować. Nie patrzyła na moje protesty, uważała, że jej ukochany Wiktor chce zastąpić nam zmarłego ojca. Tina od razu zaakceptowała ojczyma, ponieważ zawsze był dla niej dobrym tatusiem. W tej kwestii nie można nic zarzucić Szewczykowi, Tina jest chyba jedyną osobą na świecie, na której mu zależy. Ale to wcale nie przeszkadzało mu we wsadzeniu jej do więzienia za swoje brudne interesy. Jego stosunek do mnie był taki sam, jak mój do niego – nienawidziliśmy się nawzajem. Był jednak na tyle inteligentny, że nigdy nie okazywał swej wrogości. W oczach wszystkich to ja byłem tym niedobrym, krnąbrnym chłopakiem, a on cierpliwym i wyrozumiałym ojczymem.

Szybko zorientowałem się, że z nim nie wygram, mama zawsze brała jego stronę. Starcia między nami były tak częste, że nie byłem w stanie mieszkać razem z nim pod jednym dachem. Pojechałem do dziadków na Podkarpacie. Miałem wtedy trzynaście lat. Tam też moje życie nie było usiane kwiatami. Chłopaki w szkole nie lubili

mnie, bo miałem markowe ciuchy, zawsze najnowszy komputer i su-
pergadżety, o których oni nie mogli nawet zamarzyć. Zazdrość potrafi
być straszna, a zazdrosne dzieci wyjątkowo okrutne. Śmiali się ze
mnie, że jestem mały, wyzywając od szwabskich konusów i kurdupli.
Nazywali mnie Markus Hitlerjurgen. Moi kuzyni wcale nie byli lepsi
od nich, też mi zazdrościli. Nawet interwencja dziadka nie pomogła.
Wytrzymałem tam rok i wróciłem do Wiednia.

W domu nic się nie zmieniło, tylko mama była jeszcze bardziej za-
kochana w Szewczyku. Żadne argumenty do niej nie docierały, nadal
uważała, że on jest w porządku, że to ja jestem źródłem wszystkich
konfliktów.

Dalej mieszkałem w domu, ale coraz mniej czasu tam przebywałem.
Po szkole szedłem do Gretchen. Odsuwałem się od mamy i siostry,
coraz bliższa stawała się dla mnie ta kobieta. Była dla mnie przy-
jacielem, po trosze matką i babcią. Ja dla niej również coraz więcej
znaczyłem – byłem przecież synem jej ukochanego Markusa, powoli
zapominała o tym, że byłem też synem „tej Polki". Właśnie w tym
okresie wytatuowałem na ramieniu Nemezis, żeby mi przypominała
o zemście na Szewczyku.

Sytuacja zmieniła się, gdy skończyłem dwadzieścia jeden lat. Wte-
dy to, według testamentu ojca, miałem przejąć hotele. Wcześniej nie
miałem dostępu do finansów, zajmowała się tym mama. Gdy wgłę-
biłem się w dokumenty, okazało się, że z całej fortuny ojca została
dla mnie tylko jedna zaniedbana kamienica i pensjonat w Alpach.
Resztą zajął się Szewczyk. Podłożył sfałszowany testament ojca,
który pozwalał matce dysponować majątkiem. W imieniu matki
posprzedawał hotele i nieruchomości i przeniósł pieniądze na inne
konto. Kiedy się o tym wszystkim dowiedziałem, coś we mnie pękło.
Wykrzyczałem matce w oczy, co o niej myślę i wyniosłem się z domu.
Do Gretchen. Najbardziej zabolała mnie reakcja mamy – pomimo
oczywistych dowodów na oszustwa i kręctactwa Szewczyka, opo-
wiedziała się za nim. Wybrała jego! Zerwałem wszelkie kontakty

z matką. Siostra wspominała mi, że mama ma problemy z alkoholem, o narkotykach chyba nie wiedziała. Ale to mnie już nie obchodziło. Moją jedyną rodziną stała się Gretchen. Teraz wiem, że wstrzykiwała mi powoli nienawiść do matki. Robiła to w tak umiejętny sposób, że nie zdawałem sobie z tego sprawy.

Dzień przed śmiercią mama zadzwoniła do mnie i poprosiła o spotkanie. Wiedziałem od Tiny, że przebywa w klinice odwykowej. Kiedy zadzwoniła, akurat wybierałem się z Gretchen do opery. Mama bardzo upierała się, żeby się ze mną spotkać. Powiedziała mi, że odchodzi od Szewczyka, że powie o wszystkim policji. Obiecała mi odzyskać majątek ojca.

Nie poszedłem do niej, wybrałem operę. Postanowiłem spotkać się z nią dopiero na drugi dzień – niech ona na mnie też trochę poczeka. Nazajutrz dowiedziałem się, że mama nie żyje.

Podświadomie zawsze wiedziałem, że to Szewczyk ją zabił, ale upewniłem się, gdy się spotkaliśmy na pogrzebie. Nie chciałem robić przykrości Tinie, śmierć mamy była dla niej wielkim szokiem, dlatego brałem udział w tej farsie. Pozwalałem obejmować się Szewczykowi, patrzyłem ze spokojem na jego udawany żal i rozpacz. Zawsze był dobrym aktorem. Po stypie, gdy żegnałem się z Tiną, nasze spojrzenia się skrzyżowały – wtedy miałem już pewność, że zabił mamę. Mówiły to jego oczy...

Policja oczywiście zignorowała moje sugestie. Wzięli mnie za zrozpaczonego syna, który nie może pogodzić się ze śmiercią matki i dlatego obwinia innych za jej śmierć.

Dwa lata temu w jednej z firm Jurgena wybuchła afera z lekami bez atestu. Prezesem była tam Tina. Przyznała się i całą winę wzięła na siebie. Po skazaniu Tiny, policja przyjrzała się bliżej Vickowi Jurgenowi i stwierdzono, że coraz mniej im się podoba. Wkrótce Interpol zaproponował mi współpracę. Zgodziłem się. Wysłali mnie na półroczne przeszkolenie dla tajnych agentów.

I tak znalazłem się znowu na Podkarpaciu.

Na chwilę zostawię Podkarpacie, opowiem Ci o Bercie.

Bertę poznałem bliżej trzy lata temu. Znałem ją już wcześniej, była przecież siostrzenicą Gretchen. Często spotkaliśmy się na rodzinnych przyjęciach, ale jakoś nie przepadaliśmy za sobą. Ja brałem ją za zarozumiałą, zadzierającą nosa pannicę, której wydawało się, że zjadła wszystkie rozumy, bo liznęła trochę świata (studiowała dziennikarstwo w Nowym Jorku). Ona natomiast uważała mnie za rozwydrzonego przez dziewczyny lekkoducha, unikającego zobowiązań wagabundę, który nigdzie długo nie zagrzeje miejsca. W tym okresie faktycznie dużo podróżowałem. Byłem w Chinach, na Bliskim Wschodzie, później zakochałem się w Amazonii. Pisałem stamtąd do paru gazet i czasopism reportaże i felietony, które publikowano pod pseudonimem „Weltenbummler". Większość wypraw finansowała Gretchen. W kwestii pieniędzy była zawsze dla mnie bardzo hojna. Uspokajała moje wyrzuty sumienia, mówiąc, że majątek zawdzięcza Markusowi, nie ma więc w tym nic złego, że jego syn z niego teraz korzysta. Korzystałem więc z jej pieniędzy i z jej nazwiska. Zaraz po śmierci mamy zmieniłem nazwisko, bo nie chciałem mieć nic wspólnego z Vickiem Jurgenem.

Wracając do Berty: pierwszy raz zainteresowałem się nią jako kobietą na przyjęciu urodzinowym Gretchen. Akurat wróciła wtedy z Nowego Jorku. Dzień wcześniej zastała swego narzeczonego w łóżku z jakąś panienką. Zdradę przeżyła bardzo, bo mieli wziąć ślub za trzy miesiące. Nieborak nawet nie wiedział, że narzeczona widziała go z inną dziewczyną. Nie zrobiła mu awantury, tylko wróciła do Wiednia. Postanowiła zrewanżować mu się tym samym i przespać się z pierwszym lepszym facetem, który jej się nawinie. Tym facetem byłem ja.

I tak się zaczęło. Kilkanaście godzin później narzeczony był już w Wiedniu przed jej drzwiami. Zdziwił się, gdy drzwi otworzył mu facet w damskim szlafroku. Po godzinie narzeczony wrócił na lotnisko – bez narzeczonej i bez jednego zęba, ale za to z podbitym okiem. Berta stwierdziła, że za ten ząb i za podbite oko należy mi się nagroda... Jeszcze jedna upojna noc. A potem była jeszcze jedna i jeszcze jedna...

Po pół roku zamieszkaliśmy ze sobą. Po dwóch latach postanowiliśmy wziąć ślub. Przez Panax i Interpol ślub przełożyliśmy na później. Wydawało mi się, że kocham Bertę, dopóki nie spotkałem Ciebie. Wtedy zrozumiałem, jak wygląda prawdziwa miłość. Pierwszy raz ujrzałem Cię na pogrzebie Twojej mamy. Byłem niedaleko i obserwowałem uczestników ceremonii. Stałaś tam taka smutna, bezradna, zagubiona... Twoja niema rozpacz bardziej mnie wzruszyła niż wanna wylanych łez. Obserwowałem wasze mieszkanie. Muszę Ci się przyznać, że na początku podejrzewałem Twoją mamę o udział w tym narkotykowym procederze. Wiedziałem, że Noga siedzi w tym po uszy, a ona przecież razem z nim pracowała, byli nawet zaprzyjaźnieni. Chciałem dowiedzieć się czegoś więcej, dlatego podszedłem do Ciebie na cmentarzu. Nie planowałem Cię uwieść, to samo wyszło. Od początku mi się podobałaś, ale miałem przecież Bertę. Jestem z natury wierny dziewczynie, z którą łączy mnie uczucie. Wtedy w kuchni rozbudziłaś we mnie wyjątkową tkliwość... Wiedziałem, że cierpisz... Chciałem Ci ulżyć w Twoim bólu. Ale na pewno nie miało to nic wspólnego z litością!

Coraz bardziej mi się podobałaś, nie chciałem jednak Cię oszukiwać – miałem przecież narzeczoną. Nie chciałem, żebyś się we mnie zakochała. Niestety, wbrew sobie samemu, ja się w tobie zakochałem.

Starałem się nie myśleć o przyszłości, odsuwałem na później decyzję, którą z was mam wybrać – czy postawić na miłość, czy kierować się rozsądkiem. Pisząc „rozsądek", nie mam na myśli tylko pieniędzy, które zapisała mi w testamencie Gretchen, ale dużo innych ważnych spraw. Znałem dobrze Bertę, wiele nas łączyło, nawet zawód dziennikarza. Mieliśmy podobne spojrzenie na świat, pochodziliśmy z tego samego środowiska, rozumieliśmy się bez słów. Natomiast życie z Tobą byłoby jedną wielką niewiadomą. Trochę bałem się, czy sama miłość i seksualna fascynacja wystarczą. Widziałem po małżeństwie moich rodziców, jak ważny jest odpowiedni dobór partnera. Dlatego się wahałem...

Gretchen od razu wyczuła inną kobietę. Wtedy, gdy zostałaś z Orłowskimi tydzień nad Soliną, wzięła mnie na rozmowę. Powiedziałem jej o Tobie. Wybuchła gniewem. Musisz wiedzieć o jednym – ona nienawidzi wszystkich Polek! Dla niej Polka to synonim podstępnej ladacznicy. Walewska wpychała się do łóżka Napoleonowi, Nahowska – Franciszkowi Józefowi, Krystyna Jarasz – Markusowi Jurgenowi. Wszystkie one były złe, wyrachowane, podstępne, rozwiązłe... Teraz następna Polka chce zrujnować życie jej siostrzenicy. Przez tydzień mi wałkowała, że robię wielkie głupstwo. Straszyła, że zmieni testament. Ostrzegała, że nasz związek skończy się tak samo, jak mojego ojca. Że nic nas nie łączy, a wszystko dzieli...

Przekonała mnie. Zawsze umiała mnie przekonać. Jechałem do Krakowa z postanowieniem, że skończę naszą znajomość. Ale kiedy Cię ujrzałem, nie potrafiłem tego zrobić. Ostateczną decyzję podjąłem w Wieliczce. Ci ludzie, których spotkaliśmy przed kopalnią, znali Bertę, wiedziałem, że powiedzą jej o Tobie.

W ostatnią niedzielę przeprowadziliśmy rozmowę. Trudną rozmowę. Kazała mi się zastanowić, używała tych samych argumentów co Gretchen. Powiedziałem jej, że już podjąłem decyzję.

Chwilę później zadzwoniła Gretchen. Nazwała mnie idiotą, oznajmiła, że nie dostanę od niej ani centa i odłożyła słuchawkę. Wyobraź sobie, że mi ulżyło! Już nie chcę jej pieniędzy! Chcę żyć jak miliony Polaków: od pierwszego do pierwszego. Tylko z TOBĄ! Będę ubierał się na bazarze lub w ciucholandzie, jeździł zdezelowanym autem na gaz, a wakacje będziemy spędzać w altance Twoich rodziców.

Mówię poważnie: nie musisz martwić się o pieniądze, zadbam o nas. Mam mały pensjonat w Alpach i kamienicę w centrum Wiednia ze świeżo odremontowanym apartamentem. Wezmę się za robienie pieniędzy, żeby zapewnić Tobie i naszym dzieciom wygodne życie. Chcę mieć z Tobą gromadkę małych urwisów. Kocham Cię. Kocham Cię niewyobrażalnie! Jak stąd do Jowisza albo jeszcze dalej. Nie wierzę, żebyś potrafiła zrezygnować z takiej miłości. Oprócz tego musisz *zrobić ze mnie Polaka – to Twój obywatelski obowiązek. Popatrz na swoje rodaczki – Marysia Walewska poświęciła swą cnotę dla Ojczyzny, Ania Nahowska również liczyła, że coś wyskrobie u Franza dla współziomków. Dzięki Ewelinie Hańskiej Balzak mógł spokojnie tworzyć „Komedię Ludzką". Ja też Ciebie potrzebuję! Muszę przecież napisać kryminał, o którym Ci wspominałem. Bądź moją muzą!*

Przepraszam za wszystkie kłamstwa, które wydostały się z moich ust. Przepraszam, że płakałaś przeze mnie. Wybacz mi, mein Schatz. Wybacz mi ten jeden, jedyny raz... Później już nigdy nie będziesz musiała tego robić, bo nie dam ci powodu. Nigdy już Cię nie okłamię. Nigdy nie oszukam. Przysięgam.

Twój Mark

Marta usłyszała nadjeżdżający samochód. Przez okno ujrzała Roberta i Renatę wysiadających z lexusa. Bardzo szybko wrócili z pogrzebu, pomyślała. Wytarła dłonią łzy. Złożyła kartki i włożyła je do koperty.

Rozdział 59

Robert i Renata stali przy grobie i słuchali mowy pożegnalnej wygłaszanej przez Andrzeja. Sam fakt, że Rogosz przyjechał na pogrzeb, wybielał go z wszystkich podejrzeń – pan poseł na pewno nie miał pojęcia, czym zajmował się jego kolega.

Tuż przed trumną zgromadzili się najbliżsi krewni zmarłego: matka, bracia i żona trzymająca za rękę Emilkę. Serce ściskało się Robertowi, gdy patrzył na to dziecko. Dziewczynka stała nieruchomo. Nie histeryzowała, nie rozpaczała, nawet nie płakała. Oczy miała jak zwykle przysłonięte ciemnymi okularami, blond włosy związane czarną wstążką opadały jej na plecy. Sprawiała wrażenie nieobecnej myślami, pewnie podano jej środki uspokajające. Żona Zbyszka również miała przysłonięte ciemnymi okularami oczy i była spokojna jak córka.

Trochę dalej stali szkolni znajomi zmarłego. Przyszli wszyscy. Od czasu do czasu rzucali Robertowi wrogie spojrzenie. Oficjalna wersja brzmiała, że Zbyszek popełnił samobójstwo, bo chciał zgwałcić Martę i go na tym przyłapano. Taka była wersja policji. Ale nikt kto go znał, nie wierzył ani w usiłowanie gwałtu, ani w jego samobójstwo. Podejrzewali, że to Robert i chłopak dziewczyny maczali palce w jego śmierci.

Zebrani żałobnicy podchodzili kolejno do grobu i składali wiązanki kwiatów. Robert oprócz złożenia kwiatów zapalił również dwa znicze.

Nie składano kondolencji żonie, ani córce – wdowa nie życzyła sobie tego. Stała w otoczeniu najbliższej rodziny, później z krewnymi poszła na stypę. Andrzej Rogosz również szybko opuścił cmentarz, bo musiał wracać do Warszawy.

Robert i Renata podeszli do kolegów.

– Zapraszam wszystkich do naszego domu. Zrobimy Zbyszkowi stypę. Jestem wam winny małe wyjaśnienie. Opowiem, co się stało – powiedział Robert. – Artek, ty też przyjedź, musisz usłyszeć, co mam do powiedzenia, wtedy zrozumiesz moje zachowanie.

Przystali na propozycję. Artur również. Wsiedli do swoich samochodów i pojechali do domu Orłowskich.

Goście usiedli w salonie przy stole zastawionym sałatkami, wędlinami i innymi zakąskami. Robert napełnił kieliszki wódką. Alkohol towarzyszy nam zawsze: przy narodzinach, przy ślubie i przy śmierci – pomyślał.

Do pokoju weszła Marta. Robert podszedł do niej i objął ją ramieniem.

– Moje wyjaśnienia zacznę od Marty. Przedstawiłem ją jako moją kuzynkę. To nieprawda – oznajmił. – Marta jest córką Ewy Kruczkowskiej. – Na chwilę zamilkł, po czym uśmiechnął się kącikiem ust. – Dobrze się domyślacie, to moja córka. Ona nie lubi, gdy ją tak nazywam. Uważa, że jej ojciec nie żyje, a ja jestem tylko dawcą genów, prawda, Martuniu? – żartobliwie zapytał, całując ją w policzek. – Dopiero po śmierci Ewy dowiedzieliśmy się o tym. Ewa zostawiła dla nas u notariusza listy. W dniu wypadku jechała do Krakowa, żeby się ze mną spotkać. Ale nie w sprawie Marty. Chciała powiedzieć mi o czymś, co wydarzyło się dzień wcześniej w Jaśle. W niedzielę rano, jak pamiętacie, każdy sprzedawca otrzymał paczkę z produktami z żeń-szenia. Dwie paczki zamieniono przez pomyłkę. W paczce, którą dostała Ewa, nie było wyrobów z żeń-szenia, tylko dziesięć kilogramów heroiny.

Przerwał na chwilę, żeby lepiej przyjrzeć się zdziwionym minom swoich kolegów. Stanął przy stole i ponownie napełnił puste już kieliszki.

– Przepijmy wódką te sensacje, które tu przed chwilą usłyszeliście, lepiej je strawicie – zaproponował. – Nie tylko Ewa przed śmiercią zostawiła mi list, ale również Zbyszek. Widzę, że ostatnio pisanie tradycyjnych listów znowu stało się bardzo modne, chyba epistolografia nie zginęła jeszcze w narodzie. Parę tygodni temu Janusz dostał od Zbyszka na przechowanie list i zapiski w formie pamiętnika. Miał mi to wręczyć na wypadek jego śmierci. List wyjaśnił mi dużo niewiadomych i odpowiedział na wiele pytań. Przeczytam go na głos. Pamiętnik dam wam do przeczytania kiedyś przy okazji.

Cześć, Robert!

Jednak nie żyję. Inaczej nie przeczytałbyś tego listu. Moja śmierć to jedna z kilku opcji, którą brałem pod uwagę. Jeśli nie żyję, to albo mnie zabito, albo sam to zrobiłem. Na pewno zastanawiasz się, dlaczego doszło do tego wszystkiego. Odpowiedź jest prosta – Emilka. Już Ci wspomniałem, że to ja prowadziłem samochód, kiedy zdarzył się ten wypadek... Dwie setki wódki... Nie możesz sobie nawet wyobrazić, jak to jest czuć się odpowiedzialnym za krzywdę wyrządzoną własnemu dziecku. Emilka przyszła na świat, kiedy skończyłem już czterdziestkę. Może właśnie to było przyczyną, że całkiem zwariowałem na punkcie tego dzieciaka. Stała się dla mnie sensem życia. W moich oczach była najpiękniejszą, najmądrzejszą dziewczynką na świecie. Jej przyszłość i szczęście były dla mnie kompasem, który mnie odtąd prowadził przez życie. A pewnego dnia to ja spowodowałem, że jej przyszłość z świetlistej stała się czarna...

Nie wiedziałem, jak jej pomóc. Czułem się tak bezsilny... Nie miałem pieniędzy, nie miałem znajomych lekarzy. Tylko Ciebie.

Myślałem, że mi pomożesz. Ale Ty wolałeś grać w ruletkę w kasynach Las Vegas.

Wtedy zjawił się Andrzej i obiecał mi pomoc. Dwa dni później przyprowadził ze sobą Wiktora. W ten sposób stałem się lokajem diabła. Na początku było OK. Dał mi pracę, załatwił wizytę u najlepszego okulisty w kraju. Niebawem okazało się, że w przypadku Emilki polska okulistyka jest bezradna, a praca, którą mi zaoferował, coraz bardziej przypomina balansowanie na linie. Rok temu zaproponował mi zajęcie całkiem wymykające się urzędowi skarbowemu – kierowanie na terenie Polski narkotykowym biznesem. Do swojej oferty dorzucił ekstra bonus – nadzieję na odzyskanie wzroku Emilki. Zawiózł mnie do gabinetu szwajcarskiego okulisty specjalizującego się w nowatorskich zabiegach umożliwiających widzenie. Lekarz zbadał Emilkę i powiedział, że jej przypadek rokuje pewne nadzieje, ale trzeba przeprowadzić operację. Bardzo kosztowną operację. Tylko jedną noc się wahałem, czy zgodzić się na propozycję Wiktora. Kwota, którą mi obiecał, była niewyobrażalnie wysoka. Dzięki niej mogłem zapłacić za operację Emilki.

Na początku wszystko szło całkiem nieźle, Panax był dobrą przykrywką. Nikt nie domyślał się, że Wiktor ma coś wspólnego z tą firmą. Nawet Andrzej. Również Noga nie wiedział o nim, myślał, że to ja jestem szefem. Ale Wiktor zrobił błąd i wszedł w układ z Rosjanami. Mafia rosyjska to bardzo wymagający partner – nie mogliśmy dopuścić do żadnej fuszerki z naszej strony. Pierwsze transakcje nie przysporzyły nam kłopotów, dopiero maj okazał się dla mnie pechowy. Wymyśliłem, że dostarczę Nodze heroinę nie w Rzeszowie, tylko w Jaśle. Przywiózł ją kurier wraz z innymi paczkami z żeń-szeniem. Doszło do pomyłki, zamieniono paczki.

Nie tylko ja miałem pecha, Ewa Kruczkowska również. Paczka przeznaczona dla Nogi znalazła się w jej pokoju. Chyba nie rozpakowała jej od razu, dopiero później, w Rzeszowie. Nie musiałoby dojść do tragedii, ale pech dalej jej nie opuszczał. Wypiła za dużo kawy i musiała skorzystać z toalety. Ale zamiast czekać grzecznie w kolejce w przybytku oznaczonym kółeczkiem, postanowiła skorzystać z męskiego WC. Zamknięta w toalecie była świadkiem mojej rozmowy z Nogą. Nie wiedzieliśmy, że ktoś niechcący nas podsłuchuje. Kiedy ją później zobaczyłem na sali, jej mina zdradziła, że słyszała naszą rozmowę. Była z niej bardzo zła aktorka, nie umiała udawać. Okłamałem Cię, mówiąc, że nie widziałem Kruczkowskiej w Jaśle – jakiś czas rozmawialiśmy ze sobą. Bardzo przejęła się losem Emilki. Szkoda, że słyszała naszą rozmowę w toalecie, nie musiałaby zginąć...

Noga okazał się mięczakiem, nie mógł dojść do siebie po śmierci Kruczkowskiej. Zaczął pić. Całkiem sfiksował, gdy Rosjanie przyszli do niego po heroinę. Wpadł w panikę i sam, bez konsultacji ze mną, zorganizował wypadek Wcisłowej. Niepotrzebnie, ona o niczym nie wiedziała. Na weselu podjąłem trudną decyzję: musiałem go zabić, bo zaczynał nam zagrażać.

Wiedziałem, Robert, że coś podejrzewasz, domyśliłem się również, że córka Kruczkowskiej jest owocem waszego romansu. Trochę bałem się, że możesz coś wywęszyć, dlatego starałem się odciągnąć od siebie podejrzenia, obciążając Jurka. Bąknąłem Ci na weselu o jego wyjazdach do Wiednia i podrzuciłem mu medalion Kruczkowskiej. No i pożyczyłem od Ciebie pieniądze, żeby stać się bardziej wiarygodnym. Okazało się jednak, że wcale nie jesteś taki bystry. Nie zwróciłeś uwagi na medalion na szyi jego asystentki, nie zauważyłeś również mojej wpadki u Ciebie na grillu. Niechcący wtedy chlapnąłem, że rozmawiałem z Kruczkowską w Jaśle, a przecież wcześniej się tego wypierałem. Trochę przeceniłem Twoją inteligencję i spostrzegawczość – bardzo mi miło z tego powodu.

Muszę Ruskom oddać heroinę, bo zapłacili nam już za nią zaliczkę. Ale nawet gdybyśmy zwrócili im forsę, to nic by to nie dało – oni są bardzo skrupulatni w interesach, nie lubią zawieść zaufania klienta, który czeka na towar. Dali mi ultimatum: albo oddam im narkotyki, albo zabiją mi córkę. Muszę znaleźć tę cholerną heroinę. Muszę!

Wywiozłem żonę z Emilką z Polski, ale nie można się ukryć przed rosyjską mafią. Panicznie boję się o Emilkę, obawiam się, że nawet moja śmierć ich nie usatysfakcjonuje. Na Twoim miejscu również bym się ich bał. Ostrzegam Cię, Robert, po przyjacielsku: nie zadzieraj z Ruskimi. Masz rodzinę. Gdyby mnie zabili, oddaj im te przeklęte narkotyki.

Teraz ostatnia sprawa, najważniejsza, dlatego piszę do Ciebie ten list. Proszę Cię, zaopiekuj się Emilką. Na dole listu podaję Ci numer mojego konta w Szwajcarii. Potrąć sobie pięć tysięcy złotych plus odsetki, a resztę pieniędzy trzymaj dla Emilki, może kiedyś dzięki nim będzie widzieć...

Nikt nie wie o moim prawdziwym obliczu, ani żaden kumpel, ani Andrzej Rogosz, ani żona. Chociaż moja małżonka zaczyna się czegoś domyślać, ale chyba nie chce znać prawdy.

Na pewno zastanawiasz się, dlaczego wybrałem Ciebie. Odpowiedź jest krótka – bo jesteś bogaty. Nie wierzę, żebyś potrafił okraść niewidome dziecko, bo sam masz córkę w wieku zbliżonym do Emilki. Oprócz tego widziałem, jak patrzyłeś na moją córkę... Chociaż w ten sposób spłać swój dług wobec niej – nadal Cię obwiniam, że nie zająłeś się nią, tylko leniuchowałeś na tym zasranym rancho.

Mam zaufanie tylko do Ciebie. Żadnemu prawnikowi nie wierzę, nawet Januszowi. Reszcie chłopaków również nie ufam, a nuż mogłoby ich skusić moje konto, jest tam przecież całkiem niezła sumka. Sorry, przeproś ich, że tak myślę, ale znam życie... I pożegnaj ich wszystkich ode mnie.

Sorry, Robert. Przeproś Martę, naprawdę mi przykro, że zabiłem jej matkę.

Proszę, opiekuj się Emilką. Żegnaj stary.

Zbyszek

PS Acha, zapomniałem o jednym – usuń pluskwy, które Ci założyłem. Są przymocowane do stołu w kuchni i na tarasie. Niech Marta też się jej pozbędzie, ma ją w torebce. Założyłem jej podsłuch wtedy, gdy mnie nakryła w swojej altance. Dlatego wiedziałem o każdym jej kroku.

Robert złożył list i włożył z powrotem do koperty. Zapadła cisza. Spojrzał na kolegów. To, co usłyszeli, było dla nich wielkim szokiem. Pierwsza odezwała się Danka.

– W życiu bym nie przypuszczała, że chodziło o narkotyki. Powiedz, co się wydarzyło w Rzeszowie?

Robert opisał całe zajście.

– Ale skąd znalazła się tam policja?!

– Dzięki Marcie. To ona nas uratowała. Gdyby nie ona, to nie wiadomo jakby się to wszystko skończyło. – Opowiedział o telefonie. – Nie straciła zimnej krwi, opanowała strach i wymyśliła sposób na wyjście z opresji. Martuniu, nigdy bym cię nie podejrzewał o taką trzeźwość myślenia i odwagę. Zawsze brałem cię za słabą, niezaradną i potrzebującą opieki istotę, takie małe cielątko – wybacz porównanie – a tymczasem okazało się, że jesteś wspaniałym materiałem na agentkę służb specjalnych. Umiesz rozprawić się z dwoma stukilogramowymi ABS-ami i sprawić lanie uzbrojonemu mordercy – oznajmił, całując dziewczynę w policzek.

Danka przerwała mu w zachwycaniu się zaletami Marty.

– Jakimi ABS-ami? Co to takiego?

– Absolutny Brak Szyi. Kiedyś zaczepiło ją dwóch rosyjskich osiłków i bardzo jej się to nie spodobało, dlatego jednego potraktowała paralizatorem, a drugiego kopniakiem w jaja. Tak ich załatwiła, że poszli z płaczem poskarżyć się policji.

Wszyscy wybuchnęli gromkim śmiechem.

– Robert, powiedz, co się stało z tymi narkotykami, znalazła je policja?

– Nie. Nikt nie wie, gdzie mogła je ukryć Ewa.

– Cholera, szkoda, że koniec z żeń-szeniem – westchnęła Danka. – Tak dobrze się sprzedawał.

– Zrobicie, jak będziecie uważać, ale ja na waszym miejscu nie chciałbym mieć nic wspólnego ani z Panaxem, ani z Wiktorem – stwierdził Robert.

W tym momencie z pokoju znajdującego się na piętrze doleciał do nich męski głos.

– *Mein Schatz*, gdzie jesteś? Chodź tu do mnie.

Marta szybko poderwała się z krzesła.

– O, Mark się obudził. Muszę iść do niego.

– Co się tak do niego śpieszysz? Niech Gretchen się nim zajmie, posiedź sobie jeszcze z nami. Cały czas jesteś przy nim – powiedział z przekąsem Robert

– Gretchen i Iza jeszcze nie wróciły z Wawelu. Mark mnie potrzebuje, muszę iść.

– Cholera jasna! Dla tego bęcwała rzuciłaś się z pięściami na uzbrojonego faceta jak ostatnia kretynka, a teraz jeszcze podcierasz mu tyłek – zawołał, udając oburzenie i zapominając, że przed chwilą zachwycał się jej odwagą. – Mam tego dość! Pięć bab koło niego skacze! Nie tylko Marta i jego macocha, ale jeszcze moje kobiety. Pani Stasia non stop mu coś gotuje, Iza czyta *Krzyżaków*, a moja żona opowiada mu kawały, chociaż nie za bardzo jej to wychodzi, bo pali dowcip za dowcipem – poinformował gości. – Gdybym wiedział, że tak będzie, to też dałbym się postrzelić.

– Cóż, jest przystojniejszy od ciebie i młodszy o dwadzieścia lat – odparła Renata. – I przy tym taki męski – szepnęła zmysłowo, zamykając oczy.

– Wypraszam sobie! Owszem jest młodszy, ale ja jestem przystojniejszy. Prawda, Marta? Radzę ci dobrze się zastanowić przed odpowiedzią.

– Oczywiście, że ty jesteś przystojniejszy – mówiąc to, cmoknęła go w policzek. – Ale ty, Robert, jesteś już zajęty. No i te nasze wspólne geny. Lecę, może Mark chce się napić.

Marta wyszła z pokoju odprowadzona spojrzeniem gości.

– Piękna dziewczyna – stwierdził Jurek. Odwrócił się do Roberta.– Teraz rozumiem wasze zachowanie u mnie na działce. Ale ostrzegam cię, Robert, jeśli jeszcze raz zaatakujesz mnie na moim terenie, to nie będę taki wyrozumiały. Naprawdę przeraziłem się tego Austriaka, kiedy straszył, że mnie zabije.

– Przepraszam za tamto, ale teraz już wiesz, że mieliśmy podstawy cię podejrzewać. Ten chłopak potrafi być niebezpieczny. Trzeba mu jednak przyznać, że jest odważny – z pewnym podziwem stwierdził Robert. – Z gołymi rękami rzucił się na uzbrojonego faceta!

– Przedtem mówiłeś co innego – odezwała się Renata. – Że to było niepotrzebne, bo Zbyszek nie zrobiłby wam niczego złego, chciał tylko odzyskać heroinę. Całe szczęście, że tobie nie przyszło do głowy niepotrzebnie udawać bohatera. Mark miał wielkie szczęście, że skończyło się to tylko lekką raną postrzałową.

– To było głupie z jego strony, ale odważne. Oboje są szaleni. Rzucać się na faceta z odbezpieczonym rewolwerem to szczyt głupoty – odparł. – Swoją drogą, jak ta Marta mogła skończyć biologię, jeśli nie potrafi odróżnić omdlenia od zgonu. Ja z daleka widziałem, że to niegroźne draśnięcie. Nawet kula była na tyle uprzejma, że sama wyleciała na zewnątrz, nie trzeba było jej wyjmować.

Marta weszła do sypialni. Na łóżku siedział Mark.

– Dlaczego nie leżysz?! – Spojrzała na niego uważnie. – Masz mokre włosy. Brałeś prysznic?! Zwariowałeś?!

– Już jestem zdrowy, ileż można leżeć w łóżku. Wziąłem prysznic, bo mam pewne plany w stosunku do ciebie, *mein Schatz*. Chodź tu do mnie, ale wcześniej zamknij drzwi na klucz. Tak bardzo stęskniłem się za tobą – zamruczał, przyciągając ją do siebie.

– Mowy nie ma, jeszcze nie minął nawet tydzień, gdy cię postrzelono. Jesteś okropnie blady.

– Na szczęście postrzelono mnie w obojczyk, a nie w genitalia. – Przyciągnął ją prawą ręką. – No, zamknij te drzwi, żeby tu nikt nie przylazł.

– Muszę wcześniej spytać Roberta, czy możemy to robić.

– Oszalałaś?!

W tym momencie ktoś zastukał. Drzwi uchyliły się i ukazała się głowa Roberta.

– Robert, zobacz, on wstał z łóżka i wziął prysznic! – poskarżyła się Marta. – Mógł przecież zemdleć. Powiedz mu coś.

– No, nareszcie to zrobił. Gdybyśmy mieli takie wojsko, jak on, to nawet żabojady by nas pokonały. Jeśli wszyscy Austriacy są tacy delikatni jak twój ukochany, to wcale się nie dziwię, że Jan III Sobieski musiał im pomóc i iść z odsieczą do Wiednia.

Robert podszedł do rannego.

– Jak już tu jestem, to zmienię ci opatrunek.

– Nie musisz, wracaj do gości. Zrobisz to później – burknął Mark. – Jak zwykle masz wyczucie czasu.

– Przyszedłem ściągnąć drzwi, tak jak to robił Pawlak w *Nie ma mocnych*.

– O czym on mówi? – zapytał Martę Mark.

– Później ci wytłumaczę. Masz duże zaległości, jeśli chodzi o kulturę polską – odparła Marta z uśmiechem.

Robert zerwał plaster z ramienia rannego. Przyjrzał się ranie, przemył ją i założył świeży opatrunek.

– Ładnie się goi. Ale oszczędzaj lewe ramię i zapomnij na razie o łóżkowych wygibasach... Bez ślubu nie pozwolę na żadne zbereżeństwa pod moim dachem. Zrozumiano? – Uśmiechnął się i puścił oko do Marka. – Pamiętasz, co ci mówiłem o słodkich kobietkach? Myślałeś, że złapałeś małe kociątko, a to zamaskowana lwica, która nie boi się nawet uzbrojonego mordercy. Zastanów się, czy dobrze robisz, ona bije facetów! Przecież chciałeś inną dziewczynę, taką, którą musiałbyś się opiekować, a jak na razie to ona tobą się opiekuje, chojraku od siedmiu boleści.

– Robert, przestań! – zawołała Marta.

Mark nic nie powiedział, tylko rzucił poduszką w swojego przyszłego teścia. Pocisk nie dotarł do celu, bo Robert zdążył zamknął z hukiem drzwi.

Rozdział 60

Robert wyszedł z samochodu, wyjął z bagażnika torbę podróżną. Skierował się w stronę drzwi. Dwóch umięśnionych łysoli przeszukało go i stwierdziwszy, że nie ma broni, wpuścili go do budynku. Został zaprowadzony do elegancko urządzonego pomieszczenia. Zza biurka podniósł się wysoki, przystojny mężczyzna w średnim wieku. Podszedł do Roberta, wyciągając dłoń na powitanie. Orłowski zignorował go i nie podał mu ręki – wolałby podać rękę ośmiornicy! Jurgen lekko się uśmiechnął.

– Witaj. Miło cię znowu ujrzeć, Robert. Widzę, że przemyślałeś to i owo i podjąłeś mądrą decyzję. Wszystko jest? Całe dziesięć kilo? – zapytał, spoglądając na torbę.

– Tak. Całe dziesięć kilo.

– Mądrze zrobiłeś. Rosjanie nie lubią, gdy się nie dotrzymuje umowy. Szkoda mi Zbyszka, ale takie jest życie, za swoje błędy trzeba płacić.

– To nie ja zawarłem umowę z Rosjanami, tylko ty. To ty, Wiktor, miałbyś nieprzyjemności z ich strony, a nie ja.

Mężczyzna roześmiał się głośno.

– Jak to ładnie nazwałeś: „nieprzyjemności". Czy wiesz na czym polegają te „nieprzyjemności"? Odrąbana główka jedenastoletniej dziewczynki, ucięte piersi dwudziestopięcioletniej dziewczyny, wykastrowana macica dojrzałej kobiety, takiej jak twoja żona...

Robertowi zrobiło się niedobrze. Serce zaczęło szybciej bić. Mocno zacisnął zęby. Patrząc na Jurgena, miał uczucie, jakby połknął karalucha. Po chwili się opanował.

– Źle zrobiłem, powinienem był iść na policję, dać im heroinę i powiedzieć wszystko o tobie. Objęli by nas programem ochrony świadków, a ty wreszcie byś siedział w więzieniu.

Mężczyzna znowu się roześmiał. Jego oczy jednak się pozostawały chłodne i zdystansowane.

– Nie siedziałbym nawet godziny, nie masz na mnie żadnych konkretnych dowodów. A Rosjanie dopadliby całą twoją rodzinkę i na twoich oczach zrobiliby to, o czym ci mówiłem. Żadna policja nie da ci skutecznej ochrony przed mafią. Nawet Interpol... Wiem, że Markus pracuje dla nich. Pozdrów go ode mnie. Naprawdę lubię tego chłopaka, dokładnie mówiąc – Tina go lubi. Dlatego jeszcze żyje. Jest upierdliwy jak wrzód na dupie, moi przyjaciele go nie znoszą, ale zrobili mi grzeczność i go nie sprzątnęli. Ale nie wiem, jak długo będą tolerować jego wścibstwo. Dla jego dobra przemów mu do rozsądku, żeby nie wciskał nosa w nie swoje sprawy. – Jurgen znowu usiadł w fotelu za biurkiem. – To chyba wszystko. Acha, czy mógłbyś mi powiedzieć, gdzie Kruczkowska schowała tę heroinę? Moi chłopcy nie mogli jej znaleźć.

– Nie mógłbym ci powiedzieć. – Orłowski spojrzał zimno na Jurgena. – Obiecuję ci, Wiktor, że cię kiedyś dopadnę i... niekoniecznie oddam policji. Zgadzam się z tobą, że nasz wymiar sprawiedliwości jest bardzo ułomny. Lepiej samemu wymierzyć sprawiedliwość.

– Wiesz, Robert, jakoś się ciebie nie boję. Wybacz, co powiem, ale według mnie jesteś przerażający jak baranek. – Uśmiechnął się ironicznie. – Ciesz się z tego powodu, bo inaczej już byś wąchał kwiatki od spodu.

– Co zrobisz z Panaxem?

– Sprzedam firmę Amerykanom. Szkoda mi trochę, bo był to całkiem niezły biznes, ale nasz żeń-szeń zaczął już trochę śmierdzieć, dlatego wolę nie ryzykować. Prawdziwy biznesmen zawsze wie, kiedy trzeba się wycofać. – Uśmiechnął się jak głodny krokodyl. – Ale nie zatrzymuję cię, Robert, na pewno ci się spieszy. Miło mi było cię znowu zobaczyć.

– Obiecuję ci, Wiktor, że następnym razem, gdy się spotkamy, nie będziesz tak uważał – odparł Robert i skierował się ku drzwiom.

Orłowski wyszedł z budynku. Wsiadł do swojego samochodu i głęboko odetchnął. Starał się uspokoić, nadal miał wilgotne z nerwów dłonie.

Musiał oddać temu łajdakowi heroinę. Nie wierzył w ochronę policji. Nawet Interpolu. Wiktor miał rację, żadna policja nie ochroniłaby jego rodziny. W kraju, w którym wypuszcza się gangsterów na wolność, nie jest bezpiecznie. Przecież parę dni temu uwolniono z więzienia gang pruszkowski! To wydarzenie przesądziło i pomogło mu podjąć decyzję. Nawet nie musiał długo przekonywać Marka – on również bardzo bał się o Martę, bo to jej groziło przecież największe niebezpieczeństwo. Tym bardziej, że już odkryła kryjówkę matki. Na to wspomnienie Robert po raz pierwszy się dzisiaj uśmiechnął. No, no, Ewa wykazała się nie lada sprytem, przechytrzyła nawet gangsterów. Kto by pomyślał, że w doniczkach z kwiatami ukryte jest dziesięć kilo heroiny? Że też wcześniej na to nie wpadł, przecież widział na balkonie rozsypaną ziemię. Myślał, że to pamiątka po włamywaczu.

Jeszcze raz spojrzał w stronę budynku, gdzie przebywał Vick Jurgen. Żaden Vick Jurgen, tylko Wiktor Szewczyk, poprawił się w myślach.

– Wiktor, nie skończyłem z tobą – powiedział na głos. Włączył silnik samochodu i odjechał.

Pierwszy tom pasjonującej sagi rodzinnej. Namiętność, erotyczny układ, uczuciowe wzloty i upadki. Czy pożądanie i romans bez zobowiązań mogą być podstawą głębokiego związku?

Robert Orłowski, wybitny, wzięty neurochirurg od zawsze jest obiektem westchnień wielu kobiet. Po ślubie z Renatą stara się być przykładnym mężem i ojcem. A jednak żona zauważa, że Robert nie poświęca jej już tak wiele uwagi jak kiedyś. Zaniepokojona, pewnego dnia pakuje siebie i dzieci i wyrusza do Bostonu w poszukiwaniu prawdy o Robercie.

Krzysztof Orłowski, syn Renaty i Roberta, wchodzi w dorosłość. W klasie maturalnej zakochuje się w nieodpowiedniej zdaniem rodziców dziewczynie, przez co zaniedbuje naukę, staje się krnąbrny i opryskliwy. Ponieważ rozmowy z nim nie przynoszą oczekiwanych efektów, Robert postanawia wdrożyć inne metody działania. Razem z Renatą uknuwają misterną intrygę...